Sarah Short
Hekates
ERBE
DER SCHLÜSSEL ZUR WELT
BAND 1
DRACHENMOND VERLAG

Drachenmond Verlag GmbH
Auf der Weide 6
50354 Hürth
http: www.drachenmond.de
E-Mail: info@drachenmond.de

Lektorat: Julia Mayer
Korrektorat: Lillith Korn
Satz: Marlena Anders
Layout: Astrid Behrendt
Umschlagdesign: Marie Graßhoff
Bildmaterial: Shutterstock

Druck: Booksfactory

ISBN 978-3-95991-854-1

Für meine Mutter

»Wir glauben an den einen Gott,
den Vater,
den Allmächtigen,
der alles geschaffen hat,
Himmel und Erde,
die sichtbare und die unsichtbare Welt.«

Auszug aus dem Nicänischen Glaubensbekenntnis
(Evangelische Kirche in Deutschland)

Prolog

Der Wald war in unwirkliches, grünes Dämmerlicht getaucht, als ich mich durch das dichte Unterholz vorwärtskämpfte. Nicht stehen bleiben, immer weiter. Hinter mir knackten Äste, raschelten Blätter, doch jedes Mal, wenn ich über die Schulter sah, sah niemanden. Es gab nur mich und das endlose Grün. Der Wald strotzte vor Leben. Der Duft nach Erde und Beeren, von Wachsen und Vergehen, erfüllte die Luft. Ein solcher Wald sollte summen und klingen vor Vogelgezwitscher und den leisen und lauten Geräuschen der vielen Tiere, die ihn bevölkerten. Aber ich hörte und sah kein einziges Lebewesen. Ich war mutterseelenallein. Und doch wieder nicht. Schritte, mal nah, mal fern von mir, Schritte eines Unsichtbaren – oder gar mehrerer. Ich hörte sie so deutlich, dass ich sie mir nicht einbilden konnte. Unruhe wuchs in mir, ließ mich schneller gehen. Ich suchte nach etwas Wichtigem, konnte aber nicht benennen, nach was. Gleichzeitig verspürte ich den Drang, über meine Schulter zu sehen. Nichts. Nicht einmal ein Schatten. Diesen Wald kannte ich und ahnte, dass er nicht von dieser Welt war. Er befand sich in einer Welt, die mir nicht fremd vorkam, obwohl ich sie nie betreten hatte. Je häufiger ich diesen Wald sah, desto mehr wuchs in mir der Wunsch, ihn endlich in der Realität zu besuchen. Was wollte ich hier? Obwohl ich wusste, dass ich träumte, dachte ich unablässig darüber nach, während ich wie getrieben weiterstapfte und mein rascher Atem in meinen Ohren dröhnte.

1

Sechsundvierzig. Gerade war das sechsundvierzigste Auto über die Hauptverkehrsachse gerollt, an der unser neues Haus lag. Da kam das nächste. Siebenundvierzig. Die lärmenden Motorroller und die Lastwagen hatte ich gar nicht mitgezählt. Genervt schob ich meine Beine unter der warmen Bettdecke hervor, stand auf und schloss endlich das Fenster. Jetzt wurde es ein wenig leiser in meinem Zimmer, Schlaf fand ich trotzdem keinen. Dort, wo ich herkam, war es nachts ruhig, von gelegentlichen Tiergeräuschen und dem Raunen der Bäume im Wind mal abgesehen. Meine Familie hatte dort gelebt, wo sich sprichwörtlich Fuchs und Hase ›Gute Nacht‹ sagen, in einem Kaff mitten im Schwarzwald.

Vor drei Wochen hatte ich diese Idylle verlassen müssen, denn mein Vater war als Studienrat an ein Gymnasium in Heidelberg versetzt worden, wo er ab morgen Latein und Geographie unterrichten sollte. Meine Stiefmutter und meine beiden Brüder hatte die Aussicht auf ein Leben in der Stadt in regelrechte Ekstase versetzt. Die Einzige, die darauf gut und gerne verzichten konnte, war ich. Ich hasste Veränderungen, besonders, wenn sie plötzlich kamen.

Ich rollte mich auf die andere Seite, doch der ersehnte Schlaf ließ auf sich warten. Statt Ruhe zu geben, drehte mein Gehirn im Dunkeln erst richtig auf. Ein stummes Selbstgespräch begann, mit dem Ergebnis, dass ich mich nicht so anstellen sollte. Schließlich zog jeder halbwegs vernünftige Teenager das Stadtleben dieser Einöde vor.

Nur war ich kein halbwegs vernünftiger Teenager. Sondern irgendetwas anderes.

Seufzend fuhr ich mir durch die Haare. Selbst mit geschlossenem Fenster hatte ich es nicht ruhig genug zum Einschlafen. Die Geräusche der vorbeifahrenden Autos traten in den Hintergrund, stattdessen drangen das Knacken und Knarzen der Dielen und Wände des über hundert Jahre alten Hauses an mein Ohr. Selbst meine Möbel verhielten sich nicht still, als müssten sie sich in der neuen Umgebung erst zurechtrücken. Ich setzte mich auf und knipste das Nachtlicht an.

Natürlich redete ich mir ein, dass es an dem regen Verkehr auf der Rohrbacher Straße lag, der mich ebenso vom Schlafen abhielt wie dieses unverschämt laute Gebäude, aber ich brauchte mir nichts vorzumachen: Ich fand nicht zur Ruhe, weil ich morgen früh zum ersten Mal in meine neue Schule gehen musste. Es war nicht die erste neue Schule, sondern die vierte, die Grundschule mitgerechnet; ich kannte das Spiel. Und ich hatte Angst davor. Angst davor, dass es genau lief wie immer. *Sozialphobie.* Dass meine Abnormität einen wissenschaftlichen Namen hatte, half mir seltsamerweise, dagegen anzukämpfen. Ich hatte Pläne für morgen, denn ich wusste schon lange, dass ich alleine die Verantwortung trug für meine Isolation, weil es mir bisher nie gelungen war, Bekanntschaften aufzubauen. Freunde zu finden, arglos mit jemandem in Kontakt zu treten: Für mich beinahe ein Ding der Unmöglichkeit. Meine stümperhaften Annäherungsversuche wurden entweder gleich abgewürgt oder wegen meiner eigenen Schüchternheit eingestellt. Natürlich machte sich keiner die Mühe, zu mir durchzudringen, wenn er im Grunde genommen nichts mit dem komischen Mädchen zu tun haben wollte, das höchstens ab und zu einen Blick über die Mauer warf, die zwischen ihm und den anderen Kindern stand. Irgendwann hatte ich mich hinter meiner Mauer recht gemütlich eingerichtet und aus der Not eine Tugend gemacht. Oft genug hatte ich mir den Kopf darüber zerbrochen und kam jedes Mal zu dem Schluss, dass ich durchaus Freunde haben konnte, nur waren sie eben *anders.* Oder online. Von Angesicht zu Angesicht erweckte ich stets das Misstrauen meiner Mitmenschen.

Müßig, über die Vergangenheit nachzudenken. Jetzt war ich hier und hatte wieder die Chance auf einen Neubeginn. Morgen würde ich mich nicht blöd anstellen. Die Mauer erschien mir nicht mehr so hoch wie früher. Und ich hatte gelernt, Türen einzubauen. Ich hatte es irgendwie geschafft, in der zehnten Klasse anzukommen, und wollte mir selbst und meinen Eltern einen weiteren Schulwechsel ersparen. In den Ferien hatte ich mich bewusst an belebten Plätzen aufgehalten, in Schwimmbädern, in Parks und in der Nähe von Sehenswürdigkeiten wie dem Heidelberger Schloss und – mein persönliches Highlight – einer bis zum Bersten mit chinesischen Touristen gefüllten Bergbahn. Ich machte Fortschritte. Allein schon deshalb würde ich mich morgen ganz normal verhalten, ohne Schweißausbrüche und Magenkrämpfe. »N – o – r – m – a – l«, buchstabierte ich lautlos vor mich hin. Lächeln, gleich antworten, wenn man mich etwas fragte, und alles ignorieren, was ich als normaler Mensch nicht hören oder sehen können sollte. Die Hoffnung starb bekanntlich zuletzt.

Ein Blick auf meinen Funkwecker sagte mir, dass ich noch gute fünf Stunden hatte, bis ich aufstehen musste. Nachdem ich im Kopf etwa die Hälfte meiner Urban-Fantasy-Romane aufgezählt hatte, wurden meine Glieder endlich schwerer. Ein Gähnen stahl sich aus meinem Mund und sogar mein Hirn hatte ein Einsehen. Morgen durfte ich mir keinen Fehler erlauben.

Im Nebenzimmer hörte ich Joshua leise schnarchen. Ein beruhigendes Geräusch. Ich knipste das winzige Nachtlicht aus. Gerade als ich glaubte, jeden Augenblick einzuschlafen, schreckte ich wieder hoch und stöhnte auf. Das durfte doch nicht wahr sein. Wieder machte ich das Licht an und spähte über den Rand meines Hochbetts.

Vor dem Fenster neben den Regalböden, beschienen vom Mondlicht, das durch die Lamellen der Klappläden drang, stand eine mollige Gestalt in Hut und Mantel und schaute mich interessiert an. Ein harmlos aussehender Herr mit runder Nickelbrille. Sein graumeliertes Haar hatte er mit reichlich Pomade gebändigt. Mein Blick blieb daran haften, als er zum Gruß den Hut lüftete. Ich hätte es wissen müssen. Wir waren schließlich in einen Altbau gezogen! So freundlich wie möglich sprach ich den ungebetenen Gast an: »Guten Abend. Kann ich etwas für Sie tun oder wollen Sie mir einfach den Schlaf rauben?« Okay, freundlich ging gerade nicht.

Der Mann lachte leise. Obwohl mit ihm beileibe nicht der Erste von der Sorte in meinem Zimmer auftauchte, jagte mir sein Lachen einen Schauer über den Rücken.

Er antwortete in dieser eigenartig nachhallenden Stimme, die ihnen allen gemein war: »Ich habe mich die letzten Nächte zurückgehalten, um Sie nicht zu erschrecken. Jedes Mal, wenn jemand Neues in meine Wohnung einzieht, versuche ich mich vorzustellen. Schließlich sollten wir gut miteinander auskommen.« Das wäre ja noch schöner, wenn er sich hier als Poltergeist betätigen wollte.

»Danke für Ihre Rücksicht«, entgegnete ich diplomatisch.

Im Gegensatz zu mir schien das Herrengespenst einigen Redebedarf zu haben. Als wäre es ihm zu warm, legte er Hut und Mantel auf meinem Schreibtisch ab und nahm auf dem wackeligen Korbstuhl unter dem Fenster Platz, der natürlich nicht ächzte, wie er es getan hätte, wäre der Geist mit diesem respektablen Bauch ein lebender Mann. Unter seinem Mantel trug er einen feinen Nadelstreifenanzug und ein rotes Plastron. Höflich hörte ich dem Geist zu. Wenn ich über den Nachhall hinaushörte, klang er ziemlich brummig.

»Es ist wunderbar, dass Sie mich sehen und hören können. Mein Name ist Gottfried Wilhelm Böttcher. Ich habe dieses Haus erbaut und viele Jahre darin gewohnt. In dieser Wohnung. Sie gefiel mir am besten. Jetzt freue ich mich, dass eine anständige und gebildete Familie hier eingezogen ist.«

Wie schön für ihn. Ich unterdrückte ein Schnauben. So nett er sich anhörte, wollte ich, dass er verschwand und mich in Ruhe ließ.

»Hören Sie, was wollen Sie von mir? Immerhin wissen Sie, dass ich Sie richtig sehen kann, nicht nur als Schatten oder schemenhafter Umriss. Wollten Sie sich vorstellen oder gibt es etwas, das Sie noch erledigen müssen?« Die meisten Geister verfolgten ihre Ziele einfach nach dem Tod weiter, nur hatten sie weitaus weniger Möglichkeiten, sie zu erreichen, als noch zu Lebzeiten. Dann traten sie an Menschen wie mich heran. Dabei hatte ich jetzt wirklich keine Lust, einem Gespenst zu helfen, seine Angelegenheiten zu regeln. Wahrscheinlich war meine Miene diesbezüglich leicht zu durchschauen.

Der Geist antwortete liebenswürdig: »Ich wache über dieses Haus. Ich glaube aber, dass Sie für unsereins bald von Nutzen sein werden. Es braut sich etwas zusammen. Sie sammeln sich. Die Clavicula ist in

Erscheinung getreten und alles ist auf der Jagd nach ihr. Ich werde Sie wieder aufsuchen. Gute Nacht, Fräulein Wolf.«

»Aber … Warten Sie!« Die Gestalt verblasste. Typisch. Erst mir so etwas hinwerfen und dann verschwinden. Ich ließ mich in die Kissen fallen und raufte mir die Haare. Ich fürchtete mich nicht mehr vor solchen Geistererscheinungen. Dafür gehörten sie schon zu lange zu meinem Leben. Meistens freuten sich die Toten einfach, dass sie mit jemandem reden konnten. Manche waren zu Freunden geworden. Als einzige Verwandte hatte mich ausgerechnet meine leibliche Mutter nie besucht. Bis heute ersehnte und fürchtete ich eine Begegnung mit ihr. Ich kannte keine andere Mutter als Irmgard, die zweite Frau meines Vaters. Genau genommen war mein jüngerer Bruder Matthias nur mein Halbbruder, denn Irmgard war seine richtige Mutter. Zum Glück hatten diese biologischen Fakten niemals für einen von uns eine Rolle gespielt. Mein großer Bruder Joshua und ich nannten Irmgard »Mama«, seit ich denken konnte. Es gab einen Ort, an dem ich dazugehörte und das war meine Familie. Hier hatte ich nie einen Grund gehabt, mich zu fürchten. Als ich daran dachte, musste ich lächeln. Wieder drehte ich mich auf die linke Seite und versuchte vergeblich, endlich einzuschlafen. Bei aller Müdigkeit hatten sich die Worte des älteren Herrn in meinem Kopf eingenistet. *Es braut sich etwas zusammen* … Vermutlich nichts Gutes. Wer sammelte sich? Und was war eine Clavicula? Er hätte ruhig mal ein bisschen mehr preisgeben können. Das würde ich gleich morgen in meiner Geisterkladde notieren. Und Clavicula googeln.

Der Wecker klingelte viel zu früh, aber ich freute mich darüber, dass er mich aus dem monotonen Grün des Traumwaldes befreite. Es handelte sich nicht um einen richtigen Albtraum, doch war er auf eine ganz eigene Art beängstigend. Zum einen, weil er jede Nacht wiederkehrte und mich jedes Mal ratloser zurückließ. Zum anderen wegen der Atmosphäre. Alles fühlte sich wahnsinnig echt an. Ich sah nicht nur Bäume, Sträucher und Blätter, ich hörte auch meine Schritte und die von anderen, was mich jedes Mal im dichten Laub vorwärtstrieb. Ich roch sogar den Wald und spürte meine schneller werdenden Atemzüge. Das war gespenstisch. Als würde ich Nacht für Nacht eine Reise unternehmen, ohne mein Bett zu verlassen. Die eindrücklichen Bilder ließen mich seit Wochen nicht los, aber eigene Nachforschungen hatten bisher nichts gebracht. Ich schüttelte mich leicht, um endgültig wach zu werden. Heute durfte ich mich nicht in Traumbildern verlieren.

Schweigsam saßen wir am großen Esstisch in der Küche und frühstückten. Papa raschelte mit der Tageszeitung, hinter der er sich verschanzt hatte. Er achtete genauso wenig auf mein mürrisches Gesicht wie meine Stiefmutter. Irmgard, als Einzige im Morgenmantel, sprang mit wippendem Zopf immer wieder auf, um etwas zu holen und Brotdosen für uns herzurichten, obwohl wir dafür längst zu alt waren. Joshua hatte vor ein paar Wochen seinen achtzehnten Geburtstag gefeiert, ich selbst war sechzehn und Matthias fast fünfzehn Jahre alt. Ich sah Irmgard abwesend zu, wie sie zielgerichtet durch die Küche ging, vom Kühlschrank zum Tisch und wieder zur Spüle, um Äpfel zu waschen. Sie war eine kräftige und hochgewachsene Frau mit Rundungen genau an den richtigen Stellen, die ich nie besitzen würde. Mit ihren goldblonden Haaren und den ausdrucksvollen blauen Augen erschien sie mir manchmal ein bisschen wie eine stolze Wikingerin. Ich fand sie schön. Jeder sah auf den ersten Blick, dass wir nicht verwandt waren, rein äußerlich stellte ich das genaue Gegenteil meiner Stiefmutter dar. Sie zeigte sich auch wesentlich redseliger als ich.

Gerade diskutierte sie mit Matthias über unsere neue Schule. Sie lagen sich oft in den Haaren. Mein jüngerer Bruder ähnelte im Wesen seiner Mutter einfach zu sehr. Mein Vater hielt sich vornehm zurück. Ihn schien der Zeitungsartikel mehr zu fesseln als das Genörgel seiner Kinder. Anstatt dem Disput zwischen Mama und meinem kleinen Bruder zu folgen, wollte ich lieber wissen, was Papa da las. Während ich ihn mit meinem Blick fixierte, hörte ich in seinen Gedanken einen Teil des Artikels: »*… zwei Männer im Mannheimer Stadtteil Jungbusch gestern Morgen tot aufgefunden. Die Todesursache wird zur Stunde noch untersucht. Die Tatsache, dass die Leichen nicht versteckt wurden, gibt der Polizei Rätsel auf. Es gibt derzeit weder Hinweise auf Suizid noch auf Mord. Dieser neue Fund reiht sich ein in eine Serie von unerklärlichen Todesfällen oder dem plötzlichen Auftauchen von Schwerverletzten, die seit Anfang des Jahres die Kriminalbeamten in der Region in Atem halten.*

Bislang hielten die zuständigen Behörden die Vorfälle aus ermittlungstaktischen Gründen weitgehend unter Verschluss. Doch nun möchte man bei der Aufklärung auf die Mithilfe der Bevölkerung setzen. Der Sprecher des Polizeipräsidiums …« Leider übertönte Mama mit lauter Stimme den Rest des Artikels, weil sie augenscheinlich keine Lust mehr hatte, sich mit Matthias auseinanderzusetzen: »Du könntest mich ruhig mal unterstützen, Julius!«

Papas Gedanken rissen so schlagartig ab, dass ich zusammenzuckte. Von ihm kam aber nur ein abwesendes »Hm?«.

Irmgard seufzte. »Das haben wir doch alles tausendmal besprochen. Das Schopenhauer-Gymnasium ist eine gute Schule, Julius und ich waren selbst dort und möchten das auch für unsere Kinder.«

Papa sah sich genötigt, etwas beizusteuern: »Denkt mal an mich: Es sieht einfach besser aus, wenn ich meine Kinder nicht an anderen Gymnasien unterbringe. Könnt ihr euch mal in meine Lage …«

Irmgard fiel ihm ins Wort: »… versetzen? Und jetzt kommt mal in die Puschen, es ist Viertel nach sieben!«

»Fahrt nicht zu spät los! Wir wollen einen guten ersten Eindruck hinterlassen«, meldete Papa sich noch einmal zu Wort.

Ja, es würde gar nicht leicht werden, ihm aus dem Weg zu gehen.

Matthias war noch nicht mit Irmgard fertig, denn er führte meinen Gedanken laut fort: »Na und? Musstet ihr uns deswegen ausgerechnet dort anmelden? Es gibt doch genug Schulen hier!«

Wo er recht hatte … Doch ich sagte nichts dazu. An unserer Schulwahl gab es nichts mehr zu rütteln. Wortlos steckte ich mir den letzten Bissen meines Honigtoasts in den Mund.

Joshua war anscheinend ebenfalls über seiner leeren Müslischale aufgewacht und erwiderte: »Ich hab gesagt, ich geh auch aufs Helmholtz, das ist viel näher als das Schopenhauer! Oder meinetwegen auch ans Hölderlin. Hauptsache nicht an dieselbe Schule wie Papa. Aber ihr wolltet ja nicht auf uns hören!«

Mir war es eigentlich egal, aber das sagte ich nicht.

Mama lächelte nachsichtig. Das konnte sie, schließlich war sie aus allen Diskussionen darüber als Siegerin hervorgegangen.

»Es wird euch gefallen. Und jetzt ab mit euch!« Damit scheuchte sie uns aus der Küche.

Papa faltete die Zeitung ordentlich zusammen und steckte sie in seine kackbraune, lederne Aktentasche, die er seit seiner Ausbildung nicht durch ein neueres Modell ersetzt hatte, was man ihr deutlich ansah. Danach verabschiedete er sich von uns.

Dieser Zeitungsartikel beschäftigte mich trotz der allgemeinen Aufbruchsstimmung. Das roch nach paranormaler Aktivität. Ich musste unbedingt mehr darüber erfahren. Vielleicht hatte es sogar etwas mit den kryptischen Andeutungen unseres Hausgespensts zu tun.

Grübelnd ging ich um die Ecke in mein Zimmer. Ich hatte es noch nicht fertig eingerichtet. Das Bücherregal stand in Einzelteile zerlegt an der Wand neben dem Schreibtisch und ich lächelte kurz, weil niemand sich vorstellen konnte, dass heute Nacht ein Geist dort gestanden hatte.

An jedem freien Platz stapelten sich Umzugskartons auf dem frisch versiegelten Fischgrätparkett, bis oben hin gefüllt mit Büchern, Bettwäsche und Krimskrams.

Ich warf einen Collegeblock, den zweiten Band von ›Der Herr der Ringe‹, den ich gerade mal wieder las, mein Frühstück und ein ledernes Schlampermäppchen in meine Umhängetasche aus Leinen. Dann fing ich an, auf der Suche nach meinem Fahrradhelm einen Karton nach dem anderen zu öffnen.

Ich nahm mir vor, an diesem Nachmittag endlich das Bücherregal aufzubauen. Spätestens nach dieser durchwachsenen Nacht kapitulierte ich endgültig. Eigentlich wollte ich gar nicht zurück in unser altes Dorf. Wenn ich ehrlich war, vermisste ich nichts, bis auf die Ruhe, die Berge und den dichten Wald. Etwas niedrigere bewaldete Berge hatte ich auch hier vor der Haustür. Ein Spaziergang heute Mittag wäre genau das Richtige, um nach dem ersten Schultag abzuschalten. Falls mein Vater mich nach der heutigen Zeitungslektüre überhaupt noch alleine irgendwohin gehen ließ. Nur um seine Familie nicht zu beunruhigen, hatte er nichts darüber erzählt und war von seiner etwas nervigen Angewohnheit abgewichen, uns möglichst oft aus der Zeitung vorzulesen. Heute hätte ich ausnahmsweise gerne zugehört.

2

Als ich in den Flur trat, stieß ich beinahe mit Joshua zusammen, der ebenfalls wie blind aus seiner Zimmertür eilte. Ich fand es schön, dass jeder von uns ein eigenes Reich bekommen hatte. Papa betonte immer wieder, was für einen Lottogewinn diese Wohnung im dritten Stock darstellte, mit fünf Zimmern und nahe an der Innenstadt; ein Vorteil, den nicht einmal ich schlechtreden konnte. Ich würde mit dem Fahrrad zur Schule fahren können, statt stundenlang im Überlandbus zu sitzen. Joshua stieß mir sanft seinen Ellbogen in die Seite.

»Erde an Katha, aufwachen! Hör mal, wenn dir heute in der Schule einer blöd kommt, weißt du ja, wo du mich findest.« Ganz der große Bruder. Ich lächelte ihn an. »Das ist lieb von dir. Aber ich komme gut alleine zurecht. Ich bin nicht mehr fünf.«

Er grinste. »Ob du deshalb alleine zurechtkommst, weiß ich trotzdem nicht.«

»Blödmann!« Ich lächelte trotzdem weiterhin. Er wollte mich immer beschützen. Nicht dass ich oft mit jemandem aneinandergeriet. Ich hielt mich lieber im Hintergrund, wartete erst mal ab und beobachtete die Menschen. Ich versuchte, sie nicht zu brüskieren. Genau das war mehr als einmal passiert und hatte mir nichts als Ärger gebracht. Als ich vor versammelter Mannschaft mit einem Geist gesprochen hatte, wie damals in der siebten, zum Beispiel. Von da an hatte mich die ganze Klasse für verrückt gehalten. Oder als mich Luis in der sechsten Klasse für eine Hexe gehalten hatte, weil ich gewusst hatte, dass sein Kaninchen gestorben war.

Ich benahm mich vorsichtig, fast misstrauisch gegenüber allen Unbekannten. Vor allem, weil sie nie lange Unbekannte blieben. Mir graute davor, mich gleich in diese Masse an fremden Menschen stürzen zu müssen. Natürlich wünschte ich mir Freunde, aber am liebsten hielt ich mich fernab von anderen Leuten. Es war einfacher.

»Sag mal, pennst du noch?«, fragte Joshua. »Matthias ist schon unten, komm jetzt endlich!« Er rüttelte leicht an meiner Schulter. Zusammen mit seinem besorgten Gesichtsausdruck rauschten seine Gedanken zu mir herüber: »*Wehe, du verbockst es wieder! Reiß dich zusammen, kleine Elfe, damit dich nicht gleich wieder jeder für einen Freak hält, okay?*«

Laut rief er: »Tschüss, Mama!«, und verließ die Wohnung durch die weiß lackierte Tür mit den Scheiben aus buntem Tiffanyglas in einem hübschen Blumenmuster. Ich schüttelte den Kopf und schlüpfte in meinen hüftlangen Zweireiher. Anschließend zog ich meine Lederstiefelchen an und folgte meinem Bruder die knarrenden Holztreppen hinab. Manchmal erschien es mir, als würde ich meiner Familie beim Leben zuschauen, ohne selbst richtig dabei zu sein.

Draußen empfing mich milchiger Sonnenschein, der durch ein hartnäckiges Hochnebelfeld hindurchschien. Wenigstens war es nicht so kalt wie befürchtet. Ich betrachtete noch einmal unser neues Zuhause. Von außen sah das vierstöckige Haus etwas heruntergekommen aus. Die hellbraune Fassade benötigte dringend einen neuen Anstrich, die Dachrinne bog sich durch und der Balkon im Stockwerk unter uns sah ziemlich absturzgefährdet aus. Gar nicht zu reden von dem Geist, mit dem wir die Wohnung teilten. Aber den sah und hörte ja keiner außer mir.

Als wir durch die Gaisbergstraße in Richtung Bismarckplatz radelten, sprang das Gedankenkarussell wieder an. Diesmal drehte es sich um eine ganz bestimmte Person. Genau genommen hatte ich außer Herrn Böttcher nämlich bereits einen neuen Bekannten in dieser Stadt. Jemanden, der noch nicht vor mir Reißaus genommen hatte. Jedenfalls nicht so offensichtlich wie andere vor ihm.

In den Sommerferien, während Handwerker unsere Wohnung renoviert hatten und meine Eltern ständig zwischen Südbaden und Nordbaden gependelt waren, hatten wir unser Quartier bei Oma Waltraud im Oberen Gaisbergweg aufgeschlagen. Während der schier endlosen Sommertage, die wir auf die Spedition mit unseren Möbeln und Umzugskartons gewartet hatten, hatte ich entweder meine Brüder ins »Tiergartenschwimmbad« begleitet oder, was ich eindeutig vorzog, auf eigene Faust die Umgebung erkundet. Stundenlang war ich durch die Natur gewandert oder unser Viertel gestreift. Am häufigsten hatte es mich in den Wald gezogen. Nur in der kühlen, leicht feuchten Luft unter den dicht belaubten Bäumen hatte sich meine ständige innere Anspannung gelegt. Ich genoss die Natur genau wie heute und nutzte gleichzeitig diese Muße, um nachzudenken. Ich liebte es, mich fast geräuschlos auf den verschlungenen Trampelpfaden zu bewegen und meine Sinne auf Wanderschaft zu schicken. Ich stellte mir oft vor, wie ich mit den Steinen, der Erde und den Pflanzen verschmolz, wie die Nymphen der griechischen Sagen. Optisch gelang mir das manchmal, in den Tuniken oder Kleidern in Grün- und Blautönen, die ich meistens trug.

Aber damals wollte ich einmal am Tag gesehen werden, immer dann, wenn ich ihn traf.

Er ging nie direkt an mir vorbei, sondern nickte mir immer aus einiger Entfernung zu. Näher als drei bis vier Meter kam ich nicht an ihn heran. Was einerseits schade war, andererseits auch beruhigend, schließlich war er ein Fremder. Er sprach nicht, doch er lächelte mich stets freundlich an und hob die Hand zum Gruß. Der Junge musste in etwa so alt sein wie ich, er trug immer dunkelblaue Jeans und ein rotes T-Shirt, das sich deutlich von dem Grün der Umgebung abhob. Seine rabenschwarzen Haare waren lockig und gerade kurz genug, um ihm nicht ständig in die Augen zu fallen. Er war groß gewachsen, ich schätzte ihn auf gut einen Meter neunzig. Am einprägsamsten war sein Gesicht. Ein ebenmäßiges, männliches Gesicht mit einem markanten Kinn, hohen Wangenkochen und hellen Augen, deren Farbe ich aufgrund der Strecke zwischen uns nie richtig erkennen konnte.

Nach einigen Tagen freute ich mich auf diese kurzen Augenblicke, in denen er lächelnd auftauchte und gleich darauf seinen Weg durch den Wald fortsetzte wie ich. Ich mochte diesen Jungen, obwohl ich ihn nicht kannte. Immer sah ich ihm nach, bis er zwischen den Bäumen verschwand. Und mit jedem Tag wuchs der Wunsch, über meinen Schatten zu springen und ihm nachzugehen. Aber das traute ich mich nicht. Nie wäre ich auf die Idee gekommen, ihn anzusprechen. Dazu war ich viel zu furchtsam. Allein schon die Vorstellung, einem Fremden länger in die Augen zu sehen, ließ meine Hände zittern. Auf Abstand war alles okay. Aus Erfahrung wusste ich, dass ich mutiger wurde, je länger ich jemanden aus der Ferne analysiert hatte. Ich brauchte Zeit. Ihm schien es ähnlich zu gehen und das machte ihn noch sympathischer.

Ich würde warten, so lange, bis er bereit war, näher auf mich zuzugehen als ein paar Meter. Oder bis ich es schaffte, etwas zu ihm zu sagen. Dabei hatte ich viel Zeit, mir Gedanken über ihn zu machen. Sehr viel Zeit. Wo er wohl wohnte, auf welche Schule er ging, was er überhaupt für ein Mensch war und so weiter und so fort. Ich empfand es als sicherer, nur über jemanden nachzudenken als wirklich mit ihm zu sprechen. Es ersparte mir die Enttäuschung, wenn er lieber darauf verzichtete, mit mir zu reden. Oder wenn ich keinen Ton herausbrachte und am Ende doch davonlief.

Ich hatte bisher niemandem von diesen Begegnungen erzählt, aus gutem Grund. Mein großer Bruder Joshua würde genau wie meine Eltern nicht viel davon halten, dass ich mich im finsteren Forst mit jungen Männern traf. Jedenfalls würden sie es so auslegen, egal, wie gut sie mich kannten. Bestimmt hatte der Junge irgendeinen Vogel, aber den hatte ich auch und darum sah ich es als Begegnung zweier Gleichgesinnter. Wir beide suchten den Frieden des Waldes, die Abwesenheit von Menschen. Vielleicht schloss ich aber von mir auf andere. Außerdem war ich nicht blöd. Hätte ich schon beim ersten Mal irgendwelche Feindseligkeit gespürt, wäre ich woanders spazieren gegangen, ganz einfach. Im Übrigen konnte ich es nicht ausschließen, dass es sich um einen Geist handelte.

Natürlich hätte meine Familie dafür wenig Verständnis. Dass ich mich schon früh von allen abgesondert hatte, ließen sie mir durchgehen, versuchten mich aber immer wieder zu Gemeinschaftsaktivitäten wie Schul-AGs zu überreden. Ihnen zuliebe hatte ich es immer wieder versucht, so lange, bis ich es sein lassen durfte. Einzig Musik hatte mich bislang ansatzweise mit anderen Menschen zusammengebracht. Daran wollte ich anknüpfen. Ich hielt mich auch daran fest, dass niemand je die Diagnose »Sozialphobie« gestellt hatte. Es war nur angeklungen, dass ich unter anderem darunter leiden könnte. Ich wusste eigentlich, es lag mehr an dem Gefühl des Andersseins. Eines Tages würde ich meine

Mauer überspringen. Eines Tages. Von der Weststadt aus brauchte man weniger als zehn Minuten bis zur Schule. Weil die Fahrradständer am Sophienhaus bereits überfüllt aussahen, stellten wir unsere Räder am Vordereingang des Hauptgebäudes ab, stapften die Treppe mit dem Brunnen hinauf und betraten das Schulhaus. Wir sahen die Schule nicht zum ersten Mal von innen, Papa hatte uns vor den Sommerferien alle mit zur Anmeldung genommen. Als wir jetzt am Büro des Hausmeisters vorbeigingen, horchte ich in mich hinein, um den Adrenalinpegel zu checken. Entgegen all meiner Befürchtungen fühlte ich mich relativ wohl und begann mich vorsichtig auf den heutigen Tag zu freuen.

»Hier riechts voll alt«, meinte Matthias und rümpfte die Nase. Mein Mund verzog sich hingegen zu einem breiten Lächeln. Es roch genau richtig. Ein bisschen süßlich, ein bisschen nach Putzmittel und Schulmief. Es roch wirklich alt. Und ich liebte alte Sachen. Mir gefielen der Fußboden aus Steinzeug im Schachbrettmuster, die halbhohen Holzvertäfelungen und die Buntsandsteinsäulen. Selbst das schmiedeeiserne Treppengeländer und die ausgetretenen Steinstufen fand ich schön. Gewohnheitsmäßig hielt ich Ausschau nach Unsichtbaren. Im unfreundlichen Licht der Energiesparlampen zeigte sich aber niemand. Diesmal begleitete mich nicht einmal meine Großmutter an einem ersten Schultag. Im zweiten Stock trennten wir uns. Nur ungern ließ ich meine Brüder ziehen, die mich wie zwei Leibwächter in die Mitte genommen hatten, während wir das Schulhaus durchquerten. Mein Klassenzimmer lag direkt neben dem Treppenaufgang. Matthias machte sich als Erster mit einem »Ciao!« auf den Weg in seinen Klassenraum.

Viel Glück, wünschte mir Joshua in Gedanken. Er war der Einzige, der mich nicht für durchgeknallt hielt. Er kommunizierte gern mit mir auf diese Weise, auch wenn das leider nur einseitig ging. Mein ganzes Leben lang hatte ich mir jemanden gewünscht, mit dem ich meine Gedanken teilen durfte, wie Joshua seine mit mir teilte. Aber jetzt sollte ich meine Abnormität mal kurz vergessen und reingehen, denn ich merkte, dass ich etwas zu lange vor der angelehnten Tür verharrte. Durch den Türspalt drang vielstimmiges Gerede, wahrscheinlich durchmischt mit Gedankenfetzen, die ich jedoch noch niemandem zuordnen konnte. Ein paar Jungs unterhielten sich recht laut über den Zeitungsartikel von heute Morgen und stellten wilde Verschwörungstheorien an. Leider konnte ich nicht sagen, ob meine Vermutung, dass womöglich Geisterwesen dahintersteckten, nicht wahnwitziger war als die Illuminaten Theorie meiner neuen Mitschüler. Ich holte mein Herr-der-Ringe-Exemplar aus meiner Umhängetasche und umklammerte das zerlesene Buch wie einen Talisman, als ich die Tür aufstieß und in das lichtdurchflutete Zimmer trat.

3

Durch die nach Osten ausgerichteten Fenster drang gleißendes Sonnenlicht herein, was jedoch niemanden davon abgehalten hatte, sämtliche Deckenlampen einzuschalten. Der Parkettfußboden knarrte unerhört laut unter meinen vorsichtigen Schritten. Die meisten Gespräche verstummten, leiser wurde es für mich nicht. Unzählige Gedanken und Gefühle prasselten auf mich ein. Neugier, Interesse, aber auch leise Feindseligkeit. Ich blendete alles aus, so gut es ging. Dabei kämpfte ich gegen den Drang, mich einfach umzudrehen und fluchtartig den Raum zu verlassen. Mein Magen rumorte. Hektisch schluckte ich gegen die aufkommende Übelkeit an.

Ein im Vergleich zu den anderen groß gewachsenes Mädchen mit einer Schmetterlingshaarschleife löste sich aus einer Gruppe von vier Schülerinnen, die am geöffneten Fenster standen. Sie kam auf mich zu, um mich zu begrüßen und näher in Augenschein zu nehmen. Es nervte mich, dass ich wegen meiner geringen Körpergröße zu ihr aufschauen musste. Sie überragte mich, wie die meisten, um Haupteslänge. Dennoch bemühte ich mich um ein freundliches Lächeln. Sie konnte nichts dafür. Und für meine Unbeholfenheit konnte sie auch nichts.

»Hi! Du bist die Neue, nicht?«, sprach sie mich mit glockenheller Stimme an. Ohne auf eine Antwort zu warten, fuhr sie fort: »Wie heißt du?« Für den Bruchteil einer Sekunde fiel ihr Blick auf das Buch in meinem Arm, aber sie sagte nichts dazu.

»Ähm … Katharina«, brachte ich hervor. »Und du?«

Meine vor Aufregung zitternden Hände umfassten das Buch fester. Ich benahm mich lächerlich, ich wusste es, und ärgerte mich deshalb umso mehr über mich selbst. Ich fing an zu schwitzen und hoffte, dass sie es nicht bemerkte.

»Vanessa. Ich bin Klassensprecherin, jedenfalls, wenn ich dieses Jahr wiedergewählt werde.« Sie lächelte vergnügt. Obwohl ich es eigentlich nicht wollte, scannte ich sie auf eventuell versteckte Böswilligkeit. Ich würde gerne sagen, dass ich nur paranoid war, aber Menschen lügen in einem fort und es ist nicht leicht, wenn man von Kindesbeinen an jede Lüge durchschaut und genau weiß, dass ein freundlich daherkommendes Gegenüber einen insgeheim zum Teufel wünscht. Doch hier fand ich am allermeisten Interesse. Gut zu wissen. Ich musste wohl etwas mehr sagen, damit sie mich nicht gleich für komisch hielt.

»Äh, was haben wir jetzt?«, erkundigte ich mich wenig einfallsreich. Am ersten Schultag wusste das normalerweise nicht mal die designierte Klassensprecherin.

»Jetzt kommt gleich unsere Klassenlehrerin, Frau Winter. Die gibt uns den neuen Stundenplan und unsere Bücher und all das. Du kannst dich für AGs eintragen und so weiter. Am ersten Tag passiert nie viel. Hast du dir schon einen Platz ausgesucht?« Sie war wirklich nett. Erstaunlich. Ich las extra nicht ihre Gedanken, um die positive Stimmung zu erhalten.

»Kann ich mir einen aussuchen?«, fragte ich unsicher und verfluchte mich innerlich. Ich benahm mich wie ein verängstigter Erstklässler! Doch Vanessa reagierte nicht mit einem abfälligen Kommentar, sondern bot mir einige Plätzen an. Ich entschied mich für die erste Reihe, damit ich alles mitbekam und niemanden aus der Klasse in die Verlegenheit brachte, dort sitzen zu müssen, weil ich ihm den Stammplatz geklaut hatte. »Vielen Dank«, sagte ich und hängte meine Tasche über die Stuhllehne. Vanessa hakte sich vertraulich bei mir unter, was mich dermaßen verblüffte, dass ich mich nicht wehrte, und zog mich zu ihren Freundinnen, die immer noch am Fenster standen und in ein reges Gespräch vertieft waren. Sonst fasste mich niemand einfach so an, doch ich wollte sie nicht vor den Kopf stoßen. Hoffentlich spürte sie nicht meinen rasenden Puls.

»Hey, das ist unsere Neue, Katharina«, stellte sie mich vor, ehe ich selbst den Mund aufmachen konnte. Sie sagten mir ihre Namen. Stockend berichtete ich unter Vanessas aufmunternden Blicken, woher ich kam und dass ich mich freute, alle kennenzulernen, obwohl ich mich viel lieber hinter dem hässlichen, beigefarbenen Vorhang versteckt hätte, als auch nur einen Ton zu sagen. Doch sie nahmen mir mein scheues Verhalten nicht übel, sondern ließen mich wie selbstverständlich dabeibleiben und ihrem Geplauder lauschen. Der Anfang war gemacht. Besonders spannend fand ich es zwar nicht, schließlich kannte ich keine einzige Person, über die sie redeten. Also guckte ich unauffällig in ihre zugegebenermaßen gut frisierten Köpfe. Langsam wurde mir unangenehm warm, wenngleich der Schweißausbruch vorbei war, weshalb ich mein Mäntelchen auszog und mir über den Arm hängte.

Annalena, blond wie Vanessa und mit einer niedlichen Flechtfrisur, saß rechts von mir auf dem weiß lackierten Heizkörper. Ihr Name war neben Vanessas der einzige, den ich mir gemerkt hatte. Sie dachte recht wenig und konzentrierte sich tatsächlich sehr auf das Gespräch, das nun unvermittelt abbrach, weil sich alle zur Tür umdrehten. Erst nahm ich an, der Lehrer wäre gekommen und wollte mich schon hektisch auf den Weg zu meinem Platz machen, als auch mein Blick zur Tür wanderte.

Deshalb waren sie alle erstarrt. Die meisten Schüler, auch die Jungen, hatten aufgehört zu reden und viele sogar aufgehört zu denken. Das passierte recht selten. Aber schnell sprang die Gedankenmühle wieder an. Obwohl keiner ein Wort sagte, war es lauter als zuvor.

Ich widerstand dem Impuls, mir die Ohren zuzuhalten. Das würde nichts bringen und komisch aussehen.

Ein Junge war hereingekommen. Auf den ersten Blick sah er ganz normal aus, besser als die anderen im Raum, doch er hatte etwas an sich, das die meisten einzuschüchtern schien. Er nickte allen ernst und schweigend zu. Das Gestarre war er anscheinend gewohnt und ging völlig unbeeindruckt schnurstracks zu seinem Tisch. Direkt neben meinem in der ersten Reihe.

Ich konnte nichts dagegen tun, dass ihm meine Augen ebenso folgten wie die aller anderen. Denn ich kannte ihn bereits. Ich hatte das Gefühl, mich am Heizkörper festhalten zu müssen. Dort vorne hatte kein Geringerer Platz genommen als der fremde Junge aus dem Wald. Er existierte also tatsächlich.

In schwachen Momenten hatte ich ihn für einen Geist gehalten, um sein distanziertes Verhalten zu erklären. Und hier hatte ich den Beweis, dass ich falschlag: Er bestand aus Fleisch und Blut und unbestreitbar lebendig. Außerdem schien er mächtig Eindruck zu schinden. Jetzt hatte ich die Möglichkeit, etwas über ihn in Erfahrung zu bringen, ohne ihn gleich selbst zu überfallen. Dass er kein unbeschriebenes Blatt war, sah jeder.

Als ich meinen Blick von seiner Gestalt lösen konnte, schaute ich fragend meine neuen Klassenkameradinnen an. Da keine freiwillig irgendein Wort über den seltsamen Jungen verlor, war ich gezwungen, auf anderem Wege etwas über ihn zu erfahren. Dass nicht nur ich mich für ihn interessierte, stand außer Frage. Annalena hatte plötzlich sehr viele Gedanken in ihrem Kopf: *O mein Gott, er ist wieder da! Ich dachte, er wäre weggezogen?! Und er sieht immer noch so unverschämt gut aus …* Ich hielt mich davon ab, zustimmend zu nicken. Es gab nichts Schlimmeres, als auf jemandes Gedanken zu antworten. Auch das war mehr als einmal passiert.

Jetzt lösten sich alle aus ihrer kurzzeitigen Starre. Viele nahmen ihre Gespräche wieder auf, als wäre nichts geschehen. Nun, fast.

Wildes Tuscheln drang aus allen Ecken des Raumes und plötzlich tat mir der Junge leid. Vanessa meinte jedoch zum Glück, ich müsste dringend aufgeklärt werden und flüsterte mir ins Ohr: »Das ist Milán Farkas. Er kam letztes Schuljahr in unsere Klasse, erst kurz vor den Sommerferien, aber angeblich lebt seine Familie schon ewig in Heidelberg, dabei haben die gar keinen deutschen Namen. Er musste die Schule wechseln, da ist einiges vorgefallen, wenn du weißt, was ich meine. Er ist … irgendwie nicht normal.« Sie drehte ihren Finger neben ihrer Schläfe, um anzudeuten, dass Milán eine Schraube locker hatte. »Es sind eine Menge Gerüchte über ihn im Umlauf. Ich traue ihm jedenfalls nicht über den Weg. Am besten tust du das auch nicht.«

Mein Gesicht musste einen ziemlich erschrockenen Ausdruck angenommen haben, denn Vanessa sah sich genötigt, mir beruhigend ihre Hand auf den Unterarm zu legen. Ich bekam eine Gänsehaut und sie zuckte unmerklich zurück.

»Keine Angst, ich glaube nicht, dass er kriminell ist oder so, auch wenn andere das nicht ausschließen. Ich würde mich trotzdem von ihm fernhalten.« Bevor ich ihr nun doch ein paar Fragen stellen konnte; von denen hatte ich nach Miláns Auftritt und Vanessas unerwarteter

Ansprache nämlich reichlich (zum Beispiel, ob es hier nicht anders zuging als in dem Dorf, aus dem ich kam), betrat besagte Frau Winter das Klassenzimmer. Annalena schloss das Fenster und setzte sich neben Vanessa in die zweite Reihe, von wo aus sie mir freundlich zulächelte. Trotz meiner Neugier und dem festen Vorsatz, mir eine eigene Meinung über den fremden Jungen zu bilden, den ich so interessant gefunden hatte, wagte ich es nicht sofort, Milán direkt anzusehen. Lieber holte ich meinen Collegeblock und mein Mäppchen heraus. Ich wartete auf den Knoten in meinem Bauch, auf die Fluchtgedanken, auf die Angst. Ich war nachdenklich, etwas beklommen, aber nicht wegen Miláns Anwesenheit, sondern wegen der Abneigung, die ihm entgegenschlug, sobald er den Raum betreten hatte. Das war spannend. Dann überwand ich mich und riskierte doch einen offeneren Blick. Er schaute auf die Tafel, an die Frau Winter gerade das Datum schrieb.

Hm, ein Vampir ist er schon mal nicht, dazu hat er eine zu gesunde Gesichtsfarbe, dachte ich amüsiert. Hoffentlich musterte ich ihn nicht zu auffällig. Er sah auch von Nahem wirklich gut aus, das ließ sich nicht bestreiten. Es war aufregend, ihn endlich aus nächster Nähe zu betrachten. Milán sah exakt aus wie der Waldjunge. Er hatte die gleichen tiefschwarzen Haare, die er wild auf seinem Kopf arrangiert hatte. Vielleicht hatte er sich auch einfach nicht gekämmt. Nicht einmal die vielen Sommersprossen machten ihn weniger attraktiv. Seine Lippen waren schön geschwungen, sodass sich sogar mir der Gedanke aufdrängte, wie es wohl wäre, ihn zu küssen. Wie schamlos! Sofort wurde ich rot. Kein Wunder, dass den Mädels der Mund offenstand, wenn er den Raum betrat. Seine Blicke wirkten hart und unnahbar, geradezu abweisend. Und doch gab es niemanden, der ihn nicht ansah. Ich selbst war gegen meinen Willen gebannt. Ich schaute ihn weiter an und hoffte, dass er es nicht mitbekam.

Alles an ihm wirkte intensiv. Das Schwarz seiner Haare, der leichte Bronzeton seiner Haut, das leuchtende Blaugrün seiner Augen. Diese Farbe! So lange hatte ich über seine Augenfarbe gerätselt. Und jetzt konnte ich mich nicht davon losreißen. Diese Augen waren das Ungewöhnlichste, das ich je bei einem Menschen gesehen hatte. Wie gut er erst aussah, wenn er lächelte … Vielleicht war ich die Einzige in diesem Klassenraum, die sein Lächeln kannte.

Schämte er sich, zu zeigen, dass er mich kannte? Oder verwechselte ich ihn doch? Oder wusste er nicht, dass ich das Mädchen war, das er täglich traf? Vielleicht war er einfach kurzsichtig und zu eitel, eine Brille zu tragen. Ein unterdrücktes Kichern stahl sich aus meinem Mund. Hastig wandte ich mich ab, weil er irritiert die Stirn runzelte. Mist, er hatte mein Starren bemerkt.

Die ganze Situation war trotzdem zum Totlachen. Das kannte ich doch schon aus der einschlägigen Literatur: Seltsamer Junge verschreckt die halbe Schule und trägt irgendein dunkles Geheimnis mit sich herum. Nur eine doofe Neue, in diesem Fall ich, gibt nichts auf die Vorurteile der Alteingesessenen und stellt Nachforschungen an. Miláns Geheimnis konnte nicht besonders finster sein. Jedenfalls nicht finsterer als meins. Wahrscheinlich zog er eine Riesenschau ab und gefiel sich auch noch in der Rolle des mysteriösen Einzelgängers. Natürlich war ich prompt auf ihn hereingefallen. Schon ein bisschen lächerlich. Trotz allem, was ich mir selbst über ihn zusammengereimt und was Vanessa über ihn berichtet hatte, konnte ich kein Misstrauen empfinden. Er sah nett aus. Jedenfalls nicht wie ein Axtmörder oder jemand, der nachts aus seinem Sarg steigt, um jungen Frauen das Blut auszusaugen. Was hatten die nur mit ihm? Es lag sicher nicht nur an seiner Aura, mehr an etwas, das er getan hatte oder in das er verwickelt gewesen war. Vanessa hatte schließlich gemeint, es wäre etwas vorgefallen. Solange ich das nicht wusste, gab es keinen Grund für mich, ihn anders zu behandeln als meine anderen Mitschüler. Mit gegenüber verhielten sie sich bisher überraschend freundlich, das war ganz und gar ungewohnt. Ich riss mich aber auch schwer am Riemen, um ja nicht mit Verrücktheiten aufzufallen. Und anscheinend gab Milán ein weitaus freakigeres Bild ab als ich.

Leider musste ich mit dem Nachgrübeln aufhören, weil die Lehrerin nach ein paar Begrüßungsworten ihre Aufmerksamkeit auf mich richtete. Ich schaute ihr zum ersten Mal ins Gesicht, rund und so vertrauenserweckend wie der Rest ihrer Erscheinung. Frau Winter trug eine weiße, langärmelige Bluse, dazu einen grauen Bleistiftrock und flache Pumps in schlichtem Schwarz. Ich schätzte sie auf mindestens fünfzig. Ihr adretter Pagenschnitt war hundertprozentig blondiert. Eine Lesebrille baumelte an einer silbernen Schnur vor ihrem üppigen

Busen. Frau Winter war bei uns nicht nur Klassenlehrerin, sondern unterrichtete auch Englisch und Französisch.

»Möchtest du dich kurz vorstellen, Katharina?«, fragte sie mit ruhiger Stimme.

Ich würde mir zwar lieber ohne Betäubung einen Zahn ziehen lassen als vor der Klasse zu stehen und über mich zu sprechen, aber ich wollte nicht bockig wirken. Ich verknotete meine Hände, um mir Halt zu geben, schluckte gegen die aufsteigende Übelkeit an und betete, dass ich weder in Ohnmacht fiel noch mich übergeben musste. Zittrig stand ich auf. Als ich mit wackligen Beinen um die Tischreihe herum zur Tafel ging, spürte ich Miláns Blicke im Rücken. Auch als ich mich umdrehte, starrte er mich unverhohlen an. Von einem Lächeln keine Spur. Mein Mund und meine Kehle trockneten aus. Ich hustete unterdrückt. Miláns eisiger Blick trug nicht gerade zu meinem Wohlbefinden bei. Er schien mich wirklich nicht zu kennen. Wie konnte das sein? Da schaute ich lieber zu Vanessa und Annalena. Letztere nickte mir zu, wie um mich zu bestärken. Das war richtig lieb von ihr.

Ich räusperte mich vorsichtig, damit mir nicht der Mageninhalt hochkam. Jetzt spürte ich geradezu wie meine Wangen sich rot verfärbten und mein Herzschlag ungeahnte Höhen erreichte. Blöde Nervosität! Dabei war das jetzt meine Chance, einen guten Eindruck zu machen.

Mit krächzender Stimme sagte ich die Sätze auf, die ich mir seit Tagen zurechtgelegt hatte: »Ich heiße Katharina Wolf und bin in den Sommerferien mit meiner Familie nach Heidelberg gezogen. Mein Vater hat hier an der Schule eine Stelle bekommen und jetzt wohnen wir in der Weststadt. Und das wars eigentlich auch schon.« Meine peinlichen wie langweiligen Hobbys, nämlich lesen, das Verfassen von Fantasy-Fanfictions und eines Geisterforschungsbuches verschwieg ich lieber. Ich musste es mir ja nicht gleich am ersten Tag mit allen verscherzen. Niemand stellte eine Frage, weshalb ich mich erleichtert wieder hinsetzte.

Innerlich beschäftigte ich mich weiter damit, wie ich auf die anderen gewirkt hatte. Abgesehen von offenkundig verängstigt.

An meinem Outfit gab es schon mal nichts auszusetzen. Auf Anraten von Joshua hatte ich ein wenig Wimperntusche aufgelegt und trug meine langen, fast schwarzen Haare offen. Ich hatte jedoch nicht bedacht, dass sie nach einer Fahrt mit Fahrradhelm wahrscheinlich nicht mehr besonders toll aussahen. Erster Minuspunkt. Mein türkiser Pullover war unauffällig, meine Beine steckten in einer engen, schwarzen Röhrenjeans. Damit sollte ich wirklich nicht negativ auffallen. Man könnte mich höchstens für etwas zu dünn halten. Zweiter Minuspunkt.

Zum dritten Minuspunkt durfte es nicht kommen, der bestand nämlich darin, unbedacht Dinge auszusprechen, die ich nicht wissen oder wahrnehmen dürfte. Das war ein absolutes No-Go. Dieser Punkt blieb der schwerste, wobei ich darin mittlerweile viel Übung hatte. Obwohl ich es hasste, dass ich mich für andere so verbiegen musste, war mir klar, dass es sein musste.

Mit meinen Haaren schirmte ich mich vor Miláns Blicken ab. Er starrte mich immer noch an.

4

Dennoch brachte ich es nicht über mich, seinen Blick zu erwidern. Musste ich auch nicht. Dass ich diesmal nicht mein altbewährtes Rezept befolgt hatte, nämlich abzuhauen und mich irgendwo zu verstecken, brachte mir ein innerliches Schulterklopfen ein. Auf einmal entschlossen, mich nicht noch mehr zum Deppen zu machen, warf ich meine Haare zurück und ignorierte ihn, so gut es ging. Ich hatte schon Schlimmeres erlebt. Wir hatten noch nie miteinander gesprochen, es konnte also gut sein, dass er das beibehalten wollte, ob ich nun neben ihm saß oder nicht. So richtete ich meine Aufmerksamkeit auf Frau Winter.

Wir mussten den Stundenplan von der Tafel abschreiben und welche Hefte und Ordner wir besorgen sollten, danach ging es an die Buchverteilung. Nachdem alle ihre Bücher bekommen hatten, kamen die Listen mit den AG-Angeboten. Ich überlegte schwer, ob ich mich für das Sinfonieorchester eintragen sollte, immerhin spielte ich seit Jahren Querflöte, hatte es damals im örtlichen Musikverein aber nicht lange ausgehalten. Wollte ich hier nicht einen echten Neuanfang? Als die Orchesterliste zu mir kam, zuckte ich unmerklich mit den Schultern und schrieb mich ein. Ich stutzte, als Milán neben mir einen Kugelschreiber zückte und sich unter meinem Namen eintrug. Das »A« in seinem Namen trug einen Akzent. Ich sah zu Frau Winter, die ins Klassenbuch schrieb, während die AG-Liste weiter durch die Klasse wanderte. Dann schielte ich nach rechts hinüber zu Milán, der auf seinem karierten Block herumkritzelte. Selbst mit Kugelschreiber sah seine Zeichnung nicht schlecht aus. Ich wollte ihn schon darauf ansprechen, als ich mich im letzten Moment zurückhielt. Er vermittelte mir nicht das Gefühl, dass er mit mir reden wollte. Und ich wollte mich selbst nicht überfordern.

Nach der Doppelstunde holte ich meine Brotdose aus der Tasche und stand auf, um Vanessa, die mich zu sich winkte, und ihren Freundinnen nach draußen zu folgen. Der Platz neben mir war leer. Ich sah noch mal hin. Der Typ war entweder verdammt schnell oder er hatte die Fähigkeit, sich in Luft aufzulösen. Schon ein bisschen gruselig. Ich schüttelte mich leicht, als ich mein Mäntelchen anzog. In jedem Fall würde ich mich hier nicht langweilen.

Auf dem Schulhof traf ich einen gut aufgelegten Joshua. Er schien auf mich gewartet zu haben. Verstohlen beobachtete ich die Reaktionen meiner neuen Mitschülerinnen auf meinen Bruder. Ich grinste in mich hinein, als ich Annalenas schmachtende Blicke bemerkte. Was das anging, erlebte ich mit Joshua immer dasselbe. Mein Bruder unterschied sich in den meisten Dingen grundlegend von mir. Er war ein typischer Sonnyboy mit kurzen Haaren, die immer ein wenig unordentlich aussahen, und feinen Gesichtszügen. Letztere hatte er auf keinen Fall von Papa, der mich eher an einen raubeinigen Seefahrer erinnerte. Mit seinen kastanienbraunen Augen bekam Joshua den schönsten Hundeblick der Welt hin. Doch den musste er nicht oft einsetzen, denn fast immer hatte er ein freundliches Lächeln und einen lockeren Spruch auf den Lippen. Es war einfach seine Art, offen auf die Leute zuzugehen, er schloss schnell neue Bekanntschaften und gehörte immer zu denen, die auf jede Party eingeladen wurden. Selbst in unserem Dorf war er mit den meisten gut ausgekommen, die für mich nur scheele Blicke übriggehabt hatten.

Joshua lächelte mich schief an. Er ließ mich seine Gedanken hören: *Schon Anschluss gefunden?* Laut meinte er: »Ich hab nix mehr zu essen. Wisst ihr vielleicht, wo es hier in der Nähe einen Bäcker gibt?« Dazu lächelte er Annalena, Vanessa und die anderen zwei (verflixtes Namensgedächtnis) gewinnend an. Ich verdrehte die Augen. Gegen seinen Charme kam kaum jemand an. Kopfschüttelnd folgte ich Joshua und seinem neuen Fanclub in die Fahrtgasse.

Die Sonne schien und wärmte mir angenehm den Rücken. Ich fasste neben Joshua Schritt, um mich nach seinem bisherigen Schultag zu erkundigen: »Und du? Auch neue Leute gefunden?«

»Klar. Ich wollte nur nach dir sehen. Außerdem treffen sich die meisten gerade, um zu rauchen, da hatte ich keinen Bock drauf. Bis jetzt kenne ich auch nur meinen Deutschkurs, unser Deutschlehrer ist unser Tutor, also so was wie der Klassenlehrer. Der muss halt alles organisieren. Keine Ahnung, wie die anderen Kurse aussehen«, antwortete er ausführlicher als sonst, was sicher auch an Vanessa lag, die an seinen Lippen hing. Ich würde ihr gerne sagen, wie dämlich das war und dass mein Bruder sich sicher nicht mit einer Zehntklässlerin einlassen würde. Aber natürlich verkniff ich mir das. Ich wollte Freunde finden. Und schonungslose Ehrlichkeit macht einsam.

»Was hast du noch mal für vierstündige Kurse gewählt?«, fragte ich daher diplomatisch. Wegen seines Auslandsjahrs in England startete Joshua ein Jahr später in die Kursstufe als die meisten seiner Mitschüler, aber das kam ihm sehr entgegen. In meinen Augen war er der faulste Gymnasiast unter der Sonne und es blieb mir ein Rätsel, wie er trotz seiner Arbeitshaltung nicht mal an einem englischen Internat durchgefallen war.

Er spielte das Spiel mit und antwortete brav: »Geschichte, Englisch und Chemie.«

Vanessa witterte ihre Chance, sich einzuklinken: »Wow, Chemie. Das ist mir zu schwer. Ich werde wahrscheinlich keine Naturwissenschaft vierstündig nehmen.«

»Ihr habt ja noch ein bisschen Zeit zu wählen«, antwortete mein Bruder freundlich, aber auch ein wenig herablassend. Was natürlich niemandem außer mir auffiel. Um nicht loszuprusten, öffnete ich meine Vesperbox und biss in das riesige Käsebrot, das Mama mir eingepackt hatte. In Joshuas Gegenwart fühlte ich mich sicher genug, um essen zu können und es ein bisschen zu genießen, mit anderen unterwegs zu sein.

Beim Bäcker kaufte Joshua sich zwei große Pizzastücke, dabei hatte er sicherlich mehr in seiner Dose vorgefunden als ich. Keine Ahnung, wo er das ganze Essen unterbrachte. Leider musste er uns nun verlassen, weil drei Jungen aus seinem Deutschkurs vor dem *Darmstädter Hof Centrum* standen und ihn zu sich riefen.

»Bis später, Mädels«, rief er nonchalant und ging mit schnellen Schritten davon. Die Gedanken meiner Begleiterinnen verdarben mir beinahe den Appetit. Mit großer Mühe verkniff ich mir ein ›Hört auf, ihm hinterherzugucken und über seinen Hintern nachzudenken‹. Allerdings lenkte es mich davon ab, dass ich ihn gerne noch ein bisschen als Moderator bei mir gehabt hätte. Obwohl … Gerade bekam ich es auch ohne ihn hin.

»Ist das dein großer Bruder?«, fiel Annalena gleich über mich her. Ich konzentrierte mich auf das, was sie sagte.

Was gar nicht so einfach gestaltete, weil sie sich anscheinend schon Hals über Kopf in Joshua verguckt hatte und ihre Gedanken mich förmlich anschrien: *Wow, sieht der süß aus! Er ist so nett! Und wie er mich angeschaut hat …*

»Ja, ist er. Wenn ich dir einen Rat geben darf, verlieb dich lieber nicht in ihn. Er wechselt die Freundinnen wie die Unterhosen. Ich glaube, er hat es noch nie mit einem Mädchen wirklich ernst gemeint. Tut mir leid, dass ich das so drastisch sagen muss. Aber ich kenne ihn sehr gut.«

Sie schob die Unterlippe vor. »Na ja, er ist sowieso zu alt für mich. Aber du kannst nicht abstreiten, dass er echt schnuckelig aussieht.«

Darüber wollte ich wirklich nicht reden, also hielt ich einfach den Mund.

Sie sprach schon weiter: »Was war das eigentlich mit Milán vorhin? Er hat dich so ewig angeschaut, keine Ahnung. Das hab ich noch nie bei ihm gesehen. Eigentlich guckt er nicht mal unsere Lehrer wirklich an. Und wenn, dann finster. Hat er mit dir gesprochen?«

»Nee. Habs aber auch nicht drauf angelegt. Vanessa meinte ja, er wäre nicht ganz dicht. Und er wirkt tatsächlich ein bisschen seltsam auf mich. Wisst ihr denn gar nichts über ihn? Ich meine, er war doch schon eine paar Wochen mit euch an der Schule.« So gesprächig verhielt ich mich sonst nicht, aber Milán hatte, schon länger als die Mädchen ahnten, mein Interesse geweckt und ich würde mir sicher nicht die Blöße geben und ihn selbst befragen.

Zurück auf dem Schulhof beeilten wir uns, weil es bereits zum ersten Mal geklingelt hatte. Obwohl ich heute Nacht gefürchtet hatte, wieder unbeabsichtigt jeden wegzustoßen, führte ich im Augenblick ein richtiges Mädchengespräch mit echten Mädchen. Ich sollte ein Kreuzchen in meinen Taschenkalender machen.

Vanessa packte raschelnd den Rest ihrer Brezel zurück in die Papiertüte und erzählte bereitwillig, was sie wusste: »Natürlich ist der nicht ganz dicht. Er hat mit niemandem ein Wort gewechselt, außer Hallo und Tschüss. Er ist schon fast siebzehn, er ist letztes Jahr sitzengeblieben. An seiner alten Schule soll er früher anders gewesen sein, jedenfalls bevor er geflogen ist. Ein paar von uns sind im Sommer heimlich zu seinem Haus gefahren. Er wohnt gegenüber vom Bergfriedhof in einer Villa, ziemlich weit oben am Waldrand. Sieht von außen aus wie ein Spukhaus, voller Efeuranken und ganz schön düster. Wir haben nur geguckt, dabei hätte ich gern mal geschellt, aber bestimmt hätte er uns nicht reingelassen.«

Sie machte eine Pause, während der sie sich die Brezeltüte unter den Arm klemmte und ihre Sprudelflasche aufschraubte. Sie hob den Zeigefinger, damit wir warteten, trank einen Schluck und führte ihre Erzählung fort: »Einmal hab ich hier in der Schule seinen Vater gesehen, auf dem Sekretariat. Sah für sein Alter sehr gut aus, aber Gott, war der Furcht erregend. Hat jeden mit seinem Blick durchbohrt, der ihn angesehen hat. Timo meinte, der Typ hat ihn angestarrt, als würde er alles über ihn wissen. Und Timo hat vor niemandem Angst.«

Aha. Meine Augenbrauen wanderten immer weiter nach oben.

Dass sie Milán lieber nachspionierten, als mal über ihren Schatten zu springen und mit ihm zu reden, empörte mich. Daher klang ich giftiger als beabsichtigt: »Das ist alles? Keiner hat sich die Mühe gemacht, Milán mal anzusprechen, was er so macht und so weiter?« Ich staunte über mich selbst. Normalerweise ging ich Konflikten aus dem Weg. Gefühle wie Wut machten mir Angst. Ich gab ihnen wenig Raum und wenn andere sie zeigten, konnte es passieren, dass ich mich irgendwo verkroch. Aber jetzt hatte ich plötzlich den Mumm, Fremden Vorhaltungen zu machen. Was vielleicht nicht sehr klug war, wenn ich mich nicht wieder auf ein Schuljahr im sozialen Exil einstellen wollte. Sofort ruderte ich zurück. »Ähm, also das war jetzt kein Vorwurf an euch, ich verstehe es nur nicht.« Meine Hände zitterten wieder. Ich hielt meine Brotdose fest umklammert.

»Versucht haben es schon ein paar von den Jungs und Vanessa auch, aber er hat immer abgeblockt. Er hat eine Art an sich, dass man sich ihm eigentlich gar nicht nähern will«, gab Annalena zu. Sie wollte noch mehr sagen, kniff aber den Mund zusammen. Ich hörte es trotzdem: *Ich habe ein bisschen Angst vor ihm. Ich kann ihn nicht durchschauen.*

Das konnte ich ihr nicht verdenken. Als Antwort nickte ich. Seine ungewöhnlichen blaugrünen Augen kamen mir wieder in den Sinn. In dem kurzen Moment, in dem ich ihm ins Gesicht gesehen hatte, hatten sie sich mir eingeprägt. Um die schwarze Pupille lag ein tiefgrüner Ring, während der Rest seiner Iris blau, fast schon türkis, schimmerte. Doch er hatte mich dazu gebracht, schnell wegzuschauen und einen gewissen Abstand zwischen ihn und mich zu bringen. Ich fürchtete mich nicht direkt vor ihm wie meine Mitschüler, aber ich wollte ihm keinen Grund geben, sauer auf mich zu sein. Irgendwie erinnerte er mich an meine Cousine Amélie. Irmgard hatte einmal gesagt, sie wäre eine Eiskönigin, aber Amélie hatte einfach gewusst, dass sie früh sterben und allen anderen damit Schmerz zufügen würde, wenn sie sie zu nahe an sich herangelassen hätte. Jedenfalls hatte sie mir das einmal erzählt. Annalena und Vanessa liefen vor zur Toilette, während ich langsamer in Richtung Schulhaus ging. Ich ließ meine Gedanken zu dem Tag zurückschweifen, an dem ich den Beweis dafür bekommen hatte, dass auch ich etwas ausstrahlte, das andere Leute fernhielt.

Es war der Tag gewesen, an dem meine Cousine beerdigt wurde. Ende Mai, es war sonnig, erstes Freibadwetter.

Obwohl ich erst fünf gewesen war, hatte sich alles damals in mein Gedächtnis eingebrannt. Die lange, stille Autofahrt zur Familie nach Heidelberg, das Meer von trauernden, schwarz gekleideten Menschen, die mit bunten Blumen bemalte Urne, die schiere Verzweiflung auf dem Gesicht meiner Tante. Und über allem: Amélie selbst. Amélie, die mit trauriger Miene ihrer eigenen Beerdigung beiwohnte, unsichtbar für alle. Für alle außer mir.

Sie hatte sich hinter einer Säule verborgen, neben meinem Sitzplatz in der Einsegnungshalle. Nur ich konnte damals sehen, wie sie mir traurig zulächelte, ihrer Mutter die Hand auf die Schulter legte und ihren Vater umarmte, ohne dass er es wahrnahm. Wie sie neben ihnen her schritt, ihrer eigenen Urne hinterher.

Amélie war wie eine große Schwester für mich gewesen, zehn Jahre älter und immer viel cooler, als ich es je sein würde. Das hatte ich schon früher gewusst, als sie gestorben war. Für mich war sie nie eine Eiskönigin, sondern meine beste und einzige Freundin. Und sie hatte mich nicht verlassen. Sie blieb bis heute bei mir und hatte an diesem Tag meine Sicht der Dinge gründlich geändert. Ich lernte an diesem Tag, dass alles, was ich sah, wirklich existierte und dass die Welt für mich größer und voller war als für andere Menschen. Das war großartig und erschreckend zugleich. Amélie und all die anderen gingen nicht für immer fort, sie hatten lediglich ihren sterblichen Körper im Diesseits zurückgelassen und blieben mir aufs Engste verbunden, bis ich eines Tages ebenfalls ins Jenseits hinübergehen würde. Trotzdem wäre es tausendmal schöner, wenn Amélie noch leben würde. Ich hoffte wirklich, dass Milán ihr Schicksal erspart blieb. Das wünschte ich niemandem.

Ich hatte mich so in meinen Erinnerungen verloren, dass ich den Weg ins Klassenzimmer eher unbewusst zurückgelegt hatte. Milán saß auf seinem Platz und zeichnete. Frau Winter stand in den Startlöchern, die Spinde zu verteilen. Auffordernd klapperte sie mit einer Holzkiste voller Schlüssel, bis das letzte Geflüster aufgehört hatte. Neugierig linste ich herüber zu Miláns Zeichnung. Er hatte sie erweitert, sodass sie nun fast das gesamte Blatt einnahm. Ich bestaunte den natürlich aussehenden Baum mit den vielen geschwungenen Ästen, der kaum belaubt, dafür aber mit exotischen Paradiesvögeln bestückt war. Dabei sahen sie so echt aus, als würden sie gleich lebendig werden und aus dem Papier herausfliegen. Einer erinnerte mich an diese grünen Papageien, die sich in Heidelberg eingebürgert hatten. Ich musste den Papagei ziemlich genau betrachtet haben, denn Miláns Züge umspielte ein leichtes Lächeln, das den harten Ausdruck in seinem Gesicht verwandelte. Wenn er lächelte, sah er gar nicht mehr unnahbar und einschüchternd, sondern vertraut aus. Ohne nachzudenken, lehnte ich mich näher. Milán sagte immer noch nichts, begann aber, die Vögel auf dem Blatt sorgfältig zu beschriften.

»Webervogel« stand unter einem Vogel, der ein kunstvolles, kugelförmiges Nest an einem Ast baute, »Halsbandsittich« schrieb er neben den fliegenden Papagei. Ah! Halsbandsittich! Wenn ich das nächste Mal auf den Bergfriedhof ging, um die zahlreichen Omas, Opas, Uromas, Uropas und Urgroßonkel zu besuchen, würde ich nach ihnen Ausschau halten. Dort gab es nämlich eine kleine Kolonie. Ich lächelte nun ebenfalls. Es erfüllte mich mit ungekannter Wärme, Milán auf einmal so nahe zu sein und vielleicht das Eis zu brechen. Ermutigt riss ich ein Stück Papier hinten aus meinem Block heraus und schrieb in meiner großen, unordentlichen Schrift darauf: *Tolle Vögel!*

Den Zettel schob ich zu ihm herüber und wartete gespannt auf seine Reaktion.

Sein Lächeln vertiefte sich und offenbarte weiße Zähne und niedliche Kringel in den Mundwinkeln.

Ich musste mich krampfhaft davon abhalten, ihn anzugaffen wie Annalena vorhin meinen Bruder. Das Letzte, was ich wollte, war eines dieser hirnlosen Hühner zu sein, die einem Typen aus der Hand fraßen, sobald er ihnen ein wenig freundliche Aufmerksamkeit zuteilwerden ließ. Das hatte ich, wenn auch unfreiwillig, bereits oft genug miterleben müssen.

Milán drehte das Papierchen um und schrieb tatsächlich etwas darauf. Es fühlte sich an wie ein kleiner Sieg. Bis ich den Brief umdrehte.

5

›Danke für das Kompliment. Und jetzt lass mich bitte in Ruhe‹, stand da.

Das Gefühl, zurückgewiesen worden zu sein, durchströmte mich schmerzhaft von Kopf bis Fuß. Meine Wangen erglühten, als ich das Papier zerknüllte und in meine Hosentasche stopfte. Warum hatte er mich dann all die Tage angelächelt? War ich aus der Nähe betrachtet etwa so hässlich? Das machte mich zornig. Überrascht von meiner heftigen Reaktion dachte ich aufgebracht: *Dann eben nicht. Wäre ja zu schön gewesen, einen Freund zu finden, der etwas mit mir gemeinsam hat. Mistkerl!* Jetzt verstand ich, was Vanessa und Annalena gemeint hatten. Für diesen Typen musste man im wahrsten Sinne des Wortes Panzerknacker sein. Und dazu fehlte mir das nötige Know-how.

Ich hatte es auf die normale Art machen wollen, doch er ließ mir keine andere Wahl. Ohne auf die anderen zu achten, schloss ich die Augen und konzentrierte mich auf Milán. Normalerweise reichte das, um seine Gedanken in meinem Kopf hören zu können, als würde er mit mir sprechen. Es reichte normalerweise auch aus, um seine Gefühle wie meine eigenen zu spüren. Doch ich hörte und fühlte nichts. Rein gar nichts. Als umgäbe ihn eine Barriere.

Erschrocken riss ich die Augen auf und starrte ihn an. Entweder hatte er die Fähigkeit, alles Denken und Fühlen auszuschalten, oder er schirmte mich ab. Doch wie sollte er mich abschirmen? Er konnte gar nicht wissen, dass ich ein Freak war, der Gedanken lesen konnte! Ich war ehrlich erschüttert. Zorn und Verwunderung rangen in mir, als ich ihn mit großen Augen anstarrte. Er lächelte fein und drehte seine Zeichnung um, da in dieser Sekunde Frau Winter mit ihrer deutlich geleerten Kiste herannahte und uns aufrief, damit wir unsere Spindschlüssel in Empfang nahmen. Wie auf Watte lief ich nach hinten und holte mir meinen. Ich hatte nicht aufgepasst, als Frau Winter mir den dazugehörigen Spind gezeigt hatte, aber das sollte jetzt meine geringste Sorge sein. Ich wusste gar nicht, warum mich Miláns abweisende Art wütend machte. Eigentlich sollte ich solche Reaktionen gewohnt sein. Keine Ahnung, was ich erwartet hatte. Schließlich verhielt er sich allen gegenüber so. Es konnte mir also getrost egal sein. War es aber nicht. Und das nicht nur, weil er mir vielleicht ähnlicher sein könnte als gedacht, sondern weil er eben doch kein Unbekannter mehr war. Er war ein, wenn auch flüchtiger, Bekannter, der nichts mehr von mir wissen wollte.

Obwohl ich es mir selbst kaum eingestehen konnte, tat es weh, so behandelt zu werden. Jeder würde ihn zur Rede stellen, aber ich war nicht jeder, selbst wenn ich ihn nicht damit davonkommen lassen wollte. Ich hatte nun das dringende Bedürfnis, mich in einem dunklen Loch zu verkriechen. Aber ich hielt durch. Er würde mir den guten Anfang nicht kaputt machen!

Frau Winter hatte sich wieder am Lehrerpult positioniert. »Fahren wir fort. Als Nächstes geht es um das Mittagessen.« Sie wandte sich nun direkt an mich. »Wie du sicher weißt, haben wir hier eine Mensa. Das Essen wird allerdings online bestellt, weshalb du dich am besten heute mit deinen Eltern darum kümmern solltest.« Zugleich erreichten mich zum ersten Mal ihre Gedanken. Die ganze Zeit über hatte sich mein Gehirn mit eigenen Gedankengängen beschäftigt, um nicht diesem ständigen Hintergrundrauschen ausgesetzt zu sein, doch jetzt hieß ich es willkommen. Es lenkte mich von diesem dämlichen Schönling ab, der neben mir weiter vor sich hin malte. Außerdem war es nie verkehrt zu wissen, was der Lehrer dachte. … *viel essen wird sie allerdings nicht, wenn ich sie mir so anschaue. Sie wirkt zerbrechlich. Ein kleines Vögelchen. Vielleicht spreche ich ihren Vater mal darauf an* … Und da war ich raus. Nicht schon wieder! Wie oft war ich zum Schulpsychologen zitiert worden, weil eine übereifrige Lehrerin befürchtete, dass ich nicht nur einsam war, sondern auch bald aus nichts als Haut und Knochen bestehen könnte und sicher eine ernstzunehmende Essstörung hatte. Natürlich hatte ich eine Störung, aber die hatte nichts mit meinem Essverhalten zu tun.

Ich starrte Frau Winter böse an, bevor ich angestrengt meine Gesichtszüge unter Kontrolle brachte. Das fehlte mir gerade noch, dass sie mich für durchgeknallt hielt. Auch wenn viele es anders sahen, laut Body-Mass-Index hatte ich kein Untergewicht, was ich mehr als einmal überprüft hatte, wenn mir die Blicke auf das winzige, schmale Mädchen zu viel wurden. Bodyshaming war für mich ein Thema wie für jeden anderen, der aus dem Rahmen fiel und nicht das erfüllte, was die Gesellschaft für normal hielt. Leben und leben lassen war mittlerweile mein Motto. Ich war nicht schwach und kränklich. Im Gegenteil, seit ich denken konnte, war ich nie krank gewesen. Trotzdem machte Papa gerne Witze, dass ich bei Sturm nicht rausgehen sollte und dergleichen. Mittlerweile fühlte ich mich ganz wohl mit meiner Figur. Es gab entschieden Wichtigeres, auch wenn ich nach wie vor lieber fünfzehn Zentimeter größer und ein paar Kilo schwerer gewesen wäre.

Wie von selbst glitten meine Augen nach rechts, als würde dieser Idiot sie magisch anziehen. Er lächelte wieder. Und ich hatte das dumpfe Gefühl, dass es mit mir zu tun hatte. Ärgerlich kaute ich auf der Innenseite meiner Wange herum. Eine schreckliche Marotte, die mich immer überkam, wenn ich nervös war oder aufgebracht. Dazu pochten meine Schläfen unangenehm.

Glücklicherweise musste ich jetzt schreiben und zuhören.

Montags hatten wir keinen Nachmittagsunterricht und heute wäre er sowieso ausgefallen, weil die Lehrer ihre Konferenz zum Schuljahresbeginn abhielten.

Als ich Papa auf dem Weg nach draußen traf, sprach sein Gesicht diesbezüglich Bände.

»Na, wie war der erste Tag?«, erkundigte er sich und kraulte sich den rotbraunen Vollbart. Sein kariertes Hemd hing leicht zerknittert an seinem Körper herab. Er war eher der bullige Typ und beinahe zwei Meter groß. Vor allem aber erlebte ich ihn als sanftmütigen Menschen, obwohl er gerade mehr wie ein gereizter Wikinger mit Aktentasche aussah. Joshua hatte viel von Papas Charakter. Nie hatte ich einen von beiden aufbrausend oder unbeherrscht erlebt. Das war eher Matthias' oder Irmgards Part.

»Eigentlich ziemlich gut. Ich hab ein paar nette Mädels kennengelernt und mich für das Orchester angemeldet«, berichtete ich ihm lächelnd. Das mit Milán ließ ich lieber weg. Papas gutmütiges Gesicht mit den schmalen, blauen Augen erhellte sich. Ich spürte seine große Erleichterung, dass bisher nichts vorgefallen war, das ihn ins Büro des Direktors zwang. Oder mich in eine psychologische Praxis. Dennoch versetzte es mir einen Stich, weil er sich bei meinen Brüdern deswegen keine Sorgen zu machen brauchte.

»Und wie wars bei dir? Sind deine neuen Schüler nett?«, fragte ich zurück, ohne mir etwas anmerken zu lassen.

»Chaoten gibt es überall, aber heute haben sie sich noch ganz anständig benommen. Erinnerst du Irmgard daran, dass ich zu dieser Konferenz mit ungewissem Ende gehen muss? Bestimmt hat sie es wieder vergessen.«

Das konnte gut sein. Meine Stiefmutter arbeitete als freie Übersetzerin. Auf diese Weise war sie zwar zu Hause, aber nicht so präsent, dass wir uns von ihrer mütterlichen Fürsorge erdrückt fühlten. Der Abgabetermin für einen amerikanischen Frauenroman rückte näher, weshalb wir sie vermutlich erst gegen Abend zu Gesicht bekommen würden, wenn sie mit schmerzendem Rücken ihre Arbeitsecke im Wohnzimmer verließ.

»Mach ich. Wir heben dir was vom Abendessen auf«, beruhigte ich ihn. »Bis heute Abend.« Damit tauchte ich wieder in der Schülermenge unter, die lärmend nach unten zu den Ausgängen strebte.

Bei unseren Rädern in der Sonne entdeckte ich gleich Matthias' grünes Basecap, das seinen rotbraunen Haarschopf fast gänzlich verdeckte. Er bückte sich, um sein Fahrrad aufzuschließen.

»Hey, Matti! Wie war dein erster Tag?«, rief ich ihm zu.

»Du sollst mich nicht immer so nennen, Katha!«, zischte er. »Wenn du schon einen Spitznamen benutzen musst, dann nenn mich wenigstens Matze wie die anderen!«

Ich lächelte nur.

In normalem Tonfall fuhr er fort: »Ja, nix Besonderes. Schule halt. Die meisten Jungs aus meiner Klasse wohnen bei uns in der Nachbarschaft, morgen treffen wir uns zum Skaten.« So oft Matthias zu Hause auch in sich gekehrt wirkte, so leicht tat er sich damit, neue Leute kennenzulernen. Er wirkte immer selbstsicher. Auch wenn er es nicht wusste, bewunderte ich ihn ebenso dafür wie meinen großen Bruder.

»Klingt doch gut. Hilfst du mir nachher, mein Bücherregal aufzubauen? Joshua soll unsere Hefte besorgen gehen, der ist dran mit Einkaufen.«

Er war einverstanden. »Okay. O Mann, ich verhungere gleich. Mama hat bestimmt nichts gekocht.«

Matthias sah aus wie eine jüngere, unfertige Ausgabe von Papa, nur mit volleren Haaren. Man erkannte auf den ersten Blick, dass er genauso groß und breitschultrig werden würde. Er hatte die gleichen etwas knautschigen, aber liebenswerten Gesichtszüge geerbt und als Einziger von uns blaue Augen. Niemand, der uns hier an unseren Fahrradschlössern hantieren sah, würde uns für Geschwister halten. Ich steckte meinen Schlüssel ein und knuffte Matthias in die Seite. Dieser unsägliche Vielfraß!

»Ich mach uns was. Nicht dass du vor lauter Schwäche zusammenklappst, bevor mein Regal steht«, versprach ich. Außerdem hatte ich selbst Hunger, wurde deswegen aber nicht gleich übellaunig wie Matthias. Er bestieg sein Rad und wartete Füße scharrend darauf, dass ich endlich meinen Helm aufgesetzt und die Schulbücher mitsamt meinem Mäntelchen auf dem Gepäckträger untergebracht hatte. Da tauchte Joshua auf. In einiger Entfernung stand eine Traube älterer Schülerinnen aus seiner Stufe, die ihn nicht gerade unauffällig beobachteten. Das konnte ja heiter werden. Ich rollte mit den Augen.

»Na, welche willst du zuerst?«, neckte ich ihn.

»Keine von denen! Die kichern und tuscheln am laufenden Band. Ich bin doch nur nett zu ihnen, was denken die denn? Sind die Typen hier alle solche Deppen, dass sie sich auf mich stürzen müssen?«, erwiderte Joshua genervt. Ich biss mir auf die Lippe, um nicht zu lachen. Jeder andere würde liebend gerne mit ihm tauschen. Es war beinahe gespenstisch, wie nett man uns hier fand. Von Milán mal abgesehen.

Augenblicklich verfinsterte sich meine Miene, als ich an ihn dachte. Joshua interpretierte es falsch und sagte beschwichtigend: »Das war nicht so böse gemeint, wie es geklungen hat! Das überfordert mich nur ein bisschen, ich kenn die doch gar nicht. Keine Angst, kleine Elfe, ich bleib ganz anständig.«

»Das will ich dir auch geraten haben!«, drohte ich ihm scherzhaft. Keines dieser Mädchen hatte es verdient, sich unnötig Hoffnungen zu machen. Aber womöglich gab es eine unter ihnen, die Joshua zähmen konnte. Abschätzend schaute ich ihn an.

»Ein Königreich für deine Gedanken«, sagte er wieder lächelnd.

Matthias hatte nichts für unser undurchsichtiges Gerede übrig und forderte ungeduldig: »Können wir dann jetzt mal? Ich hab Hunger!«

»Ist ja gut, du wirst schon nicht vom Fleisch fallen!«, moserte Joshua und gab ihm einen brüderlichen Klaps auf den Hinterkopf. Ich holte meine Brotbox aus der Tasche und gab Matthias den Rest meines Käsebrotes, den er gierig entgegennahm und mit zwei Bissen verschlungen hatte. Manchmal war er mehr Wolf als Mensch.

»Nomen est omen, was, Matthias?«, merkte ich kichernd an. Er guckte verständnislos, während Joshua lachte.

Nach Spaghetti mit Tomatensoße war das Regal dank Akkuschrauber und des handwerklichen Geschicks meines kleinen Bruders schnell aufgebaut.

Wegen des herrlichen Wetters verschob ich das Einräumen auf den Abend und machte mich mit einem losen Strauß violetter Herbstastern im Fahrradkorb, die ich im hauseigenen Garten gepflückt hatte, auf den kurzen Weg zum Bergfriedhof. Zum einen gingen mir die blöden Papageien nicht mehr aus dem Kopf, zum anderen hatte ich das Bedürfnis, meine *anderen Freunde* zu besuchen. Es sprach für meine Verrücktheit, dass ich meine Zeit meistens lieber mit toten Menschen als mit lebenden verbrachte, aber der Vormittag war anstrengend gewesen. Wenn auch besser als befürchtet.

Und ich hatte nach der letzten Nacht und diesem vermaledeiten Zeitungsartikel einige Fragen, die mir vielleicht meine Uroma beantworten konnte. Sie war gut vernetzt. Nicht so gut wie Großmutter, aber die kam schon eine Weile nicht mehr zu mir. Womöglich erfuhr ich heute den Grund dafür.

Eigentlich musste ich nicht auf den Friedhof gehen, um mit ihr Kontakt aufzunehmen, all die Jahre hatte ich sie selten hier aufgesucht. Doch durch seine begünstigte Lage war mir das allemal lieber, als meiner Familie zum wiederholten Male erklären zu müssen, dass ich keine Selbstgespräche führte.

Als ich zum ersten Mal meine Großmutter Margarethe kurz nach Amélies Tod in meinem Zimmer vorfand, hatte ich zuerst Angst gehabt.

Zu diesem Zeitpunkt lernte ich gerade, mit diesem Wirrwarr an Stimmen und Gefühlen umzugehen, die tagtäglich auf mich einprasselten, sobald ich unter Menschen ging. Und dann stand sie plötzlich an meinem Fenster. Mitten am hellllichten Tag. Sie hatte ihre blaue, geblümte Kittelschürze an und sah beinahe lebendig aus. Überhaupt wirkte sie viel stofflicher, als ich das von einem Geist erwartet hätte. Gleich darauf erschien meine Cousine neben Oma. Beide erklärten mir geduldig, dass es zu meinen besonderen Gaben gehörte, auf vielen Ebenen mit Menschen, lebenden und toten, kommunizieren zu können. Zum ersten Mal hatte mir jemand rundheraus gesagt, dass ich schlicht und einfach sensibler war als andere. Ich war so empfindsam, dass ich die Gedanken der anderen hören und ihre Emotionen wie meine eigenen fühlen konnte, dass ich sogar die Verstorbenen wahrnahm, die für andere unsichtbar blieben.

Am Anfang war das Schwierigste gewesen, zu unterscheiden, was mir gehörte und was fremd war. Und natürlich bloß nicht aufzufallen. Viele Kinder haben irgendwann einen unsichtbaren Freund, den nur sie sehen und hören können, also taten meine Eltern die Gespräche mit Gespenstern zunächst als Auswüchse kindlicher Fantasie ab. Als ich in die Schule kam, hörte ich auf, in der Öffentlichkeit und sogar vor meiner Familie mit ihnen zu reden. Mein zunehmendes Alter machte aus einer charmanten Eigenart nämlich etwas Pathologisches. Irmgards durchaus nachvollziehbare Reaktion darauf, dass ihre Adoptivtochter Stimmen hörte und halluzinierte, dazu überall leise, aber spürbar abnormal in Erscheinung trat, hatte mich schnell gelehrt, diesen absonderlichen Teil meiner Persönlichkeit niemandem zu zeigen. Leider ließ es sich manchmal nicht verhindern.

6

Die Gräber meiner verstorbenen Verwandten waren über den ganzen Friedhof verteilt. Um alle besuchen zu können, startete ich meine Runde von der Rohrbacher Straße aus.

Die Bäume und Büsche auf dem parkähnlichen Gottesacker standen Mitte September in sommerlichem Grün. Mächtige Platanen, Rotbuchen oder Trauerweiden säumten die zahlreichen Wege. Immer wieder hielt ich Ausschau nach den grünen Halsbandsittichen, deren charakteristisches Kreischen sich auf seltsame Art mit den hiesigen Vogelstimmen mischte. Ich hatte es oft genug im Zoo und im Wald gehört, um die Papageienstimmen von den Singvögeln zu unterscheiden. Als ich vor der Urnenwand an der Friedhofsmauer stand, um meiner Großmutter Margarethe, Irmgards Mutter, eine Blume zu bringen, flog ein lärmender Schwarm der Papageien über mich hinweg. Lächelnd sah ich ihnen nach, bis sie zwischen den hohen Bäumen nicht mehr zu erkennen waren.

Die Sonne schien auf mein Gesicht. Die intensive Wärme löste ein wohliges Kribbeln auf meiner Haut aus. Großmutter zeigte sich mir nicht, als ich die Blume in eine Mauernische neben ihrer Urnenkammer legte. Ich marschierte in Richtung Steigerweg, wo die Urnen meiner Uroma und meines Uropas unter einer flachen Grabplatte ruhten. Ich brauchte eine geschlagene Viertelstunde bis dorthin, lief vorbei am Krematorium, an plätschernden Brunnen mit grünen Gießkannen, an prächtigen Grabmälern und an einer Kapelle.

Auf den verschlungenen Pfaden in diesem Teil des Bergfriedhofs hatte man das Gefühl, mitten im Wald zu sein. Es war selbst tagsüber dämmrig. Das grünliche Licht vermittelte den Eindruck, als wäre man an einem verwunschenen Ort und nicht fünf Gehminuten von einer Hauptverkehrsachse und einer Bahnlinie entfernt. Von einem seltsamen Gefühl getrieben schaute ich mehrmals über die Schulter. Ich meinte, nicht allein zu sein, obwohl ich niemanden sehen konnte. Als wäre dort ein Geist, der sich nicht zeigen wollte. Oder ein Mensch, der sich verdammt gut versteckte. Möglicherweise rührte meine leichte Paranoia auch daher, dass ich nicht nur tagsüber in diesem Licht umherging. Erneut wanderten meine Gedanken zu dem rätselhaften Waldtraum, der mich seit unserer Ankunft in Heidelberg beinahe jede Nacht heimsuchte. Der Ort, an dem ich mich jetzt befand, erinnerte mich allzu genau an die Traumszenerie der letzten Nächte. Die dicht stehenden Bäume, der Geruch nach altem Laub und Erde, nach Kiefernharz und Beeren. Das Gefühl, nicht allein zu sein. Nie zuvor hatte ich so etwas erlebt. Natürlich hatte ich schon einige Male solche Träume gehabt, aber nie einen, der sich Nacht für Nacht wiederholte. Als ich diesmal die Blumen niederlegte und die beiden Geister flüsternd begrüßte, wuchs aus der Erde hinter der marmornen Platte die Gestalt meiner Urgroßmutter in grauem Faltenrock und beigefarbener, hochgeschlossener Bluse empor, mein Uropa folgte wenige Sekunden später. Er trug wie immer seine graue Anzughose, ein weißes Hemd und Hosenträger. Seine Frau hielt er an der Hand. Beide traten nicht so alt in Erscheinung, wie sie zum Zeitpunkt ihres Todes gewesen waren. Ich hatte längst gelernt, dass sich die Seele eines Verstorbenen zeigte, wie sie tatsächlich beschaffen war. Und meine Urgroßeltern standen nicht faltig und weißhaarig vor mir, sondern als junge Leute, so jung und gut wie ihre Seelen. Poltergeister mit ihren verzerrten Fratzen zeigten erst im Jenseits ihr wahres Gesicht, das keine sterbliche Hülle mehr vor denen, die sie sehen konnten, verbarg. Ihre Bosheit sah man ihnen an. Ganz im Gegensatz zu den guten Seelen meiner verstorbenen Familienmitglieder.

Uroma lächelte mich freudig an. Selbst ihre sanfte, hohe Stimme durchschnitt die Stille an diesem friedlichen Ort.

»Liebes! Wie schön, dass du uns besuchst!« Als hätte ich mal eben zum Kaffee in ihrer winzigen Wohnung in der Friedrich-Ebert-Anlage vorbeigeschaut und nicht an ihrem Grab. Manchmal war es grotesk. Mein Uropa nickte mir zu. Er sprach nicht viel, das hatte er schon zu Lebzeiten nicht getan.

»Ich brauche eure Hilfe«, fiel ich gleich mit der Tür ins Haus. »Heute Nacht hat mich ein alter Herr in meinem Zimmer besucht, der behauptet, unser Hausgeist zu sein. Er hat ein paar kryptische Andeutungen gemacht, aus denen ich nicht schlau werde, und gemeint, er würde mich bald wieder aufsuchen.« Meinen ersten Schultag und alles, was mit Milán zu tun hatte, ließ ich lieber unter den Tisch fallen, obwohl ich gerne mit irgendjemandem darüber geredet hätte.

»Was hat er genau gesagt?«, fragte meine Urgroßmutter und legte den Kopf schief, wie um sich besser konzentrieren zu können.

»Er sagte wortwörtlich: ‚Es braut sich etwas zusammen, sie sammeln sich`. Ich weiß nicht, ob in seiner Welt oder in meiner Welt oder in beiden oder ob er mir einfach Angst einjagen wollte, so als kleinen Begrüßungsscherz.«

Nun meldete sich mein Urgroßvater doch zu Wort: »Das war kein Scherz. Wir sehen viel, wie du weißt. Und er hat nicht unrecht. Es geht etwas vor sich. Sie rotten sich zusammen. Nachts ist hier der Teufel los. Mehr als sonst jedenfalls. Das Jenseits gerät mehr und mehr unter den Einfluss des Bösen.«

Eindringlich fragte ich: »Wer rottet sich zusammen?«

»Das Ungreifbare. Es ist schon oft passiert. Das Böse materialisiert sich. Diese besondere Art von Geistern sucht wieder die Menschen heim. Stärker als jemals zuvor. Wenn niemand etwas unternimmt, übernimmt das Jenseits nach und nach die Kontrolle über deine Welt. Und dabei sind sie nur die Vorhut von etwas viel Schlimmerem«, raunte Urgroßmutter. Ich kapierte nicht einmal die Hälfte von dem, was sie mir erzählte. Trotzdem spürte ich, dass ich viel zu lange nicht mehr hier gewesen war.

Der Faltenrock meiner Urgroßmutter bewegte sich, als sie sich Urgroßvater zuwandte und einen wissenden Blick mit ihm tauschte. Vermutlich überlegten sie, was sie mir sagen konnten, ohne mich auf dumme Gedanken zu bringen oder den Ärger meiner Großmutter auf sich zu ziehen, die üblicherweise für die Nachrichtenübermittlung zuständig war.

»Bald wirst du es sehen, bald wirst du sie sehen. Sie lassen sich kaum noch bezähmen«, warf mein Urgroßvater ein.

»Wen denn, zur Hölle?«, rief ich laut.

Meine Urgroßeltern schraken zusammen. Zwei Frauen mit Blumentöpfen in den Händen drehten sich mit einem missbilligenden Gesichtsausdruck nach mir um, ehe sie kopfschüttelnd weitergingen.

»Jetzt verratet mir endlich, was ihr wisst, zum Kuckuck! Hat es was mit den ganzen Toten zu tun, die in der Gegend gefunden wurden?«, flüsterte ich.

Uroma nickte und versuchte zu erklären: »Sieh mal, es gibt gute und schlechte Dinge auf dieser Welt. Die schlechten sind immer Gier, Hass, Neid und so fort. Werden sie nicht von allen Menschen und natürlich von den Geisterjägern im Zaum gehalten, manifestieren sie sich und werden zu Geistern. Und zwar zu sehr schädlichen Geistern.«

Ich hielt gespannt die Luft an. Warum war Herr Böttcher heute Nacht bei mir aufgeschlagen und nicht früher? Das passierte doch nicht erst seit vorgestern! Mein Gesicht musste einen grüblerischen Ausdruck angenommen haben, denn meine Uroma lächelte amüsiert.

»Hörst du mir noch zu, Kind?« Als ich nickte, fuhr sie fort. »Diese Geister entstehen nicht nur auf der Erde, sie kommen auch direkt aus der Hölle. Sie befallen die Lebenden und stiften sie zu den unmöglichsten Taten an. Verbrechen, Mord, Totschlag, Krieg. Sie werden oft als Waffen eingesetzt. Und sie gehen hier um.«

»Sie befallen Menschen?«, quiekte ich. Meine Hände umklammerten die restlichen Astern so fest, dass sie abknickten.

Uroma nickte eifrig. »Sie bringen Menschen dazu, sich völlig zu vergessen. Viele töten in diesem Zustand sich selbst oder andere, ohne etwas dafür zu können. Besessene gehen als Sklaven ins Jenseits. Zu diesen Kräften gesellen sich schnell andere böse Geister und Dämonen. Wenn diese Mächte erst einmal entfesselt sind, bedeutet das schlussendlich den Untergang der Zivilisation! Wir beobachten das schon eine Weile, aber wir können nichts dagegen ausrichten.« Sie sah mich mit ihren hellen, blauen Augen so eindringlich an, dass ich keine Sekunde an der Wahrheit ihrer Worte zweifelte. Der Zeitungsartikel vom Frühstück, Herr Böttchers rätselhafte Worte hatten mich an den richtigen Ort geführt. Natürlich hing das Jenseits mit drin. Und die Hölle obendrein, wenn ich Urgroßmutter glauben durfte. Hatte ich es doch geahnt. So viel zur Normalität, der ich mich gerne zugewandt hätte.

Trotzdem hatte ich einen kleinen Einwand. »Das sind Sünden oder einfach nur mieses Verhalten. Aber das ist immer vorhanden. Wie kann es sein, dass das auf einmal gefährlich ist?«

Urgroßvater sprach nicht weniger ernst als seine Frau: »Das ist immer gefährlich. Doch bisher haben die Geisterjäger ihre Aufgabe ausreichend erfüllt. Niemand kann diese Sünden gänzlich ausrotten, sie sind Teil der menschlichen Natur. Schlimm wird es, wenn sie sich verselbständigen und mit den Apokalyptischen Reitern über das Land fegen.«

Urgroßvater war ja gar nicht pessimistisch.

»Ist das nicht ein wenig übertrieben?«

Er schüttelte den Kopf heftig, so dass seine schwarze Hornbrille verrutschte. Dann sah er sich nach allen Seiten um, als fürchtete er, jemand könnte uns belauschen.

Er senkte die Stimme. »Ich glaube sogar, jemand beschwört dieses Unheil gezielt herauf. Es ist schon früher passiert, während der großen Kriege zum Beispiel. Die Jäger schwächeln, sie haben zu wenige Nachkommen. Andere scheinen ihre Pflicht zu vernachlässigen. Leider wissen wir nicht mehr.«

»Sind es solche Geister wie ihr? Oder Poltergeister?«

»Na ja, richtige Geister sind es eigentlich nicht, sie sind nicht das Relikt eines verstorbenen Menschen. Nennen wir sie lieber materialisierte Kräfte. Aber die anderen Wesenheiten aus der Hölle sind nie weit von ihnen entfernt.«

Na, das war doch um einiges brauchbarer als das wirre Gerede unseres Hausgespenstes.

»Es geht also um Gut und Böse?«

Uroma nickte. »Gut und Böse halten die Welt im Gleichgewicht, Kind. Sie zeigen sich ebenso in der Erhaltung als auch in der Zerstörung. Beides muss im Gleichgewicht gehalten werden, sonst verliert die Welt ihre Lebendigkeit, ihre Fähigkeit zur Entwicklung und den Kreislauf des Lebens, um den ganzen Kosmos aufrechtzuerhalten. Beide Kräfte sind in der Schöpfung entstanden. Allerdings waren die erhaltenden guten Kräfte anfangs die stärkeren, es gab also kein Gleichgewicht. Bis das Ungleichgewicht nicht mehr tragbar war und das Böse sich zeigen musste. Es gab den Engelsturz, falls dir das etwas sagt. Er musste geschehen, um den Kosmos zu bewahren.«

»Klingt vermutlich weniger logisch als es ist«, entgegnete ich vorsichtig. Den Begriff »Engelsturz« notierte ich auf meiner mentalen Liste der Dinge, die ich recherchieren musste. Zusammen mit der Sündensache, den Geisterjägern und der Apokalypse. O Mann.

»Du wirst es bald verstehen. Ich glaube nicht, dass der Jüngste Tag noch lange auf sich warten lässt.«

Ich lächelte. Uroma hatte schon zu Lebzeiten oft vom Tag des Jüngsten Gerichts gesprochen. Daher konnte ich es auch jetzt nicht wirklich ernst nehmen, obwohl ihre und Uropas Worte mir reichlich Stoff zum Nachdenken gegeben hatten.

»Kann ich irgendetwas tun?«, fragte ich weiter. Es hatte sicher einen Grund, warum gerade ich davon erfahren sollte.

»Du musst sogar etwas tun«, meinte Uroma entschieden. Urgroßvater legte ihr die Hand auf den Arm, vermutlich um sie zu bremsen, aber sie redete unbeirrt weiter und ignorierte das Seufzen ihres Mannes.

»Es geht das Gerücht um, ein junges Medium, ein Mädchen, würde den Lauf der Dinge ändern können, wenn es nur rechtzeitig den Jüngsten der Jäger findet. Die Seherin Jetta hat es mir gesagt und ich musste sofort an dich denken.«

Wie schön.

»Wer ist Jetta?«, fragte ich, aber Uroma ging nicht darauf ein.

»Das tut jetzt nichts zur Sache. Ihre Prophezeiung gehört zu einer sehr alten Weissagung von der Wiederkehr eines Weltenwächters. Ich kriege es nicht mehr zusammen, aber abgesehen davon: Dein Name macht schon länger im Jenseits die Runde. Geh den jüngsten Nachkommen der Jäger suchen und arbeite mit ihm zusammen. Er ist allein vielleicht zu schwach oder, was schlecht wäre, noch unwissend. Er braucht deine Hilfe!« Ich war also in der Geisterwelt kein unbeschriebenes Blatt. Das sollte mich nicht weiter beunruhigen. Tat es aber. »Ich weiß doch auch nicht, was hier vor sich geht!«, wehrte ich ab.

»Was auch dahinter steckt, ihr Menschen müsst es aufklären, wir haben nicht die Macht dazu. Aber wir haben noch anderes aufgeschnappt: Viele suchen nach dem Jäger und außerdem nach einem machtvollen Gegenstand, leider weiß ich nicht, um was es sich handelt. Gesucht wird im Diesseits und im Jenseits, angeblich ist auch die Hölle in die Suche involviert. Amélie sagte uns, wer zuerst beides erlangt, erhält unermessliche Macht.« Herrn Böttchers Worte kamen mir in den Sinn, dass jemand nach einer Clavicula suchte. Als ich beim Mittagessen unter dem Tisch den Begriff in die Suchmaschine eingegeben hatte, war nur »Schlüsselbein« dabei herausgekommen. Entweder handelte es sich um eine Reliquie oder irgendjemand suchte einen Knochen für irgendein krankes Ritual. Beides keine sonderlich befriedigenden Antworten. Und wie bitte sollte ich irgendjemandem in dieser Sache eine besondere Hilfe sein? Ich hatte keinen blassen Schimmer, was hier eigentlich los war, und ich hatte noch nie gekämpft, schon gar nicht gegen übernatürliche Mächte.

»Warum rückt ihr erst jetzt damit heraus?«

Ihre Gesichter waren erst schuldbewusst, dann verschlossen. Offensichtlich unterlag das alles hier höchster Geheimhaltung.

Uropa sagte leise: »Wir schweigen schon viel zu lange. Tut mir leid.«

»Margarethe und Amélie sind der Meinung, dass du am besten geschützt bist, wenn du so wenig wie möglich weißt. Aber wir beide und Gottfried glauben eher, dass es gefährlicher für dich ist, wenn du auf eigene Faust anfängst, dich einzumischen. Wenn du nicht gekommen wärst, hätten wir dich noch in dieser Woche besucht. Du musst gewarnt sein.«

»Wieso? Wegen der Prophezeiung? Kommen diese komischen Geister zu mir?«

»Nein, Kind!«, meldete sich Uroma zu Wort. »Wir tun alles, dass sie nicht zu dir kommen und dass niemand auf dich schließt, wenn er Jettas Worte hört.«

»Kannst du mir sagen, was ihre Worte waren?«

Sie schürzte die Lippen. »Ich darf nicht. Außerdem kenne ich nicht den genauen Wortlaut, Jetta hat die Prophezeiung nur einmal mir gegenüber ausgesprochen. Rede einfach nicht darüber!« Jetzt gerade schwirrte mir der Kopf. Ein paarmal blinzelte ich, während ich versuchte, Uromas Worte zu sortieren. Zu viel Information. Ich nahm alles erst mal hin und versuchte, mehr Anhaltspunkte zu diesem Geisterjäger zu bekommen. »Wo soll ich überhaupt nach ihm suchen?«

7

»Selbst wenn wir wüssten, um wen es sich handelt, dürften wir es dir nicht sagen. Wie gesagt, streng genommen dürften wir dir gar nichts hiervon erklären. Nicht nur wegen deiner Großmutter. Aber den Ärger nehme ich beim Jüngsten Gericht gerne auf mich, wenn es dafür die Welt der Lebenden für einige Zeit zu einem besseren Ort macht.«

Uroma war also davon überzeugt, dass sich Jettas Prophezeiung auf mich bezog. Möglich. Allerdings war ich nicht unbedingt das einzige weibliche Medium in der Stadt. Vor allem, wenn es noch andere geben sollte, die Geister sahen und sie sogar jagten. Daher nickte ich nur. Abrupt wechselte sie das Thema: »Wo ist eigentlich Margarethe? Sie weicht sonst kaum von deiner Seite.« Womit sie allerdings recht hatte.

»Seit dem Umzug sehe ich sie kaum«, gab ich widerwillig zu. Gerade jetzt wäre meine verstorbene Großmutter eine willkommene Unterstützung gewesen. Schade, dass meine Urgroßeltern nicht wussten, weshalb meine Oma mich allein ließ. »Das letzte Mal hat sie mich in den Ferien besucht. Sie sagte, sie hätte etwas Wichtiges zu erledigen und dass ich ihr keine Fragen stellen soll. Deshalb stelle ich sie euch.«

Uroma nickte. »Was wir wissen oder glauben zu wissen, haben wir dir erzählt. Im Moment fällt uns außer dir niemand anderes ein, der eine solche Aufgabe übernehmen könnte. Du solltest deine Cousine treffen. Vielleicht ist sie bei dir ein bisschen gesprächiger als bei uns.«

Vermutlich nicht. Aber das sprach ich nicht laut aus. Ich hatte mehr erfahren, als ich gehofft hatte. Diese durchaus beunruhigenden

Neuigkeiten vertrieben Milán zuverlässig aus meinem Kopf. Heute Abend würde ich versuchen, mit Amélie zu sprechen. Das mit diesen ominösen Geisterjägern wollte ich genauer wissen. Im Augenblick konnte ich nämlich nur darüber den Kopf schütteln. Davon hatte ich noch nie gehört.

»Danke, dass ihr mir so viel verraten habt. Ich muss langsam nach Hause. Bis bald!«, verabschiedete ich mich von meinen Urgroßeltern und schob mein Fahrrad in Richtung Ausgang, als ich auf einem Weg über mir einen schwarzgelockten Mann mit schnellen Schritten vorbeigehen sah. Seine Gestalt ähnelte jemandem, an den ich eigentlich keinen Gedanken verschwenden wollte. Und der Typ trug das rote T-Shirt. Das verdammte rote T-Shirt, das mir sein unsägliches Lächeln in Erinnerung rief. Milán.

Einem Impuls folgend, legte ich mein Rad auf den Boden und sprang zwischen zwei Grabsteinen hindurch, über das Mäuerchen auf den nächsthöheren Pfad, um entgegen meiner sonstigen Art die Verfolgung aufzunehmen. Jetzt rannte ich mit wehenden Haaren über den Friedhof, ihm hinterher. Der Junge vor mir legte noch mal an Tempo zu, schlug Haken und versuchte, über Abkürzungen zwischen den Grabstellen zu entkommen. Dabei war er lautlos wie eine Katze. Ich trampelte dagegen hinterdrein wie ein schnaufender Moschusochse. Ich rannte und rannte, dabei wusste ich nicht mal, was ich zu ihm sagen wollte, wenn ich ihn tatsächlich einholte. Vermutlich würde ich wie üblich rot anlaufen und abhauen.

Ein paarmal rief ich dennoch: »Milán! Bleib stehen!« Wie erwartet reagierte der Junge vor mir nicht und so sparte ich mir die Luft lieber. Meine Atmung ging zwar hart und schnell, aber ich war noch nicht müde. Jetzt könnte ich die Feenflügel gebrauchen, die Joshua mir immer angedichtet hatte. Kurz vor dem Mausoleum bei Großvaters Grab verlor ich ihn, trotz aller Anstrengungen, aus den Augen. Mit einem gewagten Sprung aus vollem Lauf verschwand er hinter der nächsten Wegbiegung. Ich war einmal quer über den Bergfriedhof gerannt. Völlig außer Atem ließ ich mich neben den ringförmigen Sandstein an Opa Friedrichs Grab plumpsen und versuchte, meinen Herzschlag zu beruhigen.

Als das Rauschen meines Blutes abklang, traten andere Geräusche in den Vordergrund. Eine Gänsehaut überzog meinen Körper und ich schauderte. Aus dem Mausoleum drang leises Wimmern und Heulen. Unhörbar für die meisten Menschen, doch ich nahm es überdeutlich wahr. Nach Einbruch der Nacht sollte ich lieber nicht herkommen.

Etwas ging hier vor sich, das normalen, harmlosen Spuk weit übertraf. Und ich musste herausfinden, was. So ein Mist, dass ich zu langsam war. Ich würde wenigstens meine Schuhe darauf verwetten, dass da eben Milán vor mir geflüchtet war. Wieso auch immer. Selbst wenn ich jemanden plötzlich nicht mehr leiden konnte, rannte ich nicht vor ihm davon. Er wollte nicht gesehen werden. Von mir anscheinend schon dreimal nicht. Sein Verhalten bei unseren Begegnungen im Wald passte einfach nicht mit der übellaunigen Ignoranz in der Schule zusammen. Als hätte ich es mit einer gespaltenen Persönlichkeit zu tun. Vielleicht war das der Grund, aus dem sich meine neuen Mitschüler von ihm fernhielten. Er war schlichtweg verrückt. Noch verrückter als ich.

Wieder etwas erfrischt stand ich auf, um den langen Marsch zu meinem Fahrrad anzutreten, sofern es nicht längst jemand mitgenommen hatte. Zudem wollte ich von dem Mausoleum fort. Da stach mir ein winziger Gegenstand auf dem Rasenstreifen neben dem geteerten Weg ins Auge. Milán musste ihn verloren haben.

Es handelte sich um ein schwarzes Samtband mit einem Messingschlüssel daran. Die letzten Sonnenstrahlen des Nachmittags brachen sich auf seiner glatten Oberfläche und blendeten mich. Er sah aus wie ein antiker Schrank- oder Kommodenschlüssel. Kunstvoll gefertigt mit einer verschnörkelten, liegenden Acht am Griff. Als ich ihn in meiner Hand wog, spürte ich sein Gewicht kaum. Für seine Größe und das Material war er fast zu leicht. Er passte exakt in meine Handfläche.

Mit dem Schlüssel in der Faust ging ich langsam los, setzte gedankenverloren einen Fuß vor den anderen, während die Sonne hinter den Bäumen verschwand.

8

Auf dem Weg zurück zu meinem Fahrrad dachte ich nicht nur über die Verfolgungsjagd nach, sondern auch über die Worte meiner Urgroßeltern und darüber, warum sich meine Oma und meine Cousine plötzlich so rarmachten. Bei ihrem letzten Besuch vor unserem Umzug hatte Amélie mir gesagt, ich solle mich jetzt auf die Lebenden konzentrieren, deshalb wäre sie eine Weile weg. Dass das nur die halbe Wahrheit gewesen sein konnte, wusste ich spätestens jetzt. Amélie wurde in meiner Familie im wahrsten Sinne des Wortes totgeschwiegen, nachdem sie im Alter von fast sechzehn Jahren plötzlich gestorben war. Offiziell hatte sie einen unentdeckten angeborenen Herzfehler gehabt. Allerdings hatte sie als Geist selbst erklärt, dass ihr Tod vorherbestimmt gewesen wäre und sich alle zurücklehnen könnten, weil es mich nicht mehr treffen würde. Das hatte ich vor Jahren nicht kapiert und tat es auch heute nicht, aber etwas sagte mir, dass das nicht mehr lange so bleiben würde. Und jetzt war es soweit. Es war Zeit für Amélie, Tacheles zu reden.

Mein Rad lag noch an derselben Stelle, an der ich meinen Spurt begonnen hatte. Grüblerisch zog ich es am flaschengrün lackierten Rahmen hoch, schwang mich auf den Sattel, fuhr durch das Friedhofstor und die Straße hinunter.

Auf Höhe der letzten Parkbucht vor der Bahnbrücke bremste ich so abrupt ab, dass die Reifen quietschten. Zwei Männer, einer baumlang mit kahl rasiertem Schädel, der andere mittelgroß mit kurz geschorenen braunen Haaren, beide wie uniformiert in königsblauen Trainingshosen, hatten einen anderen Mann zu Boden geschlagen und traten auf ihn ein.

Sie machten allesamt einen ziemlichen Lärm, weshalb es mich wunderte, dass nicht noch mehr Leute auf das Geschehen aufmerksam wurden. Jemand musste helfen! Panik erfasste mich und ließ mein Herz hart gegen meine Rippen schlagen. Ich unterdrückte mit Mühe den entsetzten Schrei, der in meiner Kehle saß, holte mein Handy aus der Hosentasche und wählte den Notruf der Polizei, um wenigstens etwas Sinnvolles zu tun. Mit bebender Stimme schilderte ich den Vorfall und verzog mich am ganzen Leib zitternd mit meinem Rad in Richtung Alois-Link-Platz, um nicht ebenfalls ins Visier der Schläger zu geraten und um Passanten zu finden, die eingreifen konnten. Trotzdem konnte ich die schreckliche Szenerie immer noch sehen. Das Adrenalin in mir schrie nach Flucht, aber ich war eine Zeugin. Sollte ich irgendwo klingeln? Es war wie verhext: Niemand kam vorbei, keiner schaute aus dem Fenster, obwohl ich aus sicherer Entfernung laut um Hilfe rief. Wenn die Polizei nicht bald anrückte, würde der Mann vielleicht nicht überleben. Meine Hände zitterten weiter wie verrückt. Ich betete, dass sie den armen Kerl nicht vor meinen Augen umbrachten. Übelkeit stieg in mir auf, die ich vehement niederrang. Sobald diese Verbrecher weg wären, könnte ich dem Opfer Erste Hilfe leisten. Während ich, mehr um mich abzulenken, im Geiste die einzelnen Handgriffe für eine stabile Seitenlage durchging, wurde ich Zeuge des Eingreifens eines klassischen Superhelden. Ich fühlte mich wie in einem Film. Mein stummes Gebet war erhört worden, anders konnte ich mir nicht erklären, was ich als Nächstes beobachtete: Bevor die Polizei mit zwei Streifenwagen eintraf, sprang eine stämmige Gestalt in eng anliegender, tiefschwarzer Kleidung, die das dämmerige Licht der Umgebung aufzusaugen schien, über die hohe Friedhofsmauer, um sich auf die Prügelnden zu stürzen. Ein Mann zweifellos. Sein Gesicht war leider unter einer schwarzen Sturmhaube verborgen. Mit wenigen gezielten Hieben und Tritten brachte er die beiden Angreifer zu Boden und verschwand mit einem gewagten Sprung ebenso schnell, wie er gekommen war. Und dann bekam ich sie zum ersten Mal zu Gesicht, die geisterhaften Nebel, das Böse, das sich materialisierte und von Menschen Besitz ergriff. Wie dunkle Wolken aus abertausenden kleinen Fliegen lösten sie sich geräuschlos von den Körpern, die sie an sich gerissen hatten. Als gehörten sie dorthin, schwebten sie wolkengleich zurück auf den Friedhof. Immer noch bebte mein Körper so stark, dass meine

Zähne aufeinanderschlugen. Bestimmt hatte ich auch einen leichten Schock. Dennoch zwang ich mich, wieder auf mein Rad zu steigen und zu den drei bewusstlosen Männern zurückzufahren, als mich die Polizei überholte. Ein Krankenwagen samt Notarzt folgte ihr.

Da keiner der Verletzten ansprechbar war, lag es bei mir, als vermeintlich einziger Zeugin, ausführlich zu erläutern, was ich beobachtet hatte. Auch auf die Gefahr hin, dass man mich für total bekloppt hielt, ließ ich die Stelle mit dem vermummten Einzelkämpfer nicht aus. Bestimmt würden die beiden Trainingshosenträger sein Erscheinen bestätigen, sobald sie wieder aufwachten. Danach ließ man mich gehen.

Auf dem kurzen Heimweg lief alles vor meinem inneren Auge ab, wieder und wieder. Was ich da eben gesehen hatte, passte in die Meldung aus der Zeitung. Und wenn mittlerweile am frühen Abend mitten in einem Wohngebiet Leute überfallen wurden, bekam ich langsam eine Vorstellung davon, was meine Urgroßeltern befürchteten.

Es war ruhig in unserer Wohnung, als ich immer noch zittrig die Tür aufschloss. Durch den Türspalt zum Wohnzimmer sah ich Mama an ihrem Schreibtisch sitzen und arbeiten, aus Matthias' Zimmer drangen die gedämpften Geräusche eines Egoshooters.

Nach einem Abstecher auf die Toilette, wo ich meine Hände und mein vom Schweiß klebriges Gesicht wusch, ging ich in mein Zimmer. Jemand, vermutlich Joshua, hatte auf meinem vollen Schreibtisch einen Stapel Hefte, verschiedenfarbige Umschläge, Schnellhefter und eine riesige Rolle hellbraunes Packpapier abgelegt.

Seufzend krempelte ich die Ärmel hoch und machte mich daran, alle Hefte mit den richtigen Umschlägen zu versehen, zu beschriften und meine Schulbücher mit Packpapier einzubinden. Eine monotone Arbeit, die es meinem Geist erlaubte, weiter über alles nachzudenken, was ich in den letzten vierundzwanzig Stunden gesehen und gehört hatte. Weil sich meine Gedanken irgendwann im Kreis drehten, stöhnte ich entnervt auf und warf das Geographiebuch achtlos auf den Schreibtisch. Alleine fand ich keine Antworten auf die Fragen, die in meinem Kopf herumschwirrten, allerdings war ich mir zu hundert Prozent sicher, dass Milán mir weiterhelfen konnte, wenn er mit mir sprechen würde. Er war eventuell dazu fähig, sich gegen mein Eindringen in seinen Geist zu wehren. Das hatte ich bei einem Fremden noch nie erlebt. Der blöde Zettel von heute Morgen befand sich noch immer in meiner Hosentasche. Ich las ihn einige Male. Er kränkte mich nach wie vor. *Und jetzt lass mich in Ruhe …* So ein Idiot. Als ob ich ihn nach dem, was ich heute erlebt hatte, einfach ignorieren konnte. Das war unmöglich. Nun, jetzt besaß ich ein Druckmittel.

Auch den gefundenen Schlüssel holte ich hervor, drehte ihn in den Händen und betrachtete ihn genau, als würde er auf diese Weise sein Geheimnis preisgeben. Uroma hatte von einem magischen Gegenstand erzählt … Ich hängte das samtene Band an meinen Zeigefinger und hielt den Schlüssel wie ein Pendel. Was fing ich jetzt damit an?

Milán in der Schule den Schlüssel unter die Nase zu halten und ihm Fragen zu stellen, erschien mir nicht gerade schlau. Wahrscheinlich würde er mir das Teil einfach abnehmen und fertig. Ich musste ein bisschen raffinierter vorgehen. Wenn das Ding überhaupt wichtig war. Vielleicht war es ein ganz gewöhnlicher Schrankschlüssel und ich hatte einfach zu viel Fantasie. Aufgebracht schmiss ich die Kladde zurück in den Schrank. Verdammt! Alleine kam ich wirklich nicht weiter.

Nachdem ich alles, was ich am nächsten Tag brauchte, in meiner Schultasche verstaut hatte, stand ich von meinem knarrenden Bürostuhl auf und ging zu den vollen Bücherkartons hinüber. Warum es länger vor mir her schieben? Um mit meiner Cousine reden zu können, musste ich warten, bis alle ins Bett gingen.

Ich würde mich mit allen Mitteln wach halten. Dabei hätte ich einfach mal gerne geschlafen. Und zwar mehr als vier Stunden.

Irmgard rief uns zum Abendessen in die Küche. Hoffentlich stellte sie nicht zu viele Fragen. Kreuzverhöre waren nämlich ihre Spezialität. Mit ihren peinlichen Fragerunden versuchte sie vermutlich, ihre stundenlange geistige Abwesenheit zu kompensieren. Meinetwegen konnte sie gerne so lange am Schreibtisch hocken, bis ihr alle Gräten wehtaten. Ich vergaß selbst über dem Schreiben und Lesen die Zeit. Ich verstand sie, doch vermutlich wusste sie das nicht und wir hatten uns darüber nie wirklich unterhalten.

Während Matthias und Joshua mit dem Besteck in der Hand ungeduldig darauf warteten, dass Mama und ich endlich genug Spinat auf unseren Pfannkuchen hatten, hörte ich die Wohnungstür aufgehen. Papa hatte es rechtzeitig zum Essen geschafft. Mama nahm den ersten Bissen Pfannkuchen, kaute kurz und schon begann die gefürchtete Fragestunde. Irmgard erkundigte sich nach unserem ersten Schultag. Beim Mittagessen hatte sie nur wissen wollen, ob alles okay sei und sich gleich darauf mit ihrem Nudelteller ins Wohnzimmer verzogen. Das Abendessen war hingegen Familienzeit.

Matthias antwortete bereitwillig mit vollem Mund: »Gut.« Leider lenkte er das Gespräch gleich auf mich. Ich schaffte es, den zweiten Bissen herunterzuschlucken, als Mamas freudestrahlender Blick mich traf, weil mein kleiner Bruder berichtete, was er in der großen Pause beobachtet hatte, ohne dass ich es bemerkt hatte. Anscheinend fühlte er sich genauso verantwortlich für mich wie Joshua. Du meine Güte.

»Wie schön, dass du gleich Anschluss gefunden hast, Katharina!«, sagte Mama geradezu begeistert.

Ich verdrehte die Augen. »Ein paar Mädels aus meiner Klasse wollen mir den Anfang leichter machen. Freu dich lieber nicht zu früh, wer weiß, wie lange das anhält, wenn sie mich näher kennenlernen«, versuchte ich abzuwiegeln.

Joshua hatte seine erste Portion wohl inhaliert, denn er legte bereits den zweiten Pfannkuchen auf seinen Teller, ehe er sich einmischte. »Lass Katha einfach mal machen. Das sind wirklich nette Mädchen. Und wer weiß? Vielleicht lernt sie auch endlich mal einen Typen kennen.« Er grinste in sich hinein.

Ich trat ihm unter dem Tisch gegen das Schienbein.

Meine Mutter funkelte ihren Adoptivsohn aus schmalen Augen an. Bei Joshua sah sie über vieles hinweg, aber er sollte nicht glauben, dass sie keine Zwischentöne hörte.

»Was ist mit dir, Joshua?«, sprach sie ihn nun an.

Er zuckte die Achseln. »Unser Tutor scheint okay zu sein und die Leute aus meinem Deutschkurs auch.«

»Wann dürfen wir mit dem ersten Damenbesuch rechnen?«, warf ich zuckersüß lächelnd ein. Ha! Rache ist Blutwurst!

Papa setzte sich nach einem »Hallo zusammen« an den Tisch und fing umgehend an zu essen. Sein etwas schütteres, rotbraunes Haar stand neben den Ohren wild vom Kopf ab. Immer wieder vergrub er die Finger darin, in der sinnlosen Hoffnung, es glatt zu streichen.

»Keine Ahnung«, erwiderte Joshua auf meine Frage. »Kommt drauf an, wann die große Blonde aus deiner Klasse Zeit hat.«

»Das wagst du nicht!«, drohte ich ihm halb im Scherz. Das würde er mir nicht mit einem unbedachten Flirt kaputtmachen.

Er schüttelte grinsend den Kopf.

Jetzt schaltete sich mein Vater ein: »Versucht bitte, anständig aufzufallen, immerhin arbeite ich an eurer Schule. Ich brauche kein Getratsche über meine Kinder im Lehrerzimmer. Haltet euch bitte zurück! Joshua schränkt seine Schürzenjägeraktivitäten ein und verbessert seine Arbeitshaltung, Matthias fährt nicht auf dem Schulhof BMX und Katharina wird sich ernsthaft bemühen, kein stacheliger Außenseiter mehr zu sein, der alle Leute mit seltsamem Benehmen erschreckt. Und für alle gilt wie immer: Keine Macht den Drogen!« Er sah jeden Einzelnen von uns kurz an. Ich rollte mit den Augen. Manchmal kehrte Papa wirklich den Spießer raus.

»O Mann, Papa, echt jetzt«, stöhnte Matthias. Solche Gardinenpredigten kamen häufiger und genauso ernst nahmen wir sie. Nicht.

Ich sah mich zu ein wenig Widerspruch genötigt: »Da kann ich dich beruhigen, Papa. In meiner Klasse ist jemand, mit dem ich es in punkto Stacheligkeit und Leute erschrecken nicht aufnehmen kann.«

Er warf mir einen scharfen Blick zu. Seine unausgesprochenen Worte schwebten zwischen uns in der Luft: *Sei dir immer bewusst, wie du auf andere wirkst. Es geht jetzt darum, dass du endlich mal aus deinem Schneckenhaus herauskommst!* Ich hörte sie so deutlich, als hätte er sie mir zugerufen, obwohl er nichts von meiner Fähigkeit wissen konnte.

Netterweise interessierte Matthias sich brennend für den stacheligen Außenseiter in meiner Klasse.

»Ich weiß, wen du meinst, Katha. Dieser komische Typ, dem die Mädels alle hinterhergaffen. Nein, nicht du, Joshua.«

»Er heißt Milán Farkas«, erklärte ich bereitwillig, dankbar, dass ich von meinen eigenen Unzulänglichkeiten ablenken konnte. »Und er ist wirklich ein komischer Typ. Ziemlich schweigsam. Als er heute Morgen den Klassenraum betreten hat, waren plötzlich alle still und haben ihn angeglotzt, als wäre er ein Serienkiller oder so. Die meisten haben Schiss vor ihm. Und ich hab mich neben ihn gesetzt.«

Papa salzte etwas zu forsch seinen Pfannkuchen nach. »Über diesen Jungen haben auch einige Kollegen im Lehrerzimmer gesprochen. Die Familie hat ihre Umzugspläne wohl aufgegeben. Frau Beringer, die Konrektorin, schien gar nicht glücklich zu sein, ihn an der Schule zu haben. Sie sagte, er würde ohne Mutter mit seinem Vater und dem älteren Bruder zusammen wohnen und insgesamt wären die Familienverhältnisse sehr undurchsichtig. Es gab wohl in der Vergangenheit einige Probleme, nicht allein schulische, jedenfalls wiederholt er die Zehnte. Ich hasse dieses Geschwätz. Vielleicht hat Milán es nicht so einfach zu Hause, da müssen wir ihm nicht zusätzlich in der Schule mit Misstrauen begegnen.« Warum nahm er ihn in Schutz? Ich widerstand dem Drang, in Papas Kopf einzudringen, obwohl ich gerne mehr erfahren hätte. In seiner Miene las ich, dass noch mehr dahintersteckte, er aber nicht wollte, dass ich darüber Bescheid wusste. Nun, er hatte sicherlich seine Gründe. Und eine gewisse Schweigepflicht.

»Dein Gerechtigkeitssinn in allen Ehren, Papa. Aber Milán tut alles dafür, um von den anderen in Ruhe gelassen zu werden. Er lädt einen nicht gerade zum Plaudern ein«, stellte ich klar.

»Da du jetzt neben ihm sitzt, könntest du Kontakt zu ihm aufbauen. Bestimmt befindet sich hinter dieser rauen Schale ein ganz lieber Kerl, der sich Freunde wünscht, wie du«, schlug Mama vor.

Ja, sicher. Deswegen hatte er geschrieben, ich solle ihn in Ruhe lassen. Überhaupt verstand ich nicht, warum er gemieden wurde, wenn er es nicht selbst wollte. Das war typisch für Irmgard. Sie glaubte, dass in jedem Menschen etwas Gutes steckte und manche eben Hilfe brauchten, damit sie es zeigen konnten. Sie war so gutherzig. Aber sie hatte ja auch nicht diese, meist unfreiwilligen, Einblicke in das Seelenleben anderer Menschen, ganz im Gegensatz zu mir. Und wie nett von ihr, mich gleich mit diesem Typen in einen Topf zu werfen.

»Ich kanns ja mal versuchen«, sagte ich, damit sie die Sache auf sich beruhen ließ. Ich wollte Kontakt zu ihm aufbauen, aber nicht aus den sozialen Gründen, die meine Mutter genannt hatte.

9

Den Abend verbrachte ich vor allem damit, New-Wave-Musik zu hören und dabei die Umzugskartons fertig auszuräumen. Danach wollte ich ein paar Bilder aufhängen, kam aber mit mir überein, dass es die Nachbarn erzürnen würde, wenn ich um zehn Uhr abends Nägel in die Wände schlug. Dann eben eine andere Beschäftigung. Wach bleiben musste ich unbedingt, obwohl ich in einem fort gähnte. Also ging ich duschen, richtete meine Kleider für den nächsten Tag und räumte ein wenig den Schreibtisch auf. Mit meinem Laptop verzog ich mich anschließend ins Bett, um bei meinem liebsten Fanfiction-Portal vorbeizuschauen und zu sehen, was es Neues gab. Durch den Umzug und die bis vorgestern fehlende Internetverbindung hatte ich einiges verpasst. Außerdem wollte ich mich wenigstens für ein paar Minuten von meinen Grübeleien abhalten. Damit hatte ich schließlich den ganzen Abend zugebracht.

Der Überfall heute Nachmittag hatte mir die neue Bedrohung deutlicher vor Augen geführt als alles, was die Zeitung, unser Hausgeist und meine Urgroßeltern berichtet hatten. Als lebender Mensch war es nämlich schwierig, aktiv etwas gegen einen Geist auszurichten, wenn er etwas Schlimmes im Sinn hatte. Jeder Geist hatte die Fähigkeit, die diesseitige Welt zu beeinflussen, sei es durch Poltergeistaktivität oder, wie bei dem Fliegennebel, durch das Eindringen in Menschen. Andere Geister konnten eine wirkungsvolle Waffe darstellen. Ganz gleich, ob sie in geblümter Kittelschürze daherkamen oder mit Hosenträgern wie mein Urgroßvater. Geister standen einander näher, sie trennte nicht diese unsichtbare Grenze zwischen Tod und Leben. Im Jenseits begegneten sie einander körperlich, während sie im Diesseits körperlos waren und für Normalsterbliche ausschließlich durch ihre Kälte oder eben Spuk zu spüren. Dass sich Besessene herumtrieben, beunruhigte mich. Auch der Messingschlüssel in meiner Hosentasche gab mir zu denken.

Alle eigenen Erkenntnisse und das, was mir von Jenseitigen anvertraut wurde, hielt ich seit vielen Jahren in einer dicken Kladde fest, meinem ganz persönlichen Forschungsbuch. Zusammen mit der zahlreichen wie widersprüchlichen Literatur zum Thema Geister bildete es eine gute Grundlage, um nicht andauernd an meinem gesunden Menschenverstand zu zweifeln. Und falls ich doch verrückt war, enthielt dieses Buch genügend Beweise dafür.

Immer wieder blinzelte ich, weil die Schrift auf dem Bildschirm vor meinen müden Augen verschwamm, bis ich es aufgab und den Laptop zuklappte. Um nicht versehentlich einzuschlafen, kletterte ich aus dem gemütlichen Bett und brachte die zusammengefalteten Umzugskartons auf den Küchenbalkon hinaus. Der kühle Herbstwind und die eiskalten Fliesen unter meinen nackten Fußsohlen weckten mich wieder auf. Es konnte jetzt nicht mehr lange dauern, bis die anderen endlich den Weg in ihre Betten gefunden hatten. Meine Eltern hielten sich bereits im Schlafzimmer auf. Undeutliches Gurgeln drang durch die geschlossene Tür, was bedeutete, dass Papa gerade im angeschlossenen Badezimmer war. Bei Matthias brannte noch Licht, aber er saß am Rechner und zockte sicher wieder, bis Papa kam und ihm den Stecker zog. Der würde sein Zimmer heute nicht mehr verlassen.

Es war kurz nach elf, als ich es für sicher hielt, meine Cousine zu rufen. Aus Joshuas Zimmer hörte ich leise dieses unmelodische Geschrammel und Schlagzeuggeprügel, das er immer hörte und als Musik bezeichnete, doch wenn er hereinplatzte, konnte ich das verschmerzen. Er kannte schließlich einen Teil meines Geheimnisses. Ganz im Gegensatz zum Geheimnis meiner Cousine. Deshalb saß ich jetzt im Schneidersitz auf meiner abgewetzten Ledercouch und hatte konzentriert die Augen geschlossen, um Amélie herbeizuzitieren.

Ich flüsterte ihren Namen und gleichzeitig rief ich sie mit meinem ganzen Körper. Es beinhaltete mehr, als an sie zu denken, es war ein stummes Sehnen, von dem sich die Geister, die mit mir in Kontakt standen, stets angezogen fühlten. Auf solchen Blödsinn wie Gläserrücken oder Ouija- Bretter konnte ich glücklicherweise verzichten. Darüber informiert hatte ich mich allerdings eingehend.

In der nächsten Sekunde spürte ich einen kalten Hauch in meinem Gesicht. Amélie stand auf meinem Teppich und strich mir über die Wange. In ihren schwarzen Jeans und dem gleichfarbigen T-Shirt sah sie schlicht und gleichzeitig schön aus wie immer. Ich wünschte, ich sähe wie sie aus. Ihre langen, schlanken Beine waren ebenso ansehnlich wie ihr fein geschnittenes Gesicht mit der kecken Nase und den hohen Wangenknochen. Im Gegensatz zu mir besaß sie etwas, das den Namen Oberweite tatsächlich verdiente. Ich wollte sein wie sie, selbstbewusst und stark. Doch jetzt zählte all das nicht mehr. Sie war tot. Sie war für immer fünfzehn Jahre alt, aber sie hatte nichts davon.

Ihre Erscheinung wirkte klar und fast greifbar, doch ich wusste, dass meine Finger nur eisige Luft fühlen würden, wenn sie durch ihre Gestalt hindurchglitten. So oft wir uns sehen und miteinander sprechen konnten, niemals mehr würde ich sie umarmen können oder ihre Hand in meiner halten, mir von ihr die Haare flechten lassen oder ihr mit Filzstift Blumen auf die Unterarme malen. Uns trennte das Leben, trotz allem.

»Amélie!«, begrüßte ich sie freudig. Sie war wirklich gekommen. Wie früher, wenn ich Angst hatte, allein einzuschlafen oder traurig war, weil ich in der Schule von allen gemieden wurde. Mein Forscherdrang war wie weggeblasen. Gerade wollte ich ihr einfach alles erzählen, meine Fragen beantwortet bekommen und am Ende die Verantwortung abgeben, die Uroma mir aufgeladen hatte. Amélie würde sich bestimmt darum kümmern. Besonders erfreut wirkte sie jedoch nicht.

»Was machst du für Sachen?«, fragte sie mich anstelle einer Begrüßung. »Wieso quetschst du Uroma aus? Sie darf nicht mit dir über solche Dinge sprechen!«

»Und darfst du es? Ich hatte gestern Abend Besuch von einem netten Herrn, der seit etwa hundert Jahren hier wohnt und in Rätseln mit mir gesprochen hat. Mit irgendjemandem musste ich darüber reden und wen sollte ich sonst fragen? Du warst so lange weg.«

Sofort verlor ihr Gesicht den ärgerlichen Ausdruck. »Tut mir leid.« Sie setzte sich neben mich auf das Sofa. »Ich habe viel zu tun. Und ich wollte dich beschützen, das musst du mir glauben! Du siehst und hörst viel, aber das ist gefährlich!«

»Es ist auch gefährlich, keine Ahnung zu haben!«, gab ich zurück.

Sie kaute unschlüssig auf ihrer Unterlippe. »Jetzt ist es wahrscheinlich egal. Unsere Urgroßeltern sollten sich nicht einmischen, aber sie haben es getan und jetzt darf ich die Scherben auffegen.« Sie brummte ärgerlich.

»Ich hab ziemlich nachgebohrt, bitte schimpf nicht mit ihnen. Sag mir einfach, was los ist. Sonst frage ich eben Gottfried Böttcher.« Nervös löste ich meinen Zopf und fuhr mir mit den Fingern durch die Haare.

Amélie schnaubte. »Der weiß auch nicht alles. Also gut. Hör zu. Seit einiger Zeit beobachten wir ein Ungleichgewicht der Kräfte. Es gibt zu wenige Jäger, um das Gleichgewicht zu bewahren. Ich wollte deshalb demnächst wieder Kontakt zu dir aufnehmen, aber du konntest ja nicht warten!« Ihre grünen, katzenhaften Augen blickten mich vorwurfsvoll an.

Das hielt mich nicht davon ab nachzuhaken.

»Was bedeutet das genau? Welche Jäger? Davon haben Uroma und Uropa auch geredet, aber ich brauche mehr Informationen. Willst du mir nicht endlich alles erklären? Als du mich das erste Mal mit Großmutter besucht hast, hast du mir gesagt, ich wäre wichtig für uns alle. Das hab ich nicht vergessen.« Natürlich wäre es mir lieber, wenn mich alle in Ruhe lassen würden und ich niemals von Jettas komischer Prophezeiung gehört hätte. Ich wollte nicht wichtig sein. Ich wollte normal sein. Wenigstens ein bisschen.

Amélie seufzte kaum hörbar. Sie senkte kurz den Kopf, sodass ihre schulterlangen, dunklen Haare nach vorn fielen. Dann richtete sie sich auf und begann zu sprechen.

»Als ich dich mit Großmutter besucht habe, da hab ich dir gesagt, dass mein Tod vorherbestimmt war. Ich habe damals die Welten gewechselt, weil ich eine Aufgabe zu erfüllen habe. Wir alle schweigen, weil niemand wissen darf, wie leicht man uns sabotieren könnte. Deshalb ist es besser, wenn nur wenige von Menschen wie dir oder Geistern wie mir wissen.« Ich lauschte gebannt, während sie weitererzählte. »In jeder Generation der Jägerfamilien gibt es meistens mehrere Geisterjäger und zwar auf jeder Seite, im Diesseits wie im Jenseits. Sie beschützen die Lebenden vor negativen Kräften.« »Davon hat Uroma auch gesprochen. In unserer Familie gibt es also dich als Geisterjägerin im Jenseits. Und was bin ich?«

»Du bist ein Medium. Auch du beschützt die Menschen. Deine Begabungen, das Kommunizieren mit Geistern, das Lesen von Gedanken und Gefühlen, dient allein dazu.«

An dieser Stelle gab ich einen amüsierten Laut von mir. Den armen Kerl heute Nachmittag hatte ich wirklich super beschützt!

»Willst du damit sagen, ich soll eine solche Geisterjägerin werden?« Gott bewahre!

Sie sah mein erschrockenes Gesicht und lächelte. »Eigentlich nicht, es sei denn, du willst es. Du bist ein Medium, keine Kämpferin. Ich wollte damit sagen, dass du anfangen sollst, deine Gaben für den Schutz der Menschen einzusetzen. Wir alle haben eine Aufgabe, auch du. Du bist wichtig!«

Das ließ ich erst mal sacken. Dafür redete sie weiter. »Übrigens kennt Joshua das Geheimnis. Als ich wusste, dass ich bald die Welt der Lebenden verlassen musste, habe ich ihn in das Nötigste eingeweiht, damit er ein Auge auf dich hat. Du warst doch noch klein! Aber jetzt ist die Schonfrist vorbei. Wir müssen diesem Treiben Einhalt gebieten!« Amélie hatte die Stimme erhoben. Gut, dass niemand außer mir sie hören konnte. Mein Erstaunen darüber, dass Joshua zum Kreis der Eingeweihten zählte, schob ich für den Moment beiseite, ebenso die Frage, woher Amélie gewusst hatte, wann sie starb.

Stattdessen entgegnete ich mit zunehmender Aufregung: »Aber wie? Ich oder ein anderes weibliches Medium soll den jüngsten Jäger finden, hat Uroma gesagt. Und die hat es von der Seherin Jetta. Falls ich gemeint bin, wie soll ich das bitte anstellen? Weißt du, wer es ist oder wenigstens, in welcher Ecke der Welt ich suchen soll?« Meine Stimme war viel zu laut. Ich zwang mich zur Ruhe. Gleich darauf fiel mir ein, dass ich heute womöglich einen solchen Jäger beobachtet hatte.

»Pssst!«, zischte Amélie. »Gehen wir mal davon aus, dass du gemeint bist. Seit dein Name gefallen ist, glauben ohnehin die meisten im Jenseits, dass du es tun musst, aber das ist noch nicht alles. Es ist möglich, dass du auch eine andere Aufgabe hast. Alle Welt kommt zu dir, wenn die Zeit reif ist, Katharina. Die Lebenden und die Toten, du wirst es sehen. Ich habe von meiner Aufgabe geträumt, sehr oft sogar. Bis es irgendwann soweit war. Du kannst ebenso wenig davor weglaufen wie ich, okay?« Meine Finger verhakten sich ineinander. Ich träumte. Sehr oft. Ich schüttelte mich. Amélie war deutlich anzusehen, dass sie über all das nicht diskutieren würde. Also hörte ich weiter zu und versuchte mir alles zu merken. Trotzdem konnte niemand mich dazu zwingen, irgendetwas zu unternehmen, nicht einmal meine Cousine.

»Wenn du diejenige bist, die den Jäger finden soll, wird es auch passieren. Alle deine Schritte führen dich zu ihm. Seit du deine Reife erreicht hast, wirst du unwiderstehlich von ihm angezogen. Achte darauf, wem du in nächster Zeit begegnest. Womöglich hast du ihn längst gefunden, wer weiß? Ich kann dir leider nicht helfen, die Jäger bleiben den Jenseitigen zu ihrem Schutz verborgen. Zumindest so lange, bis sie sich in den Kampf der Kräfte einmischen. Es handelt sich um uralte Gesetzmäßigkeiten, die kaum einer durchschaut. Mehr darüber weiß ich wirklich nicht!«

Reife? Wer es nicht besser wusste, hielt mich aufgrund meiner Winzigkeit immer für mindestens drei Jahre jünger, als ich war. Anscheinend sahen Gespenster das anders.

»Was meinst du damit, ihr könnt ihn oder sie nicht sehen? Sieht der Jäger euch dann auch nicht? Wie soll ein Jäger etwas gegen Geister ausrichten, wenn er sie nicht sehen kann?«, wollte ich wissen. Ich hätte besser mal mitgeschrieben, was meine Cousine alles erklärt hatte, weil in meinem Kopf mittlerweile pures Chaos herrschte.

»Das ist nicht so einfach. Ein Jäger wird sein Leben lang vom Jenseitigen angezogen. Er kann Geister sehen, aber er kann sie nicht hören und nicht mit ihnen sprechen. Ich vermute mal, dadurch soll verhindert werden, dass er freundschaftliche Beziehungen zu seinen natürlichen Feinden aufbaut. Ich halte schon länger die Augen offen, wer sich gerne auf Friedhöfen aufhält zum Beispiel. Leider sind das hier ziemlich viele Leute. Du eingeschlossen.«

»Ist der Jäger so alt wie ich?«

Amélie nickte. »Vielleicht auch etwas jünger. Zwischen dem siebzehnten und dem achtzehnten Lebensjahr erkennt der Jäger allerspätestens seine Bestimmung. Die meisten wissen es jedoch wesentlich früher. Sie machen sich mit ihrem Feind vertraut, beobachten ihn. Und lernen von denen, die sie ausbilden, wie sie Geister vertreiben oder töten können, ein besserer Ausdruck fällt mir dazu nicht ein. Mit Sport und Kampftraining fangen die meisten zuerst an, ehe sie in die Schule gehen. Sie müssen sich nicht nur gegen Geister behaupten, sondern auch gegen Besessene, also lebende Menschen, die von Geistern kontrolliert werden, manchmal sogar gegen Dämonen.«

Lieber Himmel, Geisterjäger! Nein, da wollte ich mich nicht einmischen. Bis jetzt hatte ich an den Worten meiner Urgroßeltern gezweifelt. Würde heute nicht bereits der dritte Geist vor mir sitzen und mir solche Verrücktheiten servieren, könnte ich herzlich darüber lachen. Aber nein, ich blieb ernst und stellte lieber eine Frage nach der anderen, solange ich dazu Gelegenheit hatte. Meine Cousine pflegte sich meist ohne Vorwarnung in Luft aufzulösen und mich mit meiner Ratlosigkeit zurückzulassen. Heute hoffentlich nicht.

Ich ließ das mit dem Trainingsjahr mal stehen und fragte stattdessen: »Jagt ein Jäger auch normale Geister wie dich?«

»Wenn ich ihm nicht klarmachen kann, dass ich nichts Böses will, dann ja. Für die meisten Jäger sind alle Geister per se unerwünscht. Das muss uns guten Geistern der Schutz der Lebenden wert sein.«

Jetzt bekam ich einen kleinen Schreck. Wer auch immer sich dort draußen herumtrieb, brachte meine jenseitige Familie in Gefahr. Ich wollte sie nicht noch einmal verlieren, obwohl meine Cousine ihre Vernichtung scheinbar billigend in Kauf nahm. *Ob man als Geist automatisch selbstloser wird, weil man sowieso schon tot ist?* Hastig verscheuchte ich diese Gedanken. Herumgrübeln konnte ich nachher.

Trotz Amélies ungewöhnlicher Redseligkeit war mir noch vieles unklar. »Wie zum Henker jagt man einen Geist? Mit einem Staubsauger?« Halb belustigt dachte ich an den albernen Ghostbusters-Film aus den Achtzigern, den Joshua und ich oft angeschaut hatten, und verkniff mir ein Kichern. Das Remake hatten wir im Kino gesehen und auch aus diesem Film hatte ich nichts Nützliches für den Alltag mitnehmen können. Trotzdem war Lachen angesichts meines Gastes und der Situation eindeutig unangebracht. Dafür kicherte Amélie. Ich grinste sie vorsichtig an.

Gleich wurde sie wieder ernst. »Ehrlich gesagt kann ich dir dazu nichts sagen. Diejenigen, die von einem Jäger erwischt wurden, hatten keine Möglichkeit mehr, andere zu warnen oder irgendetwas Brauchbares zu hinterlassen. Unsere Waffen funktionieren nur gegeneinander im Jenseits. Euch Menschen werden wir bloß gefährlich, wenn wir eure Körper in Besitz nehmen, was für normale Geister nicht so einfach ist. Oder bei richtig heftigem Spuk, wenn wir Gegenstände rumwerfen oder so.«

»Und was können Geisterjäger gegen euch ausrichten?«

»Sie haben spezielle Waffen und besondere Fähigkeiten. Jäger sind nicht ohne, selbst für die Lebenden! Du kannst nicht einfach losgehen und dich arglos in ihre Nähe begeben! Außerdem ist das mit dem jüngsten Jäger nicht ganz klar, ich muss noch einmal mit Jetta sprechen.« Sie wirkte mit einem Mal aufgeregt. Wild gestikulierend begann sie, auf meinem ovalen, hellgrünen Teppich auf und ab zu gehen. Geduldig wartete ich ab, bis sie weitersprach. Wenn ich nur wüsste, was ihr durch den Kopf ging! Leider funktionierte das Gedankenlesen nicht bei Toten.

»Wenn du es mir nicht sagen kannst, finde ich es bestimmt selber raus«, versuchte ich Amélie zu beschwichtigen. Auch wenn ich jetzt noch weniger Lust hatte, mich in Reichweite eines Geisterjägers aufzuhalten. Mich schüttelte es, als ich an den maskierten Rächer an der Bahnbrücke dachte. Der machte mich dreimal platt, bevor ich überhaupt merkte, was geschah.

Amélie warf die Arme in die Luft. »So viele suchen nach diesem Jäger und nach einem mächtigen Gegenstand, auch ich. Ich weiß nicht mal, um was für einen Gegenstand es sich handelt. Vielleicht ist der Jäger derselbe wie der geweissagte Weltenwächter, das weiß ich aber nicht! Du kriegst gerade mal einen Bruchteil von dem mit, was um dich herum passiert! Du kannst nicht einfach losziehen«, fauchte sie mich plötzlich an. Obwohl sie meine Cousine war, stellten sich mir sämtliche Körperhaare auf und mein Herz schlug schneller. In diesem Moment wirkte sie beinah wie ein gruseliger Poltergeist, das liebreizende Gesicht vor Wut verzerrt. Es wurde ein bisschen kälter im Raum. Ich fröstelte.

»Dann erklärs mir oder lass es bleiben, aber erschreck mich nicht so!«, schimpfte ich.

»Du weißt nichts von den Gesetzen, von der Macht der Geisterjäger! Du weißt nichts von Schlüsseln und Portalen und dem ganzen anderen Schrott, mit dem ich mich herumschlagen muss! Ein Lebender muss dir helfen, aber ich darf dir vieles nicht sagen! Es könnte falsch sein!« Schlüssel! Sie hatte Schlüssel gesagt!

»Amélie, ich hab aber etwas …« Doch da verschwand sie vor meinen Augen, bevor ich meinen Satz zu Ende sprechen konnte.

Ich schrak zusammen, als meine Zimmertür aufging und Joshua hereinkam. Er lernte wohl nie, dass man erst anklopfte, ehe man seine kleine Schwester bei einem Gespräch mit ihrer verstorbenen Cousine störte! »Wasn bei dir los?«, brummte Joshua. Er trug hellblaue Boxershorts und wirkte mit seinen wuscheligen Haaren so verkrumpelt, als wäre er direkt aus dem Bett gefallen. Vanessa und Annalena würden wahrscheinlich liebend gerne mit mir tauschen, um das sehen zu dürfen. Wenn wir nicht als Kinder zusammen in der Badewanne gesessen wären, hätte ich ihn gebeten, etwas überzuziehen. Obwohl zwischen Joshua und mir Gott sei Dank eine natürliche Fortpflanzungsschranke bestand, war ich fähig, ihn mit dem Blick eines Außenstehenden zu betrachten. Und jemand wie meine neuen Mitschülerinnen würden ihn sehr genau betrachten, wenn sie könnten. Ich schmunzelte, sagte aber nichts, was sein Riesen-Ego noch mehr anwachsen ließe.

»Sprichst du mit dir selbst oder hockt mal wieder ein unsichtbarer Gast in deinem Zimmer?« Bei ihm klang es witzig, als wäre nichts daran abartig, schließlich war ich seiner Meinung nach mehr Elfe als Mensch, irgendwie nicht von dieser Welt, was nun Sinn ergab, wo Amélie mir gebeichtet hatte, dass Joshua weniger dank seines Scharfsinns, sondern unserer Cousine Einblick in meine anderweltlichen Beziehungen erhalten hatte. Allerdings hatte er nie ein Wort über Geisterjäger verloren oder darüber, dass ihn Amélies Tod keineswegs überrascht hatte. Gestresst rieb ich mir mit der Hand über die Stirn. Zu viele Informationen in zu kurzer Zeit. Amélie zeigte sich natürlich nicht mehr, obwohl Joshua sie nicht sehen konnte. Wahrscheinlich war es ihr ganz recht, dass sie ohne lange Erklärungen hatte abhauen können. Super. Dabei war es gerade spannend geworden, als sie von Schlüsseln gesprochen hatte. Ich klammerte mich daran, dass mein Fundstück eine Bedeutung hatte und ich keinem Phantom nachjagte.

»Mensch, Joshua! Hättest du nicht klopfen können? Ich war noch nicht fertig«, brummte ich schließlich. Resigniert seufzte ich und ließ mich rückwärts in die bunten Sofakissen plumpsen. Mein Bruder ging nicht wie erhofft hinaus, sondern schloss leise die Tür und setzte sich an dieselbe Stelle der Couch, auf der zuvor Amélie gesessen war.

»Uh, bei dir ist es kalt.«

»Lauf halt nicht halbnackt durch die Wohnung.«

Er grinste. »Tut mir leid, ich dachte, du wärst allein«, meinte er, »aber meine Vermutung geht in die richtige Richtung. Brauchst du Hilfe?«

»Ich fürchte, da kannst du mir nicht helfen.« *Und jemand, der es könnte, ist deinetwegen weg,* fügte mein vorwurfsvoller Blick stumm hinzu.

Mit einer ungeduldigen Handbewegung wischte er meine Antwort beiseite. »Warum nicht? Eigentlich wollte ich schon länger mit dir darüber reden.« Er verstrubbelte sein Haar wie Papa, wenn er nervös war.

»Über was genau?«, ließ ich ihn kurz zappeln.

»Ähm. Also …« Mit entschuldigender Miene sah er mich an.

»Ich weiß ein bisschen was über deine unsichtbaren Freunde. Du bist heute ziemlich durch den Wind. Jedenfalls mehr als sonst. Ist es eine Geistergeschichte? Es war ein Geist hier, hab ich recht? War es Amélie?«

»Warum kommst du ausgerechnet jetzt und machst reinen Tisch?« Ich spielte mit mir selbst Fingerhakeln. Das beruhigte mich sonst immer, heute zeigte leider es keinerlei Wirkung.

Joshua fuhr sich unbehaglich mit den Händen über die nackten Knie. »Papa hat gestern zu mir gesagt, ich soll auf dich aufpassen. Ich hätte ihn gerne gefragt, wieso er mir das seit Langem mehr oder weniger befiehlt, aber er hat sich im Keller verbarrikadiert. Muss echt toll sein da unten. Jedenfalls habe ich beschlossen, dass es besser ist, wenn wir keine Geheimnisse mehr voreinander haben. Vor allem, wenn du um die Uhrzeit anscheinend brisante Gespräche führst. Hast du eigentlich eine Ahnung, wie schwierig das war, das vor dir geheim zu halten? Ich durfte nur daran denken, wenn du weit weg warst.« Jetzt lächelte er wieder.

Sein Geständnis bestätigte den Verdacht, dass er gelauscht hatte.

»Boah, Joshua! Ich hätte das auch früher vertragen!« Böse schaute ich ihn an. »Warum hast du mir das nicht eher gesagt?« In meinem Bauch grummelte es. Ich hatte geglaubt, Joshua wäre immer ehrlich zu mir.

Er wand sich ein wenig und rutschte auf dem Sofa herum.

»Tut mir leid. Ich war gerade mal sieben, als Amélie gestorben ist. Sie meinte, ich würde spüren, wann ich es dir anvertrauen dürfte, dass ich Bescheid weiß. Heute ist so gut wie morgen. Und glaub mir, am Anfang fand ich es total abgedreht. Aber du konntest meine Gedanken lesen, du wusstest immer, wie ich drauf war. Also wollte ich auch Amélies Geschichte nicht für eine Lüge halten.«

»Warum darf niemand darüber sprechen?«

»Sie sagte, dass manche Dinge nur für manche Ohren bestimmt sind.«

Das klang ganz nach Amélie. Ich atmete tief ein und aus. Joshua hatte sich alle Mühe gegeben, den letzten Wunsch unserer Cousine zu erfüllen. Außerdem konnte ich ihm nie lange böse sein. Wenn man so wollte, war Joshua der einzige Freund, den ich hatte.

Während ich mir wieder einen Zopf band, lenkte ich ein. »Amélie war hier und hat mir sehr interessante Dinge erzählt. Keine Ahnung, wann sie wiederkommt!«

Joshua blickte mich ernst an. Ich sah keine Skepsis in seinen Augen, sondern nichts als Neugier und leise Sorge.

»Musst du jetzt sterben wie sie?«

Vehement schüttelte ich den Kopf. »Nein, keine Angst. Ich muss sogar am Leben bleiben.« Dummerweise hatte Amélie nichts darüber gesagt, ob ich Joshua komplett ins Vertrauen ziehen durfte oder nicht. Denn gerade verspürte ich das dringende Bedürfnis danach. Er schien meinen inneren Zwiespalt zu erkennen, als er sagte: »Ich kann schweigen wie ein Grab, also wie Gräber für normale Menschen schweigen. Sofern es mich nicht umbringt, immer raus mit der Sprache!«

Das konnte ich ihm leider nicht versprechen.

Ermutigt und sicher, dass er mich nicht auslachen würde, berichtete ich alles, was gestern und heute geschehen war, angefangen von unserem Hausgeist, über die erste Begegnung mit Milán in der Schule, meine Erlebnisse auf dem Friedhof bis hin zu Amélies Besuch. Die paar Male, bei denen ich Milán im Wald getroffen hatte, ließ ich aus. Das ging nicht einmal meinen Bruder etwas an. Hinterher fühlte ich mich erleichtert.

»Wow«, sagte Joshua nach meinem Redeschwall. »Und was machst du jetzt? Eine Mindmap zeichnen?«

»Na, das, was Amélie mir erklärt hat. Den Jäger suchen, aber vorsichtig, und zusammen mit ihm oder ihr die Kräfte wieder ins Gleichgewicht bringen und das möglichst, bevor ihn die Gegenseite findet und ein größeres Unglück geschieht.« Ironisch lächelte ich. »Ich hab nur keinen blassen Schimmer, wo ich anfangen und wie das alles funktionieren soll. Das ist total vage und unsicher, nicht mal Amélie weiß richtig, was ich tun kann.« Ich rieb mir mit den Händen über die Oberarme. Gerade wurde mir alles zu viel. Ein Kloß bildete sich in meinem Hals, den ich wegschlucken wollte. »Außerdem hab ich Angst.« Das Letzte hatte ich beinah geflüstert. Entgegen meiner Erwartungen tat mein Bruder mehr, als zuzuhören. Er strich mir über den Rücken. Dazu hatte er echt gute Tipps auf Lager.

»Angst haben ist ganz normal, mich gruselt es, wenn ich dir nur zuhöre. Was glaubst du, warum ich so selten auf den Friedhof gehe, seit ich weiß, was da alles rumschwirrt? Aber Amélie hat recht: Du bist bereits in die Sache involviert, sonst hättest du nicht so viele Infos und diesen Schlüssel gefunden. Der ist bestimmt irgendwie wichtig. Ich glaube nicht an Zufälle, das weißt du.« Dankbar suchte ich seinen Blick. Joshuas braune Augen blickten mich warm an. Sie sagten: »Du schaffst das«. Joshuas Mund sagte etwas anderes. »An deiner Stelle würde ich diesen Milán mal genauer unter die Lupe nehmen, nicht so auffällig natürlich. Ich werde ihn auch ein bisschen beobachten. Behalte auf jeden Fall den Schlüssel und triff dich am besten noch mal mit Amélie oder mit Oma, also mit der Oma, die noch lebt. Ich glaube, sie weiß mehr darüber, als sie immer zugegeben hat. Immerhin war sie kein bisschen bestürzt, als Amélie gestorben ist. Traurig ja, aber nicht überrascht. Das hat sie für mich immer verdächtig gemacht. Halt einfach die Augen offen. Endlich sind die verrückten Dinge, die du kannst, mal nützlich! Und wenn deine Zielperson ausfällig wird, hau ich ihr eins aufs Maul.« Er grinste jetzt. Joshua nahm das beneidenswert locker. Gut, er musste auch nicht einen seltsamen Auftrag erfüllen, von dem er erst heute erfahren hatte und den eigentlich keiner wirklich erklären konnte, aber trotzdem.

Oma Waltraud … An sie hatte ich gar nicht gedacht. Brüder waren manchmal ganz nützlich. Wenn ich bloß irgendwie an Jetta herankäme! Da wir nicht verwandt waren und wir uns nicht persönlich kannten, war es unmöglich für mich, sie herbeizurufen. Ich musste sie dort aufsuchen, wo sie meistens herumgeisterte, am Wolfsbrunnen. Behauptete jedenfalls *Wikipedia*.

»Hältst du mich jetzt nicht für völlig durchgedreht?«, fragte ich vorsichtshalber nach.

»Eigentlich bist du genauso durchgedreht wie immer. Dass du jetzt eine Aufgabe hast, lässt dich weniger wahnsinnig erscheinen, auch wenn sie dir von unserer toten Uroma aufgetragen wurde. Und ja, ich glaube dir jedes Wort. Du bist was Besonderes, das warst du immer. Übrigens wollte ich dir noch sagen, dass das heute ein guter Tag für dich war.« Ich zog die Augenbrauen hoch. Dieser Tag war alles gewesen, aber nicht gut.

»Wieso denn das?«, fragte ich deshalb.

»Du hast es geschafft, dein Mauerblümchendasein mal zu überwinden und fremde Menschen an dich heranzulassen. Und dann rennst du einem Typen hinterher, den du erst einmal getroffen hast, Respekt!« Er lächelte verschmitzt.

Ich knuffte ihn in die Seite. Wahrscheinlich hatte er es kaum gespürt. Joshua konnte eines wirklich gut: Mir Mut verleihen, wenn ich meinte, nicht genügend davon zu besitzen.

»Ich wills nicht gleich übertreiben, das war ganz schön anstrengend heute in der Schule.« Vor meinem Bruder konnte ich ehrlich sein.

Er küsste mich auf die Wange. »Gute Nacht, kleine Elfe.«

»Nacht, Joshua.«

Leider fühlte ich mich alleine im Bett nicht mehr ganz so zuversichtlich. Als ich das Licht ausgeschaltet und mich hingelegt hatte, brachte mich ein silbriges Leuchten dazu, die Augen erneut zu öffnen.

»Herr Böttcher, sind Sies?«, begrüßte ich den Geist matt. »Gibts was Neues?«

»Guten Abend«, entgegnete unser Hausgeist wesentlich höflicher als ich. »Bitte nennen Sie mich Gottfried, Fräulein Katharina. Ich will Sie nicht lange stören, sondern Ihnen sagen, dass ich bei der Suche nach dem Jäger gerne behilflich bin. Er oder sie wird nicht mehr lange unsichtbar für uns bleiben. Zumal er nicht alleine ist. Finden Sie mehr über den Gegenstand heraus, der sich jetzt in Ihrem Besitz befindet. Solche Dinge kommen nie zufällig zu uns. Schlafen Sie wohl!« Der nette Herr begann zu verblassen, ehe ich nachhaken konnte. Es gab also tatsächlich mehrere Jäger in der Gegend. Gut zu wissen.

»Gute Nacht«, erwiderte ich verdutzt, doch das silberne Geisterlicht war bereits erloschen. Ich wollte jetzt schlafen, wollte niemanden mehr in meinem Zimmer haben, keine Geister und keine Menschen. Fröstelnd wickelte ich mich in meine Bettdecke ein. Schneller als gedacht sank ich in einen tiefen, fast traumlosen Schlaf, wenn ich den ätzenden Wald außer Acht ließ.

10

Ich erwachte, weil es draußen polterte. Angestrengt lauschte ich in die Dunkelheit. Das kam von ganz nahe! Jemand musste den Klapptisch auf dem Küchenbalkon neben meinem Fenster umgestoßen haben. Jetzt vernahm ich leises Fluchen. Sofort kam ich in die Senkrechte, holte den Schlüssel unter meinem Kopfkissen hervor, um ihn mir um den Hals zu hängen, und kletterte die Leiter herunter.

Andere Geräusche drangen herein, als ich durch den Flur schlich. Ich kroch wie eine Schildkröte an der Küchenzeile entlang, bis ich mit der Nase über dem Fenstersims, zwischen Irmgards Kräutertöpfen, durch die Scheibe spähen konnte. Draußen erkannte ich zwei dunkle Gestalten, die sich gegenseitig schlugen und alles daran setzten, den anderen über das Geländer zu werfen. Die wollten sich umbringen!

Kurz kaute ich unschlüssig auf der Innenseite meiner Wange herum, dann riss ich die neben dem Fenster gelegene Balkontür auf und zischte: »Hören Sie sofort auf und verschwinden Sie!« Mein Herz schlug mir bis zum Hals, aber ich hatte etwas gesagt.

Nicht die Nachtkälte brachte mich zum Zittern, sondern die beiden Einbrecher, die tatsächlich innehielten, um mich zu mustern. Oh, Mist. Das Fenster hätte gereicht. Ich hätte lieber mal Papa und Joshua wecken sollen. Gegen die zwei Riesen konnte ich nichts ausrichten. Ich packte die Tür und wollte sie zuschlagen, aber einer der beiden steckte rasch seinen Fuß zwischen Tür und Türrahmen. Shit! Ich sah ihn genauer an. Er erinnerte mich fatal an den Superhelden, der die Prügelei an der Bahnbrücke beendet hatte. Er trug die gleichen Kleidungsstücke, doch meinte ich, dass dieser hier etwas größer war.

»Was wollen Sie?« Meine Stimme sollte fest und unerschrocken klingen, aber es kam eher ein Quieken heraus.

Ich zuckte zusammen, als er seine Sturmhaube abnahm. Darunter kam ein sehr hübsches, von großflächigen Narben entstelltes Gesicht hervor.

»Ferenc Farkas«, stellte er sich geradezu höflich vor. War der bescheuert? »Ich habe den Auftrag, hier etwas abzuholen.« Ich vermutete, dass er höchstens zwei oder drei Jahre älter sein konnte als ich.

Ich schluckte und wich zurück, als er näher kam und nach meiner Hand griff. Ein eisiger Schauer rieselte mein Rückgrat hinab. Ich hasste es, wenn jemand Fremdes mich anfasste! Aber ich würde jetzt nicht weglaufen.

»Da hast du dich wohl im Haus geirrt. Für Einbrecher gibt es hier nichts zu holen.« Wie surreal konnte es noch werden?

Er lachte leise und ich bekam eine Gänsehaut. Neben mir spürte ich plötzliche Kälte. Aus dem Augenwinkel erkannte ich Herrn Böttcher.

»Gibt es hier ein Problem, Fräulein Wolf?«, fragte er, als ob das nicht offensichtlich war. Trotzdem dankte ich ihm flüsternd für seine Anwesenheit.

»Der junge Mann hier möchte bei uns etwas abholen und kommt dafür über den Balkon. Er fürchtet sich anscheinend nicht vor der Polizei«, erklärte ich dem Hausgeist lauter in ironischem Tonfall. Leiser Stolz erfüllte mich. Ferenc starrte mich an, als hätte ich sie nicht mehr alle. Sein Begleiter prustete leise.

»Du redest mit Geistern! Du bist ein Medium!« Er drehte sich zu dem anderen um, der reglos hinter ihm stand. »Es ist auf jeden Fall das richtige Haus. Er hat ihn ihr gegeben, dieser elende Verräter!« Ferenc machte Anstalten, die Tür aufzudrücken, mit der ich seinen Fuß eingeklemmt hielt.

»Wag es nicht«, knurrte der andere, packte ihn am Kittel und zog ihn zurück, sodass ich die Tür schließen und verriegeln konnte. Nicht dass eine Glasscheibe ihn aufhalten würde, aber anscheinend waren sich die zwei Einbrecher uneins. Sie fingen wieder an, sich zu schlagen. Was war hier eigentlich los?

»Wecken Sie ihren Vater, Fräulein Wolf. Er wird sich darum kümmern. Für mich ist es zu gefährlich, mich in ihre Nähe zu begeben.«

»Auf unserem Balkon sind Geisterjäger, hab ich recht?«

»Ganz genau. Sie kommen schon zu Ihnen, vermutlich müssen Sie nicht lange suchen, bis sie den jüngsten von ihnen gefunden haben.«

Ja, das befürchtete ich ebenfalls.

Der Größere der beiden hatte Ferenc jetzt an die Hauswand gedrückt und verpasste ihm einen üblen Kinnhaken, für den der andere sich gleich revanchierte, sodass der Größere gegen die Brüstung taumelte. Wenn ich nicht Zeuge eines Kapitalverbrechens werden wollte, musste ich etwas tun.

Ich stob in den Flur, wo ich mit meinem Vater zusammenprallte.

»Was zum Kuckuck ist hier los mitten in der Nacht? Es ist gerade mal drei Uhr durch!«

»Da draußen sind zwei Einbrecher«, sagte ich atemlos. »Sie sind sich nicht einig, ob unser Haus das richtige ist, und jetzt prügeln sie sich auf dem Balkon.«

»Geh wieder ins Bett, ich kümmere mich darum.«

Wieso rief er nicht einfach die Polizei an? Ich stoppte ihn mit der Hand auf seinem Arm.

»Papa, ich glaub nicht, dass das normale Einbrecher sind.« Ich stockte. Wie sollte ich ihm das erklären, ohne über Geisterjäger zu sprechen? »Einer hat gesagt, sie wollen hier etwas abholen.«

»Du hast mit Einbrechern geredet? Sag mal, spinnst du? Das meinte ich nicht damit, dass du mal ein bisschen mehr aus dir herausgehen sollst!« Papas struppige Augenbrauen wanderten beinahe in seinen Haaransatz. »Mach, dass du ins Bett kommst!«

»Wir müssen die Polizei rufen! Du kannst doch nicht zu denen da rausgehen!«

»Lass das meine Sorge sein, Katharina.« Er schob sich an mir vorbei und schloss die Küchentür hinter sich. Als ob ich jetzt ins Bett gehen würde, wo es gerade interessant wurde! Außerdem brauchte Papa vielleicht Hilfe. So unvernünftig kannte ich meinen Vater gar nicht. Und das erweckte mein Misstrauen.

Herr Böttcher hatte sich bereits in Luft aufgelöst. Ich spielte mit dem Gedanken, Joshua und Matthias auf den Plan zu rufen, ging dann aber kurzerhand zur Toilette. Leise kletterte ich über den geschlossenen Klodeckel auf das schmale Sims unter dem Fenster, von dem aus ich gute Aussicht auf den Küchenbalkon hatte. Was bewog meinen Vater, so seltsam zu reagieren? Aufgeregt kaute ich auf meiner Wange und legte die Hand an den Fenstergriff, bereit, es aufzustoßen und für Ablenkung zu sorgen, wenn Papa in Schwierigkeiten geriet. Wirklich Angst empfand ich nicht, was angesichts der Situation kurios war.

Die zwei Einbrecher hatten mittlerweile aufgehört, sich zu schlagen, stattdessen standen sie wie zwei Schuljungen vor meinem Vater, der selbst im gestreiften Pyjama Respekt einflößend aussehen konnte. Er hatte sich nicht selbst überschätzt. Papa hatte die Lage vollkommen im Griff. Was ging da vor?

Um seine geraunten Worte besser verstehen zu können, legte ich mein Ohr an den offenen Spalt des gekippten Fensters.

»Und wenn ich noch einmal einen von euch hier oben erwische, melde ich das Herrn Farkas. Er weiß garantiert nichts von dieser bekloppten Aktion!« Er sah den Größeren an, der unter Papas Blick ein Stück zusammenschrumpfte. »Wie schön, dass du nicht alles mitmachst, was deine Familie tut, aber gerade von dir hätte ich mehr erwartet. Wenn ihr jetzt verschwindet, will ich den Vorfall vergessen, aber wehe, ich sehe einen von euch hier im Umkreis von fünfzig Metern! Und haltet euch von meiner Tochter fern, alle beide. Sie hat mit alldem nichts zu tun.«

»Sie redet mit Geistern, es war ein Geist in Ihrer Küche, Herr Wolf«, meldete sich Ferenc zu Wort.

»Das geht dich gar nichts an, Junge. Meine Wohnung, meine Gespenster, kapiert? Wenn meine Tochter sie sehen kann, bitte schön. Das ist nichts Ungewöhnliches. Ihr beide seht sie schließlich ebenso. Ihr wisst ganz genau, dass meine Familie aus eurem Mist rausgehalten wird. Besonders Katharina! Jetzt haut ab, bevor ich es mir anders überlege und Herrn Farkas aus dem Bett klingle!«

Auf dem Sims kniend hielt ich die Hand vor den Mund gepresst, um mich nicht zu verraten. O mein Gott! Papa wusste irgendwas. Jeder normale Mensch hätte die Polizei gerufen, wenn nachts zwei Typen auf seinem Balkon auftauchten, aber er kannte die zwei Einbrecher und er kannte Miláns Vater. Es konnte sein, dass Ferenc ein Bruder von Milán oder irgendein Verwandter war. Und der andere? Was hatten die beiden hier gewollt? Meine Hand verließ meinen Mund und griff durch das Hemd nach dem kleinen Schlüssel. Was sollten sie sonst gesucht haben? Es war mehr als beunruhigend, dass sie wussten oder zumindest geahnt hatten, dass ich ihn besaß und wo sie mich finden konnten. Hatte Milán ihn vor seiner eigenen Verwandtschaft in Sicherheit bringen wollen und ihn absichtlich verloren? Nur dass der Schlüssel bei mir genauso wenig sicher war wie bei ihm. Starr blieb ich auf dem Sims, während Papa die ungebetenen Gäste zur Haustür zitierte und wieder schlafen ging. Ein Glück, dass er nicht nach mir sah. Meine Knie schmerzten, als ich von meinem Lauschposten heruntterglitt und in mein Zimmer schlich. Ich musste unbedingt mit Milán sprechen.

Nach der kurzen Nacht kam ich kaum aus den Federn. Matthias bewarf mich so lange mit einem Rugby-Ei, bis ich endlich aufstand, um in die Küche zu gehen. Anziehen konnte ich mich später.

»Morgen«, brummelte ich in die Runde, in der keiner außer meiner Mutter einen munteren Eindruck machte. Sie war die einzige Lerche unter lauter Eulen.

Mir fiel es schwer, während des Frühstücks die Augen offen zu halten und danach nicht endlos zu trödeln. Erst als ich mein neues Klassenzimmer betrat und Annalena und Vanessa mich freundlich begrüßten, schüttelte ich die letzte Müdigkeit ab. Verstohlen sah ich mich um. Kein Milán.

»Na, hast du den ersten Schultag überlebt?«, erkundigte sich Annalena scherzhaft.

»Außer dass ich todmüde bin, gehts schon.« Ich schaffte es nicht nur, relativ locker zu antworten, sondern auch den doppelten Geisterbesuch in meinem Zimmer heute Nacht in die hinterste Ecke meines Gehirns zu schieben. Nach diesem ersten Schultag war Schlafmangel mein geringstes Problem.

»Wo haben wir nachher Bio? Im Klassenzimmer?«, fragte ich, um ein wenig Konversation zu betreiben. Ich stellte mich gar nicht mal schlecht an.

»Nee, drüben im Sophienhaus, da sind die Fachräume. Wir gehen mit dir hin«, bot Vanessa an. Ihre Freundlichkeit machte mich immer noch ein wenig befangen, aber ich war dankbar, dass sie sich meiner annahmen.

Milán kam heute nicht in die Schule. Einen Augenblick dachte ich an den Twilight-Film, den ich sehr gerne mochte und mit dem Joshua und Matthias mich immer aufzogen. Wie Edward war Milán feige zu Hause geblieben. Wahrscheinlich hinkte der Vergleich und ich hatte einfach zu viele Filme gesehen und Bücher gelesen, die sich um übersinnliche Wesen und ihre komplizierten Liebesbeziehungen mit Normalsterblichen drehten, aber ein bisschen komisch kam es mir trotzdem vor. Als hätte er gerochen, dass ich ein paar Fragen an ihn hatte. Ohne ihn fürchtete ich, kaum einen Schritt weiterzukommen. Und aus irgendeinem unerfindlichen Grund hätte ich mich heute gefreut, wenn Milán neben mir gesessen und vor sich hin gemalt hätte. Immer noch hoffte ich darauf, dass er seine Maske fallen ließ und darunter der Junge aus dem Wald zum Vorschein kam. Das musste niemand verstehen, ich am allerwenigsten.

Um trotzdem meine Zeit sinnvoll zu nutzen, fuhr ich nach der Schule mit Joshua mit dem Rad nach Schlierbach, um der Seherin Jetta am Wolfsbrunnen einen Besuch abzustatten. Dieser Punkt stand neben Milán auszuhorchen ganz oben auf meiner Prioritätenliste. Leider trafen wir den Geist nicht an, aber ich würde wiederkommen. Für heute hatte ich allerdings über drei Stunden vergeudet.

Abends ordnete ich notdürftig das Chaos in meinem Gehirn, indem ich meine Geisterkladde mit den wichtigsten neuen Informationen füllte. Wirklich weiter brachte mich das nicht; dafür fühlte es sich gut an, nicht mehr einen riesigen Gedankenwust mit sich herumzuschleppen.

Milán kam am Mittwoch wieder und all meine Versuche, ihn zum Reden zu bringen, prallten an ihm ab wie an einer Betonwand, ganz wie ich es vorausgesehen hatte.

Als ich ihn freundlich grüßte, guckte er mich stirnrunzelnd an und grüßte nicht mal zurück. Leider wusste ich dann nicht weiter.

Sicher, ich war mehr als ungeübt darin, jemanden, den ich nicht kannte, in ein Gespräch zu verwickeln, aber er hätte es mir nicht so schwer machen müssen. Es war schon anstrengend genug für mich, als introvertierte Person ständig mit anderen Menschen zu tun zu haben und mich nicht zurückzuziehen, weil sie das als grobe Unhöflichkeit gewertet hätten. Also riss ich mich zusammen wie noch nie und verbrachte viel Zeit mit Vanessa und Annalena, die sich ehrlich um mich bemühten und achtgaben, dass ich nicht alleine herumsaß. Obwohl ich genau das eigentlich spätestens nach der ersten großen Pause bitter nötig hatte. Aber ich hatte mir geschworen, endlich dranzubleiben. Zumal ich es mochte, jemandem Hallo sagen zu können, der mich zurückgrüßte und sich freute, mich zu sehen. Manchmal spürte ich leichtes Misstrauen bei den Mädchen und Jungen aufwallen, das sie allerdings schnell überwanden.

Ganz gleich wie unauffällig ich mich verhielt, völlig verdecken konnte ich meine Andersartigkeit nicht. Auf eine unterschwellige Weise nahmen sie sie wahr, der eine mehr, der andere weniger. Annalena jedoch weniger und das war toll.

Überhaupt lief es an der neuen Schule um Längen besser als an meiner vorigen. Ich hatte wirklich dazugelernt. Oder gab mir endlich mal Mühe.

Bei Milán wusste ich nicht, wie er mir gegenüber empfand, seine Gefühle blieben mir, ebenso wie seine Gedanken, verborgen, egal wie oft ich versuchte, das zu ändern.

Da mir meine Cousine und meine Uroma im Nacken saßen, war ich es jedoch nicht mir allein schuldig, weiter zu machen. Mehrere Male überlegte ich, wie Amélie und die anderen reagieren würden, wenn ich den Schlüssel im Wald vergrub und mich weigerte, einem Unbekannten nachzustellen. Und meine Energie lieber darauf verwendete, ein normales Mädchen zu sein. Doch ich wusste, dass ich schon Amélie zuliebe nichts dergleichen tun würde. Sie hatte ihr Leben, wenn ich ihr glauben durfte, für ein höheres Ziel aufgegeben und ich war die Letzte, die sie im Stich lassen würde. Ich sollte mich glücklich schätzen, endlich mal etwas Nützliches mit meinen Abnormitäten anfangen zu können, nachdem ich mich die meiste Zeit meines Lebens wie ein wandelndes Defizit gefühlt hatte. Diese Woche passte ich Milán in jeder Mittagspause auf dem Schulhof ab, grüßte ihn und fragte ihn, ob er kurz mit mir reden würde, doch hatte er immer bloß einen sauren Blick für mich übrig und ging einfach an mir vorüber, als wäre ich eine Steinsäule, wie sie im Erdgeschoss des Schulhauses standen. Mehr als einmal lief ich ihm hinterher, aber er tat so, als nähme er mich gar nicht wahr oder beschleunigte seine Schritte, wenn ich auftauchte. Er ging mir aus dem Weg, anders ließ sich sein Verhalten nicht beschreiben. Obwohl es nicht meine Art war, hatte ich am Ende der Woche auf einmal gute Lust, ihm in der Pause mein halbes Mohnbrötchen an den Kopf zu werfen. Ich kapierte nicht, warum er sich so blöd benahm.

Die Übrigen verstanden hingegen nicht, weshalb ich mir überhaupt die Mühe mit ihm machte. Sie hatten letztes Schuljahr alles ausprobiert und sich die Zähne an ihm ausgebissen. Mal sehen, wie lange ihre Geduld mit *mir* anhielt.

Es war frustrierend und erniedrigend, ständig abgewiesen und behandelt zu werden wie eine lästig gewordene Verehrerin. Denn genau dieses Gefühl gab Milán mir. Ich hatte aufgehört zu zählen, wie oft mir wegen seines unmöglichen Benehmens das Blut in die Wangen geschossen war, wie oft ich mich in den letzten Tagen auf die Mädchentoilette geflüchtet hatte, um seine bösen Blicke besser verkraften zu können. Jedes Mal stand ich dann in einer abgeschlossenen Kabine und führte innere Monologe. *Amélie und Uroma sollen sich einen anderen Doofen suchen, der ihren komischen Jäger sucht und diesem arroganten Mistkerl nachstellt, der sich nicht mal die Mühe macht zu fragen, warum ich das tue! Ich hab keinen Bock mehr darauf!*

Gleich darauf sagte ich mir zum wiederholten Male, dass nun mal ich diesen Schlüssel gefunden hatte. Jetzt musste ich sehen, dass ich etwas darüber in Erfahrung brachte.

Während der ersten Orchesterprobe am Donnerstag, in der wir uns schräg gegenübersaßen, wich Milán nicht von seinem Repertoire ab. Er ignorierte mich die meiste Zeit. Und wenn er mich anschaute, dann mit einem Blick, als wollte er mir am liebsten seinen Cellobogen über den Schädel ziehen.

Am schlimmsten war es am Freitag. Die Doppelstunde Sport verbrachten wir damit, Brennball zu spielen. Das mochte ich ziemlich gerne, weil ich dabei nicht zu den Schwächsten zählte. Obgleich ich im Werfen eine Niete war, konnte ich so schnell rennen, dass es mir manchmal selbst Angst machte. Außerdem hatte Annalena mich sofort in ihre Mannschaft gewählt, was mir noch nie passiert war. Allein deshalb legte ich mich richtig ins Zeug.

Die Jungen, die durch einen gummiartigen Vorhang von uns getrennt Sport hatten, spielten allem Anschein nach Fußball, was sich ungefähr so anhörte, als befänden sie sich im Finale der Champions League, einschließlich des recht jungen Sportlehrers Herr Weber, in den fast alle Mädchen in meiner Klasse heimlich verliebt waren. Ihre Gedanken hatten mir die Schamesröte ins Gesicht getrieben, als Herr Weber mit einem Netz Fußbälle in der Hand die Sporthalle betreten hatte. Er sah wirklich nicht hässlich aus, aber erstens war er ein Lehrer und zweitens nicht mein Typ mit seinen blonden Haaren und dem lässigen Dreitagebart. Jemand anderes entsprach da mehr meinen Vorstellungen, wie ich zähneknirschend zugeben musste. Schade, dass er so ein Blödmann war.

Genau wie ich hatte Milán sich als einer der Ersten fertig umgezogen und trat im selben Moment aus der Umkleide, als ich aus meiner kam. Wegen des angrenzenden Schwimmbades hing ein kaum wahrnehmbarer Chlorgeruch in der Luft.

»Milán! Warte!«, sprach ich ihn an und versuchte, dabei selbstsicher zu klingen. Wenn er wüsste, welche Überwindung mich das jedes Mal kostete, nicht einfach an ihm vorbei zu huschen! Mein Körper spannte sich an, als ich auf den giftigen Blick wartete.

Milán runzelte die Stirn. »Was willst du, Katharina?«

Auch wenn es gereizt klang, er hatte einen vollständigen Satz zu mir gesagt. Und dazu war es ein schönes Gefühl, meinen Namen aus seinem Mund zu hören. Innerlich schalt ich mich eine blöde Kuh und überlegte mir eine sinnvolle Antwort. Ich fand keine.

»Warum bist du so zu mir?«

»Ich bin zu allen so. Nur sind die anderen schlauer als du und lassen mich in Frieden. Bist du irgendwie schwer von Begriff?« Er lief schneller, rannte beinahe die Treppe hoch, um von mir wegzukommen. Ich musste wirklich abstoßend sein. Ohne dass ich es verhindern konnte, sammelten sich Tränen in meinen Augen. Wegen diesem Arsch würde die Welt untergehen! Und meinetwegen, weil ich keine Ahnung hatte und einfach zu blöd war, an ihn heranzukommen. Und wenn er sich auch noch aufführte wie der letzte Vollidiot, blieb ich ratlos zurück. Dennoch hielt ich mit ihm Schritt und rang die peinlichen Tränen nieder.

»Du weißt doch gar nicht, was ich von dir will«, sagte ich unüberlegt und schob mich an ihm vorbei aus der Tür. Natürlich ging er mir nicht nach. Ich wollte gar nicht wissen, was er mit dieser Aussage anfangen würde. Er durfte mich nicht so aus der Fassung bringen! Mit einem dicken Kloß im Hals sprintete ich über den vollen Schulhof, es war gerade große Pause, damit ich eine ruhige Ecke aufsuchen konnte, bevor der Unterricht weiterging. Die Tränen ließen sich kaum noch zurückhalten. Hinter dem Sophienhaus hockte ich mich neben dem hohen Holunder vor eines der vergitterten Kellerfenster und gab dem Drang nach. Ich heulte vor Wut und Enttäuschung, ärgerte mich über mich selbst, weil ich so unfähig war und mir mit meiner dämlichen Schüchternheit selber im Weg stand. Am meisten ärgerte ich mich über Milán. Es ging mir gehörig auf die Nerven, diesem Trottel hinterherzulaufen und dabei meine Würde zu untergraben, um endlich an Antworten zu kommen, die er womöglich gar nicht hatte. Die wenigen positiven Gefühle, die ich ihm im Sommer noch entgegengebracht hatte, überlagerte der Zorn. Weg waren sie leider nicht. Ich hegte eine ernstgemeinte Sympathie für ihn. Ständig beobachtete ich ihn, sogar wenn ich gerade keine Möglichkeit suchte, ihn anzusprechen. Ich schaute ihm beim Zeichnen zu, betrachtete seine kaum zu lesende Mimik und versuchte dahinterzukommen, was eigentlich mit ihm los war. Ich wollte dieses Rätsel um ihn mittlerweile unbedingt lösen. Aber er zeigte mir die kalte Schulter.

11

In der letzten Stunde hatten wir Geschichte. Heute bekamen wir Referate zur Deutschen Revolution 1918 und zur Weimarer Republik zugeteilt, die wir mit einem Partner vorzubereiten und zu halten hatten. Wenn ich eines schrecklich fand, dann waren es Referate. Beim Gedanken daran, vor der Klasse stehen und reden zu müssen, brach mir der kalte Schweiß aus. Natürlich ging unser Lehrer ganz kreativ vor, indem er von uns verlangte, mit unseren Banknachbarn zusammenzuarbeiten. Trotz des Schrecks über diese Aufgabe freute ich mich im ersten Moment über diese Gelegenheit, bei der Milán einfach mit mir reden musste, doch er machte mir gleich einen Strich durch die Rechnung.

»Herr Mohr, kann ich bitte einen anderen Partner haben? Katharina und ich verstehen uns nicht besonders gut.«

Was für eine bodenlose Frechheit! Wenn er nicht so ein Mistkerl wäre, könnten wir uns sehr wohl verstehen. Er hatte es ja nicht mal probiert!

Beschämt sank ich auf meinem Stuhl zusammen und machte mich ganz klein. Trotzdem ein Fortschritt: Noch vor zwei Monaten wäre ich aufgesprungen und davongerannt. Meine Hände umklammerten den geriffelten Kunststoff der Sitzfläche. Angestrengt schaute ich an Herrn Mohr vorbei an die zugeklappte Tafel und zählte die Kästchen. Leider sprach er mich trotzdem an.

»Möchtest du denn einen anderen Partner, Katharina?«

Danke für diese dämliche Frage! Wenn ich zugab, dass ich gerne mit Milán zusammenarbeiten würde, stellte ich mich noch mehr bloß als jetzt, weil bereits jeder dachte, ich wäre in ihn verknallt; lehnte ich ab und verlangte jemand anderen, wäre die Chance, Milán endlich dranzukriegen, dahin. Verdammt!

Neben mir wand sich der Blödmann ein wenig auf seinem Stuhl. Anscheinend fiel ihm gerade auf, in was für eine unangenehme Situation er uns beide gebracht hatte.

Netterweise ersparte er mir die Antwort.

»Ich wollte jetzt keine große Sache daraus machen, dann arbeite ich eben mit ihr zusammen. Wir können Felix mit dazuholen, der ist doch heute nicht da. Bestimmt ist er froh, wenn er eine Gruppe hat und kein Einzelreferat halten muss.«

Mit roten Wangen und sicher mörderischem Gesichtsausdruck sah ich ihn an. Sein aufgesetztes Samaritertum durchschaute ich sofort.

»Das ist eine gute Idee«, lobte ihn Herr Mohr. »Dann bilden Katharina, du und Felix eine Dreiergruppe. Sehr schön. Kommen wir jetzt zur Themenauswahl. Bitte schlagt eure Geschichtsbücher auf, Seite zwölf.«
Jetzt hatte sich so viel Wut in meinem Bauch angesammelt, dass ich glaubte, etwas zerschlagen zu müssen. Milán brachte ganz neue Seiten an mir zum Vorschein, von denen ich nicht gewusst hatte, dass sie existierten.

Geschickt eingefädelt, Milán, dachte ich bissig. *Jetzt hast du es erfolgreich verhindert, dass ich dich endlich ausquetschen kann. Gut gemacht, wirklich!* Zu allem Überfluss bekam ich Kopfschmerzen und rieb mir entnervt die Schläfen. Trotzdem sah ich unauffällig zu Milán hinüber. Er lächelte in sein Buch, als amüsierte er sich prächtig. In seinen Mundwinkeln zeigten sich dabei diese niedlichen Kringel. Ich hasste es, dass sie mir gefielen. Ich hasste es, dass er nichts mit mir zu tun haben wollte! Und ganz besonders hasste ich es, dass ich nichts in der Hand hatte, um das zu ändern.

Zu meinem Ärger fuhr meine Großmutter Waltraud übers Wochenende weg, sodass ich sie nicht befragen konnte, und vor allem auf esoterisch angehauchten Internetseiten nach Antworten suchte, mit denen ich mich keinesfalls zufrieden konnte. Jetta blieb genauso unsichtbar wie Amélie und die anderen. Wenigstens hatte ich alle Hausaufgaben erledigt. Tatsächlich konnte ich es am Sonntagabend kaum erwarten, dass die neue Schulwoche begann. Eine echte Premiere.

Mit Felix, einem unscheinbaren, mittelgroßen Jungen mit hellbraunen Haaren, der mir zu meiner Schande nie aufgefallen war, trafen wir uns in der Mittagspause am darauffolgenden Dienstag zur Besprechung unseres Referats zum Thema »Die große Inflation« in einem der Arbeitsräume. Wir verteilten die Rechercheaufgaben und überlegten, welche Farbe das Plakat haben sollte, dessen Gestaltung ich Milán aufs Auge drückte, weil er derjenige mit der künstlerischen Begabung war. Es ging sachlich zu. Die meiste Zeit sprach Felix, der das Treffen augenscheinlich so schnell wie möglich hinter sich bringen wollte. Ich hätte ihm gerne gesagt, dass sein Klassenkamerad ein elender Blender war und er keine Angst vor Milán haben musste, doch ich tat es natürlich nicht. Weniger, weil Milán mit am Tisch saß und unentwegt in sein Geschichtsbuch starrte, sondern weil ich nicht dazu da war, um Miláns bescheidenes Verhalten vor irgendwem zu rechtfertigen. Felix verhielt sich mir gegenüber zwar beinahe genauso reserviert, aber wenigstens freundlich.

»Würdest du dich mit den verschiedenen Preisen für Lebensmittel und so weiter befassen?«, fragte er mich, während ich einen der Rechner belegte, um ein paar Bilder auszudrucken. Ich zitterte weniger als befürchtet, weil Felix so nah neben mir stand und sich mit einer Hand auf dem Tisch abstützte.

»Okay. Damit können wir in der nächsten Geschichtsstunde weitermachen, wenn wir in den Computerraum dürfen.« Meine Stimme war kaum zu verstehen, unauffällig räusperte ich mich. Ich hatte bisher kaum ein Wort mit Felix gewechselt und sofort schaltete mein Körper in den Mäuschenmodus. Wie gerne würde ich das abstellen. Felix schien nichts zu merken. Er nickte und packte seine Geschichtssachen zusammen. Es sah aus, als könnte er gar nicht schnell genug von unserem Arbeitstisch wegkommen. Ich tat es ihm gleich.

»Tschüss«, sagte ich so pampig ich konnte und rauschte davon. Bei Milán verlieh der Ärger mir mittlerweile die nötige Courage, um ihm zu zeigen, was ich von seiner Art hielt. Das war interessant, half mir aber nicht weiter. Milán verabschiedete sich natürlich nicht. Eigentlich nur konsequent, denn er hatte Felix und mich auch nicht begrüßt, als wir vor einer guten Stunde gemeinsam eingetroffen waren.

Milán hatte mir heute erneut unmissverständlich klargemacht, dass sich an unserem Verhältnis nichts geändert hatte, er mich jedoch als

Arbeitspartnerin hinnahm und im Sinne der Benotung das Beste daraus machen wollte. Wäre es irgendjemand anderes gewesen als Milán, hätte ich es genauso gemacht. Aber er blieb unerlässlich für meine Aufgabe und das war echter Mist. Er würde mich nicht loswerden, egal, wie mies ich mich dabei fühlte. In dieser Sache durfte ich nicht an mich selbst denken.

Bei Papa hatte ich mit dem bitternötigen Gespräch ähnliches Pech. Er arbeitete lange, trieb sich in seinem Hobbykeller herum oder vergrub sich hinter Hausaufgabenkorrekturen. Es kam mir vor, als hätten sich alle gegen mich verschworen.

Glücklicherweise kam das nächste Wochenende.

Ich musste mir dringend eine neue Taktik überlegen. Zwei Schulwochen hatte ich ins Land gehen lassen, ohne einen Erfolg vorweisen zu können. Ich wusste noch immer nichts über diesen Ferenc oder über Miláns Schlüssel. Nächste Woche musste ich ihn drankriegen. Und spätestens am Sonntag bei Oma vorbeigehen. Sie hatte eindeutig ein regeres Sozialleben als ich, so viel, wie sie auf Achse war.

Am Samstag machten wir eine Familienradtour in die kleine Römerstadt Ladenburg. Sogar meine Brüder kamen mit, obwohl sie sonst meistens etwas Besseres vorhatten, als an einem öden Familienausflug teilzunehmen.

Für Ende September war es wunderbar spätsommerlich warm und meine Mutter bester Laune, weil sie ihren Abgabetermin eingehalten hatte und nun für ein paar Tage vom Schreibtisch wegkonnte. In ihrem grenzenlosen Optimismus hatte sie sogar Bermudahosen und Sandaletten angezogen und ihre riesige Sonnenbrille ins Haar gesteckt, mit der sie immer einer Libelle ähnelte. Papa nannte sie scherzhaft »Puck, die Stubenfliege«.

Meine Laune war ebenfalls erschreckend gut. Erstens konnte ich den großen, bösen Milán mal für eine Weile vergessen und zweitens hatte man mich heute Abend dank Joshua auf eine Stufenparty bei einem seiner neuen Kumpels eingeladen. Zwar ausgerechnet bei dem, der mich für eine unterentwickelte Dreizehnjährige gehalten hatte, aber was solls, Party war Party, nämlich eine gute Gelegenheit, an mir zu arbeiten.

Es konnte natürlich sein, dass Joshuas Mitschüler mit der Einladung seinen Fauxpas wiedergutmachen wollte. Dieser Typ, Valentin, hatte mich ziemlich geärgert. Auf dem Schulhof hatte Joshua am Freitag nach der letzten Stunde, wie jeden Tag, mit ein paar Mitschülern auf mich gewartet. Mit meiner Laune stand es nach der unerquicklichen Gruppenarbeit nicht gerade zum Besten, als Valentin einen draufsetzte. Er sagte tatsächlich zu Joshua:

»Hast du nicht behauptet, deine Schwester wäre in der Zehnten? Die sieht ja aus wie dreizehn.« Meine Anwesenheit ignorierte er dabei vollkommen. Joshua hakte seinen kleinen Finger kurz in meinen. Das gab mir Auftrieb.

Da fiel es mir auf einmal leicht, zurückzuschießen: »Bist du wirklich in der Kursstufe?«, fragte ich ihn direkt. »Dass man andere Menschen nicht nach ihrem Äußeren beurteilt, solltest du in deinem Alter mal gelernt haben. Vielleicht wiederholst du lieber ein Jahr, um ein bisschen zu reifen.«

Der gut dreißig Zentimeter größere Junge schaute irritiert auf mich herunter. Ich lächelte ironisch und verbarg meine zitternden Hände hinter dem Rücken. Leiser Stolz regte sich in mir. Ich war nicht weggerannt und hatte sogar eine schlagfertige Antwort parat gehabt. Nicht schlecht. Vielleicht war ich doch kein hoffnungsloser Fall.

Joshua lachte leise. »Du kommst gut alleine zurecht. Da brauche ich ja nicht mehr so oft nach dir zu sehen.«

»Ich benötige keinen Babysitter, falls du das gedacht hast.«

»Schon gut«, beschwichtigte mich mein Bruder. »Wo sind denn deine zwei neuen Freundinnen?« Als Freundinnen würde ich sie nicht gerade bezeichnen, aber ich musste lächeln.

»Warum interessiert dich das? Willst du dir wieder Honig ums Maul schmieren lassen?«

Sein Grinsen hatte etwas Unverschämtes. Ich stach ihm den Zeigefinger in die Rippen und ließ ihn stehen, um zu meinem Fahrrad zu gehen. Aus dem Augenwinkel sah ich einen dunklen Schatten, der sich rasch entfernte. Ohne mich richtig umzudrehen, erkannte ich Miláns Gestalt. Um mir selbst einen Gefallen zu tun, versuchte ich, nicht darüber nachzudenken, aus welchem Grund er, wenn ich ihn mal nicht selbst suchte, ständig dort aufkreuzte, wo ich gerade war, obwohl er eigentlich alles unternahm, um mir aus dem Weg zu gehen und nicht mit mir sprechen zu müssen.

Am Samstagabend machten wir uns gegen neun zu Fuß auf den kurzen Weg in die Panoramastraße. Eigentlich hätte ich gerne mein Rad mitgenommen, aber Joshua behauptete, die Strecke wäre zu steil und er wollte auf keinen Fall verschwitzt und stinkend dort ankommen. Die Augen über meinen eitlen Bruder verdrehend gab ich mich geschlagen.

Zur Feier des Tages hatte ich ein schwarzes, schulterfreies Oberteil mit einer in meinen Augen gewagten Schnürung an der Seite angezogen, das ich in einem plötzlichen Anfall von Schamhaftigkeit lieber unter meiner roten Strickjacke verbarg. Dazu trug ich schwarze Jeggings und hochschäftige Chucks. Um unter Leute zu gehen, völlig in Ordnung. Es kam schließlich selten genug vor. Ich hatte jedenfalls nicht vor, einen Typen abzuschleppen. Außerdem sah ich ja aus wie dreizehn, zumindest mit dem geflochtenen Zopf.

Als wir ankamen, führte uns Valentin gleich in die Kellerräume, wo die Party stattfand. Auf der überdachten Terrasse wurde gegrillt und überall standen und saßen die Gäste herum, ich zählte mindestens vierzig Personen, um meine Nervosität zu dämpfen. Dinge zählen war da eine beliebte Strategie von mir.

Oben ging wieder die Türglocke. Obwohl ich niemanden näher kannte und den halben Abend mit meiner Cola in der Hand bei meinem großen Bruder herumhing und stumm wie ein Fisch die Leute beguckte, war das meinem Ruf doch wesentlich zuträglicher, als zu Hause vor dem Laptop zu sitzen.

Später schloss ich mich sogar den Tischtennisspielern an, die im gefühlt kleinsten Raum um eine riesige Tischtennisplatte herumrannten und Umlauftischtennis spielten. Wer den Ball verlor, musste trinken. Was sonst. Ich spielte mit, betonte aber meine in den Augen der Älteren etwas uncoole, antialkoholische Haltung. Als einer meinte, ich wäre eben zu jung zum Saufen, ärgerte ich mich zwar ein bisschen, sagte aber nichts dazu, denn ich wollte um jeden Preis nüchtern bleiben. Zumal ich nach einem Becher dieses vom Gastgeber selbst gemixten Cocktails vermutlich in der Notaufnahme landen würde. Und so lange mich keiner anfasste, hielt ich es gut aus. Rote Wangen und Verlegenheit, sobald man mich ansprach, ja. Schweißausbrüche, Übelkeit und Herzklopfen, nein. Ich war milde erstaunt. Noch ein bisschen, dann konnte ich mich davonmachen und einen Blick auf die vielen Geister auf dem Friedhof werfen. Von Weitem, versteht sich. Ich hoffte darauf, dass es mir neue Anhaltspunkte lieferte, womit es die Geisterjäger zu tun hatten.

Die ganze Zeit über lief Rockmusik, Grunge und Punk, abgesehen von wenigen Ausnahmen nicht unbedingt meine bevorzugten Stilrichtungen, aber für einen Abend okay. Joshua gefiel das natürlich besser. Dennoch nistete sich einer der Songs in meinem Gehirn ein, »Devil's dance« von Metallica. Ich hörte sogar für die Dauer des Liedes auf, Tischtennis zu spielen, und lauschte. Gut, dass mein Bruder das nicht mitbekam. Der Songtext, den James Hetfield direkt in meine grauen Zellen sang, war ebenso eingängig wie der hypnotisierende Rhythmus, als würde der Teufel höchstpersönlich zu mir sprechen, mich locken und mir klarmachen, dass jegliche Gegenwehr vergessen konnte. Ein Schauer rieselte meinen Rücken hinab. Wahrscheinlich war ich wegen meines Vorhabens aufgeregter, als ich mir eingestehen wollte. Da ich früher als Joshua heimgehen würde – ich versprach, ein Taxi zu nehmen, betete aber, dass er es nicht nachprüfte –, konnte ich meinen geplanten Abstecher über den Bergfriedhof machen, zu dem es ganz in der Nähe des Partyhauses einen Seiteneingang gab. Allein schon deshalb hatte ich Valentins Einladung nicht ausschlagen wollen. Ein bisschen fürchtete ich mich, doch ich wollte mit eigenen Augen sehen, was meine Urgroßeltern und Amélie mir berichtet hatten. Alles erschien mir sinnvoller, als Milán nachzulaufen. Durch die Party war ich endlich mal spätabends draußen. Sonst hatte ich nie einen Vorwand, das zu tun. Mich von daheim fortzuschleichen, wäre viel schwieriger gewesen, wenn nicht gar unmöglich.

Kurz nach Mitternacht verabschiedete ich mich. Wie erhofft registrierte Joshua nur am Rande, dass ich ging, da er in ein intensives Gespräch mit einem eher dürftig bekleideten Mädchen aus seiner Stufe vertieft war. Neben ihr kam ich mir augenblicklich unscheinbar und deplatziert vor, so hübsch und erwachsen sah sie aus. Wenn ich sie betrachtete, mit ihrem Minirock und ihrem schulterfreien Pullover, ihrem offenen Lachen, wurde mir klar, dass mich hier niemand für voll nehmen konnte.

Es tat gut, aus der Wärme und dem Lärm des überfüllten Partykellers hinaus auf die ausgestorbene Straße zu kommen. Ich sog die klare, kühle Nachtluft in tiefen Zügen ein, als ich mit festen Schritten den Berg hinunter zur Friedhofsmauer lief. Das schmale Eisentor war nicht verschlossen. Lautlos öffnete ich es und lehnte es anschließend an, wie ich es vorgefunden hatte.

12

Es war weniger finster, als ich befürchtet hatte. Der fast volle Mond beschien die verschlungenen Wege, auf denen ich entlangschlich. Hier und da brannten rote Grablichter.

Lange bevor ich etwas sah, hörte ich ein Höllenspektakel, auf das ich zögerlich, aber dennoch geradewegs zulief. Mehr als einmal blieb ich stehen, ehe es mich wieder unwiderstehlich vorwärtszog. Ein unirdisches Heulen und Tosen drang an meine Ohren, ähnlich eines Sturms, der ums Haus fegt und an Türen und Fenstern rüttelt. Eine Gänsehaut überzog meinen Körper, während ich dem vielstimmigen Jaulen und Wimmern immer näher kam. Schließlich sah ich sie: Menschliche Gespenster und dazwischen dunkle Fetzen wie fliegende Leintücher aus tausenden Pünktchen, die schwach leuchteten wie schwarze Laternen, die in ihrem Inneren Licht gefangen hielten. Im Dunkeln fand ich sie in ihrer wabernden Gestaltlosigkeit noch mehr zum Fürchten. Weg wollte ich trotzdem nicht. Zu sehr faszinierte mich die Szenerie. Es mussten an die hundert Jenseitige sein, die im und um das Mausoleum beim Grab meines Großvaters schwebten. Hinter einer dichten Thujahecke versteckte ich mich, spähte durch das Astwerk. Ein Risiko; ich ahnte, dass meine Anwesenheit nicht lange unbemerkt bleiben würde, wenn ich mich nicht schleunigst davonmachte. Wie ich die Geisterwesen spüren konnte, nahmen sie die Lebenden wahr. Böse Gespenster, wie die meisten im Mausoleum, betätigten sich oft als Poltergeister. Ich hatte ein paarmal eher unerfreuliche Erfahrungen mit ihrer Sorte gemacht, aber dabei hatte es sich immer um harmlosen Spuk gehandelt, der rasch wieder aufgehört hatte. Über Klopfgeräusche, auf- und zugehende Türen und flackerndes Licht sowie Stöhnen und Jaulen war es nicht hinausgegangen.

Ich wusste nicht, was Poltergeister anrichten konnten, wenn sie in Massen auftraten wie hier. Ich hatte über zahlreiche Heimsuchungen gelesen. Herumfliegende Gegenstände und nachts hochschreckende Menschen stellten dabei noch die angenehmeren Auswirkungen dar. Und jetzt hatte ich keine guten Jenseitigen herbeigerufen, um mich gegen diese Horden zu schützen. Das war dumm von mir. Urgroßvater hatte mich gewarnt, dass auf dem Friedhof nachts die Hölle los war. Nun lösten sich einzelne Gestalten aus der Menge, flogen suchend umher. Sie mussten mich wahrgenommen haben.

Ich stolperte rückwärts, fiel über einen Grabstein und riss scheppernd eine Grablaterne um. Ein Mensch hätte mich spätestens jetzt gehört. Leise Angst befiel mich erst jetzt, die zu ausgewachsener Panik wurde, als sich ein Großteil der Gestalten zu einem großen Schwarm zusammenfand und in meine Richtung schwebte.

Ich nahm die Beine in die Hand und rannte, so schnell ich konnte. In meiner kopflosen Flucht verlor ich völlig die Orientierung, ich versuchte nur abwärts zu laufen, wo früher oder später ein Tor oder wenigstens die Friedhofsmauer sein musste, über die ich klettern könnte. Der Wind brauste um meine Ohren, so rasch flog ich nun über ein Gräberfeld. Hinter mir brandete wütendes Heulen auf.

Die Jenseitigen wollten vor den Lebenden verborgen bleiben. Nachts sollte der Friedhof ihr Revier sein. Und ich hatte mich frech über diese Regel hinweggesetzt. Um keinen Preis durfte ich ihnen in die Hände fallen. Sie würden Besitz von mir ergreifen und mir meine Persönlichkeit rauben, mich am Ende zu einer Waffe machen, die ihrem Willen gehorchte. Oder sie töteten mich und machten mich im Jenseits zu einem willenlosen Sklaven.

Mein Atem ging hart und mein Herz wollte aus meiner Brust springen. Meine Muskeln schmerzten vor Anstrengung, doch ich zwang mich weiterzulaufen, bis ich urplötzlich nach vorne auf die Knie fiel, als hätte man mir den Boden unter den Füßen weggezogen. Die kühle Feuchtigkeit der Wiese drang durch meine dünne Hose. Verbissen rappelte ich mich auf und stolperte weiter vorwärts, um nach wenigen Schritten wieder hingeworfen zu werden.

Sie hatten mich eingeholt. Poltergeister, die mich schauerlich lachend und kreischend umkreisten, bevor sie davonflogen und anderen den Weg zu mir freimachten. Hilflos saß ich inmitten der glimmenden Fliegennebel, die wie eisiger Wind in mich hineinfuhren und mich einem Wechselbad der Gefühle aussetzten.

In mir tobten abwechselnd blinde Wut, die mich dazu brachte, wild um mich zu schlagen und zu schreien, tiefe Traurigkeit, ein wahnsinniger seelischer Schmerz, der mich ebenso rasend machte, und Furcht, die mir beinahe den Atem raubte. Nur ein wenig mehr und ich würde verrückt werden. Langsam aber sicher verlor ich die Kontrolle über meinen Körper. Sie fuhren durch meine Brust hindurch, ohne dass ich es spürte; ich fühlte nur Kälte und die sich langsam vermischenden Gefühle von bebendem Zorn, Angst und Trauer, die sie in mir hervorriefen. Plötzlich hörte ich eine Stimme in meinem Kopf, die mich grollend rief, wollte, dass ich mich ergab und den Geisterwesen folgte. Ich kannte die Stimme, aber ich wollte ihr nicht nachgeben. Ich hatte sie oft in meinen Träumen gehört und konnte trotzdem nicht tun, was sie verlangte. Noch nicht. Aber lange würde ich nicht mehr durchhalten.

Ich nahm mein letztes bisschen Verstand zusammen und brüllte: »Amélie!«

Wenn sie mich hörte, würde sie kommen und mir helfen. Vor meinen geschlossenen Augen erschien der Junge aus dem Wald, mein Bewusstsein hing am seidenen Faden. Milán.

Dann schlug mein Kopf auf dem Rasen auf. Ich roch die Erde und das Gras, spürte die kitzelnden Grashalme an meiner Wange. Halt suchend grub ich meine Finger in den Boden, weil sich alles um mich herum drehte, als ich erneut die Augen öffnete. Da stand er in seinem roten T-Shirt, packte mit seinen Händen einen Nebelfetzen und zog ihn von mir fort.

Von einem Wimpernschlag auf den nächsten verschwand er. Verwirrt blickte ich mich um, aber es war so anstrengend, dass ich meine Lider zufallen ließ. Schnelle Schritte näherten sich. Ich hatte nicht die Kraft, den Kopf zu heben, doch ich schaffte es, meine Augen zu öffnen.

Statt meiner Cousine kam jemand sehr Menschliches angerannt. Ein komplett schwarz angezogener, ohne jeden Zweifel männlicher Wahnsinniger, mit einer Sturmhaube auf dem Kopf, eilte mir zu Hilfe und begann die Geistergestalten mit ausgestreckten Händen von mir wegzutreiben. Leider gaben sie nicht auf und versuchten immer aufs Neue, über mich herzufallen. Ich konnte beim besten Willen nicht sagen, wie seine Kleidung beschaffen war, sie schien das Mondlicht zu verschlucken, das mit Mühe durch die mittlerweile aufgezogenen Wolken drang.

Sobald ich selbst den Arm hob und in die wabernden Fetzen griff, spürte ich sehr kalten Nebel, nichts Greifbares. Zu meinem Schrecken wurde der Mann zusehends schwächer. Nun wandte sich ein Teil der Geisterwesen ihm zu. Er landete schwer atmend neben mir auf den Knien. Ansonsten drang kein Laut über seine Lippen. Obwohl ich am Ende meiner Kräfte war, bewunderte ich seine Selbstbeherrschung und bedauerte es, uns beiden nicht helfen zu können. Immer wieder blinzelte ich, um nicht ohnmächtig zu werden, denn wir waren auf einmal nicht mehr allein.

Über mir erschien eine kräftigere Gestalt, nicht unähnlich dem Mann, der neben mir im kalten, feuchten Gras lag. Auch sie verbarg ihr Gesicht hinter einer schwarzen Sturmhaube. Meine Augen klappten vor Erschöpfung immer wieder zu. Eine warme, schwielige Hand griff plötzlich nach meiner, wie nach einem Rettungsanker. Die jenseitigen Wesen stürzten sich auf den Neuankömmling und ließen für den Moment von uns ab.

Ausgepowert wie nach einem Marathonlauf tolerierte ich es, dass ein Wildfremder meine Hand hielt. Es fühlte sich gut an, nicht alleine zu sein. Nach den wechselnden, starken Emotionen war mir dieser kleine Trost willkommen. Ganz leise hörte ich die Gedanken des Mannes neben mir, er machte sich Vorwürfe, mich und sich selbst nicht retten zu können, während der andere Kämpfer durch den Fliegenschwarm ging, den Geistern seine anscheinend abschreckenden Hände entgegenstreckte, bis alle mit einem letzten Jaulen davonschwirrten.

Ich hatte wieder das Gefühl, gleich ohnmächtig zu werden. Plötzlich wurde mir die tröstende Hand entrissen. Der zweite Maskierte hob mich sanft hoch und trug mich gemessenen Schrittes über den Friedhof. Aus dem Augenwinkel sah ich den anderen sich aufraffen und uns hinterhertorkeln. Es beruhigte mich zu wissen, dass er nicht hier zurückbleiben musste.

Ich konzentrierte mich auf die Gestalt, die mich trug. Sie fühlte sich menschlich an, warm und lebendig. Aber selbst als wir unter einer Friedhofslaterne entlanggingen, konnte ich nicht erkennen, wer mich und den anderen Fremden da gerettet hatte.

Mein trockener Hals bereitete mir Mühe, einen Ton herauszubringen.

Nach einiger Zeit krächzte ich: »Danke, dass Sie mich gerettet haben.« Meinen Anstand vergaß ich selten. Außerdem waren die aufgepeitschten Gefühle zusammen mit den Geistern verschwunden. Im Augenblick empfand ich weder Zorn noch Trauer, sondern nichts als bleierne Müdigkeit. Mein Retter antwortete nicht. So sehr ich versuchte, sein Gesicht unter der Sturmhaube zu erkennen, es gelang mir nicht. Nur die schmalen Augen konnte ich sehen.

Meine Gedanken flossen zäh und erstarrten schließlich wie Pudding, als ich mein Gesicht näher an den harten Baumwollstoff und die feste Brust darunter schmiegte. Der angenehme und mir seltsam vertraute Geruch, eine Mischung aus Erde, frischem Schweiß und einem sehr maskulinen Rasierwasser, der von dem Fremden ausging, hüllte mich ein und gab mir Sicherheit. Ich seufzte leise und empfing dankbar die Dunkelheit.

Am nächsten Vormittag wachte ich in meinem Bett auf. Blöderweise hatte ich keine Ahnung, wie ich letzte Nacht heim-, geschweige denn in mein Bett gekommen war. Allerdings trug ich noch meine Partyklamotten. Das musste ich schnell ändern, sonst dachten meine Eltern am Ende, ich wäre stockbesoffen gewesen.

Beim Aufstehen spürte ich einen leichten Muskelkater in Armen und Beinen, weil ich mich so verkrampft hatte, aber sonst nichts. Ich hatte wenigstens eine Beule und Kopfschmerzen erwartet, nachdem ich dermaßen hart auf die Wiese gefallen war. Während ich in meinem vollgestopften Kleiderschrank nach einer Jogginghose und einem frischen T-Shirt wühlte, bemühte ich mich, die Ereignisse der letzten Nacht zu rekapitulieren. Das war verdammt knapp gewesen. Wie hatte ich nur so bescheuert sein können, nachts alleine auf den Friedhof zu gehen! Ich hätte mich mit meiner nicht mehr lebenden Familie verabreden sollen, um kein williges Opfer zu sein. Ohne die maskierten Fremden wäre es vermutlich nicht so glimpflich ausgegangen.

Da tauchte ein neuer Gedanke aus dem Wirrwarr empor: Ich hatte Geisterjäger getroffen! Was für ein Mist, dass ich ihre Gesichter nicht hatte erkennen können. Zumindest wusste ich, dass beide definitiv männlich und ziemlich groß gewesen waren. Und furchtlos wie Jäger wohl sein mussten. Die konnten guten Gewissens nachts auf dem Friedhof herumlungern. Ganz im Gegensatz zu mir … Wobei es dem Ersten nicht gelungen war, die Geister zu verscheuchen oder gar zu eliminieren. Er hatte nicht lange genug standgehalten.

War er derjenige, den ich suchen musste? Und mein Retter … Er hatte wiederum etwas Vertrautes an sich gehabt. Kannte ich ihn? Es handelte sich nicht um denselben, den ich am ersten Schultag beobachtet hatte, dieser war etwas kleiner gewesen.

Und noch etwas fiel mir im Nachhinein auf: Die Geisterwesen hatten es nicht geschafft, gänzlich von mir Besitz zu ergreifen, sie mussten immer von Neuem in meinen Körper fahren und blieben nicht dauerhaft dort, wie bei den besessenen Männern, die sich an der Bahnbrücke geprügelt hatten. Irgendetwas hatte sie abgehalten. Dazu diese Stimme in meinem Kopf: Kam sie von den Geisterwesen? Der Ausflug auf den Friedhof war leichtsinnig gewesen, hatte mir aber tatsächlich Stoff zum Nachdenken geliefert.

Sobald ich gefrühstückt hatte, sollte ich diesen Fragen nachgehen und sie aufschreiben.

Als mir der Rücken schmerzte und ich langsam keine Lust mehr hatte, schaurige Erfahrungsberichte von Besessenen und Exorzisten zu überfliegen, die mir keine meiner Fragen wirklich beantworteten, fuhr ich den Laptop runter. Ich beschloss, mich mit Lesen abzulenken, bis entweder Papa von seiner Joggingtour zurückkam oder ich zu Oma aufbrechen konnte, wenn sie ihr Teekränzchen bei der Nachbarin endlich verließ. Gegen vier rief ich sie an, um festzustellen, dass niemand ans Telefon ging. Ich versuchte es auf ihrem Handy. »Hallo? Waltraud hier«, meldete sie sich.

»Oma? Ich bins, Katharina. Bist du noch bei deiner Freundin?«

»Wir plaudern gerade so nett. Rosalind hat Else und mich zum Abendessen eingeladen. Ich fürchte, du musst ein andermal kommen.«

»Okay. Viel Spaß!« Mist. Schlimmer jedoch, dass gerade meine Cousine erst behauptete, ich müsste die Menschheit beschützen, und mich im Dunkeln tappen ließ.

Den frühen Nachmittag hatte ich in einem neuen Fantasy-Roman geschmökert, in dem es um gefallene Engel ging. Nicht die beste Lektüre nach einer solchen Nacht, aber die Geschichte war spannend und außerdem frei erfunden, was ich von den Geistern im Mausoleum nicht behaupten konnte. Beklommen rief ich mir ihr Heulen in Erinnerung. Dass ein paar Nebelfetzen eine solche Macht besaßen! Wer weiß, zu was sie mich angestiftet hätten, wenn die Geisterjäger nicht hinzugekommen wären. Mein Magen krampfte sich zusammen, als ich daran dachte, dass ich jetzt auch tot auf den Bahngleisen oder irgendwo im Wald liegen könnte oder dass ich jemanden verletzt hätte. Das durfte nicht noch einmal vorkommen. Nachts blieb der Friedhof tabu und tagsüber musste ich vorsichtiger sein. Meine Neugier war manchmal zu viel des Guten.

Trotz dieses ziemlich üblen Erlebnisses würde ich mich nicht zurückziehen. Viel mehr ärgerte ich mich über meine Unbesonnenheit. Was mich jedoch nicht davon abhielt, den restlichen Nachmittag auf dem Friedhof herumzuspazieren. Leider weniger, um mit meinen toten Verwandten zu sprechen, da sich niemand zeigte, als hätte Amélie sie dazu angehalten. Also tat ich etwas gegen die Furcht nach letzter Nacht, hoffte, in der Einsamkeit Kraft für die kommende Woche zu tanken und möglicherweise auf Milán zu treffen. Konnte ja sein, dass er dieses Mal nicht weglief.

Ihn bekam ich natürlich nicht zu Gesicht, dafür zwei in schwarze Hosen und Kampfkittel gekleidete Pseudoninjas, wie ich sie insgeheim nannte, die kurz vor Einbruch der Dunkelheit auf dem Mausoleum bei Opas Grab herumturnten, wobei sie immer wieder auf verschiedene Weise vom Dach heruntersprangen, sogar mit Salti, wieder hochkletterten, wegrannten und zurückkamen. Alles in sehr hohem Tempo, ähnlich wie diese verrückten Parcour-Sportler. Ich hätte mir bei solchen Stunts alle Knochen gebrochen und auf das Dach wäre ich ohne Leiter gar nicht erst nicht raufgekommen.

Interessiert schaute ich ihnen eine Weile bei ihrem sinnlos erscheinenden Treiben zu. Es wunderte mich nach wie vor, dass sie niemandem außer mir aufzufallen schienen.

Allerdings wollte ich ihnen ebenso wenig auffallen oder beim Spähen erwischt werden, weshalb ich mich auf den Heimweg machte. Zu spät jedoch, denn der Blick des einen Jägers, des Größeren von beiden, folgte mir auf meinem Weg vom Friedhof.

Es gab keinen anderen Menschen, den er hätte ansehen können. Unbehaglich machte ich kehrt, um auf einem der schmalen Wege im Schutz der Bäume und Sträucher zu verschwinden. Jetzt sollte mich eigentlich niemand mehr sehen, aber das seltsame Gefühl in mir verschwand einfach nicht. Die letzte Nacht steckte mir wohl noch zu sehr in den Knochen. Mein Herz klopfte unangenehm, meine Handflächen wurden schwitzig und rutschten einige Male an den Gummigriffen des Fahrradlenkers ab. Nicht dass ich eine Chance gehabt hätte, einem Geisterjäger zu entkommen, immerhin konnten sie mühelos an Hausfassaden hochkraxeln. Amélie hatte nicht übertrieben, sie konnten schnell und stark sein. Und sicher tödlich.

In einem Affenzahn radelte ich über den Friedhof, obwohl das verboten war. Für heute hatte ich entschieden genug von Jägern, die die Gesetze der Schwerkraft missachteten, und Geistern, die mich niemals aus den Augen ließen.

13

Abends schauten Matthias und ich einen sowohl hirnlosen als auch PS-starken Actionfilm an, der mich zuverlässig ablenkte. Zurück in meinem Zimmer dachte ich mit wachsender Aufregung an die kommende Woche. Die Hausaufgaben hatte ich längst erledigt, mein Teil des Geschichtsreferats benötigte nur noch den letzten Schliff und wieder spukte dieser Blödian in meinem Kopf herum. Das war ja kaum zum Aushalten. Gedankenverloren bewegte ich die Zahnbürste in meinem Mund auf und ab, während ich aus dem Badfenster in die Nacht hinausstarrte.

Würde Milán mich endlich erhören und mir die Chance geben, weiterzukommen, ohne dass ich mich dafür in Lebensgefahr begeben musste? Oder würde sich die endlose Folge peinlicher Aktionen meinerseits fortsetzen? Ich wusste nicht, welche Strategie die beste war, und hatte ein wenig Mitgefühl mit meinen neuen Klassenkameraden, die laut Vanessa wesentlich früher aufgegeben hatten und mir dasselbe rieten. Egal, was Milán mit seinem Verhalten bezweckte, er hatte langsam aber sicher meinen Ehrgeiz geweckt. Und eigentlich müsste ich mich sogar bei ihm bedanken. Dank ihm machte es mir immer weniger aus, mit anderen Menschen zu reden und Zeit mit ihnen zu verbringen. Alle gingen netter mit mir um als Milán.

Ich hatte ein bisschen Bammel, ins Bett zu gehen, wo mich höchstwahrscheinlich Albträume erwarteten. Aber nichts dergleichen geschah. Statt von grässlichen Geisterwesen träumte ich von dem Unbekannten, der mich davor bewahrt hatte, ein lebendes Gespenst zu werden. Und von dem, der meine Hand gehalten hatte. In meinen Träumen suchte ich nach ihnen, sah immer wieder die Männer mit den Sturmhauben, die sich am meisten durch ihre Bewegungen von der herrschenden Finsternis in meinem Traum abhoben, aber ich konnte sie immer nur aus großer Entfernung sehen oder von hinten. Es war zum Auswachsen! Am Schluss landete ich wieder in dem allzu vertrauten Traumwald, in dem ich bis zum Weckerklingeln ziellos umherstapfte.

Auf dem Schulweg am Montagmorgen ertappte ich mich dabei, wie ich meinen Blick schweifen ließ und Ausschau nach den Geisterjägern vom Friedhof hielt. Als ob einer von ihnen hinter der nächsten Mülltonne hocken würde. Was für eine absurde Vorstellung.

Milán erschien verstrubbelt zum zweiten Läuten und kam ungefähr eine Sekunde vor Herrn Murhardt durch die Tür. Unser Mathelehrer hatte eine Vorliebe für bunt gemusterte Pullunder. Heute trug er ein Modell mit verschiedenfarbigen Dreiecken auf grauem Grund. Bislang gefiel mir sein Unterricht. Vor allem aber sein etwas nüchterner wie freundlicher Umgang mit uns.

Milán nickte mir tatsächlich zu. Ärgerlich bemerkte ich erstmals ein zartes Flattern in meinem Bauch, als er sich neben mich auf den Stuhl fallen ließ. Damit hatte sich die Kommunikation für diesen Schultag meiner Vermutung nach erledigt. Allerdings war das ein enormer Fortschritt, über den ich eigentlich in Jubel ausbrechen sollte. Tat ich aber nicht. Innerlich rollte ich die Augen, denn nach diesem Lichtblick verfiel Milán wieder in sein übliches Verhaltensmuster. Er ignorierte mich nach Kräften. Trotzdem bemerkte ich an ihm eine Veränderung. Irgendwann fiel mir auf, dass er ab und zu herüberlinste, um hastig wieder wegzuschauen. Wurde ich mit einem Mal interessant oder zahlte sich meine an Selbstaufgabe grenzende Hartnäckigkeit endlich aus?

Wenigstens fielen mir die zu lösenden Trigonometrie-Aufgaben nicht schwer, meine Konzentration ließ nämlich bald zu wünschen übrig.

Mit der Seite im Mathebuch war ich gewohnt schnell fertig und holte mir ein Arbeitsblatt vom Lehrerpult, mit dem ich mir mehr Zeit ließ. Ich musste mich ja nicht sofort als Superstreber outen. Außerdem ließ mich der schwarzhaarige Blödmann neben mir nicht kalt. Natürlich trippelte ich vor Aufregung, ihn nach zwei Tagen endlich wieder in greifbarer Nähe zu haben und meinen Plan weiterzuverfolgen, mehr nicht. Die Mauer zwischen uns erschien weiterhin schier unüberwindbar, egal, wie vertraut mir seine Gesichtszüge waren oder seine geübten Bewegungen, wenn er zeichnete, statt zu arbeiten.

Die anderen konnte er mit seinem Getue dauerhaft auf Abstand halten, aber ich hatte eine Mission.

Mir blieb keine andere Möglichkeit, als zu glauben, dass es Milán gewesen war, den ich am ersten Schultag auf dem Friedhof verfolgt hatte. Laut Vanessas Aussage wohnte er gleich gegenüber und wieso in aller Welt sollte er vor mir, einem zu klein geratenen Mädchen, weglaufen, wenn er nichts zu verbergen hatte? Eben. Plötzlich fiel mir etwas ein, das mich dazu brachte, meinen Bleistift fallen zu lassen. Milán war am Samstag auf dem Friedhof gewesen, in seinem roten T-Shirt. Er hatte eine dieser Krieselwolken von mir vertrieben! Ich war halb weggetreten gewesen, doch jetzt erinnerte ich mich wieder an ihn. Und das konnte nur bedeuten, dass Milán zu den Geisterjägern gehörte oder zumindest jemand war, der ebenfalls Geister sehen konnte. Genau wie ich.

Während der Mathestunde versuchte ich daher mehrmals, in seine Gedanken einzudringen, konnte jedoch nicht den kleinsten Gedankenschnipsel abfangen. Zum ersten Mal wollte ich unbedingt wissen, was in jemandes Kopf vorging, und dann funktionierte es nicht. Mit Mühe unterdrückte ich einen frustrierten Laut.

Zu allem Überfluss schien Milán etwas von meinen Bemühungen mitbekommen zu haben; seine Mundwinkel hoben sich immer wieder auf amüsierte Weise an. Als würde er merken, was ich tat. Was ich nicht mehr ausschließen konnte. So sehr ich mich bemühte, er gewährte mir keinen Einblick in seinen Kopf. Fürs Erste gab ich es auf und vertiefte mich in mein Arbeitsblatt. Nach den ersten zwei Aufgaben drifteten meine Gedanken allerdings wieder ab.

Statt zu rechnen, zermarterte ich mir aufs Neue das Hirn, wie ich Milán dazu bringen könnte, freiwillig etwas von sich preiszugeben. Schließlich hielt ich es nicht mehr aus und riss ein Stück rosa Löschblatt ab, um meinem Banknachbarn eine Nachricht zu schreiben. Kein neues Vorgehen, aber gerade fiel mir nichts Besseres ein. Das Schlimmste, was er tun konnte, war, mich weiterhin zu ignorieren. Doch das fiel ihm heute sichtlich schwer, was mir wiederum Mut verlieh. Bis fast zum Ende der Doppelstunde dauerte es, ein paar Sätze zu formulieren. Unglaublich! Immer wieder strich ich durch, was ich geschrieben hatte und riss weitere Stücke von dem Löschblatt ab. Ich schrieb ihm nicht den ersten Brief, doch zu viele hatte er ungelesen oder nach kurzem Überfliegen entsorgt, ohne zu antworten. Diesmal hoffentlich nicht. Es musste ihm langsam über sein, mich abfahren zu lassen, ich wollte ihn ja nicht anbaggern! So viel sollte er mitbekommen haben.

Schließlich war ich einigermaßen zufrieden und schob den gefalteten Zettel mit wild pochendem Herzen zu dem griesgrämig dreinblickenden Jungen hinüber. Von seinem winzigen Lächeln entdeckte ich keine Spur mehr. Er biss die Zähne zusammen und in seiner Wange zuckte ein Muskel. Er wirkte oft wütend, nicht nur auf mich. Wahrscheinlich auf die ganze Welt. Die Erinnerung an ihn, wie er mir im Wald zugelächelt hatte, erschien mir mittlerweile wie ein ferner Traum.

Milán,

ich hatte am ersten Schultag eine seltsame Begegnung. Vielleicht weißt du etwas darüber, wenn ich dir davon erzähle. Vergiss jetzt mal, dass du mich eigentlich nicht leiden kannst, und triff mich in der Mittagspause in der St.-Anna-Gasse. Es ist wirklich wichtig!

Katharina

Eine seiner schlanken, großen Hände schob den Zettel unauffällig unter das Mathebuch. Wenigsten schmiss er ihn nicht sofort unter den Tisch. Hurra!

Ohne ihn weiter zu beachten, wandte ich mich wieder meinen Matheaufgaben zu. Vor der Pause schrieb ich die Hausaufgaben von der Tafel ab und packte ich meine Sachen ein. Als ich mit meiner violetten Vesperdose wieder aus den Tiefen meiner Tasche auftauchte, sah Milán mich direkt an. Seine blaugrünen Augen hatten einen forschenden Ausdruck angenommen, der meinen Kopf geradezu leerfegte.

Das Ziehen in meinem Magen missachtete ich gekonnt. Der brauchte gar nicht zu versuchen, mich neuerdings mit diesem Hypnoseblick einzuschüchtern. Meine Schläfen pulsierten unangenehm. In diesem Moment kapierte ich, woher das seltsame Gefühl kam: Milán versuchte ganz offen meine Gedanken zu lesen!

Kurz stockte mir der Atem. Doch zum ersten Mal hatte ich unter seinen bohrenden Augen nicht das Verlangen, mich in Luft aufzulösen, endlich hatte ich ihn am Haken! Herausfordernd erwiderte ich seinen Blick, der immer angestrengter und zunehmend verwirrter aussah.

In meinem Kopf ertönte Musik. Ein Song, den ich lange nicht mehr gehört hatte. Er überlagerte zuverlässig meine womöglich verräterischen Gedanken. Eine Art Notprogramm, das ich bisher nicht genutzt hatte, anscheinend aber viel früher hätte gebrauchen können. Jetzt hatte Milán sich enttarnt! Ein winziges Triumphgefühl stieg in meiner Brust auf. Von nun an würde er mich nicht mehr abweisen können, sondern musste mir helfen, den Jäger zu finden. Das Lied erklang leiser. Er musste mir erzählen, was er über den Schlüssel in meiner Hosentasche wusste. Wenn er nicht sogar selbst der Gesuchte war … Mist, jetzt hatte ich etwas gedacht. Unsere Blicke hatten sich ineinander verhakt. Mein Kopf dröhnte auf einmal, aber ich verkniff es mir, deswegen das Gesicht zu verziehen.

»Lass das lieber«, riet ich ihm flüsternd. »Es kann gut sein, dass du nicht wissen willst, was in meinem Kopf vor sich geht.« Seine Miene verriet nichts. Wenn ich gerade seine wahre Identität erraten hatte, ließ er sich nichts anmerken.

»Ich denke, dasselbe gilt für dich«, gab er ebenso leise zurück, stand mit meinem Zettel in der Hand auf und verließ den Raum. Das Pochen meiner Schläfen hörte schlagartig auf. Dafür hämmerte jetzt mein Herz. Wie vom Donner gerührt blieb ich ein paar Minuten reglos auf meinem Platz sitzen, während meine Mitschüler ebenfalls zur Pause hinausströmten, bis Herr Murhardt mich freundlich hinauswarf.

Das Triumphgefühl schwand rasch. Ich brauchte mehr Beweise. Vielleicht war Milán einfach ein Verrückter, der zufällig Gedanken lesen konnte und wie ich gerne Zeit auf Friedhöfen und im Wald verbrachte. Wie konnte ich sein Vertrauen gewinnen? Eigentlich durfte ich ihm gar nichts über mich erzählen.

Während Vanessa mit Annalena ins *DHC* verschwand, blieb ich auf dem Schulhof, um mir ein sonniges Plätzchen zu suchen, an dem ich mein Salamibrötchen essen und gründlich nachdenken konnte. Neben dem Sophienhaus fand ich es schön ruhig. Die Stelle hatte das Zeug, zu meinem neuen Lieblingsplatz zu werden. In der Nähe spielte eine Handvoll Fünftklässler Fangen. Die störten mich nicht weiter. Ich setzte mich auf ein niedriges Sandsteinmäuerchen und reckte die Nase in die laue Luft. Ich hatte erst einmal von meinem Salamibrötchen abgebissen, als sich jemand neben mir niederließ.

14

Milán hatte sich angeschlichen und ohne zu fragen zu mir auf die Mauer gesetzt. Nach hinten gelehnt streckte er seine langen Beine aus und schaute mich erwartungsvoll an. Die Härte, mit der er mich im Klassenzimmer regelrecht erdolcht hatte, war aus seinen Augen verschwunden. Jetzt betrachtete er mich interessiert, als wäre ich eine seltene Pflanze in einem Botanischen Garten. Ich schaute weg, weil seine Blicke meine Hände zum Zittern brachten, die sich fester um das Brötchen schlossen. Nichts anmerken lassen!

Nur um ihn zu ärgern, blieb ich stumm und aß weiter, ohne etwas zu schmecken. Das war eine völlig neue, unbekannte Verhaltensweise von mir, so etwas traute ich mich höchstens bei meinen Brüdern. Das bisher größtenteils freundliche Umfeld und besonders mein verrückter Geheimauftrag gaben mir offenbar neues Selbstbewusstsein. Das hatte ich auch bitter nötig, wenn ich daran dachte, was vor mir lag, sofern ich meinen Geisterfreunden Glauben schenken durfte. Das Überwinden meiner Menschenscheu machte jedenfalls große Fortschritte. Wenn ich all die Jahre gewusst hätte, dass es nicht so schwer war, wäre mir manches erspart geblieben. Ich durfte ruhig ein bisschen stolz auf mich sein. Und gerade bot sich ausgerechnet Milán als Übungsobjekt an. Der gemeine Kerl.

Milán von mir zu überzeugen, war die nächste große Hürde, die ich zu nehmen hatte. Innerhalb kürzester Zeit hatte er das Zentrum meines Denkens eingenommen; er war weitaus wichtiger als alles, was ich mir für Heidelberg vorgenommen hatte. Und jetzt konnte ich nicht mehr zurück. Mit Mühe bekämpfte ich die Aufregung, die sich in mir breitmachte, weil er endlich aus freien Stücken neben mir Platz genommen hatte. Ich biss erneut in mein Brötchen und wartete ungeduldig ab.

Mit meinem Briefchen hatte ich den wahrscheinlich fünfzigsten ersten Schritt gemacht, jetzt konnte er mal ein paar Worte verlieren. Trotzdem blickte ich ihn ebenfalls an. Ich konnte gar nicht anders. Er sah unverschämt gut aus. Und das störte mich irgendwie. Zu schade, dass das gute Aussehen an jemanden verschwendet war, der nichts daraus machte. Wenn er nicht einen solch ungemütlichen Charakter hätte, würde er sich vor der holden Weiblichkeit kaum retten können.

Heute trug er ein recht eng anliegendes, dunkelblaues T-Shirt, unter dem sich deutlich seine ausgeprägten Brust- und Schultermuskeln abzeichneten, dazu schwarze Jeans und schwarze Sneakers. Rot hob er sich anscheinend für die Freizeit auf. Ich ertappte mich dabei, wie ich mir vorstellte, wie er wohl unter dem Shirt aussah, das nicht besonders viel Interpretationsspielraum zuließ, und wandte ertappt meinen Blick ab. Für einen Sechzehnjährigen war er viel zu muskulös, was ihn älter wirken ließ. Seine Haare kringelten sich wild um seinen Kopf. Wie gerne hätte ich meine Hand ausgestreckt und sie berührt, um zu prüfen, ob sie sich wirklich so weich anfühlten, wie sie aussahen. Er lächelte beinahe schüchtern.

Verdammter Mistkerl, dachte ich bewusst und sah ihn abwartend an. Jetzt grinste er richtig. Sein ganzes Gesicht erhellte sich und seine Augen strahlten. Er erschien mir mit einem Mal so schön, dass ich nach Luft schnappte und lieber das Brötchen mit den Augen fixierte. Wenn ich eines nicht wollte, dann dem zweifelhaften Charme erliegen, den er gerade auspackte. Doch endlich ähnelte er dem Jungen aus dem Wald, sodass ich kaum widerstehen konnte.

Um mich nicht von meinen Gefühlen übermannen zu lassen, dachte ich ganz rational: *Das ist mal eine völlig neue Taktik. Vielleicht kommt er mit Unfreundlichkeit und Ignorieren nicht weiter und hat beschlossen, mich ein für alle Mal richtig zu vergraulen.*

Bestimmt hatte er alles mitangehört, denn ich spürte einen Druck um meinen Kopf wie von einem zu engen Haarreif. Ich hatte ganz schön lange gebraucht, um den Zusammenhang zwischen meinen plötzlich auftretenden Kopfschmerzen im Klassenzimmer und seinen

Versuchen, in meine Gedanken einzudringen, herzustellen. Aber endlich war der Groschen gefallen.

»Bist du hier, um auf meine Nachricht zu antworten, oder willst du mich einfach beim Essen stören?«, fauchte ich ihn an. Innerlich klopfte ich mir selbst auf die Schulter: *Gut gemacht! Nicht hektisch das Weite gesucht, sondern etwas zu ihm gesagt! Und sogar so, dass er es hören konnte!*

Sein Grinsen vertiefte sich. Er hatte einen Heidenspaß. Und nahm mich nicht ernst. Super.

»Ich dachte, das besprechen wir heute Mittag? Jetzt wollte ich dir nur Gesellschaft leisten«, antwortete er mit seiner tiefen, etwas rauen Stimme, von der er viel zu selten Gebrauch machte.

Um guten Willen zu zeigen, da er meine Einladung offenbar angenommen hatte, ging ich auf sein Gesprächsangebot ein: »Woher der plötzliche Sinneswandel? Bist du es endlich leid, mir die kalte Schulter zu zeigen?«

»Ich hatte nie vor, dir die kalte Schulter zu zeigen, aber du hast mir keine andere Wahl gelassen. Normalerweise erledigt sich so etwas von selbst. Du musst verstehen, Fremden gegenüber bin ich vorsichtig.« Er sprach leise, aber deutlich vernehmbar.

Das klang in meinen Ohren plausibel und erklärte zum Teil auch seine Distanz, wenn wir uns in den Ferien getroffen hatten. Konnte es wirklich sein, dass dieser Typ noch menschenscheuer war als ich? Irgendwie schien es nicht zu ihm zu passen. Er sagte mir nicht die ganze Wahrheit, was ich allerdings auch nicht erwartet hatte. Was war vorgefallen, dass jemand wie er allen aus dem Weg ging? Und er hätte trotzdem nicht so gemein sein und mich komplett links liegen lassen müssen.

Unwillkürlich zog ich eine kleine Schnute, verkniff mir aber einen Kommentar dazu, sondern sagte, so freundlich es ging: »Sind die Leute aus der Schule denn immer noch Fremde für dich? Du kennst sie doch schon ein bisschen vom letzten Schuljahr.«

Er zog seine Beine ein und beugte sich nach vorne, indem er die Unterarme auf seinen kräftigen Oberschenkeln abstützte. Auch in dieser Haltung war er noch ein gutes Stück größer als ich. Entgegen aller Prinzipien erlaubte ich es mir für den Bruchteil einer Sekunde, das Spiel seiner Armmuskeln unter der leicht gebräunten Haut zu betrachten, ehe ich mich dem letzten Rest des Salamibrötchens zuwandte. Ich durfte ihn nicht so unverhohlen anstarren!

»Ich kenne sie, aber fremd sind sie mir trotzdem. Es gab hier niemanden, der viel mit mir gemeinsam hat«, erklärte er unbestimmt. Ich analysierte jedes Wörtchen, das aus seinem Mund kam. Wer wusste schon, wann er wieder bereitwillig etwas erzählte. Es *gab* also niemanden. Ich ließ das mal stehen, ich hatte eine wichtigere Frage. Leugnen war zwecklos, aber ich wollte es von ihm hören: »Was hast du vorhin gemacht? Hast du versucht, meine Gedanken zu lesen?« Während ich auf seine Antwort wartete, klappte ich geräuschvoll meine Frühstücksdose zu und ließ den Verschluss einrasten. Ich musste vor ihm nicht die Starke spielen, gerade fühlte ich mich wirklich unbesiegbar. Dass er hier mit mir saß und in ganzen Sätzen mit mir redete, beflügelte mich regelrecht. Ich hatte ein richtiges Erfolgserlebnis.

»Es hat wohl keinen Sinn, dich anzulügen. Jemanden, der sich selber auf diese Kunst versteht.« Er hatte es also gemerkt. Ich hatte, im Gegensatz zu ihm, den Anstand, rot zu werden, blickte ihm jedoch unverwandt ins Gesicht. Bravo!

»Du kannst Gedanken lesen?«, bohrte ich weiter.

Er nickte und schaute geradeaus zu den voll besetzten Fahrradständern. Unbewusst folgte ich seinem Blick. Die Fünftklässler hatten ihr Spiel inzwischen an einen anderen Ort verlegt.

»Bei dir ist es allerdings ziemlich schwierig«, gab er zu. Meine Hände begannen trotz aller inneren Stärke erneut zu zittern. Ich drückte die Dose zusammen, um das Beben zu verstecken, was diese mit einem Knirschen quittierte. Unauffällig legte ich sie neben mich auf die Mauer und knetete nervös die Hände. Er sollte eigentlich nicht mitbekommen, dass er mich mit Leichtigkeit in Verlegenheit brachte. Konzentriert schaute Milán mich an, als stünden lauter Antworten auf meiner Stirn. Ich kniff misstrauisch die Augen zusammen. Noch wusste ich nicht, ob ich ihm trauen konnte. »Warum redest du plötzlich mit mir? Und vertraust mir solche Dinge an?«

Er lächelte wieder. So viel wie in den letzten zehn Minuten hatte ich ihn nie lächeln sehen. Ich verfluchte meinen verräterischen Körper, der meine Mundwinkel synchron zu seinen nach oben wandern und einen kleinen Schwarm Schmetterlinge in meinem Bauch aufflattern ließ.

Er ist ein Mistkerl, vertraue ihm nicht! Das wurde zu meinem neuen Leitspruch. Das durfte ich nicht vergessen. Ich musste aufpassen, dass ich mich als ewiges Mauerblümchen nicht sofort in einen Typen verliebte, weil er ausnahmsweise nett zu mir war. Ich biss mir auf die Innenseite meiner Wange, um das Lächeln verschwinden zu lassen. Wir führten hier ein ernstes Gespräch mit gefährlichem Inhalt und flirteten nicht miteinander! Der war sich wohl für nichts zu schade.

»Hör auf, meine Gedanken zu lesen!«, schimpfte ich.

»Tut mir leid.« Doch er sah aus, als würde es ihm kein bisschen leidtun. »Dein Schutz funktioniert gerade nicht besonders. Sonst lässt du mich selten herein, aber heute passiert es schon zum zweiten Mal.« Wie oft hatte er es wohl versucht? Ärger durchfuhr mich, doch auf dem Fuße folgte leise Beklommenheit. Was wusste er bereits, weil ich nicht damit gerechnet hatte, dass plötzlich mein Gehirn angezapft werden konnte?

Meine Stimme klang nicht mehr so fest wie erhofft.

»Dann nimm ein bisschen Rücksicht, okay? Ich weiß noch nicht, ob ich dir vertrauen kann. Für mich und viele andere steht eine Menge auf dem Spiel, wenn Informationen in die falschen Hände gelangen«, erklärte ich so offen wie möglich. Ich wollte nicht, dass er mich für eine Zicke hielt. Schließlich musste ich ihn dazu bringen, mit mir zusammenzuarbeiten. Da durfte ich ihn nicht zu sehr verärgern. Auch wenn diese Erkenntnis vermutlich nicht auf Gegenseitigkeit beruhte. Seinetwegen hatte ich bereits genügend Zeit verloren. Das Läuten der Schulglocke schallte über den Pausenhof und erlöste mich.

»Reden wir heute Mittag weiter?«, erkundigte er sich beiläufig, als wir gemeinsam zum Haupteingang schlenderten. Wie normal er auf einmal wirkte! Und wie leicht es war, sich mit ihm zu unterhalten, wenn man den übersinnlichen Kram mal wegließ. Je nachdem, auf welcher Seite er stand, denn auf irgendeiner musste er stehen, da war ich mir sicher, konnten wir so etwas wie Freunde werden. Vielleicht. Und natürlich vorausgesetzt, er verwandelte sich nicht wieder in diesen nicht ansprechbaren Hirni, der vor der ganzen Klasse behauptete, mich nicht ausstehen zu können. Diesbezüglich hatte er mich noch nicht gänzlich vom Gegenteil überzeugt, trotz seines netten Benehmens in der Pause.

In der zweiten Hofpause stand ich mit Annalena und Vanessa auf der Theodor-Heuss-Brücke, unterhielt mich eher halbherzig mit ihnen und starrte die meiste Zeit in das trübe Wasser des Neckars.

Milán hatte sich wie ein Gehirnparasit bei mir eingenistet. Ich dachte an nichts anderes als an unser Treffen in der Mittagspause. Ich sagte mir, dass ich viele Fragen hatte und ihn deshalb unbedingt sehen wollte, doch ein kleiner Teil von mir wollte einfach Zeit mit ihm verbringen. Zum ersten Mal hatte er in der Schule seine andere, freundliche Seite gezeigt und natürlich wollte ich mehr von dieser Seite sehen. Manchmal war ich eben einfach ein Mädchen.

In der letzten Stunde konnte ich kaum still auf meinem Platz im stickigen Religionsraum sitzen. Dieses Fach hatte ich nicht zusammen mit Milán.

Voller innerer Unruhe kritzelte ich auf meinem Collegeblock herum, zählte die Rippen der Heizkörper und die Leisten der Holzverkleidung an der Wand und tat so, als würde ich aufpassen. Immer wieder musste ich mich selbst zur Ordnung rufen, bei der Sache zu bleiben und dem Lehrer zuzuhören, aber es war beinahe unmöglich. Meine Neugier ließ sich schier nicht bezähmen, jetzt, da Milán mir den kleinen Finger gereicht hatte.

In allen Variationen spielte ich die mögliche Fortsetzung unseres Gesprächs durch, überlegte mir Fragen, die ich ihm stellen könnte, Antworten, die er geben würde und umgekehrt. Nachbohren war vermutlich kontraproduktiv. Was würde er von sich aus erzählen? Sollte ich ihm den Schlüssel zeigen, den ich leichtsinnigerweise mitgenommen hatte? Aber was, wenn er ihn mir abnahm? Sollte ich ihn etwas zu dem Geisterangriff auf dem Friedhof fragen? Zu unseren Begegnungen im Wald? So ging es endlos weiter.

Ich war dermaßen in Gedanken versunken, dass mich an diesem Tag zum zweiten Mal ein Lehrer zum Gehen aufforderte, weil ich als Letzte noch auf meinem Stuhl saß. Wie von der Tarantel gestochen sprang ich auf, schulterte meine Tasche und hüpfte hinaus. Mit aller Gewalt hielt ich mich davon ab, in die St.-Anna-Gasse zu rennen, ein anstrengendes Marschieren ließ ich mir gerade durchgehen. In der Hauptstraße zwang ich mich zum Schlendern, um nicht völlig außer Atem anzukommen, das wäre ganz schön peinlich. Als ob ich es nicht erwarten könnte, ihn wiederzusehen. Der brauchte sich nämlich auf meine zum Teil recht plumpen Annäherungsversuche gar nichts einzubilden. Ich war rein geschäftlich hier. Das sagte ich mir immer wieder. Für Kleinmädchenfantasien hatte ich keine Zeit.

Wie um diesen Gedanken zu unterstreichen, warf ich energisch meine langen Haare zurück und schob den Träger meiner Tasche zurecht. Trotzdem kontrollierte ich mein Outfit und zupfte an meinem petrolfarbenen Pullover herum. Der knapp knielange, dunkelblaue Baumwollrock über meiner blickdichten Strumpfhose ließ mich hoffentlich nicht wie Amy Farrah Fowlers kleine Schwester aussehen. Wenigstens trug ich Chucks und keine orthopädischen Lederschuhe. Aufreizend ging trotzdem anders. Aber deshalb kam ich ja nicht her.

Nervös umklammerte ich den Riemen meiner Tasche, als ich näher kam. Milán stand bereits kauend mit einer Bäckertüte in der Hand vor dem Eingang einer Hautarztpraxis.

Jetzt musste ich die Gunst der Stunde nutzen. Ich verbat mir jegliche Gedanken wie »Oh, er sieht so gut aus« und »Vielleicht mag er mich ein bisschen«, weil er garantiert gerade mein Gehirn durchleuchtete. Je näher ich ihm kam, desto deutlicher spürte ich das seltsame Pochen in den Schläfen. Ob es den anderen genauso ging, wenn ich bewusst in ihren Kopf eindrang? Nicht besonders angenehm. Meine Bemühungen erwiesen sich als unnötig: Mein Kopf leerte sich mit jedem Schritt und ohne mein Zutun. Stattdessen kam mir wieder dieser Song von Keane in den Sinn, an den ich heute Morgen gedacht hatte. Ich lächelte. Die Musik erklang in meinen Gedanken, als hätte ich Kopfhörer auf. Das passierte oft. Schon mein ganzes Leben lang. Nicht bloß, wenn jemand meine Gedanken lesen wollte, was vor Milán vermutlich keiner getan hatte.

Mein Gehirn war eine Festplatte voller Musik. Gefiel mir ein Lied, speicherte ich es detailgenau und dauerhaft ab. Für mich hatte auch diese Eigenart immer bewiesen, dass ich eindeutig einen an der Waffel hatte.

Milán zog für den Bruchteil einer Sekunde die Mundwinkel herab, als ich ihm endlich gegenüberstand. Ich grinste verhalten, denn ich meinte, dass er nichts als Musik gehört hatte. Er sammelte sich rasch wieder und lächelte mich gewinnend an. Wortlos hielt er mir die

Bäckertüte unter die Nase, in der sich neben dem Käsecroissant, das er gerade aß, eine Apfeltasche befand. Seine plötzliche Charmeoffensive überforderte mich auch nach heute Morgen ein bisschen, aber darauf konnte ich jetzt keine Rücksicht nehmen. Also schüttelte ich lächelnd den Kopf. »Nein, danke. Lieb von dir. Wartest du schon lange?«

Der Typ hatte ein Lächeln, mit dem man Tiefkühlspinat auftauen konnte. Wow.

Er erwiderte: »Nein, bin eben erst gekommen. Willst du hier stehen bleiben oder gehen wir ein Stück spazieren?«

Ich konnte nichts dagegen tun, ich genoss es, seine Stimme zu hören. Sie hatte etwas Beruhigendes an sich.

»Durch die Plöck? Da rennen sicher keine von den anderen aus unserer Klasse rum.« Nicht dass man uns zusammen sah und gleich die wildesten Gerüchte die Runde machten. Meine grenzwertigen Gesprächsanbahnungsversuche in den vergangenen zwei Wochen hatten nicht allein Vanessa auf die Idee gebracht, ich hätte mich hoffnungslos in den Klassenschreck verknallt. Auf weiteres Gerede konnten wir getrost verzichten. Im Gegensatz zu meinen Brüdern ging ich nicht zum Mittagessen in die Schulmensa. Ich aß nicht genug, als dass sich der Preis lohnte. Meine Eltern teilten meine Meinung und ließen mich das gesparte Geld in das eine oder andere belegte Brötchen investieren. Milán schien dagegen weniger wegen des Essens und mehr wegen der Gesellschaft den Mensabesuch zu vermeiden. Soweit meinte ich, ihn einschätzen zu können.

Bevor wir losgingen, kaufte ich mir eine Laugenbrezel. Wenn ich jetzt nichts aß, würde ich es vor lauter Milán vergessen, bis die Pause endete. Und die Apfeltasche wollte ich ihm nicht wegessen.

Ich wählte nicht den besten Gesprächseinstieg, aber es war die dringlichste Frage, die ich im Moment hatte: »Kann ich dir vertrauen?«

»Das musst du wissen.«

»Toll«, sagte ich verdrießlich.

Er lachte leise. »Das bedeutet nicht, dass du nicht offen mit mir reden kannst, bei der Themenwahl solltest du halt genau überlegen.«

»Macht dir das eigentlich besonderen Spaß, mich zu nerven?«

»Ziemlich«, erwiderte er frech. Der Kerl war unglaublich! Ich schämte mich etwas, weil ich ihm mehr oder weniger hinterherrannte.

Obwohl es sich in dem Sinne gelohnt hatte, dass er mit mir sprach. Nur auf welche Weise er das tat … Ich schüttelte missbilligend den Kopf.

Wir verfielen in kurzes Schweigen, während ich versuchte, meine Gedanken zu ordnen, um etwas Sinnvolles aus ihm herauszubekommen. Milán ging mit gebührendem Abstand neben mir her. Er war wirklich groß, doch seine Schritte konnte ich praktisch nicht hören. Neben ihm kam ich mir wie ein Trampel vor. Seine Bewegungen waren sparsam, aber elegant. Seine ungewöhnlichen Augen blickten stets wach in die Welt, als würden sie mehr sehen als andere. Obgleich mir seine Gedanken verborgen blieben, spürte ich genau, dass er darauf bedacht war, mich bloß nicht zu berühren. Wenn Milán also seine Finger bei sich behielt und auch sonst anständig blieb, brauchte ich kein schlechtes Gewissen zu haben, dass ich meinen ewig besorgten Bruder nicht über meine Pläne für die Mittagspause informiert hatte. Gleich darauf kam ich mir blöd vor. Als ob ein graues Mäuschen wie ich in Miláns Beuteschema fallen würde. Besser für mich, wenn ich mir jegliche Hoffnungen sofort ausredete. Und besser für meinen Auftrag. Gefühle brachten immer Chaos.

»Bist du mit deinem Referatskram fertig?«, fragte er in meine Gedanken hinein. Ich nickte. Wieso fing er jetzt damit an? Was auch immer die anderen mit ihm hatten, besonders gruselig fand ich ihn immer noch nicht. Eher strapazierte er mein Nervenkostüm.

15

»Ich wollte dir ein gutes Einstiegsthema bieten. Oder suchst du nach den richtigen Worten, um dich mit mir zu verabreden?«

Ich schnappte nach Luft. So dachte er von mir. Irgendwie nachvollziehbar. Trotzdem verengte ich erbost die Augen, als ich ihn taxierte. Er schaffte es, mich gleichzeitig zu ärgern und zu amüsieren. Denn trotz aller guten Vorsätze stahlen sich dauernd Gedanken in meinen Kopf, die dort eindeutig nichts zu suchen hatten. Zu allem Überfluss konnte mein Begleiter manche davon hören. Wie diesen hier: *Wie fange ich nur an? Das ist jetzt beinahe so was wie mein erstes Date*, dachte ich. Prompt hörte ich ein leises Kichern neben mir.

»Bild dir ja nichts drauf ein«, verteidigte ich mich sofort. »Wir wissen beide, dass es nur aussieht wie ein Date. Kommen wir lieber langsam mal zum Punkt.« In allen erdenklichen Farben hatte ich mir seit dem Sommer unser erstes richtiges Treffen ausgemalt und jetzt lief es ganz anders ab. Ich wusste nicht, ob ich mich darüber freuen oder enttäuscht sein sollte.

»Na los«, forderte er mich auf. »Was willst du von mir wissen?« Sein Ton klang mit einem Mal geschäftsmäßig, doch hörte ich eine gewisse Anspannung heraus. Jetzt ging es wohl ans Eingemachte. Jedenfalls für ihn. Insgeheim gefiel es mir, ihn endlich ein wenig in Verlegenheit bringen zu können.

»Ich hätte da einen ganzen Katalog an Fragen, aber erstens müssen wir uns langsam auf den Rückweg machen und zweitens weiß ich nicht, was du aus meinen Fragen alles schlussfolgerst.« Ich machte eine kurze Denkpause, während der er sich ausnahmsweise höflich zurückhielt, bis ich fortfuhr. »Bist du zufällig ab und an auf dem Bergfriedhof? Immerhin wohnst du in der Nähe und konntest die Halsbandsittiche ziemlich naturgetreu zeichnen.« Notprogramm, Notprogramm!

»Viele Leute gehen regelmäßig dorthin«, entgegnete er ausweichend. Wirklich? Genervt blickte ich in seine ungewöhnlichen, blaugrünen Augen. Er sah es und räumte ein: »Okay, okay. Ich bin öfter da. Genauso wie du, oder?« Abschätzend guckte er mich von der Seite an.

Ich überging seine Bemerkung ebenso wie seinen intensiven Blick, was mich einiges an Selbstbeherrschung kostete, und stellte ihm stattdessen die nächste Frage:

»Warst du rein zufällig am ersten Schultag dort?«

»Möglich. Wieso?« Wie konnte er nur so unschuldig tun!

»Weil ich jemanden, der dir ein bisschen zu ähnlich gesehen hat, einmal quer über den ganzen Friedhof verfolgt habe. Leider ist er nicht auf ein Schwätzchen stehen geblieben.«

Er schaute mich nun empört über diese Unterstellung an. Sein Tonfall wurde scharf. »Wen auch immer du meinst, dort gesehen zu haben, ich war das nicht. Am Abend bin ich auf dem Jüdischen Friedhof gewesen, aber dich hab ich nicht getroffen.«

Forschend glitt mein Blick über sein beinahe makelloses Gesicht. Schwierig zu sagen, ob er mich anlog. Seine Stimme klang aufrichtig, sein Körper verriet nichts. Entweder war er der perfekte Blender oder ich stand vor einem Rätsel, bei dessen Lösung mir Milán gerade keine Hilfe war. Ich musste etwas anderes probieren.

»Lassen wir das mal so stehen. Es spricht zwar alles gegen dich, aber ich kann keine Lüge in deinem Gesicht erkennen«, sagte ich ehrlich. Und spüren konnte ich sowieso nichts. Bei Milán funktionierten meine Fähigkeiten kaum.

Anstatt sich verunsichert zu geben, drehte er den Spieß um: »Was hast du denn auf dem Friedhof gemacht?«

Ich zögerte einen Augenblick. Er hielt mich wahrscheinlich jetzt schon für nicht ganz dicht.

Mit erstaunlich fester Stimme antwortete ich: »Verwandte besucht. Macht man das nicht, wenn man auf den Friedhof geht?«

Zu meiner Verblüffung fing er an zu lachen.

»Was ist daran so lustig?«

»Dass du Angst hast, ich würde dir nicht die Wahrheit sagen, und dabei selber mit allem hinterm Berg hältst!«

Ich runzelte die Stirn. »Wie darf ich das bitte verstehen?«

»Jetzt tu nicht so scheinheilig!« Sein Lachen verstummte. »Ich weiß, dass du mehr kannst als Gedankenlesen. Du fühlst jede Emotion um dich herum, normalerweise bist du ein menschgewordener Lügendetektor! Du bist ein Medium. Und du bist weniger ungewöhnlich, als du denkst.«

Geschockt über seine zugegebenermaßen treffende Aussage klappte mir der Mund auf. Im nächsten Moment fiel mir ein, wie dämlich das aussah, und ich machte ihn schweigend wieder zu. Ehe ich etwas erwidern konnte, sprach er bereits weiter.

»Allein schon diese Reaktion hat dich verraten. Sonst bist du besser darin, deine wahre Natur zu verbergen, oder nicht? Keine Angst, ich verrate es keinem. Vorerst.« Er klang selbstzufrieden. Na super. Das war voll nach hinten losgegangen. Ich wusste nach wie vor kaum etwas über ihn, aber er verdammt viel über mich.

Endlich fand ich meine Sprache wieder: »Hast du vor, mich zu erpressen? Sofern dir überhaupt irgendjemand Glauben schenkt.«

Er schüttelte vehement den Kopf. »Nein. Was hätte ich davon? Aber nicht nur du hast interessante … Kontakte.«

»Raus mit der Sprache!«, forderte ich. »Du hast mich enttarnt und kannst Gedanken lesen. Also, was verbirgst du noch? Bist du etwa wie ich?«

»Möglicherweise sind wir uns nicht ganz unähnlich.« Er blickte auf die einfache, silberne Herrenuhr mit schwarzem Lederband an seinem Handgelenk. Das verkratzte Uhrenglas ließ sie alt aussehen. »Wir müssen uns beeilen, sonst kommen wir zu spät. Ich verspreche dir, dass ich dir mehr erzähle, allerdings nicht hier und nicht jetzt.«

Ich unterdrückte ein unwilliges Grummeln. »Wenn du meinst. Aber dass du das richtig verstehst: Es ist wirklich wichtig für mich, dass du die Klappe hältst. Ich will hier endlich einen Neuanfang, ich will ein paar Freunde finden und einfach mal normal sein, okay? Also behalte alles, was du über mich erfahren hast, für dich. Bitte!« Auch wenn das mit dem Normalsein ein Haufen Gespenster und aus dem Nichts auftauchende Geisterjäger ernstlich in Gefahr brachten.

»Für wen hältst du mich?«, fragte er und lächelte plötzlich.

»Keine Ahnung, ich kenne dich ja nicht!«

»Obwohl es besser wäre, wenn du dich von mir fernhalten und mich in Frieden lassen würdest, vor allem für dich, wirst du es nicht tun, oder? Also bin ich mir sicher, du wirst mich bald besser kennen, ob ich will oder nicht«, entgegnete er.

Ich konnte nichts dagegen tun, dass mich die Aussicht darauf, ihn näher kennenzulernen, in helle Aufregung versetzte. Milán war einfach der interessanteste Junge, den ich je getroffen hatte. Davon abgesehen schlug mein Mädchenherz schneller, weil es ihn wiedersehen wollte, ob er sich nun als hilfreich erwies oder nicht. Ich biss mir auf die Innenseite meiner Wange, um das breite Lächeln, das aus mir herauswollte, auf ein erträgliches Maß zu reduzieren. Wahrscheinlich würde ich bald dicke Narben an dieser Stelle haben, dieses Mal schmeckte ich sogar Blut. Milán sollte nicht denken, dass ich ihm bereits heillos verfallen wäre.

Wir joggten nebeneinander die Straße entlang. Noch konnte ich gut mithalten, obwohl seine Beine wahrscheinlich doppelt so lang waren wie meine. Bestimmt kam ich ihm vor wie der sprichwörtliche laufende Meter. Plötzlich packte er meinen Oberarm und zog mich so heftig nach rechts, dass ich fast hingefallen wäre.

»Hey, was soll das?«, schimpfte ich und machte mich los. Mein Puls schnellte in die Höhe.

»Ja genau, was soll das? Hast du deine guten Manieren vergessen, Milán?«

O Gott. Ich kannte diese Stimme. Sie bescherte mir eine Gänsehaut. Einbrecher-Ferenc war vor uns erschienen wie der sprichwörtliche Geist aus der Flasche. Leider erfüllte er keine Wünsche, sondern hinterließ ein unbehagliches Gefühl, das mich beinahe dazu gebracht hätte, hinter Milán Schutz zu suchen. Er hatte sich neben mir zu voller Größe aufgerichtet. Ferenc musste einmal ähnlich gut ausgesehen haben wie Milán. Um Brüder zu sein, unterschieden sich die beiden Jungen jedoch zu stark. Eher entfernte Verwandtschaft. Ferencs Gesichtsnarben wirkten bei Tageslicht allerdings wesentlich entstellender als im Dunkeln. Sie überzogen Stirn und Wangen, sogar sein Kinn. Obwohl ich ihn unsympathisch fand, tat er mir deshalb leid. Hatte er mal einen schlimmen Unfall gehabt?

»Was willst du, Ferenc? Hatte ich dir nicht deutlich genug gesagt, dass ich deine hässliche Visage nicht mehr sehen will?« Ich schrak vor Miláns boshaften Worten zurück und sah ihn empört an. Er ignorierte mich.

»Können wir dir irgendwie helfen, Ferenc?«, fragte ich freundlicher als mein Begleiter, dessen Kiefer mahlten. Er wirkte richtig angespannt. Völlig untypisch für mich stellte ich mich vor ihn, damit er nichts Blödes tat. Ferenc eine runterhauen zum Beispiel. Ferenc schien es locker zu schaffen, in kürzester Zeit jeden gegen sich aufzubringen; wie seinen Einbrecherkumpel, der ihn nicht in die Küche gelassen hatte. Als ich daran dachte, holte ich tief Luft. Der andere war Milán gewesen. Es passte von seiner Statur her. Und hatte die Stimme des Einbrechers nicht ähnlich rau geklungen wie Miláns? Wenigstens zu achtzig Prozent war ich mir sicher.

Ferenc hatte interessiert mein Mienenspiel beobachtet. Er konnte nicht wissen, dass ich gerade eine bahnbrechende Entdeckung gemacht hatte.

»Dein Vater hat zwar gesagt, ich soll mich von dir fernhalten, aber ich freue mich, dich ganz zufällig hier zu treffen, wenn auch leider in Begleitung.«

Milán knirschte jetzt deutlich hörbar mit den Zähnen. Zaghaft berührte ich seine Hand, zuckte jedoch zurück, als ich geballte Wut zu spüren bekam. Okay. Kein Körperkontakt. Milán musste wirklich zornig sein, wenn seine Empfindungen sogar vor mir offen lagen. Stirnrunzelnd schaute ich Ferenc an. Er trug die dunkelbraunen Haare kürzer als Milán. Dichte Wimpern, auf die jedes Mädchen neidisch sein konnte, umrahmten seine grünen Augen.

»Unser erstes Treffen ist etwas unglücklich verlaufen. Willst du mir nicht sagen, was du bei uns *abholen* wolltest?« Ich lächelte zaghaft. Trotz seiner Wut fühlte ich mich durch Miláns Anwesenheit gestärkt, sodass ich tatsächlich mit einem wildfremden Kerl redete. Er selbst zog es vor, zu schweigen.

»Hier ist nicht der richtige Ort. Wie wärs, wenn wir uns mal treffen, vielleicht morgen Nachmittag im Rossi?«

»Ähm«, machte ich und verknotete die Finger, während ich überlegte, ob ich darauf eingehen sollte oder nicht.

Dafür fand Milán seine Sprache wieder: »Sie wird sich bestimmt nicht mit dir zum Kaffeetrinken treffen!«

Erstaunt blickte ich zu ihm hoch. Eifersucht konnte nicht das ausschlaggebende Motiv für Miláns Reaktion sein, es musste etwas anderes dahinterstecken.

Das machte mich ärgerlich. »Das ist ja wohl meine Sache, mit wem ich mich treffe, oder?« Nicht dass ich das tun würde. Jedenfalls nicht allein. Ferencs Blick hatte bei aller Freundlichkeit etwas Verschlagenes. Aber anscheinend nahm er es mit der Geheimhaltung seiner Familienangelegenheiten nicht so genau wie Milán. Ich wäre blöd, wenn ich mir eine solche Chance entgehen ließe. Außerdem konnte Ferenc einer der möglichen Kandidaten für den jüngsten Geisterjäger sein. Im Hellen stellte ich nämlich fest, dass er höchstens genauso alt sein konnte wie Milán.

»Um drei?«, fragte ich lächelnd. Ich war stolz auf mich. Ich redete mit einem Fremden. Selbstverständlich nahm ich mir vor, Joshua mitzunehmen und unauffällig im Café zu platzieren, falls Ferenc mein ungutes Bauchgefühl bestätigte.

Er strahlte mich an, doch sein Zahnpastalächeln ließ mich völlig kalt. Sehr gut.

»Dann bis morgen, Katharina!« Ferenc zwinkerte Milán triumphierend zu, ehe er im *DHC* verschwand.

Wir setzten unseren Weg fort, deutlich langsamer als zuvor.

»Du hättest nein sagen sollen. Ferenc ist ein Arschloch. Er will dich ausnutzen. Oder Schlimmeres. Soll ich nicht lieber mitkommen?« Milán machte sich nicht etwa Sorgen um mich? Das kam jetzt irgendwie unerwartet. Ich verkniff mir ein Lächeln.

»Du lädst dich selbst zu meinem Date ein?« Das wurde ja immer schöner.

Er fuhr sich durch die Haare. »Mensch, Katharina! Ich vermute mal, er ist der erste Typ, der sich je mit dir verabreden wollte, aber das ist kein Grund, ihm zu trauen! Er ist gefährlich!« Das glaubte ich ihm sofort. Und wie toll, dass Milán mir nicht zutraute, einen Freund zu haben.

»Bist du das nicht ebenfalls?« Er war schließlich der böse Bube der Schule.

Milán atmete genervt aus. »Ferenc ist mein Cousin. Früher sind wir zusammen aufs Hölderlin gegangen. Ferenc war nicht einen einzigen Tag in seinem Leben nett. Er ist stets auf seinen eigenen Vorteil bedacht, wie die meisten in meiner Familie. Was sagt dir dein Gefühl?« Ach Mist.

»Mein Gefühl sagt mir, dass ich ihm nicht vertrauen darf.«

Milán lächelte selbstzufrieden. »Gut.« Plötzlich blieb er stehen, um mich fest anzusehen. Unter seinem Blick verwandelten sich meine Beine in eine glibberige Masse. Ich lehnte mich an die nächste Hauswand. Obwohl er nahe an mich herantrat und sich über meinem Kopf an der Wand abstützte, wirkte er, im Gegensatz zu Ferenc, kein bisschen bedrohlich.

»Ich wünschte, du würdest das nicht machen. Bitte lass mich wenigstens auf dich aufpassen, wenn du dich schon in Gefahr bringen musst«, raunte er. Eine Gänsehaut bildete sich in meinem Nacken. Ich konnte nur hilflos nicken. Diese Augen waren der Hammer. Und dieses Lächeln … Ferenc sah auf seine Art gut aus, aber wenn Milán lächelte, verblasste jeder andere neben ihm. Vermutlich war er sich dessen bewusst. Egal.

»Komm doch mit«, hörte ich mich sagen und Milán grinste. »Nur als Eingreiftrupp, falls Ferenc mich meucheln will. Meinen Bruder frag ich auch«, schob ich schnell hinterher. Mein Gesicht fühlte sich heiß an. O nein. Ich wollte gar nicht wissen, was er jetzt über mich dachte. Verrückterweise war ich Ferenc dankbar, dass er Milán einen handfesten Grund geliefert hatte, mich nicht mehr auf Abstand zu halten.

»Wenns sein muss«, entgegnete er. »Überleg dir gut, was du Ferenc erzählen willst.«

»Eigentlich hatte ich gehofft, dass er mir was erzählt.«

»Sag bloß. Dann sehe ich dich morgen um drei im Rossi. Von Weitem.« Er hatte ja Humor. Ich kicherte leise. Jetzt war ich in Hochstimmung. Milán wünschte mir gar nicht die Pest an den Hals. Nur seinem Cousin. Vielleicht erfuhr ich von Ferenc, was zwischen ihnen vorgefallen war.

16

Zu Hause warf ich als Erstes meinen Laptop an. Es gab einige Fragen über die Familie Farkas, die ich genauer recherchieren wollte, obwohl ich mir zuerst geschworen hatte, jegliche Stalking-Aktivitäten im Internet zu unterlassen. Ich gab »Farkas Heidelberg« in die Suchmaschine ein. Ich fand sogar etwas. Zum Beispiel zwei Zeitungsartikel über Miláns Vater, offiziell ein erfolgreicher Börsenmakler, der durch großzügige Spenden an gemeinnützige Einrichtungen auffiel. Miláns Facebook-Profil war für mich leider größtenteils nicht sichtbar. Dafür seine frühere Mitgliedschaft im Kampfsportverein. Aber nirgends ein Hinweis auf Verstrickungen seiner Familie in seltsame Ereignisse. Jedenfalls auf den ersten Blick. Auf den zweiten offenbarte sich ein Bild, das die Vermutungen und verschwommenen Kenntnisse meiner neuen Klassenkameraden untermauerte.

Die weit verstreut lebende Familie Farkas zeigte eine erfreulich hohe Internetpräsenz. Sie wohnten nicht nur in Heidelberg, sondern auch in Budapest und Paris. Wenige Klicks offenbarten die vielfältigen Wirtschaftszweige, in denen Mitglieder der Familie es zu beachtlichem Reichtum gebracht hatten. Am Aktienhandel und am Bankenwesen allgemein sowie an verschiedenen Medienfirmen beteiligten sie sich. Der Farkas-Clan gehörte zu den reichsten Familien weltweit. Über die Jahrhunderte hatten seine Mitglieder ein großes Erbe angehäuft, besaßen Immobilien auf dem halben Globus und mischten sogar in der Politik mit, jedenfalls in Ungarn. Natürlich fand sich nirgendwo eine Information darüber, ob sie sich als Geisterjäger betätigten, aber damit würde bestimmt niemand hausieren gehen. Für die breite Masse waren Geisterjäger ein paar abgedrehte Spinner, die nachts mit Tonbandgeräten in Burgruinen und alten Schlössern herumsaßen. Ich hingegen konnte an der Existenz echter Geisterjäger nicht länger zweifeln. Ich hatte zu viel gesehen.

All das half mir in Bezug auf Milán nicht viel weiter und befriedigte lediglich ein wenig meine Neugier. Ganz ergebnislos blieb meine Recherche über ihn jedoch nicht. Bemerkenswert fand ich zum Beispiel, dass Milán und sein Bruder, der ihm so ähnlich wie ein Zwilling sah, seit gut anderthalb Jahren sämtliche außerschulischen Freizeitaktivitäten aufgegeben hatten. Auf der Website des Sportvereins, in dem alle drei Farkas-Brüder jahrelang aktiv gewesen waren, wurde ihr Rückzug aus dem Sport verkündet. Nur Ferenc trainierte dort noch. Auf seinem Bild lächelte er völlig narbenfrei und selbstsicher in die Kamera. Aber was viel wichtiger war: Milán hatte einen zweiten Bruder! Niemand, er selbst schon gar nicht, hatte bisher einen weiteren Bruder erwähnt. Grund genug, hier nachzuhaken. Etwa warum sie nicht auf die gleiche Schule gingen. Über den anderen fand ich leider nichts, bis auf seinen Namen auf der Vereinsseite. Gyula.

Ich gab Gyula Farkas in die Suchmaschine ein. Keine Resultate, die mir weiterhalfen, bis auf einen Wikipedia-Link zu einem ungarischen Mathematiker. Jedenfalls nichts, was in irgendeiner Weise etwas mit Milán oder seiner Familie in Verbindung stand.

Frustriert schloss ich den Browser und fuhr den Rechner herunter, um eine ganze Weile das Häusermeer vor dem Fenster zu betrachten. Schließlich fiel mir ein, dass heute kein Teekränzchen stattfand. Ich schaute auf den runden Retro-Glockenwecker auf meinem Schreibtisch. Kurz nach halb fünf. Das reichte für einen kurzen Besuch bei meiner Großmutter im Oberen Gaisbergweg. Sie kannte eigentlich jeden in der Nachbarschaft. Bestimmt auch die Familie Farkas, wenn sogar Papa sie zu kennen schien. Und vielleicht konnte sie mir mit Amélie weiterhelfen.

Meine Mutter wunderte sich nicht, als ich eilig die Wohnung verließ. Außer ihr waren heute alle unterwegs.

Als ich vor die Haustür trat, wehte ein kühler Wind und dämpfte die Wärme der Herbstsonne ein wenig. Mit dem Fahrrad dauerte es knapp fünf Minuten, bis ich dank des steilen Anstiegs schnaufend bei meiner Großmutter vor der Haustür stand. Auf der kurzen Fahrt hatte ich ständig nach der Villa von Miláns Familie Ausschau gehalten, konnte sie aber nicht entdecken. Sie lag wohl nicht direkt an der Straße, sondern weiter oben, etwas versetzt hinter den anderen Häusern am Berg. Demnächst würde ich mal richtig suchen, falls Milán mich nicht von sich aus zu sich einlud. Bei diesem Gedanken musste ich kichern. Das erschien mir ziemlich unwahrscheinlich.

Ich drückte den Klingelknopf.

Oma öffnete nach wenigen Minuten. Sie sah aus wie immer mit ihrem sorgfältig gepflegten, kurzen, grauen Haar, ihrem hellgelben Baumwollpullover und der Lesebrille um den Hals. Ihr ovales Gesicht zierte ein freudiges Lächeln, das bis zu ihren blauen Augen reichte, als sie mich erkannte. Sie bat mich auf ihren reich bepflanzten Südwestbalkon, auf dem sie lesend die Septembersonne genossen hatte.

Bei Schwarztee und Keksen musste ich ihr von meiner neuen Schule berichten und den Leuten, die ich kennengelernt hatte. »In den meisten Fächern sitze ich neben einem Jungen, der bei dir in der Nähe wohnt. Milán Farkas«, erzählte ich ihr in der Hoffnung, dass sie etwas mit dem Namen anfangen konnte. Offenbar konnte sie das, denn sie machte große Augen, als ich ihn erwähnte.

Sie hatte einiges über die Familie in petto. Sie berichtete mir, dass sie eigentlich im Sommer fortziehen wollten, jedenfalls behauptete das ihre Freundin Rosalind aus dem Nähkreis, die zwei Häuser weiter wohnte und angeblich Herrn Farkas und Milán häufig im Garten und vor dem Haus sehen würde. Allerdings fand besagte Freundin, dass keiner der beiden sonderlich redselig wäre und sie es einfach nie schaffte, sie in ein Gespräch zu verwickeln. Das kam mir irgendwie bekannt vor.

»Das mit dem Umzug hat Papa erwähnt. Und eine Klassenkameradin. Papa behauptet auch, Milán hätte einen Bruder und keine Mutter.«

Oma nickte. »Herr Farkas hat drei Söhne. Ein älterer Junge, der müsste jetzt um die zwanzig Jahre alt sein, geht auf ein englisches College, deswegen sehe ich ihn fast wie nie. Er heißt Gábor. Dann ist da Milán, den kennst du ja. Er hat noch einen Zwillingsbruder.«

Ein Schauer rieselte mir das Rückgrat hinab. Der Bruder, den ich im Internet gesehen hatte, war mir womöglich schon begegnet. *Keine gespaltene Persönlichkeit, sondern zwei verschiedene Menschen*, schoss es mir durch den Kopf. Plötzlich ergab alles einen Sinn. Ein Zittern erfasste mich, das nichts mit der Brise zu tun hatte, die mir sanft durch die Haare fuhr. Unruhig rutschte ich auf dem harten Plastikstuhl hin und her.

»Was ist mit ihm? Geht er auf ein Internat?«

Doch ich ahnte bereits, was Oma sagen würde.

»Nein. Er ist vor einem halben Jahr gestorben. Ganz plötzlich, wie unsere Amélie. Ich weiß nichts über die genaue Todesursache. Hier kursieren Gerüchte, die von einem Suizid über eine unentdeckte Krankheit bis hin zu Mord reichen. Du glaubst nicht, was hier los war. Alle Nachbarn wurden befragt, aber niemand hatte etwas mitbekommen. Soweit ich weiß, hat man die Ermittlungen eingestellt. Das Gerede hat allerdings nicht aufgehört. Es ist nicht schön für den Vater und die übrigen Brüder. Im Grunde genommen geht es niemanden etwas an.«

»Ist es schlimm, dass es mich interessiert?«

»Nein. Jeder wäre neugierig. Vor allem, da du viel mit dem Jüngsten zu tun hast. Das verstehe ich.« Sie nippte an ihrem Tee und griff ein weiteres Mal in die Dose mit der Aufschrift »Dänische Gebäckmischung«, die es bei Oma gab, seit ich denken konnte. Ich nahm mir eine Brezel mit Zuckerstreuseln und überlegte, wie ich meine nächste Frage formulieren konnte.

»Meine neuen Mitschüler haben diesen Zwillingsbruder mit keinem Wort erwähnt. Ich habe seinen Namen im Internet gelesen. Er hieß Gyula. Auch der Nachname ist ungarisch.«

Oma lächelte wissend. »Ich habe mir einmal die Frechheit herausgenommen, Herrn Farkas nach der Bedeutung zu fragen.«

»Das hat er dir erklärt?«

»Warum denn nicht? Es heißt »Wolf« auf Deutsch. Genau wie unser Name.« Sie klang erfreut darüber. So etwas wie ein gleicher Nachname konnte alles bedeuten oder nichts. Ich musste mehr in Erfahrung bringen, aber ich wollte Oma nicht endlos löchern.

»Magst du den Farkas-Jungen? Wenn du mich über ihn ausfragst?«, erkundigte sie sich.

Leider konnte ich nicht verhindern, dass ich rot anlief. »Oma! Sieht es etwa danach aus?«

»Oh, bitte! Er ist in deinem Alter und ein sehr hübscher Junge. Warte, bis du seinen älteren Bruder triffst! Selbst der Vater ist ein sehr attraktiver Mann. Ich bin zwar alt, aber nicht blind.«

Nun glühte ich förmlich. Ich konnte mich an kein Gespräch mit meiner Großmutter erinnern, das einen dermaßen peinlichen Verlauf genommen hatte.

»Ähm. O-Okay«, stammelte ich. »Ich finde Milán ganz nett, aber ich kenne ihn noch nicht. Vielleicht ist er ein totaler Vollidiot.« Doch tief in meinem Herzen wusste ich, dass Milán alles war, aber kein Vollidiot.

Oma ließ gnädigerweise das Thema fallen. Wir plauderten ein bisschen über ihren prächtigen Rosengarten und ihren bevorstehenden siebzigsten Geburtstag im Januar. Nachdem wir alle Neuigkeiten ausgetauscht hatten und ich mindestens drei Tassen Tee getrunken hatte, machte Oma sich daran, alle Sachen auf ein Tablett zu stellen.

»Musst du nicht langsam nach Hause?«, fragte sie dabei.

»Oh, ja, ich hab Mama versprochen, dass ich zum Abendessen wieder da bin.« Eigentlich hatte ich noch über Amélie reden wollen. »Oma? Du weißt, dass Amélie und ich uns ab und zu treffen.«

Oma nickte. Ich mochte sie auch deshalb gern, weil sie nie daran gezweifelt hatte, dass meine Geister echt waren. »Sie ist länger nicht mehr gekommen. Bei ihrem letzten Besuch hat sie behauptet, ich hätte wie sie die Aufgabe, Menschen vor bösen Geistern zu beschützen. Weißt du etwas darüber?«

Ihr Lächeln war wie weggewischt.

»Ich wusste, dass du irgendwann damit kommen würdest. Es steht mir nicht zu, dich aufzuklären. Das muss Julius tun.«

Also hatte Joshua Recht gehabt. Oma war nicht ahnungslos. »Papa redet nicht mit mir. Anscheinend ist es keine Fehlinterpretation von mir, dass er das nicht möchte. Kannst du mir nichts sagen?«

Bedauernd schüttelte sie den Kopf. Sie flüsterte fast. »Manche Dinge sind nur für manche Ohren bestimmt. Ich bin an ein Gelübde gebunden, Katharina. Zwing deinen Vater, dir zu helfen. Es ist ungeheuerlich, dass er dich alleine lässt. Ich werde mit ihm reden. Aber jetzt kein Wort mehr davon.« Nein, kein Wort mehr. Mir hatte es gerade die Sprache verschlagen.

An der Tür umarmten wir uns. Oma lächelte, als hätte sie mir nicht gerade offenbart, dass sie Bescheid wusste.

»Ich freue mich, dass du Freunde findest, Katharina. Manchmal dauert es, bis man die Richtigen trifft.«

Wie sollte ich das bitte verstehen? O Mann, sie dachte bestimmt, ich wäre total in Milán verknallt. Das stimmte nicht, ich wusste doch gar nicht, was für ein Mensch er war. Das sagte ich mir auf dem Heimweg so oft, dass ich beinahe daran glaubte.

Beim Abendessen wirkte mein Vater in sich gekehrt und steuerte nichts zur allgemeinen Unterhaltung bei. Ich widerstand dem Drang, seine Gedanken zu erkunden und beschloss, ihn ein anderes Mal auf Omas Andeutungen anzusprechen und ihm die Fragen zu stellen, die ich mir sorgfältig überlegt hatte. Mir war nämlich eingefallen, dass Papa Zugang zu Schülerakten hatte, was durchaus praktisch sein konnte, vorausgesetzt, er spielte mit. Genauso wie ich gerne mehr über seine Bekanntschaft mit dem Farkas-Clan wissen würde. Ich beobachtete ihn, wie er grüblerisch in seiner Fleischsuppe rührte und kaum etwas aß. Nach dem Essen saß ich bei Joshua im Zimmer, weil ich ihn für die morgige Aktion im Café brauchte. Er zeigte sich wenig begeistert, als ich ihm alle Einzelheiten präsentierte, die mich mit Ferenc in Kontakt gebracht hatten, verstand allerdings, dass ein solches Treffen sehr nützlich sein könnte, und versprach aufzupassen. Zu meinem Erstaunen berichtete er mir, dass Papa am Wochenende zwei Nächte hintereinander nicht zu Hause gewesen und erst frühmorgens zurückgekommen war. Samstagmorgen hatte er ihn kurz nach vier zur Wohnungstür hereinkommen hören und nach der Party hatte er ihn gegen fünf Uhr früh im Hausflur getroffen, als er komplett angezogen aus dem Keller kam. Er hätte jedes Mal gesagt: »Ich hab dich nicht gesehen und du hast mich nicht gesehen.«

»Also hab ich Irmgard und Matthias nichts erzählt. Aber nachdem du das auf dem Balkon mitangehört hast, sollten wir ihn nicht mehr davonkommen lassen. Seit wir hier sind, ist Papa anders, viel nachdenklicher und dauernd unterwegs. Was, wenn er selber so ein Geisterjäger ist?«, mutmaßte Joshua. Wir sahen uns an und fingen gleichzeitig an zu lachen. Papa turnte nicht mitten in der Nacht an Häuserfassaden herum oder patrouillierte über den Friedhof. Aber womöglich kannte er sich in dieser Parallelgesellschaft der Geisterjäger besser aus als gedacht. Vielleicht war er wie ich und hatte mich deshalb davor bewahrt, mich mit Tabletten zuzudröhnen, weil ich Gespenster sehen konnte. Das eine Mal, als der Geist unserer verstorbenen Nachbarin während der Kunststunde im Klassenzimmer erschienen war und mich angesprochen hatte, hatte meine einzige Reaktion aus Panik bestanden. Damals hatte ich nie zuvor einen fremden Geist gesehen. Irmgard hatte mich an diesem denkwürdigen Tag von der Schule abholen müssen, der Startschuss zu einer Odyssee durch die psychotherapeutischen Praxen und psychiatrischen Kliniken in der Umgebung, die am Ende bloß eines offenbart hatten: Ich sollte eigentlich ein normales Mädchen sein. Das sagten alle Gutachten und Testergebnisse. Weil ich mich trotzdem nicht immer so verhielt, sollte ich eben Medikamente bekommen, die die Stimmen und Geistererscheinungen, die ich herbeifantasierte, unterdrückten und mir mehr Selbstvertrauen geben sollten. Als Irmgard damals mit dem Rezept nach Hause kam, zerriss Papa das Papier vor meinen Augen und schloss sich anschließend den Rest des Tages im Schlafzimmer ein.

Seitdem hatten meine Eltern mich in Ruhe gelassen, von einem Tag auf den anderen, sodass es mir manchmal vorkam, als hätten sie das Ganze ad acta gelegt, weil sie meine Andersartigkeit vordergründig akzeptierten und einfach nicht darüber redeten. Ich erfuhr nie, was den Ausschlag für Mamas und Papas Kehrtwende gegeben hatte, ich war schlicht dankbar dafür. Jetzt allerdings kam mir der Verdacht, dass wenigstens mein Vater bewusst einiges vor mir verheimlichte.

Joshua nickte, als ich ihm meine Gedanken mitteilte.

»Wir behalten ihn im Auge. Ihn und Milán und diesen Ferenc ganz besonders.«

Joshua war der Einzige in meiner Familie, der von der Sache mit dem Gedankenlesen wusste. Wie selbstverständlich hatte er einige Zeit nach Amélies Tod stumm mit mir zu sprechen begonnen. Und ich antwortete auf jeden seiner Gedanken. Als kleines Kind nahm ich es als gegeben hin, dass er als mein großer Bruder wusste, was ich konnte. Ich hatte mich selbst für normal gehalten, bis mir meine Mutter signalisierte, dass ich das eben nicht war. In der Grundschule hatten Joshua und ich diese Art der Kommunikation bereits perfektioniert und er trug bis heute mein Geheimnis mit. Seine Gedanken hörte ich immer, wenn ich sie nicht ausblendete, ebenso Irmgards. Bei Papa funktionierte es nicht immer, vor allem in letzter Zeit und bei Matthias eigentlich nie. Leider gab es dazu keine Fachliteratur, mit deren Hilfe ich dieses Phänomen hätte ergründen können.

Am nächsten Tag nach der letzten Stunde radelten Joshua und ich nach Hause, aßen den Rest Fleischsuppe, den Matthias und Irmgard uns übrig gelassen hatten, und machten uns auf ins Café Rossi, das zwischen dem Bismarckplatz und dem Adenauerplatz lag. Ich hatte kein Date; dennoch hatte ich meine Wimpern getuscht, meine langen Haare gebürstet und eine perfekt sitzende, dunkelblaue Röhrenjeans angezogen. Mit ein bisschen Glück fand Ferenc mich ansprechend genug, um mich am Leben zu lassen. Aber ich vermutete, dass Milán einfach übertrieb, was die Gefährlichkeit seines Cousins anging, weil er ihn nicht leiden konnte.

Den Schlüssel hatte ich wohlweislich in einem Loch meines alten Sofas versteckt, damit er mir nicht abgenommen werden konnte.

Als ich ein paar Minuten nach Joshua das Café betrat, saß Ferenc bereits an einem der kleinen Fenstertische und lächelte mich an, als er mich erkannte.

17

»Hi«, sagte ich, während ich mich bemühte, ruhig und selbstbewusst zu wirken. Ferenc half mir sogar aus meinem Mäntelchen und hängte es über die Stuhllehne. Kurz sah ich mich um, als würde ich den kaum besetzten Raum betrachten, konnte Milán jedoch, ganz im Gegensatz zu meinem Bruder, nirgends entdecken. Entweder war er nicht da oder er hatte ein gutes Versteck gefunden.

Die Bedienung kam. Nachdem Ferenc einen Kaffee und ich einen Orangensaft bestellt hatte, ging es los.

»Wie schön, dass du es einrichten konntest. Und noch schöner, dass du allein gekommen bist. Ich will nämlich etwas mit dir besprechen, bei dem ich keine Zuhörer gebrauchen kann.«

Ich nickte und bat ihn weiterzusprechen. Es kam mir gelegen, dass er nicht lange um den heißen Brei herumredete. »Du willst sicher wissen, was ich auf eurem Balkon zu suchen hatte.«

Allerdings. Ich nahm einen Schluck Orangensaft. Er schaute sich kurz um, bevor er sich näher beugte. Sein Atem roch nach Kaffee und Pfefferminze. Allein mit seiner samtigen Stimme hätte er weniger misstrauische Personen um den Finger wickeln können.

»Da du mit Geistern kommunizieren kannst, bist du bestimmt bestens informiert. Milán und seine Familie haben etwas sehr Wertvolles weggeben. An dich. Versuch gar nicht erst, dich rauszureden, ich hab dich gesehen, wie du es auf dem Friedhof eingesammelt hast. Wären Gábor und die Polizei nicht aufgekreuzt, hätte ich es dir sofort wieder abgenommen.« Er nippte an seinem Kaffee. »Ich bin dir zu deinem Haus gefolgt.«

O Gott. Ich hatte einen richtigen Stalker. Als er mit den Fingerspitzen meine Hand berührte, die sich am Saftglas festhielt, stellten sich sämtliche Härchen an meinem Körper auf. Ich musste mich zusammennehmen, nicht aufzuspringen und zu türmen. Doch ich ließ nur das Glas los und verbarg meine Hände unter dem Tisch, wo ich die Finger ineinander hakte. Ich fing an zu schwitzen und atmete gegen den schweren Stein in meinem Magen an, so unangenehm fand ich das hier mit einem Mal.

»Du weißt schon, dass das echt gruselig ist!«, krächzte ich.

»Ich erledige nur meinen Job. Leider ist es fast unmöglich, dich mal allein anzutreffen. Ständig ist jemand um dich herum. Milán, dein Vater, deine Brüder, wobei letztere kein großes Hindernis für mich darstellen. Hoffentlich sind sie so schlau, mir nicht in die Quere zu kommen.« Ich zwang mich, nicht nach Joshua zu sehen.

»Willst du mich töten?« Ich bewunderte meine eigene Sachlichkeit, während mein Bauch rumorte.

Ferenc schüttelte den Kopf und lächelte.

»Was? Ich doch nicht. Hat Milán etwa schlecht über mich gesprochen?«

»Hat er nicht«, sagte ich, obwohl das gelogen war. Allerdings hatte er nicht gesagt, dass Ferenc mich umbringen würde.

»Ich bin ein bisschen überängstlich, glaube ich.« Ferenc tat leider nichts, um mir gut zuzureden.

»Kann sein, dass du es bald mit Leuten zu tun bekommst, die dich töten wollen, aber ich bin das sicher nicht. Das würde mich meinen Kopf kosten. Um dich geht es mir gar nicht, Mir geht es um den Gegenstand, den du unrechtmäßig an dich genommen hast.«

»Welchen Gegenstand?«

Jetzt fing er an zu flüstern. »Einen Schlüssel. Er ist seit Jahrhunderten ein Erbstück der Familie Farkas und niemand hat das Recht, ihn uns wegzunehmen.«

Ich versuchte zu bluffen. »Ich habe keinen Schlüssel.«

Da kippte Ferenc das Lächeln endgültig aus dem Gesicht.

»Ich weiß, dass du ihn hast. Jedenfalls warst du die letzte Person, mit der ich den Schlüssel gesehen habe. Mein Vater will ihn zurück. Das Ding galt jahrelang als verschollen, dabei hat ihn mein Onkel seiner Frau ins Jenseits mitgegeben.«

»Du meinst, er hatte ihn auf dem Friedhof vergraben?«

»So ähnlich. Jedenfalls konnten wir ihn nicht finden. Wenn ich ihn uns zurückbringe, werden wir wieder den Platz einnehmen können, der uns zusteht. Und die anderen werden endlich ausgestoßen. Sie sind eine Schande für unsere Gemeinschaft und für die ganze Familie.«

Ein Zittern durchlief mich. Hier ging es um mehr als einen Familienstreit wegen eines Erbstücks. Dieser Schlüssel war etwas Besonderes. Amélie musste nicht mehr suchen. Ich hatte den magischen Gegenstand längst gefunden. Die Clavicula. Und war kurz davor, den Schlüssel wieder zu verlieren, bevor ich überhaupt wusste, was man damit anstellen konnte. Mit trockenem Mund wechselte ich das Thema.

»Was ist das mit dir und Milán? Er kann dich nicht ausstehen.«

Ferenc zögerte, hinter seiner Stirn arbeitete es. Dann gab er sich einen Ruck. Er wollte den Schlüssel und der Weg dahin führte im Moment über mich. Ich begann, mich wieder etwas zu entspannen.

»Milán und ich sollten wie Brüder sein, aber wir sind nichts als Konkurrenten. Mein Vater wollte früher, dass ich bin wie er, dass ich genauso viele Pokale gewinne und genauso gute Noten habe, dass ich genauso gut Cello spiele und dass Tante Zsofi mich genauso mag wie die Zwillinge. Was ich getan habe, hat nie ausgereicht. Milán fiel immer alles in den Schoß, wofür ich hart arbeiten musste. Als Gyula starb, bekam er zum ersten Mal in seinem Leben einen richtigen Dämpfer versetzt. Von da an ging es bergab mit ihm. Wenn ich den Schlüssel beschaffe, verliert Milán sogar sein Erbe.« Zufrieden trank er seinen Kaffee aus.

Ich war hin- und hergerissen. Einerseits tat Ferenc mir leid, weil er einen ungerechten Vater hatte und um jedes bisschen Anerkennung kämpfen musste; andererseits hatte Milán seinen Bruder verloren und ich glaubte, dass es ihm ebenso unangenehm war wie Ferenc, ständig verglichen zu werden.

»Findest du nicht, dass Milán genug gestraft ist? Sein Bruder ist tot, er ist von der Schule geflogen und sitzengeblieben. In seiner neuen Schule will niemand was mit ihm zu tun haben. Ich würde nicht mit ihm tauschen wollen.« Eigentlich sollte ich einem Konflikt, in dem ich hoffnungslos unterlegen war, aus dem Weg gehen, doch ich verspürte plötzlichen Zorn. Aufgebracht trank ich mein Glas leer. Ferencs Gesichtsausdruck wurde lauernd.

»Oh, du magst ihn. Dieser beschissene Mistkerl.« Er lehnte sich näher. Auf einmal fühlte ich mich wie die Beute eines Raubvogels.

»Ich glaube, es ist besser, wenn ich jetzt gehe.« Ich hatte zwar nicht einen Bruchteil der Fragen gestellt, die mich bedrängten, aber ich bekam langsam Angst vor dem Jungen auf der anderen Seite des Tisches.

»Das halte ich für keine gute Idee. Gib mir den Schlüssel, Katharina.«

»Ich habe ihn nicht.« Hastig stand ich auf und griff nach meinem Kurzmantel, als Ferenc um den Tisch herumschoss und mein Handgelenk packte.

»Lass mich sofort los, sonst schreie ich!«, zischte ich. Aus dem Augenwinkel sah ich Joshua, der sich mit festen Schritten unserem Tisch näherte. Ferenc bemerkte ihn nicht. Ich riss mich los und stapfte zur Bar, um meinen Saft zu bezahlen. Ferenc folgte mir auf dem Fuße.

Verdammt, ich musste ihn loswerden, ohne eine Szene zu machen. Erst mal nach draußen. Joshua konnte gegen Ferenc nichts ausrichten, das wäre viel zu gefährlich für meinen Bruder. Das Nützlichste, was er tun konnte, war Milán zu alarmieren, falls er sich in der Nähe befand. Ich hielt mich nicht damit auf, mein Mäntelchen anzuziehen, sondern klemmte es mir unter den Arm und rannte ohne Plan los in Richtung Poststraße. Ich lief schnell, doch Ferenc ließ nicht locker. Jäh stoppte mich jemand neben dem *Carré*. Ein finster dreinblickender Mann in einem hellen Trenchcoat schnitt mir den Weg ab und packte meinen Arm. Vor Schreck fiel mir meine Jacke runter.

»Wohin so eilig?«, knurrte er. Er hatte einen dunkelbraunen Vollbart und ein grimmiges Gesicht.

»Sie ist schnell, Vater, hätte ich ihr gar nicht zugetraut.«

O nein. Ich wand mich mit aller Kraft, doch ich schaffte es nicht, mich aus dem eisernen Griff des Mannes zu befreien. »Hilfe!«, rief ich. Niemand reagierte. Die Straße war leer. Wäre ich nur zum Bismarckplatz gelaufen!

»Was wollen Sie von mir?« Tränen brannten in meinen Augen. Warum hatte ich nicht auf Milán gehört? Er kannte seine grässliche Verwandtschaft besser als ich. Und wieso kam er mir nicht zu Hilfe?

»Wo ist der Schlüssel?«, zischte Ferencs Vater. Vor lauter Angst zitterte ich am ganzen Leib. Meine Haut prickelte, besonders am Rücken. Ich musste mich wehren! Kampflos durfte ich nicht aufgeben!

»Ich habe den Schlüssel nicht«, fauchte ich. »Lassen Sie mich in Ruhe!« Ich starrte ihm in die wässrig blauen Augen und bleckte die Zähne. Wenn es sein musste, würde ich ihn beißen. Da ließ er meinen Arm los und schubste mich von ihm weg, sodass ich ins Taumeln geriet. Ferenc schoss auf mich zu, aber ich wich ihm aus, schlug einen Haken und rannte davon. Jetzt musste ich die Richtung beibehalten. Ich konnte mein Glück kaum fassen, bis ich die lauten Schritte hinter mir vernahm. Die beiden Farkas-Männer hatten die Verfolgung die Poststraße entlang aufgenommen.

»Kard!«, rief der Ältere. Hoffentlich war das nichts Schlimmes. Ich rannte, was meine Beine hergaben. In einem kleinen Park angekommen steuerte ich die Stadtbücherei an. Sie würden mich wohl kaum in einem öffentlichen Gebäude unter den Augen von Zeugen angreifen. Bis dorthin kam ich nicht. Als ich um einen Baum herumflitzte und einen Blick zurück riskierte, erkannte ich drei Gestalten, die meinen Verfolgern dicht auf den Fersen waren. Also schlug ich einen weiten Bogen, der Ferenc und seinen Vater direkt in die Arme von Milán, Joshua und allem Anschein nach Miláns Vater trieb. Sie beschleunigten, sodass ich mich hinter sie flüchten konnte. Unter einer Blutbuche blieben wir stehen. Ich war so erschöpft, dass ich mich gerne ins Gras geworfen hätte. Die Hände in die Seiten gestemmt atmete ich mehrmals tief durch, während ich darauf wartete, dass sich mein Herzschlag normalisierte und das Seitenstechen verschwand. Milán schob mich halb hinter sich, was Ferenc ein Feixen entlockte. Joshua baute sich neben mir auf, auch er atmete schwer.

Miláns Vater sah seinem Sohn sehr ähnlich. Natürlich war er viel älter, besaß einen deutlich sichtbaren Bartschatten und hatte seine zu Locken neigenden, kurzen Haare ordentlich gekämmt. Auf seinem Gesicht lag ein noch grimmigerer Ausdruck als auf dem seines Gegenübers.

Die beiden älteren Farkas-Männer lieferten sich jetzt ein hitziges Wortgefecht auf Ungarisch. Ein paarmal zeigten sie auf mich und auf Milán, was mich dazu brachte, woanders hinzusehen.

»Wieso bist du nicht in dem Café geblieben?«, flüsterte Milán mir zu. Er wirkte zornig, aber in seinem Blick lag Sorge.

»Keine Ahnung, ich wollte einfach weg von Ferenc. Als er mich angefasst hat, ist irgendwie mein Fluchtinstinkt mit mir durchgegangen. Tut mir leid. Ich wusste nicht, dass sein Vater mich abpassen würde.«

»Du bist echt schnell gerannt und richtig lange, für ein Mädchen, meine ich.« Er schaffte es, gleichzeitig bewundernd und verärgert zu klingen. Für ein Mädchen! Chauvinist.

»Das konnte sie schon immer«, schaltete sich mein Bruder flüsternd ein. »Katha ist die Schnellste von uns. Wahrscheinlich, weil sie so viel wiegt wie eine Feder.«

Joshua lächelte mich an. Er wirkte erleichtert darüber, dass er nicht meine Leiche bergen oder meinen Eltern erzählen musste, dass ich entführt worden war. Jedenfalls sagten das seine Gedanken. Miláns Mund kam meinem Ohr jetzt so nahe, dass mich ein angenehmer Schauder überlief.

»Ferenc und sein Vater behaupten, dass wir sie bestohlen hätten und dich zu unserer Komplizin gemacht haben, obwohl du ein Medium bist und damit praktisch ein Feind. Vater droht ihnen, sie zu verpfeifen, weil sie Normalsterbliche in ihre Angelegenheiten hineinziehen. Ich weiß selbst, dass du in dieser Sache nicht unwissend bist, allerdings kein Grund, darüber zu reden oder auch nur daran zu denken.« Er sah mich bedeutsam an. Mein Körper spannte sich an. Eine Warnung. Sicher waren alle außer Joshua in der Lage, meine Gedanken zu lesen.

Ferenc schien keine Lust mehr zu haben, dem Palaver der Älteren zuzuhören und kam zu uns herüber. Milán trat einen Schritt nach vorne. Es war nett von ihm, dass er mich vor seinem Cousin abschirmen wollte.

»Keine Angst, ich nehme sie dir nicht weg. Wie üblich kriegst du das Mädchen, seggfej.« Ferenc grinste, aber seine Augen fixierten Milán, als suchte er nach einer Möglichkeit, ihn anzugreifen.

»Selber Arschloch. Du bist ein schlechter Verlierer. Wie immer. Was willst du wirklich von ihr?«

Ferenc sah ihn forschend an. »Das weißt du ganz genau.«

»Nein, weiß ich nicht.« Miláns Miene war undurchdringlich.

Ferenc befand sich eine Handbreit von seinem Cousin entfernt und senkte die Stimme.

»Tu nicht so! Ich hab dich gesehen, wie du ihr vor zwei Wochen den Schlüssel gegeben hast, auf dem Bergfriedhof. Gábor, dieser Idiot, hat mir die ganze Tour vermasselt, sonst hätte ich ihn längst. Die Besessenen haben ihn leider nicht lange genug abgelenkt. Aber du kannst sie nicht ständig bewachen.« Sein Grinsen verzerrte sich höhnisch. Instinktiv nahm ich Joshuas Hand, um ihn schnell von hier fortziehen zu können. Milán ballte die Fäuste.

»Du kannst froh sein, dass sie hier ist, du dreckiger Bastard. Ich will ihr den Anblick gerne ersparen, wie ich die Scheiße aus dir rausprügle.« Oh, oh.

»Willst du mir noch ein paar Narben verpassen? Nur zu!«

»Milán«, sagte ich leise. »Lass dich nicht von ihm provozieren. Er lügt. Du hast mir keinen Schlüssel gegeben. Er will dich aus der Reserve locken.« Joshuas Blick schnellte erstaunt zu mir, doch ich schüttelte den Kopf. Fast wäre mir entgangen, dass Ferencs Vater aufbrechen wollte.

»Ferenc! Gyere velem!«, bellte er.

»Bis dann, Leute!«, verabschiedete sich Ferenc, als hätten wir gemütlich ein Schwätzchen gehalten.

»Hoffentlich nicht«, erwiderte Milán.

Endlich war es still, bis auf das Rauschen der Bäume im Wind. Miláns Vater schaute mir einen Augenblick lang streng in die Augen, was mich zusammenzucken ließ. Dieser Blick hatte es wirklich in sich. Mir fiel auf, dass er, anders als sein Sohn, grüne Augen hatte. Der Ältere ging davon, bevor ich den Mut gefunden hatte, etwas zu ihm zu sagen oder mich wenigstens zu bedanken.

Langsam liefen wir durch den Park nach Hause.

»Tut mir leid, dass ich nicht auf dich gehört hab, Milán. Ferenc ist wirklich nicht zu unterschätzen. Aber ganz umsonst war das Treffen nicht.«

Miláns Miene wirkte starr und emotionslos, als er: »Ich muss gehen«, murmelte, sich hastig abwandte und davonlief.

»Das war seltsam«, stellte Joshua fest. Als ich an Stelle eines Kommentars mit den Schultern zuckte, fuhr er fort. »Ich bin dir gefolgt, als du das Café verlassen hast, da ist Milán aufgetaucht und meinte, wir sollten kurz auf seinen Vater warten. In der Zeit hätten die dich um die Ecke bringen können, also bin ich alleine weiter. Milán und sein Vater haben mich aber bald eingeholt. Was ist an diesem Schlüssel dran?«

»Genau das will ich herausfinden.«

18

Die ersten Orchesterproben mit unserer hektischen Musiklehrerin Frau Bender hatten mir gut gefallen, weshalb ich dabei bleiben wollte. Wir begannen heute, einen Teil des »Elias« von Mendelssohn Bartholdy einzustudieren. Die mitreißende Melodie des Eröffnungsstücks erfüllte mich beim Spielen, ließ meinen Körper vibrieren und verankerte mich ganz im Hier und Jetzt. Ich liebte das völlige Aufgehen in diesem Organismus, den ein Orchester bildete. Wo jeder Einzelne wichtig war, aber trotzdem bloß ein Teil eines großen Ganzen blieb und in der Masse unsichtbar blieb.

Das Beste an der Woche war jedoch Milán. So schnell änderten sich die Dinge. Während der Orchesterprobe nickte er mir über sein Cello hinweg nur zu, aber er hatte es endgültig aufgegeben, so zu tun, als gäbe es mich nicht. Das freute mich mehr, als ich zugeben wollte, selbst wenn mir immer klar sein musste, dass er vor allem verhindern wollte, dass mich sein Cousin oder dessen Vater noch einmal erwischte.

Milán erzählte weiterhin nicht gerade viel über sich, aber ich genoss es, Zeit mit ihm zu verbringen. Es entspannte mich auf eine gewisse Art und Weise. Er war der Einzige außerhalb meiner Familie, in dessen Gegenwart ich mich nicht verstellen musste. Allerdings nervte es mich, dass ich seine Gedanken nicht lesen konnte, egal, wie oft ich es versuchte. Was dahintersteckte, wollte ich, neben allem anderen, unbedingt ergründen.

Mit Milán in der zweiten Pause durch die Hauptstraße zu spazieren, gehörte mittlerweile zu den Höhepunkten meines Tages. Wir redeten nicht viel, meistens über die Schule, aber das mussten wir gar nicht. Mit

Milán konnte man gut schweigen, ohne dass es unangenehm wurde. Da ich kein Verlangen danach hatte, Ferenc alleine zu begegnen, war mir Miláns Gesellschaft auch aus diesem Grund stets willkommen.

Natürlich ging das an unseren Mitschülern nicht spurlos vorüber. Annalena und Vanessa nutzten die immer seltener werdenden Gelegenheiten, um mich über Milán auszufragen, und reagierten jedes Mal enttäuscht, wenn ich ihnen nichts sagen konnte oder wollte. Natürlich dichteten sie uns eine Beziehung an, die weit über gemeinsames Mittagessen und Herumlaufen hinausging. In schwachen Momenten wünschte ich mir, das wäre mehr als ein Gerücht. Allerdings waren die anderen meiner neuen Kameradschaft mit Milán gegenüber nicht gerade positiv eingestellt. Und das machten sie mir unmissverständlich klar. Sie hielten Milán für gefährlich und warnten mich mehrmals, aufmerksam zu bleiben. Je näher ich Milán kam, desto weiter entfernte ich mich von meinen Mitschülern. Wenn ich weiter zu ihm hielt, wollten sie über kurz oder lang nichts mehr mit mir zu tun haben.

Deutlich zeigten sie mir das zum ersten Mal im Sportunterricht. Ich hatte bereits meine lange Sporthose, Hallenschuhe und ein lindgrünes Tanktop an. Während ich auf Annalena und Vanessa wartete, die heute früh außer der Begrüßung noch kein Wort mit mir gewechselt hatten, spielte ich mit dem Verschluss meiner Wasserflasche.

Langsam wurde ich unruhig. Waren sie irgendwie sauer auf mich? Im Geiste ging ich die letzten Tage durch. Viel hatten wir nicht zusammen gemacht. Lag es daran? Oder grollten sie mir wirklich, weil ich ihre Warnungen in den Wind geschossen hatte?

»Du kannst ruhig vorgehen«, informierte mich Vanessa beinahe brüsk. Mit energischen Bewegungen band sie sich einen festen Pferdeschwanz und sah mir dabei unverwandt in die Augen. Ich musste schlucken, bevor ich etwas erwidern konnte. »Braucht ihr länger?«, fragte ich leise. Ich wollte nicht bedürftig wirken, aber meine Piepsstimme machte mir zusammen mit meiner unterwürfigen Körperhaltung einen Strich durch die Rechnung. Daher räusperte ich mich und straffte die Schultern.

Vanessa seufzte. Gemeinsam wandten wir uns Annalena zu, die umständlich ihre Turnschuhe schnürte.

»Vanessa und ich wollen heute mal unter uns bleiben. Sorry, Katharina.« Eine freundlich formulierte Abfuhr.

Geknickt machte ich kehrt und verließ die Umkleide. Etwas Schweres lag in meinem Magen, was nichts mit meinem Frühstück zu tun hatte.

Die Ansage galt anscheinend für alle Mädchen. Nach dem Aufwärmen fand ich keine Partnerin für Passübungen im Basketball. Annalena warf mir zwar einen entschuldigenden Blick zu, blieb aber bei Vanessa stehen. Unsere Sportlehrerin Frau Bierer erbarmte sich schlussendlich. Kurz hatte ich das Gefühl, mir schnürte es die Kehle zu, doch sofort schluckte ich den Kloß hinunter und gab niemandem die Genugtuung, weinend aus der Sporthalle zu rennen, weil mich keiner mehr lieb hatte. Das hatte ich zu oft mitgemacht. Vor dem Basketballspiel wählte mich so lange niemand in seine Mannschaft, bis ich und ein anderes armes Individuum übrig blieben. Während des Spiels passte mir niemand den Ball zu. Ich wurde sogar ein paarmal von den eigenen Teamkolleginnen umgerannt. Daher stand ich irgendwann teilnahmslos am Spielfeldrand und fragte mich zum tausendsten Mal, was ich falsch gemacht hatte. Mit einer gewissen Resignation erkannte ich die Zeichen, dass ich wieder zu der unsozialen Einzelgängerin wurde, deren Rolle mir anscheinend jemand auf den Leib geschrieben hatte. Dass mich viele nach Sport beim Betreten des Klassenzimmers mit Gedanken wie »Die schon wieder!« und »Was für eine komische Tussi!« empfingen, machte es nicht viel schlimmer. Der Tag war ohnehin gelaufen. Ich hätte mir nicht einbilden dürfen, dass es an dieser Schule anders werden würde als an denen davor.

Allerdings blieb ich nicht ganz allein und das tröstete mich, obwohl Milán gleichzeitig derjenige war, den ich hauptsächlich für den immer tiefer werdenden Graben zwischen mir und meinen Mitschülern verantwortlich machen musste.

Mich von Milán abzuwenden, war ein Ding der Unmöglichkeit. Ich brauchte ihn, um meiner Aufgabe nachzukommen. Und ich mochte ihn mittlerweile sehr.

Obwohl ich viel Zeit mit Milán verbrachte, war ich in der Gespensterangelegenheit noch immer auf mich allein gestellt. Ich hatte es bislang nicht geschafft, ihn auf den Schlüssel anzusprechen, über dessen Existenz er sicher Bescheid wusste. Immer standen zu viele Leute um uns herum oder ich fühlte mich gehemmt, weil ich nicht über den

Schlüssel reden konnte, ohne über Gyula zu reden. Milán vermied es, ihn zu erwähnen, was es mir schwer machte, einen Gesprächseinstieg zu finden, ohne gleich auf eine Mauer zu stoßen und das Thema wechseln zu müssen.

Ausgehen oder anderweitige Vergnügungen kamen diesen Freitag nicht für mich in Frage. Jedoch nicht nur aus dem Grund, dass es mir an Einladungen mangelte: Tatsächlich war ich hundemüde und gähnte bereits nach dem Abendessen in einer Tour, weshalb ich den restlichen Abend lesend im Bett verbrachte und früh schlafen ging. Das war vorausschauend gewesen. Bereits um halb fünf weckten mich meine Cousine, die mich mit ihren eisigen Geisterhänden wachzurütteln versuchte, und Joshuas Schreie von unten im Hof.

Mit einem Satz war ich aus dem Bett und auf den Beinen. In meinem grüngestreiften Pyjama rannte ich aus dem Zimmer, ohne mir die Mühe zu machen, Strümpfe und Schuhe anzuziehen. Barfuß trampelte ich mit Amélie an meiner Seite das dunkle Treppenhaus hinunter, welches sie mit ihrem silbrigen Geisterlicht gerade genug erhellte, dass ich nicht hinfiel.

Ich nahm nur am Rande wahr, welche frostigen Temperaturen draußen herrschten, und lief in Windeseile auf den Krach zu.

Vor dem Fahrradschuppen fand ich meinen Bruder und drei Männer, die ihn offenkundig in die Enge trieben. Mir blieb fast das Herz stehen, ehe mich das Adrenalin überschwemmte. O Gott, die prügelten sich richtig! Entschlossen und zugegebenermaßen ziemlich planlos sprang ich auf die Angreifer zu, um sie von meinem Bruder wegzuzerren. Angesichts meiner elfenhaften Statur ein recht sinnloses Unterfangen. Ich musste doch etwas tun! Auch wenn Joshua sich nach Kräften wehrte und es den Männern nicht gerade leicht machte, ihn zu überwältigen, waren es drei gegen einen. Amélie schoss immer wieder zwischen den Kontrahenten hindurch wie eine leuchtende Gewehrkugel, was Joshua für ein paar Sekunden Luft verschaffte. Einen der Männer wurde er mit einem gezielten Schlag ins Gesicht kurzzeitig los. Reflexartig fasste ich in die Tasche meiner Pyjamahose. Natürlich war sie leer. Mein Handy lag nutzlos oben auf dem Schreibtisch. Wenigstens die Polizei hätte ich anrufen können! Unschlüssig trat ich von einem Bein aufs andere und kaute mir beinahe die Wange blutig.

Ich wollte Joshua nicht alleine hier lassen, um wieder nach oben zu laufen und Papa und Matthias zu wecken, damit sie uns halfen. Obwohl das das Klügste gewesen wäre. »Papa«, brüllte ich trotzdem in die Nacht hinaus. Vergeblich sprang ich erneut einen der beiden verbliebenen Männer an und hing wie ein zappelnder Fisch an seinem Genick. Er nahm mich gar nicht wahr, sondern prügelte weiter auf meinen Bruder ein, den langsam aber sicher die Kräfte verließen. Verzweifelt kniff ich den Mann in die weiche Haut seines Halses, sprang von ihm herunter und mit mehr Wucht wieder auf seinen Rücken; er reagierte kein bisschen. Mir war es gerade egal, was mit mir passierte. Ich rutschte von dem Rücken des Mannes, um mich zwischen ihn und meinen Bruder zu werfen. Die Männer wichen zurück, als ich sie geradezu anfauchte. Ich stutzte selbst über den unmenschlichen Laut, den ich hervorgebracht hatte. Joshua schob mich grob beiseite und versuchte mit einem Hechtsprung, den Angreifer zu Fall zu bringen.

Irgendjemand musste von dem Getöse wach werden und uns zu Hilfe kommen, wir befanden uns schließlich nicht irgendwo in der Einöde! Doch obwohl ich mehrfach nach Hilfe rief, kam keine Reaktion. Dafür ging Joshua zu Boden. Mit einem Knurren stürzte ich mich auf seinen Kontrahenten.

Ich bemühte mich, ihm mit meinen kleinen Händen wehzutun; stach ihm in die Augen, zog ihn an den Ohren, rammte ihm mein Knie in die Weichteile. Doch er schüttelte mich immer wieder ab wie ein lästiges Insekt. Glücklicherweise griff er mich nicht an. Unsanft landete ich auf dem Hosenboden, kam aber gleich wieder auf die Füße. Joshua trat dem Mann vom Boden aus kräftig in den Schritt, rappelte sich auf und taumelte ein paar Meter zurück. Obwohl es schummrig im Hinterhof war, konnte ich sehen, dass er aus der Nase und an der Lippe blutete. Diese verdammten Mistkerle!

Der dritte Mann, den Joshua zuvor niedergestreckt hatte, begann sich zu rühren und stand benommen auf. Sofort wollte er wieder auf meinen Bruder losgehen. Seine Augen waren starr und leblos. Wie die anderen gab auch er kein Wort von sich, sondern schnaufte und grunzte bloß wie ein Tier. Die Angreifer hatten kaum mehr etwas Menschliches an sich.

Auf einmal holte mich die Angst wieder ein und ich stolperte rückwärts, bis ich die hölzerne Tür des Schuppens im Rücken spürte. Irgendetwas kitzelte mich an den Schulterblättern. Fahrig kratzte ich mich an der Stirn, weil mein Haaransatz juckte. Wahrscheinlich von der unnatürlichen Menge an Adrenalin, das durch meine Adern gepumpt wurde.

Joshua hielt sich am Gartenzaun neben dem Schuppen aufrecht. Zitternd vor Anstrengung und Furcht gleichermaßen stellte ich mich vor meinen Bruder und hob die Hände, bereit, wenigstens den ersten Schlag einzustecken. Bevor es dazu kommen konnte, schaffte Amélie es endlich, die Aufmerksamkeit der drei finsteren Gestalten zu fesseln, beziehungsweise die der Geister im Inneren der Männer. Sie stürzten sich auf sie, bekamen sie aber nicht zu fassen. Sie war schließlich ein Geist. Gerade wäre ich auch gerne einer. In einer anderen Situation hätte ich darüber gelacht, wie die Männer bei der Verfolgungsjagd ineinanderrannten, einige Male gegen den Zaun liefen und sogar die halbvolle Regentonne umwarfen, weil sie vermutlich blind Amélie nachrannten.

»Joshua! Wer sind diese Typen?«, wisperte ich. Nach was sah es für ihn aus?

Er atmete schwer. Weil er immer noch aus der Nase blutete, hielt er sich den Ärmel seines Sweatshirts davor.

»Keine Ahnung! Die folgen mir seit mehreren Straßen. Sind plötzlich dagewesen. Sprechen kein Wort, ich weiß nicht, was sie von mir wollen.« Mir war hingegen klar, mit was wir es hier zu tun hatten.

»Die wollen nur eins von dir: Dein Leben. Lass uns hier verschwinden, solange Amélie sie ablenkt!«

»Und dann? Die greifen sich gleich das nächste Opfer! Wir müssen sie ausschalten!«

»Willst du sie etwa umbringen? Vielleicht sind es Mörder, aber willst du dich mit denen auf eine Stufe stellen? Willst du ins Gefängnis kommen?« Und außerdem konnten sie höchstwahrscheinlich rein gar nichts für ihr Verhalten. Ich würde meinen linken Arm darauf verwetten, dass die Angreifer Besessene waren. Nur sie und Dämonen konnten einen Geist wahrnehmen. Ein Medium wie ich traf man weit seltener an.

Während wir redeten, zog ich Joshua hoch, legte seinen Arm über meine Schultern und bugsierte ihn in Richtung Hauseingang. Er hing auf mir wie ein zentnerschwerer Sandsack und ich hatte Mühe, überhaupt vorwärtszukommen. Meine Zähne begannen, aufeinanderzuschlagen, als mein Kampfmodus schwächer wurde. Ein Engegefühl in der Brust begleitete die Abnahme des Adrenalinspiegels.

»Deinen Hausschlüssel!«, raunte ich Joshua zu. Die Typen verfolgten weiter meine Cousine, die sie in den kleinen Garten gelockt hatte, wo sie jetzt Mamas schöne Beete zertrampelten, die sie gerade erst umgegraben und mit Herbstastern bepflanzt hatte.

»Ist das dein Ernst? Die können wir nicht so davonkommen lassen. Wieso sind sie überhaupt in den Garten gerannt?«, fragte Joshua misstrauisch.

»Amélie«, erwiderte ich, fischte den Hausschlüssel aus seiner Jackentasche und sperrte die Haustür auf.

Bevor wir sie hinter uns ins Schloss fallen ließen, hörten wir beide einen dumpfen Aufprall, der uns zusammenzucken ließ. Obwohl es meistens keine gute Idee ist, den sicheren Hafen zu verlassen, zog es uns von Neugier getrieben wieder nach draußen.

19

Amélie erschien an meiner Seite und lächelte mir verschwörerisch zu, bevor sie mit dem Finger auf die Szenerie im Hinterhof zeigte.

Zwischen Kellereingang und Fahrradschuppen stand den drei Männern eine hochgewachsene, maskierte Gestalt gegenüber. Sie kam mir seltsam bekannt vor. Wenn mich nicht alles täuschte, war das der zweite Kämpfer, den ich nach Valentins Party auf dem Friedhof gesehen hatte und der mich und den anderen Jäger gerettet hatte. Trotz der völlig gleich erscheinenden dunklen Kampfmontur meinte ich, sie voneinander unterscheiden zu können. Es schwirrten mehr Jäger in dieser Stadt herum, als ich gedacht hatte.

Obwohl auch dieser einen finsteren Eindruck machte, begrüßte ich seine Anwesenheit mehr als alles andere. Neben ihm wirkten die Männer gar nicht mehr riesig und Angst einflößend. Wir linsten um die Hausecke, jederzeit bereit, die Flucht in den Hausflur anzutreten. Das Schauspiel, das sich uns nun bot, war filmreif.

Die schwarzen Kleider des aus dem Nichts aufgetauchten Hünen machten ihn in der Dunkelheit für unsere Augen schwer fassbar, trotzdem verfolgte ich so gut wie möglich jede Bewegung des Neuankömmlings. Obgleich die drei Angreifer zeitgleich auf ihn losgingen, kämpfte er sich frei. Zwei wurden von der Wucht seiner Tritte ein Stück weggetrieben, was der Neue nutzte, um dem verbliebenen Mann einen Leberhaken zu verpassen. Als der sich mit einem schmerzvollen Stöhnen nach vorne krümmte, trafen ihn die Fäuste im Gesicht. Er ging k.o.

Die anderen beiden kamen in diesen Sekunden wieder näher. Einer umschloss den schwarzen Rächer von hinten mit beiden Armen, doch der Festgehaltene riss die Hände des Angreifers weg und warf ihn über seine Schulter nach vorn auf die Pflastersteine des Hinterhofs, wo er reglos liegen blieb. Der letzte rammte ihn seitlich, sodass beide gegen den Schuppen krachten und kurz miteinander rangelten, bis sich die behandschuhten Hände des Neuankömmlings erbarmungslos um den Hals des letzten Mannes schlossen, der röchelnd auf die Knie sank und, so hoffte ich, in Ohnmacht fiel.

Ohne Zweifel hatten wir es hier mit einem Geisterjäger zu tun. Spätestens jetzt wurde es offenkundig. Der Fremde trat zu den Männern und hielt seine Hände beschwörend über deren Brust. Wie rotschwarzer Nebel, der sich glühend von der Nachtschwärze abhob, rauschten die Geister aus den Körpern und verschwanden hoch in die Luft.

Ehe wir unsere Köpfe hinter die Mauer des Hauseingangs zurückziehen und uns verdrücken konnten, stand der Jäger vor uns. Er hatte sich so schnell und lautlos bewegt, dass wir nicht einmal die Chance gehabt hatten, uns umzudrehen.

Mir klappte die Kinnlade herunter, als der Maskierte meiner Cousine zunickte, als würde er sie kennen. Ich vergaß vor Erstaunen sogar meine eiskalten Füße. Mein rasendes Herz ließ sich nicht beruhigen.

Joshua bekam nur die Hälfte des Geschehens mit. Der Maskierte hatte uns zwar vor den Männern beschützt, aber vielleicht hatten wir zu viel gesehen. Immerhin war ich dieses Mal bei vollem Bewusstsein. Die Angst rumorte in mir. Als stünde mir ein Braunbär gegenüber, wich ich langsam zurück und zog Joshua mit, der sich die Rippen hielt und tapfer mitmachte, obwohl ich wusste, dass er große Schmerzen hatte. Drei ausgewachsene Männer hatten ihn verprügelt, er hätte tot sein können! Bei diesem Gedanken umklammerte ich seine Hand fester. Der Fremde hob ruckartig den Arm, um seine Sturmhaube abzunehmen, was ich mit einem erschrockenen Quieken quittierte.

»Was treibt ihr um diese Uhrzeit hier draußen?«, fragte uns ein ganz und gar nicht unbekannter Mann mit beginnender Halbglatze und Vollbart streng.

»Papa?«, wisperte ich ungläubig. Das Rasierwasser! Ich hätte es erraten können.

»Ich glaub, ich muss mich hinsetzen«, ächzte Joshua und ließ sich auf die schmalen Sandsteinstufen des Hauseingangs fallen. Da ging es mir nicht viel anders.

»Eigentlich wollte ich nicht, dass ihr mich seht, aber deine Schwester hatte Angst, dass ich euch beide abmurkse. Und wie ich euch kenne, hätte ich es sowieso nicht mehr lange vor euch geheim halten können. Meine Mutter hat mich bereits eingeweiht, dass du ihr am Montag Löcher in den Bauch gefragt hast, Katharina.«

»Ähm … was? Wieso …?«, stotterte ich. Die Tatsache, dass mein Vater offenkundig zu den Geisterjägern gehörte, musste ich erst mal verarbeiten.

»Ihr hattet Glück, dass mein Geisterradar angesprungen ist und mich geweckt hat«, erklärte mein Vater und tippte sich an die Stirn, als würde er mir erzählen, wie er beim Bäcker Brötchen gekauft hatte.

»Warum hat uns niemand sonst gehört? Sogar Katha ist aufgewacht und die schläft immer wie ein Stein. Hast du nicht gehört, wie sie um Hilfe gerufen hat?«

»Niemand konnte sie hören. Die Geister erzeugen eine Art umgekehrte Schallblase um sich herum, indem sie sämtliche Wellen und andere nicht sichtbare Erscheinungen absorbieren. Deshalb werden sie selbst von den meisten Menschen nicht wahrgenommen, bis auf die Kälte, die ihre Absorption erzeugt.«

Ich schüttelte den Kopf, um mich wieder zu sammeln.

»Amélie hat mich geweckt, Joshua«, sagte ich.

Er achtete nicht auf mich, sondern fragte Papa: »Woher weißt du so was?« Er starrte unseren Vater an, als wäre es das erste Mal, dass er ihn sah. Es fiel auch mir schwer, mir meinen häufig etwas bieder wirkenden Vater, den stets korrekten Gymnasiallehrer in Cordhosen und kariertem Hemd, als knallharten Kämpfer vorzustellen. Als jemanden, der Geister sehen konnte und mit den Besonderheiten der Geisterwelt und allem vertraut war, was ich beinahe mein ganzes Leben lang hatte verleugnen müssen. Aber es erklärte seine Worte zu Ferenc und höchstwahrscheinlich Milán auf dem Balkon. Und Joshua und ich hatten darüber gelacht.

Als hätte er meine Gedanken gelesen, sagte Papa: »Ist schon gut, Katharina. Du hast Dinge für dich behalten wie ich. Du brauchst dir keine Vorwürfe zu machen, dass du mir nie alles gesagt hast, ich mach mir nämlich keine. Es bestand keine Notwendigkeit, darüber zu sprechen, keiner von uns durfte das. Streng genommen hättet ihr mich jetzt nicht treffen sollen. Und bevor ihr beide fragt: Amélies Eltern wissen nicht über das Ganze Bescheid. Sieh es als Ehre, Joshua, dass du von deiner Cousine und deiner Schwester ins Vertrauen gezogen worden bist. Ich muss dich nicht darauf hinweisen, dass du weiterhin schweigen solltest. Du, Katharina, wirst dir eine schöne Story für Irmgard ausdenken und erst mal wieder ins Bett gehen, bevor jemand merkt, dass wir am frühen Morgen vor der Haustür hocken und uns mit den Ohnmächtigen vor dem Schuppen in Verbindung bringt.«

Ich imitierte Papas Schulmeistertonfall, als ich zu ihm sagte: »Dir ist klar, dass wir demnächst mal ein klärendes Gespräch führen müssen, oder?«

»Und du gehst jetzt brav nach oben ins Bett«, entgegnete er. »Ich fahre mit Joshua in die Notaufnahme. Falls wir zum Frühstück nicht wieder zurück sind, und davon gehe ich mal aus, sagst du Bescheid, wo wir sind. Erzähl einfach, dein Bruder wäre in eine Prügelei mit Gleichaltrigen geraten. Passiert ja öfter mal in der Altstadt.«

Ich nickte gehorsam und blickte auf meinen lädierten Bruder, der zusammengesunken an der Haustür lehnte und sich den Kopf hielt. Vorsichtig streichelte ich seine unversehrte Wange. Es war ungerecht, dass er in etwas hineingezogen wurde, das er kaum verstand und mit dem er eigentlich nichts zu tun hatte. Ich hatte Schuldgefühle, weil ich mich ihm anvertraut hatte. Mit einem Mal verspürte ich Wut und war entschlossener denn je, diesem Treiben Einhalt zu gebieten.

Papa zog sein Handy aus der Tasche seines Kampfkittels und telefonierte wortkarg mit jemandem, der um diese Uhrzeit nicht schlief oder dem es nichts ausmachte, von Papa aus dem Bett geklingelt zu werden. Leider fand ich nicht heraus, mit wem er sprach.

»Jemand kümmert sich um die armen Tröpfe da hinten.« Er deutete mit dem Daumen in Richtung Garten, danach half er Joshua hoch, um ihn zu unserem graugrünen, in die Jahre gekommenen VW-Bus zu führen. Ich sah dem Wagen nach, bis sein unerhört lautes Knattern und Rasseln verhallte.

Als die ersten Vögel anfingen zu zwitschern, kletterte ich in mein Bett hinauf und versuchte, ein wenig Ruhe zu finden, bevor ich Mama diese unangenehmen Neuigkeiten überbringen durfte. Aber keine Chance. Während das zarte Rot der Morgendämmerung aufzog und es in meinem Zimmer immer heller wurde, weil ich mal wieder vergessen hatte, die altertümlichen Klappläden vor dem Fenster zu schließen, ließ ich die Ereignisse der Nacht Revue passieren.

Ich konnte kaum fassen, dass Papa knietief in der Geistersache drinsteckte, mehr als knietief – bis zum Hals. Einfach unglaublich! Wie hatte er all die Jahre ein Doppelleben führen können, ohne dass nicht mal ich etwas mitbekommen hatte? Bestimmt wusste er, dass ich Gedankenlesen konnte. Sicher hatte er immer seine Gedanken kontrolliert, weil ihm klar gewesen war, dass ich sonst hätte mithören können. Meine Wohnung, meine Gespenster, hatte er gesagt. Womöglich kannte er unseren Hausgeist. Jedenfalls vom Sehen. Denn vermutlich ging es ihm wie allen Jägern, von denen mir Amélie erzählt hatte, dass sie fähig waren, Geister zu sehen und zu vernichten, nicht aber mit ihnen zu sprechen. Sie hatte nie etwas darüber verlauten lassen, dass mein Vater ein Jäger war. Bestimmt hatte sie es nicht gedurft oder nicht für richtig gehalten, dass ich eine solche Sache von jemand anderem als meinem Vater erfuhr. Wie viel kostbare Zeit hatten wir alle vergeudet, indem wir nie Klartext miteinander geredet hatten; in meinem Fall aus Scham und Angst davor, weiterhin für bekloppt gehalten zu werden, beziehungsweise andere zu verraten oder in Papas und Amélies Fall wegen irgendeines Schweigegelübdes.

Gerade jetzt wäre es gut, wenn alle auf demselben Wissensstand wären. Geheimniskrämerei brachte niemanden weiter! Ich brannte noch mehr darauf, unter vier Augen mit Papa zu sprechen und ihn über all das auszufragen. Hoffentlich hatte er eine Idee, was den gesuchten Geisterjäger und mein kleines Problem mit der Familie Farkas anging.

Zu meiner Enttäuschung ergab sich das ganze Wochenende über keine Gelegenheit, Papa mal allein zu erwischen, als würde er es darauf anlegen, nicht mit mir allein in einem Raum zu sein.

Am Sonntagnachmittag gab ich völlig entnervt auf.

»Ich geh ein bisschen spazieren«, informierte ich meine Eltern, die bei einer Tasse Kaffee auf dem Küchenbalkon saßen und sich unterhielten.

Mama war wegen Joshuas »Halbstarkenprügelei« etwas empfindlich. Daher widersprach sie erst einmal: »Muss das sein? Willst du nicht lieber hierbleiben?«

Ich rollte mit den Augen, obwohl ich wusste, dass sie das ärgerte.

»Es ist taghell und ich gehe nicht weit weg. Jetzt mach dir nicht die ganze Zeit Sorgen.« Obwohl sie durchaus Grund dazu hatte. Entweder lauerte Ferenc mir auf oder ein paar bösartige Geister hatten es auf mich abgesehen.

Irmgard funkelte mich an. »Wenn du mal selber Kinder hast, die sich nachts vor irgendeiner Kneipe halbtot schlagen lassen, sprechen wir uns noch mal!«

Oh, bitte! Joshua hatte nicht mal im Krankenhaus bleiben müssen.

»Katharina verspricht, sich nicht in finsteren Ecken herumzutreiben und zum Abendessen wieder zurück zu sein«, sah sich mein Vater dazu gezwungen, die Situation ein wenig zu entschärfen. Dabei schaute er mir bedeutungsvoll in die Augen. Ich verstand den nonverbalen Hinweis, der sich in meinen Kopf schlich: *Halt dich dran, sonst denke ich über eine Ausgangssperre nach.* Wenn ich ihm das bloß versprechen könnte. Um ein paar finstere Ecken würde ich nämlich nicht herumkommen.

Natürlich stellte der Spaziergang nur ein Mittel zum Zweck dar. Ich hatte nämlich ein Ziel: Miláns Zuhause in Augenschein nehmen und mich dabei möglichst nicht erwischen lassen. Denn ich wollte die gute Atmosphäre, die gerade zwischen uns herrschte, nicht wieder kaputt machen. Wenn er mich sah, konnte ich behaupten, ich wollte meine Großmutter besuchen. Falls er mir solch eine lahme Ausrede abkaufte.

Miláns Haus war nicht leicht zu finden. Es lag nicht direkt an der Straße, sondern etwas versteckt zwischen zwei prächtigen Jugendstilvillen, die es nahezu völlig verdeckten.

Auch das Haus der Familie Farkas war um die vorletzte Jahrhundertwende erbaut worden, allerdings wirkte es düsterer als die vorderen Gebäude. Hohe, uralte Bäume überwucherten das Anwesen und schirmten mehr als die Hälfte der dunkelgrauen Fassade vor neugierigen Blicken ab. Efeu bedeckte beinahe die gesamte Front der Villa. Kein Wunder, dass meine Klassenkameraden sich hier nicht mehr als einen Klingelstreich getraut hatten.

Mir ging es ganz anders: Ich fühlte mich unwiderstehlich zu dem Haus hingezogen, seit ich seinen Bannkreis betreten hatte. Womöglich umgab es genau das, ein Bannkreis. Mir erschien nichts mehr unmöglich. Da ich so weit ins Sperrgebiet vorgedrungen war und mich an der mannshohen und von Efeu umwucherten Eibenhecke neben dem Gartentor herumdrückte, konnte ich genauso gut einen Schritt weitergehen. Besser als heimlich herumzuschleichen und dabei beobachtet zu werden, war die Idee allemal. Also gab ich meine Tarnung auf und ging schnurstracks auf die tannengrün gestrichene Haustür zu. Während meine Hand sich wie von selbst auf den goldenen Klingelknopf zubewegte, suchte ich fieberhaft nach einer Entschuldigung, warum ich am Sonntagnachmittag hier läutete. Mir fiel keine ein. Typisch.

20

Da öffnete sich die Tür und ein junger Mann streckte den Kopf heraus. Er sah eindeutig ein paar Jahre älter aus als ich und hatte einen Dreitagebart. Auf den ersten Blick erkannte ich die enge Verwandtschaft zu Milán. Der junge Mann war etwas kleiner als sein mutmaßlicher Bruder und trug das Haar kürzer. Ordentlicher als bei Milán sah es deshalb trotzdem nicht aus. Hübsch war er auch. Meine Oma hatte nicht gelogen, was die Farkas-Männer anging. Aber deshalb war ich nicht hergekommen.

»Kann ich dir irgendwie helfen? Oder was willst du sonst hier?«, begrüßte er mich nicht besonders freundlich. Wie hieß er gleich? Gábor?

»Äh … Ist Milán da?« Oh, sehr kreativ!

»Was willst du von ihm?« Sein Tonfall wurde nicht netter. Vielleicht bekamen sie hier nicht oft Besuch.

»Ich bin in seiner Klasse und hab eine Frage zu den Lateinhausaufgaben«, versuchte ich es. Natürlich hatte ich die Übersetzung aus Ovids »Metamorphosen« längst erledigt, aber das musste Gábor nicht wissen. Außerdem war das ein guter Vorwand. Manchmal hatte ich Glück.

»Ich frag ihn, ob er runterkommt.« Damit verschwand er und schlug mir die Tür vor der Nase zu. O Mann. *Das mit der Gastfreundlichkeit üben wir aber noch mal,* dachte ich. Und hatte Oma nicht erzählt, dass Gábor aufs College ging?

Wenige Sekunden später riss jemand die Tür so heftig auf, dass ich zurücksprang. Milán stand mit zerzaustem Haar und nur in einer schwarzen Jeans vor mir. Krampfhaft bemühte ich mich, ihn nicht anzugaffen.

Ich verstand, dass viele Mädchen stundenlang Schlange stehen würden, um einen Blick auf ihn werfen zu dürfen. Ich schaffte es kaum, nicht hinzugucken. Meine Wangen wurden knallrot. O Gott, wie demütigend konnte es noch werden? Konnte er sich kein T-Shirt überziehen?

Ein Grinsen huschte über sein Gesicht, ehe er die Augenbrauen zusammenzog und bemüht finster auf mich herunterschaute. Gábor stand mit einer Hand auf Miláns Schulter dahinter und sah mich an, als überlegte er sich gerade eine besonders schmerzhafte Art und Weise, mich umzubringen. Wirklich sehr einladend, die beiden.

»Hast du kurz Zeit?«, würgte ich hervor und schaute Milán angestrengt in die Augen. *Und zieh dir bitte was an, sonst glotze ich dir nur auf deine Bauchmuskeln und den wundervollen Rest von diesem unglaublichen Körper! Bist du überhaupt echt? Das ist doch nicht normal!*

Verdammt! Warum hatte ich das gedacht? Der Druck auf meinen Kopf verschwand so schnell, wie er gekommen war. Ich wollte im Erdboden versinken. Mein Gesicht erglühte, als hätte ich auf einer Chilischote herumgekaut.

Miláns Mimik war unbezahlbar. Erst sah er erstaunt aus, dann, als würde er sich gleich totlachen.

»Warte«, meinte er kurz angebunden, aber wesentlich netter als sein Bruder davor, und machte die Tür hinter sich zu. Von drinnen hörte ich ihn und Gábor lauthals lachen.

Ich ballte die Fäuste und stampfte mit dem Fuß auf. Argh! Warum hatte ich bei ihm geläutet? Wie ein Tiger im Käfig lief ich vor der geschlossenen Haustür auf und ab. Sollte ich gehen? Ich kaute auf meiner Wange und knetete die Hände. Nein, wenn ich jetzt abhaute, trat ich das letzte bisschen Würde, das mir blieb, mit Füßen. Also harrte ich aus, zwang mich, die Finger zu lockern und das Wandern einzustellen. Ich beschwor mich selbst, wieder ruhig zu werden, indem ich konzentriert gegen meinen Fluchtinstinkt und meinen gekränkten Stolz anatmete. Es wirkte. Für jemanden wie mich war das geradezu eine Glanzleistung.

Als der grinsende Milán herauskam, diesmal dankenswerterweise in ein schwarzes Muskelshirt gekleidet, verwarf ich die Fluchtgedanken. Ich hatte keine Lust, mich noch weiter zu erniedrigen, stattdessen sollte ich mich aufs Wesentliche konzentrieren. Und so schwer mir das fiel, das Wesentliche war nicht Miláns Waschbrettbauch.

»Hast du dich jetzt genug auf meine Kosten amüsiert?«, fragte ich ärgerlich.

»Dafür gibt es kein Limit. Aber hau nicht ab, bevor du mir gesagt hast, warum zum Teufel du hergekommen bist. Ich bin jetzt brav.« Ich sah, wie seine Schultern bebten und er die Lippen aufeinanderpresste, weil er sich das Lachen verkniff.

Verärgert trat ich fester auf dem geteerten Gehweg auf als nötig, gab mir aber einen Ruck und antwortete: »Ich erzähls dir gleich.«

Ohne besondere Absprache schlugen wir den Weg zum Bergfriedhof ein. Als wir weit genug von seinem Wohnhaus entfernt waren, hielt ich es für sicher, weiterzusprechen.

»Drei Männer haben Samstagfrüh meinen großen Bruder angegriffen und krankenhausreif geprügelt. Weißt du zufällig etwas darüber?« Eigentlich hatte ich eine ausweichende Antwort oder Schweigen erwartet, aber er überraschte mich.

»Zufällig weiß ich eine ganze Menge darüber. Ich nehme an, Besessene haben deinen Bruder verfolgt.« Er blickte sich nach allen Seiten um, ehe er weiterredete. »Wer hat ihm geholfen? Du etwa?« Abschätzend schaute er mich von der Seite an.

»Ja, ich versteh schon. Das winzige Mädchen kann nicht mal sich selber helfen. Sprich es ruhig aus!«

»Mit dem richtigen Training könntest sogar du mit einem Mann fertig werden. Aber du hast meine Frage nicht beantwortet.«

»Eine große Hilfe war ich nicht, falls du es genau wissen willst. Meine Cousine ist gekommen und mein Vater. Und mit richtigem Training meinst du sicherlich Kampfsport, oder? Ich weiß, dass du das kannst. Was hast du gemacht? Kung Fu?« Netterweise fragte er nicht, woher ich diese Information hatte. Er sollte mich nicht für eine geisteskranke Stalkerin halten.

»Kung Fu und Jiu Jitsu. Und Boxen. Ne gesunde Mischung. Mein großer Bruder macht Ultimate Fighting. Das ist mir ein bisschen zu krass. Aber mein Vater meint immer, seine Söhne müssen sich und andere verteidigen können, am besten ohne Waffen.« Aha. Diese Art Vater war Herr Farkas.

»Du bist also eine richtige Kampfmaschine. Haben deswegen alle in der Schule Muffensausen, wenn du auf der Bildfläche erscheinst?«

»Keine Ahnung. Kann sein. Ich hab mich nie mit jemandem von denen geschlagen, wenn du das meinst. Bis jetzt hatte ich das nicht nötig. Kann sein, dass sich das bald ändern wird.« Darauf wusste ich nichts zu antworten. Es war offensichtlich, dass wir bald mehr benötigen würden als asiatische Kampfkunst.

Wir standen vor dem Doppelgrab meiner Urgroßeltern. Von Miláns Zuhause aus erreichte man es am schnellsten. Flüsternd rief ich die Geister herbei und hoffte, dass sie sich endlich zeigten. Nicht nur, weil sie im Moment schwer zu treffen waren, sondern auch, weil ich diesmal nicht alleine kam. Mit einem leisen Aufatmen sah ich meine Urgroßeltern direkt vor meinen Füßen aus der Erde emporwachsen und mich lächelnd begrüßen. Ich nickte ihnen zu und beobachtete die Reaktion meines Begleiters. Er wich erst einen Schritt zurück und dann einen weiteren, als mein Urgroßvater über die Grabplatte auf uns zuging.

»Sind sie mit dir verwandt?«, raunte Milán mir zu. Zum ersten Mal, seit ich ihn kannte, verriet sein Blick eine gewisse Unsicherheit. Die Geister waren also nicht unsichtbar für ihn. Er jedoch für sie. Sie schauten durch Milán hindurch, als wäre er gar nicht da. Faszinierend. Und wieder ein Beweis dafür, dass Milán ein Geisterjäger werden würde. Ich selbst war nämlich nie unsichtbar gewesen für die Jenseitigen.

Ich nickte zaghaft.

»Darf ich vorstellen: Meine Urgroßmutter Elisabeth Wolf und mein Urgroßvater Otto Wolf. Keine Angst, sie sind völlig harmlos. Da du sie sehen kannst, können wir nun offener reden …«

Meine Urgroßmutter schnitt mir ungewohnt grob das Wort ab. »Pass auf, was du ihm erzählst!«

Ich unterdrückte ein Seufzen, nickte aber für sie einmal. Milán steckte als Geste des Friedens die Hände in die Hosentaschen, ohne dass er hören konnte, was Urgroßmutter sagte. An ihrer strengen Miene zu mir und dem misstrauischen Schielen zu Milán war die Warnung deutlich genug abzulesen.

Urgroßvater strich ihr über die zarten Schultern. »Beruhige dich, Elli.«

Sie sprach tatsächlich leiser weiter. »Ich kann ihn weder sehen noch hören, aber es kann nur einer der Farkas-Jungen sein. Amélie hat uns berichtet, dass du mit einem von ihnen in die Schule gehst. Aus welchem Grund bringst du ihn her?« Ihre barsche Frage erschreckte mich. Ich hatte Milán vor allem hergebracht, um meine Geisterjägertheorie über ihn zu überprüfen. Das würde ich meiner aufgebrachten Uroma lieber nicht auf die Nase binden.

»Ich wollte euch sehen. Ihr habt euch die ganze Zeit versteckt.«

»Damit wollten wir dich nicht ärgern«, brummte Uropa. »Dämonische Geister gehen hier um und befragen jeden zu dem magischen Gegenstand, den sie suchen. Wenn uns aber keiner sagt, um was es sich handelt, können sie lange Fragen stellen, auf die sie keine Antworten bekommen.« Er runzelte die Stirn.

Es lag also nicht daran, dass Amélie oder Oma Margarethe meine Urgroßeltern in den Senkel gestellt hatten. Wieder einmal fragte ich mich, ob Milán bereits wusste, dass ich den Schlüssel bei mir versteckte. Ich hatte ihm ansehen können, dass er Ferenc nicht glaubte. Sobald ich mir sicher sein konnte, dass Milán mir den Schlüssel nicht abnehmen und damit zu seinem Vater laufen würde, musste ich ihn darüber aufklären.

Uroma nahm die Hand ihres Mannes in ihre, woraufhin er sie sanft anlächelte. Ich lächelte auch. Merklich entspannter erkundigte Uroma sich noch einmal nach Milán: »Glaubst du, er ist der gesuchte Geisterjäger?« Damit sprach sie aus, was ich mir überlegt hatte.

»Das weiß ich nicht. Ich muss mehr erfahren. Aber vielleicht hilft es, wenn ihr ihm keinen Grund gebt, euch für böse zu halten.«

Irritiert schaute Milán mich an, sagte jedoch nichts dazu. Es musste seltsam für ihn sein, dass ich mit jemandem redete, den er zwar sehen, aber nicht hören konnte.

»Wir wollen jetzt spazieren gehen«, verabschiedete ich mich.

»Pass auf dich auf«, sagte Urgroßvater. Gleich darauf zogen sich beide wieder unter die Erde zurück.

»So machst du das also?«, sagte Milán, als wir einen schmalen Serpentinenweg nach oben in Richtung Wald nahmen. »Du kannst Geister herbeirufen und triffst dich sogar häufig mit ihnen. Als wären sie lebendig.« Seine Mundwinkel verzogen sich etwas nach unten. Irgendwie schien er diese Vorstellung abartig zu finden.

Augenblicklich fühlte ich mich angegriffen. Ich wollte nicht, dass er mich ansah, als wäre ich ihm nicht geheuer. Das hatte Ferenc getan.

»Warum denn nicht? Würde sich nicht jeder wünschen, die Menschen, die er liebt, nach ihrem Tod treffen zu können? Es tut immer etwas weh, sie zu sehen. Sie sind trotz allem tot und nicht mehr Teil des Lebens der ganzen Familie. Aber trotzdem würde ich um keinen Preis darauf verzichten!«, gab ich heftig zurück.

»Tut mir leid. Ich wollte dich nicht beleidigen«, sagte er. Er sah aus, als wollte er etwas hinzufügen, besann sich aber und schwieg.

»Sag es einfach. Ich gebe nichts weiter. Auch nicht an die Toten, falls das deine Sorge ist. Du kannst mir vertrauen. Ich hoffe, umgekehrt gilt das genauso.«

Er nickte und wechselte dennoch das Thema: »Nett von dir, dass du mich heute abgeholt hast. Obwohl du es nie mehr tun darfst.«

Erschrocken schaute ich zu ihm auf. »Heißt das, du willst mich nicht mehr sehen?« Es klang verletzter als beabsichtigt.

»Das hab ich nicht gemeint. Komm einfach nicht zu mir nach Hause. Es ist nicht sicher für dich. Mein Vater und Gábor sind gegenüber einem Medium wie dir nicht gerade freundlich eingestellt. Das hast du doch bei Ferenc gesehen. Sie betrachten dich als Feind, seit sie wissen, zu was du im Stande bist.« Jetzt bekam ich ein bisschen Angst. Er sagte das so, als hätte ich mich arglos an den Eingang zur Höhle des Löwen gestellt und wäre nur durch Glück nicht gefressen worden.

»Ich weiß, ihr drückt alles sehr verklausuliert aus, damit keiner spitzkriegt, dass ihr nicht ganz von dieser Welt seid«, sagte ich. »Am besten erklärst du mir es in Worten, die dich nicht zum Verräter machen.« Jeder musste aufpassen, was er preisgab, damit es am Ende keiner gegen ihn verwendete. »Tut mir leid, die Gesetze sind streng und du bist keine Eingeweihte, obwohl du es meiner Meinung nach sein solltest.« Er kickte einen Stein weg. Ungeduldig drehte ich den Zipfel meines königsblauen Baumwollkleids in den Händen.

Ein warmes Gefühl breitete sich währenddessen in mir aus, weil Milán mich in seinen Kreisen dabeihaben wollte.

»Du weißt, dass ich gut darin bin, Geheimnisse zu wahren.«

»Besser als gedacht.« Er lächelte sanft. »Dein Vater ist ein Geisterjäger. Meine Familie ist ebenfalls eine Jägerfamilie. Ich bin kein Jäger. Jedenfalls noch nicht. Deshalb darf ich eigentlich überhaupt nicht mit dir reden. Weil sich Ferenc aber in den Kopf gesetzt hat, seinem Vater und sich selbst etwas zu beweisen, kann ich auf dieses Gesetz keine Rücksicht nehmen. Vater hat zu mir gesagt, dass du ein gewisses Risiko birgst, doch in den Händen der anderen könntest du zur Waffe werden. Du verstehst vermutlich besser, was er damit meint.« Ich konnte nur nicken. Deshalb hüllten sich alle in Schweigen. Es gab Gesetze. Wie genau ich eine Waffe sein sollte, blieb mir allerdings schleierhaft.

»Wie sollen wir etwas erreichen, wenn wir nicht miteinander Klartext reden dürfen?«

»Du sagst mir erst mal nur so viel, wie du musst. Vater kann nämlich meine Gedanken lesen. Und ich will vermeiden, dass er anfängt, Jagd auf dich zu machen. Gegen ihn sind Ferenc und Onkel László harmlose Stümper.« Sein Blick unter hochgezogenen Augenbrauen machte mich ganz befangen. Milán schien zumindest den Verdacht zu haben, dass ich über den Verbleib des Schlüssels informiert war. Ich rechnete es ihm hoch an, dass er keine Fragen stellte. Der Besitz des Schlüssels brachte mich schließlich jetzt schon in Teufels Küche.

Ich wollte über anderes sprechen, nun, da wir die Fronten geklärt hatten.

»Erzählst du mir etwas über dich? Es muss nichts mit der Jägersache zu tun haben, ich will dich einfach besser kennenlernen, wenn wir jetzt Verbündete sind. Ich hab dermaßen viel über dich nachgedacht, aber vieles verstehe ich immer noch nicht. Entschuldige, das hört sich irgendwie merkwürdig an.«

»Das muss dir nicht leidtun. Ich hab mir über dich den Kopf zerbrochen, seit ich dir das erste Mal begegnet bin. Und ich gebe zu, dass es sinnlos war, dich abzuweisen. Selbst wenn du weniger hartnäckig geblieben wärst, denke ich, dass ich angefangen hätte, mit dir zu reden. Du bist eigentlich ziemlich in Ordnung.«

»Du auch«, erwiderte ich und lächelte über sein Eingeständnis. Es machte mich auf eine angenehme Art nervös, dass er wohl ebenso über mich nachgedacht hatte wie ich über ihn.

»Wie bist du darauf gekommen, dass ich dir helfen könnte?«, fragte er.

Ich guckte kurz nach oben in die dichten Tannenzweige, die den schmalen Pfad überspannten, ehe ich antwortete.

»Na ja, alle sagen mir, dass ich wichtig bin, aber keiner außer dir kann mir wirklich helfen. Du kannst meine Gedanken lesen und Geister sehen, du bist in der Welt der Geisterjäger zu Hause. Du kennst Ferenc und seine Familie. Du willst mich vor ihnen und sogar vor deinem Vater schützen.« Ich schaute ihn möglichst neutral an, während Milán die Stirn runzelte und grüblerisch die Lippen zusammenkniff. So wie ich es formuliert hatte, dachte er bestimmt, ich würde ihn benutzen. So war es schon lange nicht mehr, obgleich ich nicht mehr sagen konnte, wann sich diese Tatsache geändert hatte.

Rasch schob ich darum hinterher: »Aber ich will nicht nur deshalb mit dir Zeit verbringen, ich mag dich einfach.« Da kam sie, die verräterische Röte.

Seine Gesichtszüge entspannten sich wieder. »Das weiß ich. Du bist keine sonderlich gute Schauspielerin«, erwiderte er. Ein zartes Rot überzog seine Wangen. Wie um seine Worte zu unterstreichen, nahm er meine Hand und verschränkte seine Finger mit meinen. Mein Herz schlug einen Salto und ein Lächeln stahl sich auf mein Gesicht. Er sah mich nicht an, als wäre er ausnahmsweise ebenso unsicher wie ich. Ein wildes Glücksgefühl durchströmte mich. Er mochte mich!

Wir gingen weiter bergauf. Er ließ meine Hand nicht los.

21

»Ich will dir etwas zeigen«, sagte er nach einer Weile. Wir betraten den Jüdischen Friedhof und marschierten über die Wiese, zwischen den stark verwitterten Grabsteinen hindurch, bis hin zum oberen Ende des Gräberfelds. Es war schön hier, einsamer, vom Ambiente her allerdings ein bisschen gruselig. Ganz oben an einer Hecke am Waldrand ließen wir uns ins Gras fallen. Hier schien noch die wärmende Sonne, während der untere Teil des Friedhofes bereits im Schatten lag.

»Hier bin ich oft mit meinem Bruder gewesen«, begann er. Jetzt war wohl der Zeitpunkt gekommen, an dem er über Gyula reden wollte. Aufmunternd nickte ich ihm zu, damit er fortfuhr.

Sein Gesicht sah ernst aus, beinahe traurig. Ich hatte diesen Ausdruck ein paarmal bei ihm gesehen, wenn er sich unbeobachtet gefühlt hatte. Er musste seinen Zwillingsbruder sehr vermissen und war doch darauf bedacht, das niemanden wissen zu lassen und seine Trauer mit sich selbst auszumachen. Dann flossen die Worte geradezu aus ihm hinaus, während er meine Hand weiter locker umfasst hielt. Es fühlte sich zu gut an, als dass ich sie ihm entzogen hätte. Tief in mir drin spürte ich seine zarte Berührung, als würde sie meine Haut durchdringen. Mutig streichelte ich seine Finger. Er ließ es zu und rückte ein bisschen näher.

»Gyula war mein Zwillingsbruder und mein bester Freund. Wir haben alles zusammen gemacht. Zusammen trainiert, Musik gemacht, gelernt, alles. Wir haben uns sogar ein Zimmer geteilt. Seit er nicht mehr da ist, weiß ich manchmal überhaupt nicht mehr, wo ich hingehöre.« Er saß da in sich zusammengesunken, verloren und traurig, dass ich nicht anders konnte, als seine Hand fester zu halten.

»Es tut mir wahnsinnig leid für dich und deine Familie.«

Er nickte. Ich spürte, dass er mit den Tränen kämpfte.

»Ihr kennt euch, du und Gyula?«, hakte er nach.

»Flüchtig.«

Er sah mein winziges Lächeln und erwiderte es. »Soll ich dir von ihm erzählen?«

»Wenn du möchtest.«

»Zu Hause redet keiner von Gyula. Vater ist ständig weg und vermeidet das Thema konsequent. Und Gábor erträgt es kaum, in unser Zimmer zu kommen. Bei uns trauert jeder für sich. Das ist beschissen.«

Hilflos strich ich über seinen Rücken. Voller Mitgefühl spürte ich, dass sich Tränen in meinen Augen sammelten. Ich blinzelte sie weg.

»Hat Gyula auch ein Instrument gespielt wie du?«

Milán richtete sich etwas auf. »Er konnte Gitarre spielen. Und er hat oft gesungen. Gyula hatte eine tolle Stimme. Wir haben immer die Tür aufgemacht, wenn er losgelegt hat, damit alle im Haus etwas davon hatten. Manchmal hat Gábor nach Zugaben verlangt oder gleich nach einem Konzert in der Küche, wenn er kochen musste.«

»Gábor kocht für euch?«

»Wenn er da ist manchmal, früher immer. Vater ist ein mieser Koch.« Er zeigte ein winziges Lächeln.

»Wie habt ihr drei euch verstanden?«

Milán gluckste. »Wie verstehst du dich mit deinen Brüdern?«, fragte er zurück.

»Hm. Joshua, mein großer Bruder, steht mir näher als Matthias. Aber nicht, weil Matthias unser Halbbruder ist. Er ist einfach ein anderer Typ. Außerdem weiß Joshua, dass ich Gedanken lesen kann. Und er hat mich nie für verrückt gehalten. Trotzdem mag ich beide sehr gern.«

»Mir gehts da ähnlich. Gyula war eher so wie Joshua für dich. Und mit Gábor ist es wie mit dir und deinem kleinen Bruder. Wir mögen uns, aber wir sind sehr unterschiedlich. Dazu kommt, dass Gábor immer den Erziehungsberechtigten raushängen lässt. Ich weiß, er macht sich immerzu Sorgen um mich, aber es nervt ab und zu.«

Das gab Gábors Auftritt an der Tür eine ganz neue Komponente.

Milán erzählte weiter. Und ich hörte ihm zu, bis die Sonne unseren Flecken verlassen hatte und die Abendkühle aufkam.

Montagfrüh erwachte ich eine gute Stunde, bevor ich aufstehen musste, und hüpfte die Leiter hinunter. In meinem Bauch summte ein ganzer Bienenschwarm, sobald ich an den gestrigen Tag zurückdachte. Eigentlich tat ich nichts anderes. Dazu kam die Vorfreude, Milán gleich in Mathe zu sehen. So viel zu meinem Vorsatz, mich auf keinen Fall in ihn zu verlieben. Er hatte nicht besonders lange vorgehalten. Diese Empfindungen waren neu für mich und ich begegnete ihnen mit Misstrauen, ganz gleich, wie gut sie sich anfühlten. Ich hatte einfach keine Ahnung vom Verliebtsein. Und von Jungs schon gar nicht. Zwar hatte ich sehr viele Geschichten gelesen, die sich um das Thema Liebe drehten, aber es waren eben Geschichten und keine echten, eigenen Erfahrungen.

Da kam mir eine Idee. Joshua würde mich für das Wecken zu dieser unchristlichen Uhrzeit umbringen, aber ich brauchte jemanden zum Reden, der sich damit auskannte. Oder sich jedenfalls gerne den Anstrich gab, ein Frauenversteher zu sein.

In T-Shirt und Leggings schlich ich zu meinem großen Bruder hinüber und setzte mich vorsichtig auf seine Bettkante. Wenn er schlief, sah er aus, als könnte er kein Wässerchen trüben. Seine Verletzungen verheilten gut, das blaue Auge wirkte weniger dunkel und angeschwollen und sicher bald nicht mehr zu erkennen. Mich allein traf die Schuld daran, dass die Besessenen ihn so zugerichtet hatten.

Als hätte Joshua meine Anwesenheit gespürt, zuckte er zusammen und schlug die Augen auf.

»Was willst du hier? Hab ich verpennt oder was?«

»Sorry, dass ich dich wecke. Ich brauche deine Hilfe!«

»Und damit kannst du nicht bis zum Frühstück warten?«

»Nein. Das geht niemanden was an. Ich weiß nicht, mit wem ich sonst darüber reden soll. Und glaub mir, ich setze mich ungern diesem Mief aus.«

Etwas wacher richtete er sich auf und stopfte sich sein Kopfkissen in den Rücken, während ich die Klappläden und die Balkontür öffnete, um die frische Morgenluft ins Zimmer zu lassen.

»Um was gehts denn? Ist es wegen Amélie? Jetzt spucks schon aus.« Er rieb sich das gesunde Auge und gähnte herzhaft.

Ehe das erste Wort meine Lippen verlassen konnte, nahm mein Kopf die Färbung einer reifen Tomate an.

Joshua gluckste. »Ich kann mir vorstellen, warum du hergekommen bist.«

Verlegen zupfte ich an der Bettdecke herum.

»Wehe, du lachst! Dann rede ich kein Wort mehr mit dir«, drohte ich ihm.

»Bin schon lieb. Lass mich raten: Du hast dich in einen Kerl verknallt und willst jetzt ein paar gute Ratschläge von deinem großen Bruder.«

»Genau.« Bittend sah ich ihn an.

»O nein. Sag jetzt nicht, dass es Milán ist.«

»Hast du mich mit irgendjemand anderem gesehen?«

»Bisschen seltsam, der Typ. Um den machen alle einen großen Bogen, wenn er durchs Schulhaus läuft. Du hängst wirklich viel mit ihm rum, aber ich hab mir eigentlich nichts dabei gedacht. Ich meine, du hattest noch nie einen Freund.«

Ich wusste nicht, ob ich ihm diese Aussage übel nehmen sollte.

»Er ist nicht seltsam, zumindest nicht mehr als ich.«

»Jaja. Hast du keine Angst vor ihm? Er ist fast doppelt so groß wie du. Und gegen ihn ist es richtig anstrengend, Basketball zu spielen. Außerdem hat er ne abgedrehte Familie.« Seine Gedanken kamen ungefiltert bei mir an. Er wollte, dass ich sie hörte, weil er wusste, dass ich häufig darauf ansprang. *Du bist meine kleine Schwester und ich mache mir Sorgen um dich! Vor allem, wenn du mit undurchsichtigen Typen unterwegs bist. Der Serienmörder im Rossi hat mir gereicht. Gut, dass Papa nichts davon weiß. Keine Angst, ich sag keinem was davon.*

Ich antwortete allein auf seine letzte Aussage und tat so, als hätte ich nicht gehört, was in seinem Kopf vorging. Die Telepathiemasche zog gerade nicht.

»Nein, hab ich nicht. Wieso sollte ich? Wie konnte das passieren? Am Anfang war er nicht mal nett zu mir ...«

»Das ist so typisch Mädchen«, erwiderte Joshua verächtlich. »Lässt man sie schmoren, fressen sie einem aus der Hand. Gehört zum kleinen Einmaleins des Frauenerobberns. Und du bist drauf reingefallen.«

»Ich glaube nicht, dass Milán irgendeine Strategie verfolgt hat.«

»Wie auch immer. Es hat jedenfalls funktioniert, du rennst ihm hinterher. Du warst gestern bei ihm, oder?«

Ich verzog unwillig das Gesicht. »War meine Ausrede so durchschaubar?«

»Für mich ja. Für Irmgard und Papa glücklicherweise nicht. Aber du solltest bald reinen Tisch machen, sonst lassen sie ihren kleinen Liebling nicht mehr vor die Tür.«

Ich protestierte: »Ich bin nicht klein! Ich bin sechzehn, falls ich dich dran erinnern darf!«

»Und ungefähr anderthalb Meter groß.« Er kicherte.

»Du bist doof!«, sagte ich und streckte ihm die Zunge heraus.

»Willst du jetzt ein paar Tipps oder bist du nur gekommen, um mich zu nerven und meinen kostbaren Schlaf zu verkürzen?«

»Dein Wecker klingelt eh in ner halben Stunde. Okay. Also wir sind gestern zusammen spazieren gegangen. Milán hat mir einiges über sich und seinen Bruder erzählt, was mich gewundert hat, er ist sonst eher der verschlossene Typ. Und er hat meine Hand gehalten.« Verschämt guckte ich auf Joshuas dunkelblauen Bettvorleger, den eine ganze Menge Schmutzwäsche bedeckte, sodass man nicht viel von ihm sah.

»Wie süß«, kommentierte mein Bruder das Gesagte in ironischem Tonfall.

Ich kniff ihn in die Wade.

»Autsch! Und was willst du jetzt wissen? Wie du über das Händchenhalten hinauskommst?«

»Ich weiß nicht«, meinte ich verunsichert. »Gibts da einen Zeitplan?«

Joshua prustete los. *Arsch*, dachte ich und hoffte, dass es bei ihm ankam. Fehlanzeige. Er lachte so laut, dass die Zwischentür aufging und Matthias in Boxershorts hereinkam. Mir kam es vor, als wäre er seit letztem Sommer deutlich gewachsen und kräftiger geworden. Joshua würde neben ihm bald schmächtig wirken. Wie andere Vierzehnjährige sah Matthias jedenfalls nicht aus. Was Papa in seinem Alter jedoch auch nicht getan hatte, wie ich von alten Fotos wusste.

»Was macht ihr denn da? Könnt ihr nicht leiser sein?«, stöhnte er verschlafen.

»Halt die Klappe und geh wieder ins Bett. Aber falls es dich interessiert: Katha hat einen Freund.«

»Hey!«, rief ich und schmiss Joshua eine dreckige Socke ins Gesicht. »Das war ausschließlich für deine Ohren bestimmt. Geh doch gleich rüber ins Schlafzimmer und überbring Mama und Papa die frohe Kunde! Außerdem hat er nicht gesagt, dass er mein Freund ist. Wir haben nicht darüber geredet.« Ich zog einen Flunsch. Brüder waren die Pest!

Anstatt sich zu verziehen, setzte Matthias sich, mit einem Mal wach und aufmerksam, neben mich auf Joshuas Bett.

»Was wird das hier?«, erkundigte der sich jetzt, doch keiner achtete auf ihn.

Mein kleiner Bruder zeigte sich sehr neugierig, weil es ab jetzt einen Mann in meinem Leben gab, der nicht mit mir verwandt war.

»Uh! Katha hat nen Freund! Wie hast du das angestellt? Hast du ihn verhext?«

»Seit wann kann ich bitte zaubern? Als ob mich keiner auf normalem Wege nett finden würde!« Gut, vor ein paar Wochen hätte ich nicht mal selbst daran geglaubt.

Joshua warf ein: »Nein, sie ist klein und niedlich und hat ihn garantiert mit ihren riesigen, braunen Rehaugen bezirzt.« Ich schaute ihn böse an, aber er fuhr unbeirrt fort: »Es ist übrigens dieser gruselige Typ aus ihrer Klasse, der so gut aussieht, dass ihn die meisten hassen. Es geht das Gerücht rum, dass er seine letzte Schule verlassen musste, weil er seinen Cousin dermaßen vermöbelt hat, dass der ins Krankenhaus musste. Klar, dass sie sich den Gestörtesten raussucht.«

Ich zuckte zusammen. Nein, dazu wäre Milán nicht fähig. Dieser Cousin war unter Garantie Ferenc. Trotzdem glaubte ich nicht, dass Milán ihn krankenhausreif geschlagen hatte. Wahrscheinlicher wäre es, dass Ferenc selbst dieses Gerücht gesät hatte, um Milán zu schaden.

»Vielen Dank, Joshua! Ich denke nicht, dass ihn deshalb niemand mag. Und das andere ist ein dummes Gerücht, mehr nicht. Ich traue ihm das nicht zu«, fauchte ich. So hatte ich mir das Gespräch eigentlich nicht vorgestellt. »Wäre dir dieser Vollpfosten Valentin aus deinem Deutschkurs lieber? Der sieht harmlos aus. Obwohl das meistens die Schlimmsten sind.« Ich angelte ein altes T-Shirt vom Boden und bewarf

Joshua damit. Wenn er damit weitermachte, würde bald die ganze Wäsche in seinem Bett landen.

»Beruhig dich mal! Du bist zum Fürchten, wenn du so rumfauchst!«, versuchte Matthias mich zu beschwichtigen. Er guckte mich an, als würde er gerade eine völlig neue Seite an mir entdecken. Sein Innenleben blieb mir leider verschlossen. Manchmal machte mich meine Familie wahnsinnig.

»Das sind bestimmt die Hormone«, fügte Joshua hinzu. Ich war drauf und dran, das Zimmer zu verlassen und auf die ach so klugen Tipps von Joshua zu verzichten. Aber die beiden kannten Milán nicht. Sie sahen ihn, wie er nach außen hin wirkte. Und wie er womöglich von den meisten gesehen werden wollte. Düster und unnahbar. Dass er nichts gegen solche haltlosen Anschuldigungen unternahm, wunderte mich.

Ich holte tief Luft und erklärte etwas ruhiger: »Er heißt Milán, Matthias, und ich mag ihn sehr gern. Egal, was ihr von ihm haltet! Eigentlich hatte ich gehofft, dass Joshua mir sagen könnte, worauf es bei dieser ganzen Junge-Mädchen-Geschichte ankommt. Was das angeht, bin ich nämlich erschreckend unwissend. Aber wenn ihr euch über mich lustig machen wollt, geh ich jetzt!«

»Tschuldigung, Katha«, sagte Joshua versöhnlich und hielt mich zart am Handgelenk fest, als ich aufstehen wollte. »Wie wärs, wenn du ihn den nächsten Schritt machen lässt? Ihr müsst ja nichts überstürzen. Und ich denke nicht, dass du bald Lust auf eines dieser oberpeinlichen Denk-an-die-Verhütung-Gespräche mit Irmgard hast.«

Das hatte ich hinter mir, damit konnte er mich nicht mehr verschrecken. Ich schüttelte mich. »Du wirst garantiert auch nicht mit mir darüber reden, Joshua!«

Er kicherte. »Verabredet euch halt. Geht mal ins Kino oder Eis essen. Oder auf ein Konzert, dein Freund ist doch auch im Orchester.«

»Was nicht heißen muss, dass er total auf klassische Musik steht. Klingt aber gar nicht so schwierig«, gab ich zu. »Bitte sagt niemandem was, weder hier noch in der Schule. Ich will erst sehen, wie es sich entwickelt, okay?«

Matthias nickte. »Geht klar.«

Einen Vorschlag hatte ich noch: »Wenn ihr wollt, stelle ich ihn euch vor.«

»Mich kennt er schon«, antwortete Joshua. »Wir werden uns ein differenziertes Bild von ihm machen, keine Sorge.«

O nein. Das hieß wohl, dass sie vorhatten, ihn zu beschatten und mich gleich mit. »Das könnt ihr gleich wieder vergessen! Ihr spioniert uns nicht hinterher, ist das klar?«, wies ich meine Brüder zurecht, deren zufriedene Mienen sich plötzlich glichen, als wären sie eineiige Zwillinge. »Das lass mal unsere Sorge sein, Katha. Wir werden euch sicher nicht mit Fernglas und Funkgerät in den Büschen auflauern. Aber wir haben ein Auge auf ihn. Auf dich haben wir ja immer eins«, erläuterte Matthias.

Ich seufzte. »Ach, macht doch, was ihr wollt. Lasst euch einfach nicht erwischen.«

22

Entgegen meines eigentlichen Plans hatten Milán und ich uns nicht mehr über irgendwelchen übersinnlichen Kram unterhalten. Für einen Nachmittag hatten wir genügend Karten offen gelegt. Die Warnung vor seinem Vater erforderte ein anderes Vorgehen. Daher tat es wirklich gut, das Ganze mal für eine Weile auszublenden.

Wir benahmen uns wie zwei stinknormale Jugendliche, die sich einfach näher kennenlernen wollten. Wir machten eine Art Frage-und-Antwort-Spiel mit Dingen wie Lieblingsessen, Lieblingsfilmen, Lieblingsbüchern, von denen wir beide reichlich kannten, und anderen Interessen, redeten über nervige große Brüder, unsere Klasse und Musik. Wir hatten mehr gemeinsam, als ich jemals für möglich gehalten hatte. Ich fand es witzig, dass Milán fast den gleichen Musikgeschmack hatte wie Joshua und dass man uns beide selbst zu Hause als sonderbar ansah. Dass ich Fanfictions schrieb, ließ ich vorerst unerwähnt. Obwohl ich es liebte, war es mir unangenehm, vor Milán darüber zu sprechen. Joshuas Witze diesbezüglich ertrug ich eher als die offene Ablehnung von Herrn Farkas gegenüber Miláns Malerei. Milán sollte ein richtiger Mann werden, ein Kämpfer, kein Künstler. Ich ärgerte mich sehr über diese Engstirnigkeit, doch Milán zuckte mit den Schultern. Offenbar hielt er nicht mehr viel von der Meinung seines Vaters.

So viel wie an diesem Nachmittag hatte ich Milán noch nie am Stück reden hören. Das gefiel mir. Unter anderem, weil ich seine Stimme mochte. Ihr tiefer, rauer Klang war individuell; ich glaubte, ihn nie mehr vergessen zu können.

Was mich regelrecht zu Tränen rührte, waren all die Dinge, die Milán mir über seinen verstorbenen Zwillingsbruder erzählte. Wie Milán bald nach seinem Tod erst von der Schule hatte abgehen müssen und sich verkrochen hatte, bis er aufs Schopenhauer hatte wechseln dürfen, um dort die zehnte Klasse zu wiederholen. Wie ihn plötzlich jeder für bekloppt gehalten und gemieden hatte, weil kaum einer mit seiner veränderten Art zurechtkam. Ich lobte mich innerlich, weil ich ihn selbst davon hatte anfangen lassen.

Bis zu Gyulas Tod hatten die Zwillinge alles miteinander geteilt. Nur jemand, der einen solchen Verlust erlebt hatte, konnte das alles nachvollziehen. Und in Miláns Fall kam es insofern schlimmer, als dass er seinen Zwilling fortan als Feind betrachten musste. Ich wollte nicht mehr daran rühren, weil ich sah, wie schwer es Milán fiel, über seinen Bruder zu reden, wie hilflos er wirkte und wie schuldig er sich fühlte, dass er weiterleben durfte. Mehr als einmal wischte ich verstohlen ein paar Tränen von meinen Wangen, damit er nicht mitbekam, wie nahe mir sein Schmerz ging. Vielleicht, weil ich viel über die Toten wusste. Weil ich wusste, dass sie um das Leben mit ihren Lieben trauerten, während sie in der Ewigkeit des Jenseits auf ein Wiedersehen hofften. Vielleicht auch, weil ich selbst gesehen hatte, dass Gyula sich wie alle nach dem Diesseits sehnte. Ob Milán wegen seines Bruders so oft auf den Friedhof ging? Diese Vorstellung machte mich traurig.

In der Schule saß ich vor der ersten Stunde mit Vanessa und Annalena am Fenster und lauschte ihren herrlich normalen Erzählungen vom Wochenende. Während Vanessa mit ihren Eltern einen Kurztrip nach Mailand zum Shoppen gemacht hatte, war Annalena mit einem Nachbarsjungen im Kino gewesen und musste jetzt die kleinsten Details vor ihrer besten Freundin ausbreiten. Da sie mich nicht wegschickten, solange man von Milán nichts sah, blieb ich auf dem Heizkörper sitzen und hörte stumm, aber aufmerksam zu, in der vagen Hoffnung, etwas für eine eigene kommende Verabredung mitnehmen zu können. Mein spontanes Quasi-Date mit Milán verschwieg ich selbstverständlich. Ich durfte kein Wasser auf die Mühlen gießen. In regelmäßigen Abständen sah ich erwartungsvoll zur Tür, doch Milán ließ sich Zeit.

Wieder mal betrat er erst zusammen mit Herrn Murhardt das Klassenzimmer. Annalena und Vanessa verstummten sofort und ließen mich einfach stehen, als hätte ich mich in einen Hutständer verwandelt. Enttäuscht setzte ich mich an meinen Platz.

»Morgen«, sagte Milán, als er sich neben mich an seinen Platz setzte, lächelte freundlich und zeigte seine niedlichen Mundkringel. Das munterte mich zuverlässig auf.

»Hallo«, erwiderte ich fröhlich. Dabei bemühte ich mich, ihn nicht schmachtend anzuschauen. Seine strubbeligen Haare lagen wie immer wirr um seinen Kopf und verdeckten halb seine Ohren, doch seine blaugrünen Augen leuchteten und verursachten ein Sturzfluggefühl in meinem Magen.

Erst der Anblick unseres Lehrers brachte mich wieder auf den Boden der Tatsachen. Herrn Murhardts bunten Pullunder fand ich genauso geschmacklos wie seine Gesundheitsschuhe. Aber über Geschmack lässt sich bekanntlich streiten. Ich sollte ihn dafür bewundern, dass er sich nicht scheute, herumzulaufen, wie es ihm gefiel.

Ich selbst hatte nämlich viel Zeit damit vertrödelt, ein anständiges Outfit für heute herauszusuchen, nachdem ich beim Frühstück kaum etwas runterbekommen hatte. Jetzt trug ich zu der schwarzen Leggings meine Chucks und darüber ein figurbetontes tannengrünes Baumwollkleid, das knapp über meinen Knien endete, dazu die unvermeidliche rote Strickjacke, die ich jetzt allerdings über die Stuhllehne gehängt hatte, weil ich darunter eine dünnere dunkelblaue Version ohne Knöpfe trug. Obwohl ich es unpraktisch fand, hatte ich meine Haare offen gelassen und sogar Wimperntusche benutzt. Ich wollte hübsch sein. Für ihn. Ich befand mich auf dem besten Weg, mich in eines dieser verliebten Schafe zu verwandeln, die ich früher stets belächelt hatte.

Als Herr Murhardt alle nach einer kurzen Einführung mit Übungsaufgaben versorgt hatte und sich an seinem Schreibtisch in einen Stapel Mathetests einer anderen Klasse vertiefte, tippte Milán mich mit dem Zeigefinger an und legte einen kleinen Stapel Papier auf meinen Schoß.

»Lies das«, forderte er mich flüsternd auf. »Ich rechne die Aufgaben. Du kannst sie später abschreiben.«

Vom Abschreiben hielt ich zwar nicht viel, auch wenn mich zugegebenermaßen nie jemand von sich hatte abschreiben lassen, aber die Neugierde siegte über meine Moralvorstellungen.

Es handelte sich um Ausdrucke von Internetseiten, vierzehn Stück an der Zahl. Alles Zeitungsartikel oder Onlinemeldungen. Schnell vertiefte ich mich in die Lektüre. Die Sammlung der Nachrichten aus allen Teilen Europas erschien auf den ersten Blick wahllos zusammengestellt. Bald erkannte ich allerdings Gemeinsamkeiten in all den Gefechten, Terroranschlägen und Bürgerkriegsscharmützeln. Alle Vorfälle wiesen eine frappierende Ähnlichkeit zu den Morden, Suiziden, Überfällen und Amokläufen in der Region auf. In manchen Gegenden hatten sich die Fälle von Besessenen und das Wüten von Geistern dermaßen ausgeweitet, dass bereits Ausnahmezustand herrschte. Länger schwelende, bewaffnete Konflikte wuchsen sich rasch zu Bürgerkriegen aus. In meinem Kopf erschien eine Weltkarte mit lauter Bränden. Ein erschreckendes Bild, das Milán in meinen Gedanken las, wie ich anhand meiner pulsierenden Schläfen bemerkte.

Die erste Schulstunde näherte sich dem Ende, als ich endlich wieder neben mich blickte. Milán hatte alle Aufgaben fertig und zeichnete nun auf ein Löschblatt das Bild, das sich eben in meinen Gedanken gebildet hatte. Das Stöbern in meinem Gehirn schien zu einer schlechten Angewohnheit von ihm zu werden. Wie gerne würde ich es ihm mit gleicher Münze heimzahlen.

»Es gibt viel mehr, da wärst du den ganzen Tag am Lesen«, flüsterte Milán und hielt mir seine Zeichnung unter die Nase. »Wir dürfen auch die weltweiten, langjährigen Konflikte nicht außer Acht lassen, den Nahost-Konflikt, Chinas Besetzung von Tibet, Nord- gegen Südkorea, Russland gegen Tschetschenien und die Ukraine et cetera.«

»Syrien, Mali, Libyen«, ergänzte ich. »Und überall stecken Geister dahinter?«

»Unterschätze nie die Macht des Jenseits' beziehungsweise von Himmel und Hölle. Sie tragen schon immer ihre Zwistigkeiten auf der Erde aus. Die Hölle achtet sehr darauf, dass das Böse in der Welt nicht zu kurz kommt. Und das alles hier wird von vielen als Zeichen für die bevorstehende Apokalypse gewertet. Nicht nur von den Spinnern, die Nostradamus gelesen haben.«

»Woher weißt du so viel darüber?«, hakte ich erstaunt nach und er seufzte.

»Du findest am Ende eh alles heraus. Also übertrete ich wieder frech das Gesetz. Du behältst das für dich, okay?« Er grinste. Ich nickte. Wir beugten uns so nahe zueinander, dass die Konturen seines Gesichts unscharf wurden.

O Gott, wie gerne würde ich ihn einfach küssen. Er roch anziehend nach Wald. Meine zitternden Hände umklammerten die Blätter.

»Mein Vater hat früh dafür gesorgt, dass meine Brüder und ich alles über die Welten wissen und die Wesen, die sie bevölkern. Das Erste, was ich gelernt habe, war, dass die für die meisten sichtbare Welt gerade mal einen Bruchteil der Wirklichkeit ausmacht«, wisperte er. »Das ist alles Teil der Ausbildung zum Geisterjäger. Meine ist fast beendet, sie hat beinahe mein ganzes bisheriges Leben gedauert. Du kannst dich daher relativ sicher fühlen, wenn du mit mir unterwegs bist. Das war doch der Grund für den kleinen Test mit deiner toten Verwandtschaft, nicht wahr?«

»Ich konnte nicht darauf bauen, dass du mir freiwillig etwas dazu sagst.«

»Schon gut. Darf ich ja auch nicht. Aber da du sowieso einiges mitbekommen hast, können wir wenigstens unser Wissen über die Geisterwelt abgleichen.«

Gebannt hörte ich seinen Ausführungen zu und ignorierte dabei das Kribbeln in meiner Magengegend. Es lag nicht allein an seiner ungewohnten Nähe, sondern vor allem daran, dass mir klar wurde, wie Papa mich von all dem ferngehalten und mir stets nur das Nötigste erklärt hatte. Und jetzt musste ich in kürzester Zeit aufholen, was mein Vater absichtlich oder unabsichtlich versäumt hatte.

Mit einem Ruck riss Milán mir alle Blätter aus der Hand und ließ sie in der Ablage unter seinem Tisch verschwinden.

»Seid ihr beiden mit allen Aufgaben fertig?«, erklang Herr Murhardts Stimme direkt über unseren Köpfen. Mist.

»Nein, Milán hat mir gerade erklärt, was ich machen muss«, log ich. Meine Hände zitterten.

»Na, dann macht mal weiter«, sagte unser Lehrer und fuhr damit fort, die Reihen abzuschreiten und einen Blick in die Mathehefte zu werfen.

Aufatmend holte ich Miláns Heft zu mir herüber und fing an, die Aufgaben abzuschreiben. Ich kam mir ein bisschen dämlich vor, weil ich es mit ein wenig mehr Zeit gut selbst hinbekommen hätte, aber die Geistersache erschien mir jetzt wichtiger als Mathe.

Mein Banknachbar hatte derweil unter dem Tisch sein Handy aus der Hosentasche geholt, um sich weiter Online-Nachrichten durchzulesen. Seine Haare kringelten sich wild in sein Gesicht, doch er konzentrierte sich dermaßen, dass es ihm nicht einmal auffiel. So gern ich ihm die Strähnen zurückgestrichen hätte, verbat ich mir jegliche Bewegung in seine Richtung.

Erst als ich bemerkte, dass ich seit einer Weile nicht mehr schrieb, sondern abwesend mit dem Kugelschreiber einen immer dicker werdenden Kreis in mein Heft malte, schmiss ich verärgert den Stift in mein Schlampermäppchen und begann, in der Schultasche nach der Tipp-Ex-Maus zu kramen.

Als ich die letzte Aufgabe übertragen hatte, schob ich Miláns Heft zurück und sah mich über die Schulter im Klassenraum um. Annalena fing meinen Blick auf und lächelte mir mit einem kleinen Kopfnicken in Richtung Milán zu, was ich mit einem Augenrollen und einem Kopfschütteln beantwortete. Es tröstete mich minimal, dass sie ihrer langjährigen Freundin Vanessa gegenüber loyaler sein wollte als mir, mich aber trotzdem leiden konnte. Nach was auch immer es nach außen aussah, Milán und ich waren vielleicht dabei, Freunde zu werden, doch definitiv nicht mehr. Das Lächeln auf meinem Gesicht erstarb, sobald ich mich wieder zur Tafel umdrehte. So freudig erregt ich heute Morgen das Schulhaus betreten hatte, so fern erschien mir dieses Gefühl jetzt, da er neben mir saß und mich lange nicht in dem Maße beachtete, wie ich insgeheim gehofft hatte. Ich musste mich zusammenreißen. Milán versuchte mir zu helfen. Und meine Hand zu halten, gehörte gerade nicht dazu. Ich sollte dankbar sein, dass er Informationen beschaffte und mich sogar abschreiben ließ. Ich sollte es als seine Art ansehen, mir zu zeigen, dass ich ihm wichtig war. Leise seufzend stand ich auf, um Herrn Murhardt mein Heft vorzulegen.

23

Am Nachmittag ging ich in den Wald, wo ich hoffte, eine besondere Person zu treffen. Ungeachtet der Risiken wollte ich meine Spaziergänge wieder aufnehmen. Selbstverständlich nicht, ohne Vorkehrungen zu treffen, schließlich konnte ich nicht erwarten, dass immer im passenden Moment ein Geisterjäger auftauchte und mir den Hintern rettete. Die Vorfälle mit Geistern hatten in Heidelberg stark zugenommen und beschäftigen die Jäger beinah pausenlos. Mein Vater war seit Freitag jede Nacht unterwegs gewesen. Er schlief jedes Mal wenige Stunden, bevor er völlig gerädert in die Schule fuhr. Er tat mir leid und ich würde seine Bürde gerne erleichtern, aber mehr als forschen und mich nicht unnötig in Gefahr bringen, konnte ich nicht tun. Ich wunderte mich, dass Irmgard nichts davon zu merken schien.

Auf meinen Touren achtete ich neuerdings darauf, immer unsichtbare Begleiter an meiner Seite zu haben, die im Ernstfall helfen konnten, indem sie den möglichen Angreifer ablenkten und mir Zeit verschafften, zu fliehen. Meine Urgroßeltern, Opa Friedrich und Oma Margarethe, folgten mir, wohin meine Füße mich trugen. Heute trugen sie mich endlich zu Gyula Farkas. Der Junge mit dem roten T-Shirt, in den ich mich im Sommer ein bisschen verguckt hatte.

Als er oberhalb des Friedhofes aus dem Unterholz trat und mich ansprach, diente ausgerechnet Milán als Gesprächsaufhänger. Es kam mir ein bisschen vor, als hätte Gyula abgewartet, bis ich genug über seinen Bruder wusste und wir uns einander angenähert hatten, bevor er sich mir als Geist zu erkennen gab. So lange ich mittlerweile mit

Jenseitigen zu tun hatte, es war nicht immer einfach für mich, sie zu erkennen, wenn sie weiter weg standen und nicht sprachen. Bei Tag sahen sie, Poltergeister ausgenommen, für mich aus wie ganz normale Menschen. Es hatte zwar ein bisschen gedauert, um das Rätsel der Zwillinge zu lösen, aber eigentlich hätte Gyula sich nicht ewig rarmachen müssen. Ich konnte nicht mit Sicherheit sagen, ob irgendeine Taktik dahinterstand oder ob er genauso umtriebig war wie meine Cousine.

Seit einer Stunde wanderten wir durch den Herbstwald und er erzählte mir von seiner Kindheit mit Milán und Gábor. In allem, was er sagte, schwang das Bedauern mit, dass er nicht mehr an ihrem Leben teilnehmen konnte wie früher. Aber er sah in die Zukunft und wollte alles dafür tun, dass es seinen Brüdern gut ging, vor allem Milán.

Natürlich wollte Gyula einiges über mich in Erfahrung bringen, vor allem über die ganzen Geistergeschichten. Leider hatte auch er keine Ahnung, wo die Seherin Jetta sich im Augenblick aufhielt, sodass ich sie nicht aufsuchen konnte. Ich bedauerte wieder einmal, dass wir keine verwandtschaftlichen Bande hegten. Das würde die Kontaktaufnahme ungemein vereinfachen. Allerdings ließ sich Amélie ebenfalls nicht mehr von mir rufen, vermutlich war sie zu beschäftigt für mich. Gyula lenkte mich von meinen Grübeleien ab, indem er mir eine Frage stellte.

»Wann hast du eigentlich bemerkt, dass ich tot bin?«

»Als meine Oma mir erzählt hat, dass Milán einen verstorbenen Zwillingsbruder hat. Eine ganze Zeit lang habe ich dich für deinen Bruder gehalten.«

»Das ging vielen Leuten so, als wir beide noch in dieselbe Klasse gegangen sind. Wer uns ein bisschen kennt, hat keine Schwierigkeiten, uns voneinander zu unterscheiden.«

Das glaubte ich sofort. Es gab vieles, was ich Gyula fragen wollte, besonders über den Schlüssel, aber heute traute ich mich noch nicht. Ich erfuhr dafür genug anderes. Er sprach mit mir wie mit einer Vertrauten und das wollte ich nicht durch unbedachte Äußerungen zerstören, solange ich nicht wusste, wann ich ihn das nächste Mal wiedersah. Daher fragte ich ihn lieber über seinen Bruder aus, zum Beispiel ob Milán früher dazu geneigt hatte, ein Eigenbrötler und Fremden gegenüber geradezu unfreundlich zu sein. Gyula verneinte, schob aber nach: »Jedenfalls nicht so krass wie jetzt.«

Es war ein anderer Milán, mit dem Gyula aufgewachsen war, als der, der sich mir am ersten Schultag gezeigt hatte. Milán hatte sich durch Gyulas Tod verändert, als ihm sein bisheriges Leben wie der Boden unter den Füßen weggerissen worden war. Obwohl ich mich mehr als einmal unglaublich über sein Verhalten geärgert hatte, konnte ich ihm nicht mehr böse sein. Ich wusste, dass er mich nicht ignoriert oder mit fiesen Blicken bedacht hatte, weil er mich nicht leiden konnte, sondern weil mehr dahintersteckte. Nach allem, was er erlebt hatte, konnte er nicht mehr unbeschwert und unvoreingenommen sein wie früher. Ganz abgesehen davon, dass er sich an irgendwelche Geisterjägergesetze halten musste. Aus Rücksicht auf seinen Bruder ging Gyula nicht ins Detail, aber es war klar, dass Milán Freunde gehabt hatte, ganz normale Freunde.

»Haben die anderen nie gemerkt, dass ihr anders seid? Mit mir wollte nie jemand befreundet sein. Mich haben immer alle komisch angeguckt, bis ich mich irgendwann nur noch verkrochen habe. Jetzt ist es nicht viel besser, der einzige Freund, den ich neben meinem Bruder habe, ist Milán.« Es gelang mir nicht, den bitteren Unterton zu verstecken.

Mitfühlend sah Gyula mich an. »Nicht jeder mochte uns, manche hatten sogar Angst vor uns. Viele spüren es, wenn jemand mit anderen Sphären zu tun hat, und das ist eigentlich verdammt gruselig. Vor uns verstecken konnten sie es nicht, schließlich wussten wir immer genau, was die anderen fühlten und dachten. Hast du deine Gabe nie eingesetzt, um andere zu beeinflussen?«

Darauf wäre ich nie gekommen. Empört blickte ich ihn an.

»Das ist jawohl nicht dein Ernst!«

»Oh, bitte! Glaubst du ehrlich, niemand, der Gedanken lesen kann, würde versuchen, andere zu seinem Vorteil zu manipulieren? Das mag schlimmer klingen als es ist. Wir haben es eingesetzt, um gewünschte Lehrerantworten zu geben, Paare zu verkuppeln und Gerüchte aus der Welt zu schaffen. Und natürlich, um das Geheimnis zu wahren. Die meisten haben uns gerade deshalb ihr Vertrauen geschenkt. Außerdem bin ich nett. Mein Name bedeutet ‚der Friedenbringende', wie kann man so jemandem Böses unterstellen?«

Wenn man es auf diese Weise betrachtete, hatte ich mich mein ganzes Leben lang blöd angestellt.

Diesmal lief es anders, davon war ich überzeugt. Zum ersten Mal behandelte man mich in der Schule nicht wie Luft und zum ersten Mal gab es ein paar Menschen, die sich mit mir abgaben, nämlich Milán und, wenigstens zu Beginn in der Schule, Annalena. Zweihundert Prozent mehr als vor einem Jahr. Auch wenn ich einer Freundschaft mit Annalena keine großen Chancen einräumte.

Gyula fuhr durch meine Gedanken: »Du dachtest, du wärst der totale Sozialphobiker, oder? Dabei hast du dir selbst im Weg gestanden. Leute wie wir sind eben anders und es ist unsere Aufgabe, den anderen das natürliche Misstrauen zu nehmen. Das hast du gar nicht erst versucht. Lieber hast du dich als Reaktion auf das Verhalten der anderen zurückgezogen.«

Messerscharf analysiert. Fast.

»Auch ohne den ganzen übersinnlichen Mist war ich immer ruhig und ziemlich scheu. Dass ich hören konnte, was die anderen denken, hat die Schüchternheit allerdings verstärkt. Würdest du fröhlich auf jemanden zugehen, in dessen Gedanken du gerade eben gehört hast, wie unsympathisch er dich findet? Ich konnte nie darüber hinwegsehen. Mit der Zeit wurde es schlimmer, mir war manchmal richtig schlecht, wenn ich Fremden die Hand schütteln und Small Talk mit ihnen machen musste.«

»Wir hatten damit kein Problem. Außerdem ist es nicht meine Art, stumm in der Ecke zu stehen«, erklärte Gyula mit einer Spur Arroganz, die auch Milán manchmal an den Tag legte.

Ich musste lächeln.

»Du meinst wohl, dass Jungs, die aussehen wie du und dein Bruder, nicht dafür gemacht sind, ein Außenseiterdasein zu fristen.«

Er lachte, wurde aber gleich wieder ernst. »Ich wollte nicht angeben. Sein Aussehen kann man sich schließlich nicht aussuchen. Zumindest nicht, wie seine Nase aussieht. Du bist ein hübsches Mädchen. Mach mal was draus! Du musst dich nicht verstecken, egal, wie klein du bist und für wie durchschnittlich du dich hältst.«

Das ging mir runter wie Öl. Schließlich bekam ich nicht oft Komplimente. Ich wurde rot und schaute auf meine Stiefelchen.

»Was ist mit Ferenc, eurem Cousin? Haben die anderen bei ihm was gemerkt?«

»Ferenc wäre auch als normalbegabter Mensch ein Volldepp. Er hält sich für was Besseres und hat nur ein paar Jägerkumpels in Paris. Er hat sich nie die Mühe gemacht, sich mit ‚den Normalos' anzufreunden. Hast du etwa geglaubt, er würde sich etwas aus dir machen?«

Ich schüttelte den Kopf. Daran hatte ich keine Sekunde geglaubt.

»Er wollte von mir den …«

Da legte Gyula den Zeigefinger an seine Lippen.

»Nicht hier.« Er deutete unauffällig nach hinten. »Wir sind nicht allein. Geh weiter zur Straße, ich hole Hilfe. Dreh dich ja nicht um.«

Gyula verschwand und meine Urgroßmutter nahm seine Position ein. Urgroßvater bildete die Nachhut. Zumindest gegen Geisterangriffe waren wir einigermaßen gefeit. Entgegen Gyulas Rat blickte ich mich über meine Schulter um. Hinter mir, im Abstand von etwa fünfzig Metern, bewegte sich Ferenc lautlos durch den Wald. Er trug Jägerkleidung und zwei unterschiedlich lange Schwerter griffbereit am Körper. Ich hatte nichts gespürt oder gar gehört. Mist, verdammter!

Ich lief schneller. Sobald der Weg breiter wurde und es keine Baumwurzeln mehr gab, über die ich stolpern konnte, fing ich an zu joggen. Richtig lossprinten würde ich erst, wenn er mich fast eingeholt hatte. Ich verfluchte mich innerlich, weil ich den Schlüssel mitgenommen hatte, um ihn Gyula zu zeigen. Meine Chancen gegen einen Geisterjäger waren lächerlich gering.

»Katharina! Warte mal!«, rief mir Ferenc plötzlich hinterher.

Den Teufel würde ich tun.

»Haltet euch fern von ihm«, warnte ich meine Urgroßeltern, dann schoss ich los, aber zu spät. Ferenc kam mir so nahe, dass er nur den Arm auszustrecken bräuchte, um mich zu stoppen.

Mit einem gewagten Sprung ins Gebüsch entkam ich seinem Zugriff. Als ich ein Stück weiter hinter einem Baum Schutz suchte, fiel vor mir ein Schatten vom Himmel und hechtete auf Ferenc zu. Auf den ersten Blick sah der Neuankömmling von hinten aus wie Milán, doch als er sich umdrehte, erkannte ich, dass es sich um Gábor handelte, der über seinen Cousin herfiel wie ein wütendes Raubtier. Obwohl er einiges einstecken musste, schien Miláns großer Bruder

Ferenc deutlich überlegen zu sein. Gyula materialisierte sich wieder neben mir.

»Keine Sekunde zu früh, was?«, begrüßte er mich gut gelaunt.

Mir war nicht nach Lächeln zumute. Mein Magen schlingerte unangenehm.

»Gábor bringt ihn nicht um, oder?«

»Ach was. Gábor weiß schon, wann genug ist. Ferenc leider nicht.« Ferenc rappelte sich immer wieder auf. Plötzlich zog er ein Schwert. Ich konnte kaum hinsehen, als sie sich mit ihren Kurzschwertern attackierten und Gábor seinen Kontrahenten schließlich an dem Baum, hinter dem ich mich versteckt hatte, im Würgegriff hielt und ihm die Klinge an die Kehle setzte.

»Lófasz a seggedbe! Tűnj el!«, knurrte Gábor und ließ den schwer atmenden Ferenc los.

»Das übersetze ich nicht. Er soll sich einfach verkrümeln«, meinte Gyula grinsend, während Ferenc endlich machte, dass er fortkam.

Gábor steckte sein Schwert weg und knackste mit den Fingerknöcheln.

»Komm raus, Kathalein, er ist weg. Nächstes Mal rette ich dir nicht deinen süßen Hintern, wenn du allein in den Wald gehst.«

»Äh«, versuchte ich es. »Ähm … Danke, Gábor. Dass du Ferenc vertrieben hast, meine ich.«

Jetzt grinste er so frech, dass ich rot anlief.

Gyula schüttelte neben mir den Kopf.

»Er kann es nicht lassen! In Gegenwart von jungen Frauen konnte er sich noch nie benehmen, aber ich glaube, er mag dich.«

»Du meinst, er gibt ihnen alberne Spitznamen und macht ihnen zweifelhafte Komplimente?«

Gyulas lockere Bemerkung lenkte mich von dem Schrecken ab, der meinen Körper noch immer in Aufruhr versetzte.

Gábor hatte nur meinen Redeanteil gehört.

»Hey, das war ein ernstgemeintes Kompliment! Schade, dass du dich so gerne mit Toten abgibst. Das wird Vater gar nicht gefallen, wenn er davon erfährt. Apropos … Läuft da etwa was zwischen dir und unserem kleinen Milán?«

»Das geht dich gar nichts an!«

»Oh, ganz im Gegenteil, liebste Katharina, es geht mich sehr wohl etwas an, wenn mein Bruder deinetwegen ständig das Gesetz übertritt.«

»Komm, Katharina«, sagte Gyula. »Lass uns weitergehen.« Er winkte seinem Bruder, mitzukommen.

Ich hatte das Gefühl, mich vor Gábor rechtfertigen zu müssen. »Bitte sag deinem Vater nichts davon, dass ich ein Medium bin. Er wollte es Ferenc und eurem Onkel nämlich nicht glauben. Und zwischen Milán und mir läuft gar nichts!« Es war unmöglich, Gábor dabei in die Augen zu sehen.

Er lachte leise. »Vater weiß es. Am besten besprichst du das selber mit meinem Bruder, da vorne steht er nämlich, um dich nach Hause zu bringen.«

Tatsächlich, an der weiß lackierten Schranke, die den Waldweg von der Straße trennte, stand Milán mit den Händen in den Hosentaschen und sah uns entgegen. Mein Herz schlug schneller und ein Ziehen fuhr mir in den Magen, als er mich anlächelte.

»Da läuft gar nichts«, flüsterte Gábor mir zu und lachte wieder.

Ich wollte ihn böse anschauen, schaffte es aber nicht, weil ich grinsen musste. Gábor war gar nicht so übel. Er war zu meiner Rettung herbeigeeilt und fühlte sich für Milán verantwortlich, genauso wie sein toter Zwilling.

Als ich neben mich blickte, sah ich Gyula nicht mehr.

Nachdem Milán seinem Bruder ein Kurzschwert in die Hand gedrückt und Gábor sich mit einem amüsierten »Viel Spaß« von uns verabschiedet hatte, standen wir einen Moment da und wussten nicht recht, was wir sagen sollten. Verlegen scharrte ich mit den Füßen.

»Ich will gar nicht wissen, was du im Wald gemacht hast, versprich mir einfach, dass du von jetzt an nicht mehr alleine unterwegs bist. Weißt du eigentlich, was ich mir für Sorgen gemacht habe, als Gyula vorhin in unserem Garten erschienen ist?« Sein Blick war streng, aber auf seiner Stirn standen tiefe Falten. Ohne nachzudenken, langte ich hinauf, um sie glatt zu streichen.

»Tut mir leid. Und danke, dass ihr gekommen seid.« Am liebsten hätte ich ihn umarmt.

»Ich hab ja nur hier Wache gehalten, falls mehr kommen, aber wies aussieht, war Ferenc alleine. Er wird keine Ruhe geben, hörst du, Katharina? Er wird nie aufhören, dich zu jagen, bis er hat, was er will.« Sein Blick hatte etwas Flehendes. Ich holte tief Luft. Er schüttelte den Kopf. »Sprich es nicht aus!«

Ich machte meinen Mund wieder zu und wandte mich zum Gehen.

Milán hielt mich an der Hand fest. »Darf ich?«, fragte er, ehe er vorsichtig die Blätter und kleinen Ästchen aus meinen Haaren pflückte, die sich bei meinem Spurt durchs Unterholz darin verfangen hatten. Ich hielt die Luft an. Ich liebte es, wenn er mich berührte. Er ließ seine Hand in meinen Haaren liegen und sah mir in die Augen.

Küss mich, dachte ich. Ein Lächeln erhellte sein Gesicht und ich lächelte zaghaft zurück.

»Es wird dunkel, wir sollten gehen«, sagte er plötzlich. Enttäuschung flutete mich wie Schmutzwasser. Seufzend marschierte ich los.

Zwei Wochen vergingen wie im Flug. Mein Alltag war angefüllt mit Schularbeiten und Nachforschungen mit Milán, ebenso wie mit Treffen mit Gyula. Objektiv betrachtet hatte ich eine Art Sozialleben.

Milán und ich nutzten hauptsächlich die letzte Schönwetterperiode des Herbstes aus, um uns draußen zu treffen und zu beraten oder zum gefühlt hundertsten Mal fruchtlos zum Wolfsbrunnen zu laufen.

Dass wir zusammenarbeiteten, nicht nur um den gesuchten Jäger zu finden, stand außer Frage. Gefühle hin oder her. Die Vermutung, dass Milán der jüngste Jäger sein könnte, hatte ich nicht zu den Akten gelegt, sprach aber nicht mit ihm darüber, weil ich merkte, wie unangenehm es ihm war, und weil er es bisher jedes Mal abgestritten hatte. Ich beschied mich damit, dass ich ihm vorerst glauben musste und mich zunächst um anderes kümmern sollte.

Herrn Böttcher hatte ich auf die Seherin Jetta angesetzt, doch bislang entzog sie sich ihm. Als Nächstes wollte ich endlich meinen Vater über seinen Zweitjob als Geisterjäger ausquetschen. Damit hatte ich jedoch weniger Erfolg als mit der Recherche der Geisterangriffe.

In meinem Zimmer, das Milán noch genauso wenig betreten hatte wie ich seines, hing an der Wand über dem Sofa neuerdings eine Weltkarte, in der unzählige verschiedenfarbige Nadeln steckten. Allerdings handelte es sich nicht um Reiseziele, sondern um alle Orte, an denen Angriffe Besessener oder andere Unruhen gemeldet worden waren. Täglich kamen neue Nadeln hinzu. Jede aktualisierte Karte schickte ich Milán als Foto aufs Handy. Wir bemühten uns, ein Muster in den Meldungen zu erkennen und einen Ort zu finden, von dem aus ein potenzieller Hintermann agierte, mit mäßigem Erfolg. Zumindest in Frankreich, besonders in Paris, gab es deutlich weniger Vorkommnisse als in anderen Teilen Europas. Milán tat diese Erkenntnis jedoch damit ab, dass es in Paris viel mehr Geisterjäger gab als zum Beispiel in Heidelberg oder Berlin.

In meinem nerdigen Geisterforschungsbuch verfasste ich jeden Tag einen neuen Eintrag, heftete Zeitungsausschnitte und Internetausdrucke ab. Bald würde die dicke dunkelblaue Kladde voll sein. Noch hielt ich ihre Existenz vor Milán geheim, aber mittlerweile schätzte ich ihn so ein, dass er sich nicht über mich lustig machen würde, wenn ich sie ihm zeigte.

Bei einer anderen Sache fiel es mir schwerer, seine Reaktion vorauszusehen. Ich dachte in letzter Zeit oft darüber nach, wie ich es ihm schonend beibringen konnte, dass Gyula mehr für mich war als jemand, der zufällig zur richtigen Zeit am richtigen Ort gewesen war, als Ferenc mir aufgelauert hatte. Dass ich Gyula als Vertrauten betrachtete.

Milán hatte zu allem Überfluss eine viel knapper bemessene Freizeit als ich. Neben der Schule, dem Orchester und den unvermeidlichen Hausaufgaben trainierte er jeden Tag mit seinem älteren Bruder in dem weitläufigen Garten der Farkas-Villa. Überhaupt war er viel mit Gábor oder seinem Vater unterwegs. Er bewahrte Stillschweigen darüber, wohin sie gingen und was sie taten. Da unterschied er sich nicht von Papa oder meiner Cousine. Laut eigener Aussage stand er mit einem Fuß im Knast, dafür, dass er mit mir Zeit verbrachte, weshalb ich ihn zufriedenließ. Ich hatte ja jemand anderen zum Reden gefunden, der sich genau wie ich einen feuchten Dreck um Gesetze scherte, von denen ich keine Ahnung hatte.

Gyula und ich trafen uns spätabends in der Vorratskammer auf dem Küchenbalkon, um ein wenig zu plaudern oder uns zu beraten. Er forschte nach den besonderen Eigenschaften des Schlüssels und beschattete zeitgleich Geisterjäger. Im Gegenzug erzählte ich ihm, was Milán und ich erarbeitet hatten. Die ganze Zeit bereitete mir die aufkeimende Freundschaft zu Gyula Kopfzerbrechen, weil ich nicht wusste, wie Milán es aufnehmen würde, dass ich mit seinem toten Bruder Kontakt haben konnte, der Milán versagt blieb.

Gyula war der netteste, nicht verwandte Geist, den ich je getroffen hatte. Er mochte Milán zum Verwechseln ähnlich sehen, vom Charakter her waren sie wie Tag und Nacht. Während Milán sich häufig ernst und nachdenklich zeigte, seine Sorgen und Wünsche die meiste Zeit lieber verschwieg oder höchstens in ironische Scherze kleidete, zeigte Gyula sich geradezu offenherzig und fröhlich. Es war eine Seltenheit, einen Geist zu treffen, der natürlich lieber in meiner Welt leben würde, aber nicht endlos damit haderte, gestorben zu sein, sondern andere zum Lachen brachte und gute Laune verbreitete. Ich mochte ihn. Sehr sogar. Jedes Mal mehr.

Das ließ mich manchmal an meinem Verstand zweifeln. Ich hegte zärtliche Gefühle für ein Gespenst, das meinem Schwarm glich wie ein Ei dem anderen. Der Psychologe in mir behauptete, dass es sich hierbei um eine Gefühlsübertragung handeln könnte. Mit Gyula kam mir alles unkomplizierter vor als mit seinem lebendigen Gegenstück. Oft wünschte ich mir, Gyula wäre am Leben, um mir gleich darauf von der Stimme meiner Vernunft sagen zu lassen, dass ich echt einen an der Klatsche hatte. Wie man es drehte und wendete, ich hatte mich in eine Situation hineinmanövriert, in die normale Menschen nie kommen würden.

Gyula schien mir völlig zu vertrauen, worin er sich ebenfalls von Milán unterschied, der sich ständig darüber im Klaren sein musste, dass ich faktisch ein Feind seiner Familie und, wie es sich bisher für mich angehört hatte, ebenso der Geisterjäger war.

Ich genoss es daher umso mehr, mit Gyula über fast alles reden zu können wie mit einem richtigen Freund, ja, wie mit Amélie. Ich konnte ihm Löcher in den Bauch fragen, sowohl über die Angriffe, als auch über mögliche Verursacher und Verschwörungstheorien. Leider konnte er zu manchen Dingen nichts sagen, bis er Genaueres herausgefunden hatte.

Für ihn war ich eine wichtige Kontaktperson, denn seinem Bruder konnte er sich ausschließlich durch Handzeichen verständlich machen.

Zu meinem Erstaunen hatten die beiden eine richtige Geheimsprache entwickelt, die sie schon genutzt hatten, als Gyula noch gelebt hatte. Für manche Dinge gab es keine Zeichen. Hier kam ich ins Spiel.

Bei unserem dritten Treffen gab Gyula mir eine Botschaft für Milán mit. Es hatte mein Herz ein wenig entlastet, zu wissen, dass Milán sich nicht darum kümmerte, dass er seinen Bruder eigentlich als potenziellen Feind betrachten und jeden Kontakt zu ihm abbrechen sollte. Die Zwillinge hatten einander nicht gänzlich verloren. Trotzdem hatte Gyula seinem Bruder gegenüber mit keinem Wort erwähnt, dass er sich mit mir traf. Über sein Motiv konnte ich nur spekulieren. Ich vermutete, dass es in eine ähnliche Richtung ging wie meins.

Für heute schob ich die weniger schönen Tatsachen beiseite und nutzte die Gelegenheit, Neues zu erfahren. Ich hatte vor, endlich über den Schlüssel zu sprechen.

24

»Hast du jetzt herausgefunden, wer hinter den Geisterhorden steckt? Oder wohin seine Spur führt?« Dasselbe hatte ich Gyula die letzten Male gefragt, ohne eine befriedigende Antwort zu erhalten. Heute war es anders.

Die unangenehm kalte Luft in der Kammer roch etwas muffig. Eine einzelne, von der Decke baumelnde Glühbirne spendete Licht. Auf dem umgedrehten Sprudelkasten wickelte ich mich enger in meine rote Strickjacke, die ich über meinen Schlafanzug gezogen hatte, und steckte meine kühlen Hände in ihre Taschen. Um den Hals hatte ich ein riesiges Halstuch gewickelt, in meinen Hüttenschuhen trug ich wärmende Wollsocken. Neben Gyula, der sein rotes T-Shirt und die schwarze Jeans trug, wirkte ich doppelt verfroren, obwohl ihn erstens niemand auf der Gefriertruhe sitzen sah und ihm zweitens als Gespenst die Außentemperatur egal sein konnte. Als Dritte im Bunde schwebte Großmutter Margarethe in ihrer geblümten Kittelschürze in die Kammer. Ich hatte sie gerufen, damit sie alles an meine Familie weitergeben konnte. Es tat gut, sie wieder zuverlässig an meiner Seite zu wissen.

Gyula legte sofort los, als würde er darauf brennen, mir seine neuesten Erkenntnisse mitzuteilen: »Halt dich fest! Es handelt sich tatsächlich um Menschen. Zuerst hatte ich Vertreter der Hölle im Verdacht, Dämonenfürsten und andere hohe Tiere, die in der Gunst von Satan steigen wollen, aber die streiten sich die meiste Zeit. Die letzten Monate waren eine ziemliche Verschwendung, weil ich einer völlig falschen Fährte nachgegangen bin. Mit ein bisschen Hilfe von deiner Cousine habe ich letzte Woche nicht nur die Richtung geändert, sondern auch den Kreis der Verdächtigen deutlich verkleinern können. Sie gehören alle der GJV an, die geläufiger als GHA bekannt ist.«

Mir war keine der beiden Abkürzungen geläufig. Gyula deutete mein verständnisloses Gesicht ganz richtig gedeutet, denn er schob gleich eine Erklärung nach.

»GHA steht für Ghost Hunter Association, das ist die größte international vernetzte Vereinigung der Geisterjäger. Ihr Hauptsitz ist in Paris. Leider komme ich da nicht rein, auch wenn mein Vater einen wichtigen Posten innehat; er sitzt sozusagen im Vorstand. Eigentlich ist es ein Jägerkomitee, das sozusagen die absolute Macht hat. Die Mitglieder des Obersten Rates, allesamt Vertreter ihres Landes, erarbeiten die Gesetze, überwachen ihre Einhaltung und führen sogar Gerichtsprozesse durch. Kaum ein Jäger kann sich ihrem Zugriff entziehen.« Stumm vor Staunen ließ ich die ganzen Informationen auf mich wirken, als Gyula hinzufügte: »Dein Vater steht übrigens unter Beobachtung, falls er es nicht weiß, wäre es gut, ihn darauf hinzuweisen. Du kannst ihm ausrichten, dass er mittlerweile zu viele Regeln gebrochen hat.«

Ich nickte. Natürlich würde ich es ihm sagen, obwohl ich nicht mal die Hälfte verstand. Meine Zuversicht, einen Schritt weitergekommen zu sein, schwand dahin.

»Na super. Immerhin erscheint es logisch, dass hinter den sich häufenden Geisterangriffen etwas Größeres steckt. Und du meinst, dass wir uns mit einer internationalen Organisation anlegen sollten? Gegen die haben wir keine Chance.«

Immerhin erklärte die Existenz dieser Organisation für mich die Tatsache, weshalb es in Paris die wenigsten Geisterangriffe gab. Ich hatte gehofft, dass es um ein oder zwei schwarze Schafe unter lauter netten Leuten ging, aber eigentlich wiesen die ganzen Daten, die Milán und ich zusammengetragen hatten, in eine andere Richtung. Sicher kannte Milán diese GHA. Nur konnte er wegen ihrer Gesetze nichts darüber erzählen, so wie er jedes Mal abblockte, wenn ich von der Jägersache anfing. Ich machte ein langes Gesicht.

»Die sind nicht unbesiegbar. Jeder hat eine Schwachstelle. Wir müssen sie eben finden«, versuchte Gyula mich aufzumuntern.

»Kannst du mehr darüber rauskriegen?«

»Ich mache seit Tagen nichts anderes. Ein paar andere Geister glauben, dass die Drahtzieher einen Krieg zwischen Himmel und Hölle heraufbeschwören wollen, um sich daraufhin dem siegreichen Lager anzuschließen und Teil einer neuen Weltordnung zu sein. Eine hausgemachte Apokalypse oder so. Ich muss mehr herausfinden, es ist alles gerade sehr ungenau. Zum Glück muss ich weder essen noch schlafen und niemand behelligt mich mit Hausaufgaben oder endlosen Trainingseinheiten.«

Milán hatte ebenfalls von der Apokalypse gesprochen. Genau wie meine Urgroßmutter. Vielleicht sollte ich mich damit beschäftigen, anstatt solche Vorstellungen ins Reich der Mythen abzuschieben.

»Stimmt. Es gibt da etwas, was ich dich schon lange fragen wollte, hat sich nur irgendwie nie ergeben, weil immer jemand anwesend war, der nicht zuhören durfte. Du hast etwas verloren, als ich dir über den Friedhof nachgejagt bin.«

»Das hab ich nicht verloren, Katharina. Ich wollte, dass du es findest.« Er sprach das Wort Schlüssel nicht aus, als könnte es jemand hören, der nichts davon erfahren durfte. Ich sah zu meiner Großmutter, die die Stirn runzelte und Gyula misstrauisch beäugte.

»Können wir es ihr bitte sagen?«, fragte ich.

Gyula nickte langsam. »Na schön.« Er sah sich nach allen Seiten um, als ob sich in der engen Vorratskammer jemand zwischen den leeren Blumentöpfen und Gurkengläsern versteckte. Dann trat er näher an mich heran. Seine Stimme wurde zu einem Murmeln.

»Ich habe das Ding von meiner Mutter bekommen, kurz bevor man ihren Geist entführt hat. Sie wusste, dass er bei ihr nicht mehr sicher war, so wie ich es wusste, als immer mehr fremde Jäger den Friedhof durchkämmt haben. Und das Haus meiner Familie. Sie suchen diesen Gegenstand. Er ist das wertvollste Artefakt, das die Jäger jemals besessen haben.« Er machte eine bedeutungsschwere Pause. »Früher war es ein Familienerbstück, weshalb Ferenc dir nachstellt, aber seit das mit meiner Mutter passiert ist, vertrauen wir der GHA nicht mehr. Sie wollten ihn uns wegnehmen. Mutter hat nie darüber gesprochen, wir haben sie mit ihm beerdigt. Als ich elf war, erschien sie mir, während ich an ihrem Grab stand, und gab mir den Schlüssel. Sie zeigte mir, dass ich mit niemandem darüber reden durfte, nicht einmal mit Milán.«

»Und was macht ihn so wertvoll?«

Gyula lächelte. »Er passt in jedes Schloss auf dieser Welt, im Diesseits, im Jenseits, angeblich sogar in der Hölle oder im Himmel. Er kann von Lebenden und Toten, von Dämonen und Engeln, einfach von jedem benutzt werden. Dieses Teil ist im wahrsten Sinne des Wortes der Schlüssel zur Macht. Und wenn du so willst, zu jeder Welt.« Jetzt grinste er. Ich musste das erst mal sacken lassen.

Der Schlüssel zur Macht. In meinen Händen. Gyula amüsierte sich über mein Schweigen. »Da fällt dir nichts mehr ein, was? Legenden nach kann das Ding noch mehr, aber da muss ich erst recherchieren. Ich weiß aus ziemlich sicherer Quelle, dass Luzifer ihn beim Engelsturz hat mitgehen lassen, um Gott ein letztes Mal zu demütigen. In einigen supergeheimen Schriften heißt dieser Schlüssel *Clavicula*.«

»Der Teufel?«, japste ich. Überdeutlich spürte ich den kleinen Gegenstand an meiner Brust.

»Wer sonst? Passt doch gut zu ihm. Vielleicht sät er am Ende selbst dieses ganze Chaos, um die Clavicula zurückzubekommen.«

»Wie ist der Schlüssel oder diese Clavicula ausgerechnet in deine Familie gekommen?«

Gyula machte ein gequältes Gesicht. »Keine Ahnung. Vermutlich durch irgendeinen Dämonenpakt. Jetzt, wo ich das weiß, ergibt es endlich Sinn, wie meine Familie ihren unglaublichen Reichtum zusammenraffen konnte. Mit einem solchen Schlüssel kommt man überall rein, in Museen, Schatzkammern und Lagerhäuser, man kommt unbehelligt an Bankschließfächer, an geheime Dokumente et cetera. Spionage ist ein Kinderspiel mit dem Teil. Und mit Geheimnissen lässt sich ebenfalls Geld machen.«

Ich hielt die Luft an. Das war unglaublich!

Gyula fuhr sich verlegen durch die Haare. »Erst jetzt ist mir wirklich klar, dass ich zu einer Bande von Verbrechern gehöre. Sie dürfen den Schlüssel niemals zurückbekommen. Und auch die GHA darf ihn nicht kriegen. Die würden damit bestimmt was ganz anderes machen, als Bargeld und Schmuck zu klauen.«

Mir wurde schwindlig, als ich unter mein T-Shirt langte und den federleichten Schlüssel berührte. Ich war gelinde geschockt.

»Klingt wie die Mafia. Warum hast du ihn ausgerechnet mir gegeben? Wenn so ein Jäger kommt und ihn haben will, kann ich nichts tun!«

»Scht!«, ermahnte mich Gyula. »Du hast viele Helfer, sowohl im Diesseits als auch im Jenseits. Und was am wichtigsten ist: Noch hat dich keiner von denen in Paris auf dem Radar. Meiner Familie bringt man seit dem Tod meiner Mutter und dem Zerwürfnis meines Vaters mit Onkel László Misstrauen entgegen, egal was für einen hohen Posten mein Vater bei der GHA hat. Und sie beobachten zwar deinen Vater, aber nicht dich. Keiner weiß, zu was du fähig bist.«

Das wusste ich allerdings auch nicht wirklich. Welchen Nutzen sollte ich haben? Wenn jemand Wind davon bekam, war ich den Schlüssel schneller los, als ich Piep sagen konnte.

»Hoffentlich bleibt das eine Weile so, bis wir mehr wissen«, schaltete sich meine Großmutter ein. »Verfolgt die Spur zur GHA weiter, nur sie kann, nebst der Hölle, Unheil in dieser Größenordnung säen.«

Gyulas Stimme wurde drängender. »Pass auf das Teil auf. Viele wollen es in ihren Besitz bringen. Wenn die GHA es in die Finger kriegt, ist alles aus. Sie werden Dinge auf die Welt loslassen, die du dir nicht vorstellen kannst. Sie werden all ihre Feinde an Orten einsperren, wo sie niemand findet. Und wir stehen ganz oben auf der Liste.«

Puh. Ganz schön harter Tobak. Oma Margarethe sah genauso erschrocken aus wie ich. Wenigstens wusste ich jetzt, was Herr Böttcher mit *Clavicula* gemeint hatte.

Ich beschloss, das Thema zu wechseln.

»Wenn du Amélie siehst, kannst du ihr bitte sagen, dass sie mich besuchen kommen soll?«

Gyula schaute zur Glühbirne hinauf, dann wieder auf mich. »Mach ich gerne, wenn ich sie erwische. Kannst du im Gegenzug Milán etwas mitteilen? Ich habe eine Nachricht für ihn, die sich nicht mittels Zeichensprache übermitteln lässt.« Jetzt saß ich in der Zwickmühle. Der Zeitpunkt war gekommen, an dem ich Milán gegenüber reinen Tisch machen musste. Ich hinterging ihn, indem ich mich heimlich mit seinem Bruder traf. Andererseits konnte es ihm egal sein, was ich tat, schließlich waren wir nicht zusammen und Milán schien es leider nicht eilig zu haben, diesen Zustand zu ändern. Hinzu kam, dass sein Bruder als Geist technisch gesehen keine Konkurrenz darstellte. Technisch. Abgesehen von diesem Umstand hätte Gyula wohl das Rennen gemacht, wäre er am Leben gewesen. Ob ich wollte oder nicht, ich fühlte mich zu beiden hingezogen. Einfach verrückt. Schließlich hatte ich nur mit dem einen eine Zukunft, die ich möglicherweise gerade verspielte. Und nun zwang mich Gyula, einen Schritt weiter zu gehen.

»Lass hören«, erwiderte ich nach kurzem Zögern.

»Milán muss zwei Dinge tun: Erstens muss er so schnell wie möglich beenden, was er angefangen hat. Er weiß, um was es geht.«

Ich runzelte die Stirn. »Und das kannst du ihm nicht selber übermitteln?«

Gyula schüttelte heftig den Kopf, sodass seine gelockten Haare herumwirbelten. »Es ist wichtig, dass du es tust. Er muss endlich wissen, dass wir miteinander sprechen. Und er soll darüber nachdenken, was er eigentlich will. Das ist der zweite Punkt.«

»Er wird stinksauer auf mich sein!«

Gyulas Gesichtsausdruck wurde sanft. Er stand auf und streckte die Hand nach mir aus, als wollte er mir über die Wange streichen, ließ sie aber gleich wieder sinken, als er sich daran erinnerte, dass er niemanden mehr berühren konnte. Er biss die Zähne zusammen. Augenblicklich tat er mir leid und mein kurzer Ärger verflog.

Ich hakte nach: »Was meinst du damit, dass er herausfinden soll, was er will?«

Als ich mich umblickte, bemerkte ich das Verschwinden meiner Großmutter, als hätte sie bemerkt, dass dieser Teil unseres Gesprächs sie nichts anging. Meine Hände begannen leicht zu zittern. Ich verhakte meine Finger ineinander, um es zu unterbinden. Ich war mir nicht sicher, ob ich hören wollte, was Gyula auf dem Herzen hatte.

Der Geist seufzte tief. »Ich tue das, was Milán tun müsste. Ich teile fast alle meine Geheimnisse mit dir. Ich zeige dir, wie sehr ich dich mag.« Er kam so dicht an mich heran, dass ich seine Geisterkälte spürte. Es war irritierend, ihm nahe zu sein, ohne ihn anfassen zu können. Der Wunsch, ihn in den Arm zu nehmen, wurde übermächtig. Ich lehnte mich zurück und schloss die Augen.

Er ist nicht Milán! Er ist nicht lebendig! Du könntest deine Liebe zu ihm niemals ausleben, erklang eine warnende Stimme in meinem Kopf. Ernst sah ich ihn an. Gyulas schönes Gesicht hatte einen verzweifelten Ausdruck angenommen.

»Du kannst meine Gedanken nicht lesen, weil ich nicht mehr körperlich in deiner Welt lebe. Aber du kannst sie erraten. Du kannst mich verstehen, besser als jeder andere, sogar besser als mein Zwillingsbruder«, fuhr er eindringlich fort.

»Was soll ich tun? Was erwartest du von mir?«, fragte ich hilflos.

»Weißt du denn, was du willst?« Er klang traurig.

Milán. Ich wollte, dass er mein Freund war, dass er meine Gefühle erwiderte. Nichts anderes wollte ich. Nichts anderes sollte ich wollen. Verflixte Zwillinge!

»Was willst *du*?«, fragte ich zurück und zwang mich, nicht die Hand an meinen Bauch zu legen, in dem sich plötzlich alles zusammenzog.

Gyula lächelte matt und blickte auf den gesprenkelten Linoleumboden. »Etwas, das ich nicht haben kann.«

Mit einem Windstoß verschwand er und ließ mich allein.

25

Sobald Gyula sich in Luft aufgelöst hatte, kehrte meine Großmutter zurück und ging neben mir in die Hocke. Sie ließ mir Zeit, in der Kammer zu sitzen und wegen zweier Typen zu heulen, die mein Leben komplizierter machten als alle Geister, Dämonen und Jäger dieser Welt zusammen. Ich hatte keine Ahnung von alldem! Meine neuen, verwirrenden Gefühle überrollten mich wie eine Lawine, aus der ich mich nicht freigraben konnte. Ich musste endlich aktiv werden. Doch das fiel mir schwer.

»Es ist nicht leicht, mein Kind«, brach sie nach einiger Zeit das Schweigen. Mütterlich strich sie mir übers Knie, ein eisiger Luftzug liebkoste mich. Ihre weißgraue Dauerwelle wippte hin und her, als sie den Kopf schüttelte. »Jetzt hör auf zu weinen. Wir haben zu viel zu tun, um über unerfüllte Liebe zu klagen. Der Junge wird darüber hinwegkommen. Ihr könnt nicht zusammen sein. Und du bist hoffentlich nicht so verliebt, dass du freiwillig seine Welt betreten willst.« Jetzt blickte sie mich mahnend an.

Energisch wischte ich mit den Händen die Tränen ab.

»Oma! Das weiß ich doch selbst. Ich bin nicht lebensmüde. Aber ich mag ihn wirklich sehr! Er ist anders als sein Bruder.«

»Du liebst den anderen. Ich sehe es an deinen Augen, wenn du über ihn sprichst. Gyula weiß, dass er dich nicht haben kann, weil die Welten euch trennen. Er weiß aber auch, dass er es gekonnt hätte, wäre er am Leben.«

Meine Großmutter war wie immer eine aufmerksame Beobachterin gewesen. Natürlich lag sie mit ihrer Vermutung richtig. Dadurch verstand sie sicher mein Problem: Gyula konnte ich nicht haben und Milán würde mich vermutlich bald nicht mehr wollen.

»Du hast recht. Meine Güte, bis vor Kurzem gab es keine Jungs in meinem Leben und jetzt schlage ich mich gleich mit zweien herum. Das ist einfach merkwürdig.«

»Das ist der Lauf der Dinge, mein Schatz. Du kannst dich nicht länger vor der Realität verstecken, vor dem, was du bist. Die Zeit ist gekommen, alte Sicherheiten zu verlassen und sich mutig ins Leben zu stürzen. Gyula hat all das auch für seinen Bruder getan.«

»Was? Er trifft sich wegen Milán mit mir? Aber das wird Milán bestimmt ärgern«, stellte ich bestürzt fest.

Sie lächelte verschmitzt. »Denk mal darüber nach.«

»Ich hab tausend andere Dinge im Kopf und auf so was wäre ich nie gekommen! Gyula ist doch genauso verschroben wie Milán!«

»Überbringe die Botschaft. Und warte nicht zu lange. Geh jetzt rein, bevor dein Vater einen Suchtrupp losschickt.«

Gyula ließ sich die folgenden Tage nicht mehr blicken und ich vermisste ihn. Jedes Mal, wenn ich Milán ansah, stahl sich das Bild seines Bruders in meine Gedanken, wie er auf der Gefriertruhe gesessen und mich angelächelt hatte. Er ließ mich alleine, weil er wollte, dass ich diese absonderliche Sache zwischen ihm, seinem Bruder und mir in Ordnung brachte. Vielleicht tat es ihm weh, mich zu sehen. Er fehlte mir als Freund und als ausgleichender Pol zu seinem Zwillingsbruder. So seltsam es klang, hatte Gyula mir Miláns Verhalten erträglicher gemacht, weil ich wusste, dass es nicht an mir lag, sondern an ihm. Diese Sicherheit verschwand nun mehr und mehr aus meinem Denken und ich glich plötzlich einem unglücklich verliebten Mädchen, das Tag und Nacht darauf wartete, dass sich sein auserkorener Frosch in einen Märchenprinzen verwandelte. Ich hielt mich selbst kaum aus, doch ich war noch nicht verzweifelt genug, um über meinen Schatten zu springen und einfach mit Milán darüber zu reden. Mein Mauerblümchen-Ich hoffte darauf, dass er auf mich zukommen würde.

Miláns Verhalten blieb unverändert. Er akzeptierte mich als Freundin, als Kollegin, wenn man so wollte, und zwangsläufig behandelte ich ihn dementsprechend. Selbst wenn wir uns häufig wie beiläufig berührten, zum Beispiel, wenn er seine Hand auf meine Schulter legte, weil er mir etwas sagen wollte. Oder wenn ich ihm manchmal über den Rücken strich, weil er krumm dasaß und sich klein machte. Wenn er im Laufen sogar ab und zu meine Hand nahm, so wagte ich es doch nicht, ihm ganz offen meine Zuneigung zu zeigen. In solchen Momenten fraß mich diese kaum wahrnehmbare und dennoch vorhandene Grenze zwischen uns beinahe auf. Irgendwann musste ich meinen ganzen Mut zusammennehmen und sie überwinden. Jeder andere hätte sich längst ein Herz gefasst und einen Versuch gewagt. Aber ich war nicht wie jeder andere. Lieber verging ich vor Sehnsucht, als ihm meine Liebe zu gestehen, egal, wie bescheuert das war.

Die nächste Woche brach an und die imaginäre Gewitterwolke über meinem Kopf wollte nicht verschwinden, nein, sie hatte reale Brüder und Schwestern bekommen.

Am Mittwochmorgen saßen wir im Deutschunterricht und erarbeiteten etwas über verschiedene Stilmittel in Gedichten. Zwischen Oxymoron, Trochäus und Stabreim auf dem Arbeitsblatt wanderte mein Blick ein ums andere Mal zum Fenster, wo ich antriebslos in den düsteren, wolkenverhangenen Himmel schaute. Jeden Moment konnte kalter Regen herunterkommen und den goldenen Herbst wegwaschen. Beim Verlassen des Hauses heute früh hatte es sich dermaßen eisig angefühlt, dass ich meinen wollenen, grauen Wintermantel angezogen hatte.

»Das Wetter wird nicht besser, wenn du versuchst, die Wolken wegzustarren«, unterbrach Milán meine Gedanken. »Es liegt etwas in der Luft. Heute Nacht konnte ich nicht schlafen und hab ein bisschen im Internet recherchiert.« Trotz seiner häufigen durchwachten Nächte sah er immer beneidenswert frisch aus. Ich wusste jedoch, dass er lieber schlafen würde, als zu warten, dass die Stunden vergingen und die Dunkelheit mit sich fortnahmen, wenn er von seinen Ausflügen zurückkam.

Nach einem kurzen Kontrollblick auf unseren Deutschlehrer Herrn Vitte, den die Netteren in der Klasse Fritte, die weniger Netten anders nannten, flüsterte ich zurück: »Bist du auf was Interessantes gestoßen?«

»Das Übliche. Ich hab versucht, meinem großen Bruder etwas zu entlocken, aber der hüllt sich in Schweigen und klopft blöde Sprüche, von wegen keine Infos für kleine Hosenscheißer und so weiter.«

»Warum ist dein Bruder manchmal so ein Idiot?« Ich unterließ es, zu erwähnen, dass ich Milán zu Beginn ebenfalls für einen Idioten gehalten hatte. Vermutlich wusste er das, immerhin konnte er Gedanken lesen. Gábor wollte Milán beschützen, aber in meinen Augen war sein Weg der falsche.

»Frag mich was Leichteres. Er meint, dass es am besten wäre, wenn ich Vater und ihm brav nachlaufen würde. Dafür gibt es auch gute Nachrichten: Ich hab endlich den Ort entdeckt, an dem mein Vater den Schlüssel zu unserer Bibliothek aufbewahrt. Früher hat er immer behauptet, seine Bücher wären zu wertvoll, um Kinder in ihre Nähe zu lassen, aber dieses Argument zieht jetzt nicht mehr.«

Wie gerne würde ich ihm sagen, dass ich einen Schlüssel besaß, der Miláns Mühen unnötig machte. Leider ging es noch nicht.

»Da er mich trotzdem nicht reinlässt, muss es dort interessante Bücher oder sonst was geben, was Licht ins Dunkel bringen könnte.« Ich lächelte, weil seine Augen vor Begeisterung glänzten.

Milán wandte sich plötzlich ab und beugte sich über seinen Tisch. Er kritzelte etwas auf ein Stück Papier aus seinem Deutschheft. Unter dem Tisch legte er mir den Zettel auf den Oberschenkel. Ich erschauerte unter seiner Berührung.

Annalena wartet darauf, dass du mir endlich um den Hals fällst und mich küsst. Obwohl sie sich gleichzeitig wünscht, du würdest zur Vernunft kommen und mich aufgeben. Ist eines davon etwa in deinem Sinne? Ich bin mal so höflich, nicht deine Gedanken zu lesen. Gibts dafür ein Dankeschön?

Dieser unmögliche … Mit bösem Gesicht stopfte ich den Zettel in die Tasche meiner dunkelblauen Jeans und pikste Milán in die Seite. Er lächelte, revanchierte sich aber nicht. Am liebsten hätte ich ihn viel fester gepikst. Natürlich war Ersteres in meinem Sinne, ich dachte beinahe an nichts anderes mehr.

Wieso kapierte Gyulas dämlicher, lebender Zwilling scheinbar nicht, dass ihn nicht als platonischen Freund haben wollte?

An diesem Vormittag spürte ich deutlich wie nie zuvor, dass es so nicht mehr weitergehen konnte. Dass es mich zu viel Kraft kostete, ständig meine Gefühle zu unterdrücken und Miláns zu hinterfragen.

Ich musste ihm endlich die Botschaft von Gyula überbringen und sehen, was sich daraus entwickelte. Wie sehr ich auch fürchtete, dass Milán sich daraufhin von mir abwenden würde, gab es keine andere Möglichkeit. Ich hatte zu lange damit gewartet.

Den Morgen über unternahm ich mehrere Anläufe, ruderte aber jedes Mal zurück und redete stattdessen über Belanglosigkeiten. In der letzten Stunde fraß die Nervosität meine ohnehin geringe Konzentration vollends auf. Diesen Schultag konnte ich in die Tonne treten. Als wir uns in Französisch an stinklangweiligen Grammatikübungen zum passé simple abrackerten, glaubte ich, meine Nerven wären zum Zerreißen gespannt. Egal, wie hart und rational ich sein wollte, meine verfluchten Empfindungen waren stärker. Ich ertrug es kaum, Milán neben mir zu wissen. Ich spürte seine unmittelbare Nähe, als würde er mich mit seinem ganzen Körper berühren. Etwas so Eigenartiges hatte ich nie zuvor empfunden. Seine Präsenz hüllte mich ein wie eine kuschelige Wolldecke. Ich schloss die Augen und ging dem Gefühl nach. Genau in diesem Moment sprach Milán mich im Flüsterton an, nachdem er die ganze Zeit über geschwiegen oder bestenfalls einsilbig auf meine bewusst unverfänglich gehaltenen Fragen zum Schulstoff geantwortet hatte.

»Was ist los mit dir? Bist du müde?«

Ohne nachzudenken, schüttelte ich den Kopf.

»Ist dir schlecht?«, fragte er weiter.

Die leise Sorge in seiner Stimme brachte meinen Magen dazu, sich vor Freude zusammenzuziehen. O Gott! Wie sollte ich dieses Schuljahr durchstehen? Es erschien mir unmöglich. In meinem Hals bildete sich ein Kloß. Meine Hände zitterten und das wilde Pochen meines Herzens dröhnte mir in den Ohren. Ich konnte hier nicht in Tränen ausbrechen, besonders nicht vor ihm!

Ich stand ruckartig auf, sodass mein Arbeitsblatt zu Boden segelte. Milán hob es auf, was ich nur am Rande mitbekam. Ich musste raus hier. Weg von ihm.

»Frau Winter? Mir geht es nicht gut. Kann ich kurz an die frische Luft?«, bat ich mit gepresster Stimme. Mit einem Mal hatte ich richtig Mühe, nicht loszuheulen.

Unsere Klassenlehrerin verzog mitleidig ihr gütiges Gesicht. »Natürlich, nicht dass du uns umkippst. Jemand sollte dich begleiten.«

»Ach, nein, ich komm schon zurecht. Bestimmt wird es draußen gleich wieder besser«, erwiderte ich wie aus der Pistole geschossen und verließ fluchtartig den Klassenraum. In Rekordzeit sprintete ich durch das Treppenhaus, um nach draußen in den einsetzenden Nieselregen zu treten. Die dunkelgrauen Wolken hingen schwer über mir. Passend zu meiner Stimmung. Fehlten gerade noch ein paar Blitze.

Mit raschen Schritten überquerte ich den Schulhof, um mich unter den Windfang des Sophienhauses zu setzen. Dort wurde ich wenigstens nicht nass.

Nach wenigen Sekunden fror ich erbärmlich, weil ich meinen Mantel oben vergessen hatte. Zitternd umschlang ich meine Knie und legte mein Kinn darauf. Es tat gut, dem Drang nachzugeben und die Tränen laufen zu lassen. Es gar nicht so viele wie befürchtet. Hatte sowieso keinen Sinn, zu heulen. Es änderte nichts an meiner Lage.

Ich fragte mich, wann das Ganze eigentlich aus dem Ruder gelaufen war. Ich hatte mich vor Längerem in Milán verliebt, hatte es bisher aber ganz gut unter Kontrolle gehabt. Nah am Verzweifeln flüchtete ich mich in eine sorgfältige Analyse. Wenn es mir zu viel wurde, war mein Gehirn normalerweise ein guter Ansprechpartner. Im Moment schwankte ich zwischen Freude und Kränkung. Ich verabscheute mich selbst dafür, dass ich anscheinend alles tun würde, damit Milán meine Liebe zu ihm erwiderte. Die Reaktionen meines Körpers auf seine Gegenwart fand ich bedenklich. Gleichzeitig wollte ich ihn nicht bedrängen, um ihn nicht zu verscheuchen. Er hatte schließlich gesagt, dass er mich mochte. Aber wie sehr mochte er mich? Das hatte er nicht gesagt und nicht so deutlich gezeigt, dass ich es wissen konnte. Argh! Zumal ich mir den miesesten Zeitpunkt ausgesucht hatte, um mich von einem Kerl ablenken zu lassen – und von der Erfüllung meiner Aufgabe, diesen idiotischen Jäger zu finden und auf Gyulas Schlüssel aufzupassen. Ganz egal, ob ich dafür mit ebendiesem Kerl zusammenarbeiten musste. Und mit seinem Bruder, einem Geist, der offenbar ebenfalls Gefühle für mich hegte, wie ich für ihn. Hilfesuchend schaute ich in den grauen Himmel, als würde er mir die Antworten geben, die ich ersehnte.

Ich schrak zusammen, als sich jemand neben mich auf die einzelne Steinstufe fallen ließ.

»Frau Winter hat mich geschickt, um zu sehen, ob es dir besser geht«, erklärte Milán sein Erscheinen.

Ich schaute demonstrativ in eine andere Richtung als er. »Geh weg«, murmelte ich, obwohl ich mir das Gegenteil wünschte.

Wehe, du liest meine Gedanken, ermahnte ich ihn stumm. Hundertprozentig stöberte er in meinem Kopf herum, ich bemerkte nämlich wieder dieses Druckgefühl an den Schläfen.

Freundschaft konnte er haben, vielleicht. Wenn ich mich wieder besser in den Griff bekam. Möglicherweise musste ich die Klasse wechseln. Fast hätte ich gelacht. Bei allen guten Vorsätzen wusste ich genau, dass ich nicht einfach mit ihm befreundet sein konnte, nicht mehr. Irgendwann in den vergangenen Wochen war dieser Zug abgefahren und leider hatte er keinen gellenden Warnpfiff ausgestoßen. Entweder ganz oder gar nicht. Und diese Entscheidung lag dummerweise nicht bei mir. Jetzt, jetzt musste ich es ihm beichten. Die Sache mit Gyula.

Milán tat natürlich nicht, worum ich ihn gebeten hatte. Er blieb still neben mir sitzen. Ich kaute auf der Innenseite meiner Wange, denn ich spürte überdeutlich seinen Blick auf mir ruhen. Mein Herz überschlug sich, als er unvermittelt einen Arm um meine Schultern legte und näher heranrückte. Seine Körperwärme war wunderbar. Jetzt zitterte ich nicht mehr vor Kälte, sondern aus einem anderen Grund.

Obwohl er mir nur den kleinen Finger reichte, ergriff ich gleich die ganze Hand, im wahrsten Sinne des Wortes. Ich liebte es, wie meine kleine Hand beinahe in seiner verschwand, ebenso schön fand ich es, meinen Kopf an seine Schulter sinken zu lassen. So lange hatte ich mich nach seiner Nähe gesehnt. Und jetzt wünschte ich mir, dass er mich nicht erneut zurückwies.

Diese Freundschaft war alles, aber nicht platonisch. Wenn er nicht selbst darauf kam, würde ich ihn vor vollendete Tatsachen stellen müssen. Es bereitete mir immense Schwierigkeiten, endlich den Mund aufzumachen und die Botschaft zu überbringen.

»Warum bist du abgehauen? Ist es meinetwegen? Hab ich was falsch gemacht? Ist es wegen der Jägersache? Keiner von uns darf darüber reden. Das hat nichts mit dir zu tun«, sprach Milán an meiner Stelle.

Ohne ihn anzusehen, erwiderte ich: »Nein. Du kannst nichts dafür. Es ist nur … Mit dir … Wie soll ich das erklären?« Ich gab es auf und sah ihn an.

Doch er verstand. »Ist es das?« Er strich sachte über meinen Handrücken und lächelte, als mein Herzschlag sich spürbar beschleunigte. Bebend schloss ich die Augen.

»Lass das«, sagte ich schwach. Meine Liebe zu ihm hatte mich mit solcher Macht überfallen, dass ich ihr nichts entgegenzusetzen hatte. Beängstigend.

»Wie konnte das passieren?«, fragte er leise und ließ meine Hand los. Die plötzliche Kälte kroch unangenehm über meine Haut.

»Keine Ahnung. Wie entstand ausgerechnet auf der Erde Leben?«, fragte ich zurück. Selbst ich bemerkte den ungeduldigen Unterton in meiner Stimme.

»Tut mir leid. Ich verstehs nicht. Ich wollte dir nicht das Leben schwer machen.«

»Das weiß ich. Es gibt Dinge, auf die hat man eben keinen Einfluss«, entgegnete ich milder. Er nahm seinen Arm weg. »Soll ich lieber gehen?«

Entsetzt schaute ich ihn an und ergriff schnell seine Hände. Er lächelte. Das war ihm anscheinend Antwort genug. Er nahm mich wieder in den Arm.

Ich holte tief Luft. Jetzt oder nie!

»Ich muss dir was sagen. Ich habe eine Botschaft von Gyula für dich.«

Sein Arm schloss sich fester um meine Schultern. »Was für eine Botschaft?« Er kniff seine Lippen zu einem schmalen Strich zusammen.

»Er sagte, du sollst bald beenden, was du angefangen hast«, antwortete ich mit bebender Stimme. »Du wüsstest, worum es geht. Und du solltest darüber nachdenken, was du willst.«

»Hat er sonst noch was gesagt?«, hakte er gefasst nach.

»Er sagt ziemlich viel, wenn wir uns sehen. Was genau willst du wissen?« Ängstlich wartete ich auf seine Reaktion.

Er atmete aus, wie um sich zu beruhigen.

»Ich weiß, dass ihr euch trefft. Und dass keiner von euch beiden es für nötig gehalten hat, mich darüber zu informieren. Gyula musste dir wohl mal in den Hintern treten.« So konnte man es auch interpretieren.

»Bist du nicht sauer auf mich?«

»Ein bisschen. Aber ich glaube, du hast nichts gesagt, weil du Mitleid mit mir hast, richtig?« Sein verständnisvoller Tonfall ließ mein schlechtes Gewissen ins Unermessliche wachsen. Ich hatte mich schließlich vor einem möglichen Eifersuchtsszenario gefürchtet und davor, dass er mich für eine Lügnerin hielt.

26

»Ich hatte Angst, es dir zu erzählen. Ich meine, du kannst nicht auf die gleiche Weise mit ihm kommunizieren wie ich.« *Außerdem ist er in mich verknallt. Und ich ein bisschen in ihn*, fügte ich im Stillen hinzu.

»Schon gut. Damit hab ich mich abgefunden. Aber es ist mehr als das. Gyula geht mir seit den Sommerferien aus dem Weg. Er verschweigt mir etwas.«

Zufällig wusste ich, was Gyula ihm verschwieg, doch ich hütete mich, das zu verraten. Noch war der Schlüssel zu heikel, um mehr Leute einzuweihen.

»Mit mir trifft er sich im Moment auch nicht mehr«, versuchte ich ihn zu beschwichtigen.

»Magst du ihn?«

Mist. »Ist das wichtig für dich?«

»Ja. Ich kenne ihn besser als du. Er ist viel in deiner Nähe. Er passt auf dich auf. Mehr, als er müsste.«

»Ist das etwas Schlechtes?«

»Nein. Es bedeutet allerdings, dass er mehr in dir sieht als nur ein Medium.«

Ich musste wohl deutlicher werden. »Weißt du, ich glaube eher, Gyula wollte dich dazu zwingen, endlich mal über deinen Schatten zu springen.« Ha! Ich hatte nämlich genug darüber nachgedacht, was meine Großmutter angedeutet hatte, dass ich mir sicher war, Gyulas Beweggründe durchschaut zu haben. Aber Milán überraschte mich wieder. Verblüfft registrierte ich sein breites Grinsen.

»Das sieht ihm ähnlich. Witzig, dass ich darauf nicht gekommen bin. Er war immer derjenige von uns beiden, der sich perfekt in andere hineinversetzen konnte. Viel besser als ich.«

»Gyula macht es einem sehr leicht, ihn gern zu haben. Du eher nicht«, sagte ich ehrlicher, als ich wollte. *Trotzdem will ich dich und nicht ihn*, rief es in mir. Da mein Kopf sich normal anfühlte, versuchte Milán wohl nicht, meine Gedanken zu lesen.

Er hüllte sich in nachdenkliches Schweigen, ließ mich aber nicht los. Ich genoss es, ihn nahe bei mir zu haben, und kam mir ein bisschen wie ein Junkie vor. Mir fiel ein Stein vom Herzen, weil Milán mir die Treffen mit Gyula und meine Unehrlichkeit nicht übel nahm. Wahrscheinlich hätte er dasselbe getan. Dennoch wollte ich das Gespräch nicht beenden. Ich hatte noch etwas zu klären.

»Was machen wir jetzt? Du weißt schon«, fragte ich nach einer Weile. Wir verhielten uns lächerlich, da keiner von uns beiden fähig war, die Dinge auszusprechen, die sich zwischen uns angestaut hatten. Vielleicht war das auch gar nicht nötig. Milán schien in Beziehungsdingen ähnlich unbeholfen zu sein wie ich. Das gab mir ein wenig mehr Sicherheit auf diesem wackeligen Terrain, auf das er mich, wahrscheinlich unbeabsichtigt, gebracht hatte.

»Weiß nicht. Es ist alles nicht so einfach«, antwortete er vorsichtig.

»Ich weiß, was du meinst. Tu, was du für richtig hältst, aber versuch, mit mir in Kontakt zu bleiben, irgendwie. Ich versuche ebenfalls das Richtige zu tun und wir treffen uns irgendwo in der Mitte.« Meine verschlungene Aussage brachte ihn zum Lächeln.

»Klingt seltsam. Arbeiten wir trotzdem zusammen? Egal, was das hier wird?«

»Es bleibt uns sowieso nichts anderes übrig. Außerdem hilft es mir zu wissen, dass du mich magst. Jedenfalls sieht es aus, als würdest du mich mögen.«

Er strich mir vorsichtig über den Unterarm. »Du bist ziemlich verrückt, weißt du das?«

»Du doch auch«, gab ich zurück. »Kein Wunder, dass das hier so seltsam ist.«

Jetzt grinste er mich an. Die Anspannung war weg.

»Willst du eine Beziehungsrahmenvereinbarung mit mir treffen, damit es keine unangenehmen Überraschungen gibt?«

Ich lachte. »Wenn ich es mir recht überlege, hast du wirklich was von Sheldon Cooper.« Jedoch höchstens innerlich. Hätte ich ihn nicht kennengelernt und müsste von seinem Äußeren auf seinen Charakter schließen, hätte ich ihn eher eingeordnet wie Joshua. Daraufhin stach Milán mir in die Rippen, doch er lachte. Als er mich anlächelte, räumte er die Zweifel, die mich verfolgt hatten, fürs Erste aus. Was immer er in mir sah, ich spielte für ihn offenbar in einer völlig anderen Liga als jemand wie Vanessa oder Annalena. Wohlige Wärme breitete sich in meinem Bauch aus.

Von einem Herzschlag auf den nächsten wirkte seine Miene wieder ernst und seine blaugrünen Augen nahmen einen verletzlichen Ausdruck an. »Bitte sag mir nächstes Mal sofort, wenn ich irgendetwas tue, was dich ärgert oder was du nicht verstehst, okay? Wenn wir es hinkriegen, möchte ich mit dir befreundet sein. Ich mag dich wirklich, Katharina.« Er sprach meinen Namen so zärtlich aus, dass ich mich nicht beherrschen konnte und sanft über seine Wange streichelte. Auf seinen Wangenknochen fühlte sich die Haut seidig weich an, weiter unten spürte ich winzige Bartstoppeln unter meinen Fingerspitzen. Ich hätte ihn stundenlang anfassen können. Ehe ich mich im Zaum halten konnte, beugte ich mich vor, um ihn vorsichtig dorthin zu küssen, wo eben meine Finger gelegen hatten. Erschrocken über meine eigene Kühnheit schlug ich mir im nächsten Moment die Hand vor den Mund und rückte von ihm ab.

Doch er blickte mich unverwandt an. Freude und Verwunderung spiegelten sich in seinem Gesicht.

Es fühlte sich an wie ein stummes Versprechen, als er mir tief in die Augen sah und einen zarten Kuss auf meinen Mundwinkel hauchte.

Ich war nicht in der Lage, mich zu bewegen. Mein Herz setzte einen Moment lang aus, bevor es mir bis zum Halse schlug. Der Bienenschwarm kam zurück, heftiger als zuvor.

Ja, wir wussten beide, worauf es hinauslief mit unserer Freundschaft. Kein Grund, irgendetwas zu überstürzen. Hand in Hand gingen wir zurück zu unserem Klassenzimmer. Bevor Milán die Tür öffnete, ließen wir uns los.

Freunde.

In der Nacht weckte mich eine wohlbekannte tiefe Stimme. Ich fuhr hoch, als ich des Geistes gewahr wurde, der am Fußende meines Bettes an der Leiter saß. Gyula.

»Katharina«, flüsterte er. Hektisch setzte ich mich auf und strich meine Haare zurecht.

»Gyula! Was machst du hier?«

»Ich hab Milán und dich heute auf dem Schulhof gesehen. Schön, dass du getan hast, worum ich dich gebeten habe. Ich … wollte mich bei dir entschuldigen, weil ich mich das letzte Mal einfach in Luft aufgelöst habe. Es ist manchmal schwierig für mich, mehr Zuschauer zu sein als Mitspieler.«

Müde rieb ich mir mit den Händen über die Stirn. »Schon okay. Es hat mich nur ein bisschen verwirrt, dass du mich nicht mehr sehen wolltest.«

»Du musstest dir darüber klar werden, wohin dich deine Reise führt. Und ich wollte nicht, dass sie bei mir endet. Egal wie sehr ich mir das gewünscht hätte.« Er hatte demnach gemerkt, dass ich für ihn schwärmte. Und so verrückt es klang, ein Gespenst hatte sich in mich verliebt. War ja klar, dass jemand von der anderen Seite, jemand, mit dem ich nicht zusammen sein konnte, direkt auf mich zukam. Ich seufzte leise.

»Du drückst dich immer so schön aus. Du wolltest, dass meine Reise mich zu Milán führt, oder?«

Gyula nickte. Das kühle Leuchten, das ihn umgab, ließ mich den Kummer in seinem hübschen Gesicht sehen. Der Drang, ihn in den Arm zu nehmen und zu trösten, war riesig.

»Kann ich irgendetwas für dich tun?«, erkundigte ich mich stattdessen.

»Nicht wirklich. Pass einfach auf meinen Bruder auf. Ich weiß, dass er dich sehr gernhat. Wenn ich nicht bei dir bin, bewacht er fast jeden deiner Schritte. Er würde dich niemals im Stich lassen.«

»Er bewacht mich?« Und ich hatte befürchtet, dass er mich für eine Stalkerin halten könnte. Plötzlich ergab sein ständiges Auftauchen aus heiterem Himmel Sinn.

»Es ist sogar seine Pflicht. Außerdem machst du genug Dummheiten, dass man dich kaum aus den Augen lassen darf.« Er hatte die

Pflicht, mir nachzustellen? Von den Geistern hatte ich nichts anderes erwartet. Gyula war nicht der Erste und nicht der Einzige von ihnen, der ein Auge auf mich hatte. Aber von Milán?

»Er tut es nicht deshalb, weil er in mich verliebt ist?«, fragte ich sicherheitshalber nach.

»Das spielt vielleicht ebenfalls eine Rolle. Gib ihm Zeit. Er tut sich sehr schwer damit, andere Menschen an sich heranzulassen und mit diesem ganzen Gefühlsding kennt er sich nicht aus.«

»Und du schon?«

»Klar. Das Schlimmste am Jenseits ist genau das, was ich im Moment durchmachen muss.« Der Geist grinste jetzt ein bisschen gemein. »Milán hat Glück, dass ich nicht mehr lebe. Ich hätte ihm sonst nicht so viel Zeit gelassen.«

»Du hast dich selbst aus dem Jenseits heraus geschickter angestellt als er«, pflichtete ich ihm bei. »Kann gut sein, dass ich mich für dich entschieden hätte.« Ich errötete. Mein Lächeln schwand rasch. »Ich mag dich wirklich, Gyula. Aber ich liebe deinen Bruder.« Es tat komischerweise gut, diese Tatsache vor jemandem auszusprechen. In meinem Innern wurde es ganz warm.

»Das weiß ich. Wenn ich ihm zu einer Freundin verhelfen kann, bin ich kein so mieser Geist.«

»Du bist ein toller Geist. Und du tust viel für uns.« Er nickte.

»Hast du Amélie gesehen?«, plapperte ich weiter, bevor mir vor lauter Rührung die Tränen kamen.

»Sie macht sich ziemlich rar. Aber sie hat mir zu verstehen gegeben, dass sie nicht gut auf dich zu sprechen ist.«

Was hatte ich meiner Cousine bitte schön getan?

»Warum? Wir haben uns nicht gestritten oder so.«

»Ich hab da so eine Ahnung. Das soll sie dir selber erklären. Sonst kriege ich noch mehr Ärger mit ihr. Jetzt schlaf, Katharina. Deine Großväter, Herr Böttcher und ich haben euer Haus umstellt. An uns kommt kein Toter vorbei.«

»Danke. Gute Nacht und bis bald, hoffentlich.«

»Gute Nacht, Katharina.« Ein kalter Wind streifte mich, als er mich auf die Wange küsste. Das silbrige Licht verblasste zusammen mit Gyulas Gestalt.

Ich lag danach eine ganze Weile wach und stellte mir eine Welt vor, in der Milán und Gyula beide am Leben wären und ich einfach zwei Jungs kennengelernt hätte. Ohne übernatürlichen Quatsch. Wahrscheinlich hätten sie mich ohne die Geistersache niemals beachtet, denn das hatte uns drei am Ende zusammengebracht.

Am nächsten Tag traf ich mich am späten Nachmittag mit Milán zum Spazierengehen in der Weststadt. Nach unserer gestrigen Aussprache konnten wir wesentlich unbefangener miteinander sein. Zum ersten Mal umarmten wir uns zur Begrüßung und Milán hielt die meiste Zeit meine Hand. Ich lächelte fast unentwegt. Egal, wie peinlich mir mein Gefühlsausbruch war, er hatte Milán und mir, zusammen mit Gyulas Wirken, den Anstoß gegeben, den wir gebraucht hatten.

Einige Zeit lang wanderten wir ziellos umher und kamen gerade zum zweiten Mal an der Franz-Knauff-Straße vorbei, als plötzlich laute Schreie ertönten. Nach kurzem Umsehen erkannten wir, dass unter uns auf dem Bahnsteig des S-Bahnhofs großer Aufruhr herrschte.

Ein Blick über die Brüstung der Brücke genügte: Es lag an den grässlichen Krieselwolken vom Friedhof. Die Geisterwesen, die ahnungslose Menschen befielen. Sie dort stifteten dort unten Chaos und brachten die Leute in Gefahr. Hektisch sprinteten wir los. So viel zu einem gemütlichen Spaziergang.

Auf dem Bahnsteig wusste ich gar nicht, wo ich zuerst hinschauen sollte. Zwischen unzähligen Wartenden liefen mindestens sieben Männer und Frauen jeden Alters wild umher und griffen einander grundlos an. Einige von ihnen nahmen Kurs auf die Bahngleise und wurden von den klar Denkenden davon abgehalten, ins Gleisbett zu stürzen. Nach und nach schwand diese Unterstützung; die schwarmähnlichen Geisterwesen fuhren in jeden auf dem Bahnsteig, bis die Leute wie von Sinnen durcheinanderschrien und in alle Richtungen davonrannten.

Ich wusste nicht, wo ich anfangen sollte. Zu meinem Entsetzen zeigte die Anzeigentafel, dass in weniger als fünf Minuten die nächste S-Bahn in Richtung Neckartal einfahren würde.

Wie aus dem Nichts kamen zwei Jäger herbei, sprangen die Böschung hinunter und jagten über die Gleise. Ihre eng anliegende schwarze Kleidung schluckte das Licht und verwandelte sie in vorbeihuschende Schemen. Gott sei Dank. Wir waren nicht allein.

Milán preschte bereits vor. Ohne Rücksicht auf Verluste hielt er die Leute davon ab, sich umzubringen und andere anzugreifen – wenn nötig gewaltsam. Als ich mich in Bewegung setzte, hatte er bereits eine beachtliche Zahl an jungen Leuten im vorderen Teil des Bahnsteigs ausgeknockt. Ihrer Marionetten beraubt, schwärmten die Geister aus, um sich die nächsten Opfer zu suchen. Ich versuchte, mich von ihnen fernzuhalten.

Fasziniert beobachtete ich die Arbeit der beiden vermummten Jäger und meines Freundes. Spätestens jetzt war es offensichtlich, dass Milán einer von ihnen war. Sie arbeiteten sich in atemberaubendem Tempo durch die Menge und schubsten mit einem Arm Besessene ins Gebüsch. Mit dem anderen packten sie jeder Frauen und Männer, damit sie sich nicht vor den Zug in Richtung Osterburken warfen, der mittlerweile in weniger als drei Minuten hier eintreffen und ein Blutbad anrichten würde, wenn noch mehr Menschen auf den Schienen herumspazierten. Für den Zugführer aus Kaiserslautern lag der Bahnhof nämlich hinter einer Kurve. Er würde nicht rechtzeitig abbremsen können.

Der Zeiger der pizzagroßen Bahnhofsuhr neben dem Wartehäuschen rückte erbarmungslos weiter. Auf den Gleisen direkt unter mir liefen zwei orientierungslose Mädchen in meinem Alter herum. Ohne nachzudenken, sprang ich hinunter und führte die Blondine, die keine Gegenwehr zeigte, zurück auf den Bahnsteig, während die Rothaarige mir mehr Mühe bereitete. Sie kratzte mich und trat nach mir, um meine helfenden Hände abzuwehren. Schließlich hatte ich genug und verdrehte ihr den rechten Arm auf dem Rücken, sodass sie sich abführen ließ. Berauscht von meiner eigenen Kraft stürzte ich mich jetzt mitten ins Geschehen. Von der Stadtbahnbrücke kamen immer mehr Schaulustige, aber auch tatkräftige Helfer, um die Ohnmächtigen vom Bahnsteig zu tragen, für die die unsichtbaren Jäger und Milán verantwortlich zeichneten. Ich hatte Milán noch nie in Aktion gesehen. Er wirkte hochkonzentriert und zeigte eine schier unglaubliche Kraft und Körperbeherrschung. Nicht ein einziges Mal strauchelte er, wenn Besessene ihn attackierten oder sich gleich zwei auf ihn stürzten. Als ich eine Hand auf meiner Schulter spürte, riss ich mich von seinem Anblick los und schnellte herum.

Geistesgegenwärtig ergriff ich eine etwa dreißigjährige Frau mit einer Gitarre auf dem Rücken, um sie mit meinem gesamten Körpergewicht ins Wartehäuschen zu bugsieren. Ihre Augen waren seltsam verdreht, sodass ich fast nur das Weiße in ihnen sah. Ich schauderte.

Klein und federgewichtig wie ich war, drehte sie schnell den Spieß herum und schob mich rückwärts auf die Gleise zu. Meine Chucks schliffen ohne Halt über den Steinboden. Erfolglos versuchte ich mich wegzuducken und aus ihrem Griff zu winden. Ich hatte tatsächlich Angst, ihr wehzutun, als ich mein Bein hochriss und ihr gegen den Unterschenkel trat, was mir etwas Luft verschaffte. Dann machte ich mich los, doch sie ging mich ein weiteres Mal an. Selbst als ich ihr mehrmals den Ellbogen in den Bauch rammte, ließ sie nicht von mir ab. Ich stürzte absichtlich zu Boden und zog sie mit hinunter, strampelte mich frei und wollte weglaufen, als sie meinen Fußknöchel packte und sich aufrichtete.

Gerade im rechten Augenblick sprang Milán herbei und schleuderte die Frau in die Büsche neben dem Häuschen, aus denen sie sich erst mal freikämpfen musste. Kurz atmete ich auf, während Milán woanders weitermachte.

Ich erstarrte erneut. In meinem Kopf hörte ich eine allzu bekannte Gedankenstimme: *Lasst mich in Ruhe! Ich will nicht da runter! Nein! Haut ab!*

Matthias! Sonst hörte ich äußerst selten seine Gedanken, aber jetzt brauchte er Hilfe. Verbissen wehrte er sich gegen die feindliche Übernahme seines Körpers. Er konnte anscheinend nicht mal mehr laut schreien, soweit hatten die Geister ihn bereits unter ihre Kontrolle gebracht. Das durfte ich nicht zulassen!

Behände hüpfte ich durch das Labyrinth der zahllosen verstreut daliegenden Menschen und danebenknienden Ersthelfern, die sich unwissentlich der Gefahr aussetzten, ebenso von den Geistern befallen zu werden. Ich rannte der Gedankenstimme nach und ließ mich von keinem aufhalten. Allerdings war niemand mehr übrig, der mich hätte aufhalten können. Die übrig gebliebenen Schwärme konzentrierten sich allein auf meinen jüngeren Bruder.

Ich sah mich eilig nach den beiden Jägern um, aber sie operierten weit weg bei der Straßenbahnbrücke. Sie konnten mir nicht helfen.

Ganz am Ende des Bahnsteigs fand ich meinen Bruder in einer unbequemen Haltung, halb sitzend, halb hockend, ein Bein hinunter ins Gleisbett gestreckt und kurz davor, vor den einfahrenden Zug zu geraten, den ich von Ferne herannahen hörte. Die automatische Lautsprecherdurchsage verkündete, ungeachtet der Situation am Bahnhof, stoisch die Ankunft der roten S-Bahn nach Osterburken und ins Neckartal. Meine verzweifelten Rufe und die ohrenbetäubende Hupe des Zuges übertönte die Stimme.

Endlich erreichte ich Matthias. Er war merkwürdig steif, ich benötigte viel Kraft, um sein Bein heraufzuziehen. Doch dann kippte er vornüber. Ich schaffte es bloß millimeterweise, ihn zurückzubewegen. Zu langsam.

»Matthias! Matthias, beweg dich!«

27

Die Bahn würde seinen Kopf erwischen! Verzweifelt zog und zerrte ich an meinem Bruder, während Tränen meine Wangen hinunterliefen. Nun wandte Matthias sich gegen mich, schlug meine Hände weg und machte es mir unmöglich, ihn von der Bahnsteigkante wegzuholen.

»Matthias! Nein!«, schrie ich völlig aufgelöst.

Das Quietschen der Zugbremsen war dermaßen laut, dass selbst mein Schreien unterging. Trotz Notbremsung hatte der Lokführer keine Chance, einen Zusammenprall mit meinem Bruder zu verhindern.

Wie ein Blitz aus heiterem Himmel erschien Milán neben mir. Buchstäblich in der allerletzten Sekunde. Zusammen rissen wir an Matthias' Schultern, sodass wir zu dritt rücklings auf den harten Boden krachten. Direkt neben uns kam die S-Bahn zum Stehen. Es stank nach verbrannten Gummi. Ich warf mich schluchzend auf meinen Bruder und drückte ihn fest, sodass es ihm wehtun musste. Übelkeit stieg in mir auf. Ich stand kurz davor, ohnmächtig zu werden, schwarze Punkte tanzten vor meinen Augen. Bruchstückhaft registrierte ich, was um mich herum passierte. Doch mit jeder Sekunde, die ich an den schweren Körper meines Bruders geklammert dalag, ging es mir besser.

Der Fahrer kurbelte sein kleines Fenster herunter, um uns in derbem Kurpfälzisch aufs Übelste zu beschimpfen, ob wir noch ganz koscher wären. Dazu hatte er ein paar andere ausgewählte Ausdrücke für drei Jugendliche übrig, die ihr Leben an der Bahnsteigkante riskierten. Als er seine kurze Schimpftirade mit der Androhung einer Anzeige wegen gefährlichen Eingriffs in den Bahnverkehr beendete, schweifte sein Blick durch den Bahnhof. Ich fühlte, dass sich die Geister für den Moment zurückgezogen hatten, ihr Werk ließ sich jedoch nicht übersehen. Der Fahrer machte große Augen und setzte zu einer Frage an, als Milán sich unter das Fenster stellte und mit ruhiger Stimme auf ihn einredete. Er sprach von einer plötzlichen Massenpanik. Ganz gelogen war das nicht.

Das hätte ich im Augenblick nicht fertiggebracht. Lieber vergewisserte ich mich, dass mit Matthias alles in Ordnung war. Weil wir halb liegend, halb sitzend auf dem Steinboden kauerten, protestierten bald meine Beine, doch ich wagte nicht, meine Position zu ändern. Matthias atmete schnell, aber regelmäßig. Durch seine Jacke spürte ich die Hitze seines verausgabten Körpers, auf seiner Stirn standen dicke Schweißperlen, die seine lockigen Haare tränkten. Er war erschöpft. Ich traute mich nicht, ihn loszulassen, und streichelte beruhigend seinen Rücken. Da er mich nicht wegschob, schien er ein bisschen Trost nötig zu haben.

Überall um uns herum kamen die Menschen wieder zu sich. Die meisten, die man noch nicht fortgebracht hatte, wankten nun selbständig davon. Eine alte Frau mit grauen Haaren und einem blauen Kopftuch saß verwirrt auf der Bank des Wartehäuschens und wiegte sich vor und zurück. Ich überlegte nun doch, zu ihr hinzugehen, als die Gitarrenfrau aus dem Gebüsch kroch und sich neben sie setzte.

Beruhigt wandte ich mich wieder Matthias zu: »Alles okay?«

Er nickte und versuchte sich aufzusetzen. Ich wich ein Stück zurück und stützte ihn. Der Fahrer der S-Bahn ließ endlich die Leute ein- und aussteigen und setzte nach wenigen Minuten seine Fahrt fort.

Wir blieben allein zurück. Die Geschehnisse erschienen angesichts des menschenleeren Bahnsteigs surreal.

Milán setzte sich neben mich auf den Boden. Er schien unverletzt zu sein, was mir wenigstens eine Sorge nahm.

»Scheiße, hatten wir ein Glück«, sagte er und rieb sich mit der flachen Hand über die verschwitzte Stirn. »Ein paar mehr und es wären welche draufgegangen. Gábor war da. Und euer Vater. Alleine hätten wir das nie geschafft.« Er keuchte ein wenig.

Dem gab es nichts hinzuzufügen. Ich würde Papa nachher endlich befragen, falls er nicht von selbst auf den Vorfall zu sprechen kam.

Jetzt ließ ich von meinem Bruder ab, stand mit wackligen Beinen auf und fiel Milán um den Hals, weil er Matthias und mich gerettet hatte. Mich zu bedanken war das Mindeste, was ich tun konnte.

»Danke!«, murmelte ich. Ich wusste, dass er mich verstand. Behutsam strich er über meinen Rücken. Sein Herz pochte hart gegen seinen Brustkorb, der sich rasch hob und senkte. Er war fast genauso am Ende wie mein Bruder. Was tat ich überhaupt hier? Ich wollte ihn auf keinen Fall mit zu viel Körperkontakt überfordern. Und mich auch nicht.

Schnell ließ ich ihn los, um mich wieder neben meinen Bruder zu knien. Matthias war jetzt dran, mir ein paar Fragen zu beantworten. Wieso er allein hierherging, wollte ich erst einmal nicht wissen. Ich war nicht da, um ihm Vorwürfe zu machen. Stattdessen nahm ich seine große Hand in meine und fragte: »Hast du irgendetwas Ungewöhnliches gesehen oder gespürt? Kannst du dich überhaupt an etwas erinnern?«

»Jetzt überfall ihn nicht so«, fuhr Milán dazwischen. »Lass ihm kurz Zeit.«

Aber Matthias hatte sich genug erholt, um mir Rede und Antwort zu stehen. »Da waren wieder diese Wolkendinger, wie schwarze Fliegenschwärme. Solche, wie ich sie bei Oma im Garten gesehen hab. Es müssen dieselben sein, die in letzter Zeit öfter unser Haus belagern. Sie sind durch mich durchgeflogen. Ich dachte, das müsste ich spüren, aber das hab ich nicht. Stattdessen haben sie mich wütend gemacht und unendlich traurig. Sie wollten, dass ich mich umbringe. Mein Körper hat mir plötzlich nicht mehr gehorcht, denken konnte ich noch ein bisschen. Damit war es am Ende vorbei. Hab ich dich angegriffen, Katha? Irgendwann ist alles schwarz geworden und auf einmal warst du da und hast mich umarmt.«

»Du kannst die Geisterwesen sehen und dich sogar teilweise gegen sie zur Wehr setzen?«, fragte Milán ungläubig, während ich Matthias' Hand fester hielt.

Der konnte unsere Aufregung augenscheinlich nicht verstehen. »Na und? Könnt ihr das nicht?«

Meine Stimme zitterte etwas, als ich erwiderte: »Wir schon, aber die meisten Menschen nicht. Wir müssen mit Papa sprechen, auch wenn er nicht will.«

Wir hingen alle mit drin. Alle miteinander.

Meine Stiefmutter nahm Matthias an der Wohnungstür in Empfang und hatte Mühe, nicht zu weinen. Sie verfrachtete ihn in die Küche, sicherlich, um ihn einer genauen Musterung zu unterziehen.

Papa wollte sich ins Bad absetzen, als ich ihn am Arm zurückhielt.

»Ich werde dir nicht mehr sagen, als du bereits weißt, Katharina. Ich darf es nicht und ich bin mir sicher, dass du dir deine Informationen aus weit besseren Quellen holen kannst. Also lass mich jetzt duschen gehen.«

Ich zischte ebenso leise wie er: »Ich komme ohne dich aber nicht weiter. Du kennst die Geisterjäger, warum erzählst du mir nicht mehr darüber? Ich verrate es keinem!«

Papa schüttelte den Kopf. »Haltet euch raus, besonders du, Katharina. Das Ganze wächst sogar uns Älteren langsam über den Kopf. Ich will mir nicht ständig Sorgen um dich machen müssen. Ich werde dir nichts weiter sagen, bevor Dinge in die falschen Hände gelangen. Das ist mein letztes Wort.«

Er bedachte Milán mit einem vielsagenden Blick zu, der mich empört schnauben ließ, verdrückte sich ins Bad und schlug vernehmlich die Tür hinter sich zu. Er hielt es offenbar nicht für nötig, gemeinsam mit uns zu überlegen, was wir tun konnten. Hilfe von Erwachsenen konnte ich mir abschminken. Wieder einmal ärgerte ich mich über meinen Vater, weil er meine wiederholten Gesprächsversuche abblockte und sogar meinem wichtigsten Verbündeten misstraute.

Ich lenkte mich davon ab wie von den hässlichen Szenen am S-Bahnhof, indem ich Milán mein Zimmer zeigte. Nach einem Rundgang landeten wir auf dem Sofa. Milán umfasste mich sofort mit seinen Armen und hob mich auf seinen Schoß. Sein Lächeln geriet vorsichtig. Ich war auf einmal dermaßen aufgeregt, dass ich nur stottern konnte: »Was … Was hast du vor?« Doch ehe er etwas antworten konnte, sagte ich schnell: »Vergiss es.«

Dann legte ich ihm meinen rechten Arm um die Schultern. Mein Herzschlag erreichte nun das Niveau, das er auf dem Bahnsteig gehabt hatte. Miláns einer Arm schlang sich um meine Hüfte, sodass seine Hand auf meinem Oberschenkel lag. Die andere hatte er frei, weshalb ich sie ergriff, um ein wenig Daumenhakeln zu spielen.

Ich wollte ihn so gerne küssen! Um ihm zu zeigen, was ich mir wünschte, näherte ich mich langsam seinem Gesicht und gab ihm einen Kuss auf die Wange. O Gott, er roch so fantastisch! Wie eine Nacht im Sommerwald, nach Regen und Moos. Er ließ meine Hand los, um die Konturen meines Gesichts nachzufahren. Unverwandt sahen wir uns an, während wir uns näherkamen und unsere Nasenspitzen sich zu einem Eskimokuss trafen.

Ich schloss die Augen und glaubte, davonzuschweben, als er seine Hand in meinen Nacken legte und mich das letzte Stück heranzog. Wir verharrten einen Augenblick, unsere Lippen nur Millimeter voneinander entfernt. Sein warmer Atem ließ mich wohlig erschauern. Es fühlte sich an, als müsste mir mein donnerndes Herz aus der Brust springen. Als mein Mund seinen zögernd berührte, durchschoss mich ein Blitz.

Es war ein kurzer, keuscher Kuss, der nur einen Hauch dessen offenbarte, was folgen sollte, hätte ich nicht eine nachhallende Stimme vernommen.

»Entschuldigen Sie vielmals die Störung, Fräulein Wolf!« Ich hatte Mühe, nicht zu knurren, als ich mich von Milán ab- und Herrn Böttcher zuwandte, der sich in dem unordentlichen Kleiderhaufen auf meinem Korbstuhl niedergelassen hatte.

»Na, das gab es zu meiner Zeit nicht, meine Liebe! Eine unverheiratete Frau mit einem Junggesellen alleine im Zimmer, ganz ohne Anstandsdame! O tempora, o mores!«

Oh, bitte! Ich rollte genervt mit den Augen. Durfte ich nicht mal versuchen, meinen Freund zu küssen, ohne dass gleich ein Geist erschien und alles zunichtemachte?

»Ich bin mir sicher, dass man zu Ihrer Zeit auch nicht ohne Voranmeldung das Zimmer einer jungen Dame betreten hat als anständiger Herr!«, gab ich zurück.

Milán lachte. Seine gute Laune verflog, als mir Gottfried Böttcher von einem gerade erfolgten Poltergeisterangriff in einer vollbesetzten Straßenbahn auf der Theodor-Heuss-Brücke berichtete, der schließlich zum Entgleisen der Bahn und zahlreichen Verletzten geführt hatte. Milán spürte meine veränderte Stimmung und suchte nun selbst den Blick des Geistes. Er wartete auf meinen Bericht. Milán sah schuldbewusst aus, als ich ihm erzählte, was geschehen war.

Er tat mir leid. »Du kannst nicht überall zugleich sein, Milán.«

»Das sollte ich aber. Es sind einfach zu viele. Ich hätte nicht mit zu dir kommen sollen.«

Vor dem Abendessen, knappe zehn Minuten später, verabschiedete Milán sich mit bedrücktem Gesicht. Er sah genauso aus, wie ich mich fühlte. Wir hatten keine Ahnung, wie es weitergehen sollte, wir wussten nur, dass wir größtenteils auf uns allein gestellt waren. Und das war bitter.

Mein Vater hatte mich enttäuscht. Ich hatte mir Unterstützung von ihm erhofft und keine weitere Geheimniskrämerei. Es ging mir auf den Zeiger, dass einfach jeder in meiner Umgebung meinte, lügen zu müssen. Sei es wegen dämlicher Geisterjägergesetze oder im Glauben daran, mich dadurch beschützen zu können. Jeder musste doch sehen, dass es nichts nützte. Ich seufzte leise. Eigentlich durfte ich nicht sauer sein. Ich selbst war die unehrlichste Person von allen. Ich behielt Dinge für mich, sogar vor Milán. Nicht einmal ihm erzählte ich von dem Waldtraum, der mich weiterhin regelmäßig heimsuchte. Ich spielte meiner Umwelt seit Jahren etwas vor. Und jetzt, da Gyula und ich das Geheimnis des Schlüssels teilten, umso mehr. Alles, was sich seit dem Sommer zugetragen hatte, sorgte dafür, dass ich nicht mehr dieselbe bleiben konnte. Mehr noch, dass sich erst jetzt meine wahre Persönlichkeit herauskristallisierte, Stück für Stück wuchs und mein altes Ich überwucherte wie eine parasitäre Pflanze, bis nichts mehr von mir zu sehen war. Etwas in mir verlangte danach, nicht mehr klein und unscheinbar zu sein. Verlangte danach, mich ins Leben zu stürzen, wie Großmutter gesagt hatte. Etwas Mächtiges. Und das machte mir Angst.

Lustlos setzte ich mich an meine Hausaufgaben, um wenigstens etwas halbwegs Sinnvolles zu tun. Bevor ich die Matheaufgaben lösen konnte, musste ich erst mal im Buch nachlesen, um was es ging. Das war mir noch nie passiert. Ich schmunzelte trotz meiner miesen Laune. Zum ersten Mal in meinem Leben hatte ich derart viel um die Ohren, dass die Schule eindeutig zu kurz kam. Aber wer würde in meiner Situation einen einzigen Gedanken an Lateinvokabeln und Logarithmen verschwenden?

In den nächsten Tagen sah ich Milán nur in der Schule. Er nahm Gyulas Rat sehr ernst und legte sich mächtig ins Zeug, damit er seine Ausbildung endlich beenden konnte. Er hatte es mir rechtzeitig erklärt, bevor ich mich fragte, ob er es bereute, mich geküsst zu haben. Das schien er nicht zu tun, aber er unternahm keinen neuen Versuch.

Am letzten Schultag wollte ich die Dinge in die Hand nehmen, als wir in der Pause nebeneinander an einer der dicken Sandsteinsäulen vor dem Haupteingang der Schule saßen. Ich schaffte es, ihn auf die Wange zu küssen, als jemand die Treppe heraufkam, den wir beide nicht sehen wollten.

»Verzieh dich, Ferenc«, motzte Milán zur Begrüßung.

»Nichts lieber als das, seggfej, aber mein Vater schickt mich. Hallo, Katharina.« Dass der den Schneid hatte, mich zu grüßen, als wäre nichts gewesen! Ich verkniff mir ein Schnauben.

»Hi«, sagte ich frostig. Manchmal wäre ich gern so unhöflich wie Milán.

»Und was will er, was er nicht mit Vater besprechen kann?«

»Dein Vater reagiert auf keinen seiner Anrufe, deshalb muss ich hier den Botenjungen spielen und dir hinterherlaufen.«

»Sag, was du zu sagen hast, und dann verschwinde.« Der Hass, der von Milán ausging, war beinahe mit Händen zu greifen. Ferenc funkelte ihn an.

»Ihr habt es vielleicht nicht bemerkt, aber im Gegensatz zu euch verkehren wir in Paris in den höchsten Kreisen. Du wärst besser mal dortgeblieben. Jetzt laufen dort Dinge, von denen du keine Ahnung hast. Nicht mehr lange und ihr seid alle dran.« Ein gehässiges Grinsen umspielte seinen Mund. Er steckte gespielt lässig die Hände in die Taschen seiner hellen Jeans. Milán hatte hingegen seine Hände auf den Knien liegen, als würde er jeden Moment aufspringen wollen.

»Milán«, sagte ich leise. Kurz huschte sein Blick zu mir und er nickte kaum merklich.

»Du willst mir drohen? Weißt du, wie lächerlich das ist?«

»Deine Arroganz wird dich eines Tages umbringen, Cousin. Vater macht euch ein Angebot. Wir verpfeifen euch nicht an die Oberen in Paris, wenn ihr uns im Gegenzug den Schlüssel gebt. Dein Bruder hat uns den letzten entscheidenden Hinweis geliefert, dass Katharina weiß, wo er sich befindet. Ich habe sie selbst mit Gyula im Wald gesehen!«

»Wie schön für dich. Und wen, glaubst du, interessiert das?«, höhnte Milán.

Ferenc ließ das an sich abprallen. Deutlich aggressiver kam er näher. »Wie kommt ihr dazu, einem Medium zu vertrauen? Sie spannt euch alle für ihre Zwecke ein und ihr übertretet für sie das Gesetz. Wenn wir euch anklagen, wandert ihr alle ins Gefängnis, für dich gibt es sogar den Strick wegen Hochverrats. Glaub mir, das werde ich mir nicht entgehen lassen.«

Milán konnte seine Wut nicht länger verbergen. Er biss so fest die Zähne zusammen, dass es knirschte.

Ich packte sein Handgelenk. »Nicht! Das will er doch! Er blufft. Hier steht Aussage gegen Aussage und ich bin sicher, in Paris weiß man sehr wohl, dass es sich um einen Familienstreit handelt.« Ich musste Milán helfen. Ich vertraute darauf, dass es Ferenc schwerer fiel als Milán, in meinem Kopf herumzuschnüffeln, und schickte Milán meine Gedanken: *Ich weiß tatsächlich, wo der Schlüssel ist. Ich verrate dir bald mehr, aber du hast selbst gesagt, ich dürfte es nicht, also vertrau mir bitte! Gyula tut es auch.* An seinem Blick erkannte ich, dass er es gehört hatte. Ich wandte mich wieder an Ferenc, der sich an die Säule neben uns lehnte. »Nehmen wir mal an, ich wüsste tatsächlich, wo sich der Schlüssel befindet. Wie kommst du darauf, dass ich mit Leuten zusammenarbeite, die mich überfallen und angegriffen haben und bloß auf ihren eigenen Vorteil bedacht sind? Du kannst mir nicht erzählen, dass ihr den Schlüssel zum Wohle der Menschheit einsetzen würdet. Ich weiß zu viel über den Farkas-Clan, versuch es gar nicht erst.«

Milán lächelte, während Ferenc die Kinnlade herunterfiel.

»Äh, wir sind hier nicht die Schuldigen, du und Miláns Familie verstoßt gegen das Gesetz! Wir würden den Schlüssel nach Paris bringen, wo er hingehört.«

Milán hatte sich wieder etwas gefasst. »Der Schlüssel gehört ganz sicher nicht nach Paris. Und wie gesagt, Katharina weiß eventuell, wo er sich befindet, aber sie hat ihn nicht. Sag deinem Vater, dass er aufhören soll, Lügen zu erzählen! Er will den Schlüssel für sich und für niemand anderen. Wenn wir das nicht weitergeben sollen, dann lasst ihr Katharina besser in Ruhe. Nicht dass am Ende Onkel László und du wegen Hochverrats am Galgen hängt. Und jetzt hau ab, bevor Gábor dich hier sieht.«

Ferenc ging grußlos und ich atmete befreit aus.

»Warum lügst du für mich?«, fragte ich Milán.

»Du lügst ja auch für mich. Lügen sind im Augenblick das Einzige, was uns retten kann. Ferenc, der Anfänger, konnte nie meine Gedanken lesen. Solange wir dichthalten, hat er nichts gegen uns in der Hand. Wenn meine Ausbildung beendet ist, hat nicht mal mehr Vater Zugang zu meinen Gedanken, wenn ich es nicht zulasse. Nicht mehr lang, dann können wir wirklich offen miteinander sein, ohne einander ins Grab zu bringen.«

Ich nickte und legte meinen Kopf an seine Schulter. Es läutete. Sofort stand ich auf, doch Milán hielt mich zurück. »Katharina …« Stumm sah ich in seine wundervollen Augen. Er stand auf und legte seine Arme um mich. Seine Lippen berührten meine Stirn. Mir wurden die Knie weich. Neben uns ging die Tür auf und eine Schar Fünftklässler kam lärmend heraus. Hinterdrein eine Lehrerin, die uns böse ansah und mit dem Daumen hinter sich ins Schulgebäude zeigte. Das war wie verhext!

Auf dem Weg nach oben, wir waren bereits zu spät, zog Milán mich im Gehen an sich heran, um mich fest auf die Wange zu küssen. Aufgeschoben war nicht aufgehoben, doch jetzt mussten wir erst mal einen Anpfiff von Herrn Mohr über uns ergehen lassen.

Die Herbstferien kamen und gingen. Der November machte seinem Ruf als unbeliebtester Monat mit Dauerregen und Düsternis alle Ehre. Doch bei allem, was um mich herum passierte, war es nicht das Wetter, das meine Besorgnis erregte. Milán und ich hatten uns während der Ferien nicht getroffen, weil er überraschend mit Gábor zu Verwandten nach Budapest hatte fahren müssen, was uns beide ziemlich geärgert hatte. Untätig war jedoch keiner von uns geblieben und so konnten wir nach dem ersten Schultag einen Fortschritt in unserer Forschungsarbeit verzeichnen. Milán war seit einigen Tagen dazu übergegangen, seinen Vater zu beobachten und, was sich als wesentlich ergiebiger herausstellte, dessen E-Mail-Verkehr zu lesen, nachdem er im Zwangsurlaub bei Tante und Onkel seinen Account gehackt hatte. »Farkas666« war eben kein sicheres Passwort. Ich hätte Herrn Farkas etwas mehr Einfallsreichtum und eine gewisse Professionalität zugetraut. Doch verriet uns allein sein Passwort, auf welcher Seite wir Miláns Vater zu verorten hatten: Er rechnete der Hölle größere Chancen aus als dem Himmel, sollten die Bestrebungen der GHA Erfolg zeigen und die Apokalypse ausbrechen. Denn genau das ging aus den Mails hervor, die er mit einem gewissen Tibór Farkas, einem in Paris lebenden Onkel von Milán, austauschte. Teile der GHA, zu denen die beiden Herren Farkas offenbar gehörten, kooperierten mit Vertretern der Hölle. Und zwar nicht so, wie es das Abkommen des Obersten Rates mit Luzifer vorsah. Höllische Geister und Dämonen nahmen laut Aussage von Herrn Farkas nicht auf Befehl des Höllenfürsten überhand. Wir hatten es schwarz auf weiß. Und auf der ganzen Welt suchten sie nach dem Schlüssel, den ich mittlerweile nicht mehr ablegte außer zum Duschen. Wie ich suchten sie ebenfalls nach dem jüngsten Jäger, um ihn entweder auf ihre Seite zu ziehen oder, sofern er sich weigerte, zu ermorden. Ich musste auf jeden Fall schneller sein als Miláns Vater, denn er legte Tibór dar, dass in Heidelberg gleich mehrere junge Jäger lebten, die infrage kämen. Namen nannte er natürlich keine. Das hätte mir ja zu viel geholfen.

Obwohl ich mit Milán zusammenarbeitete, hielt er sich bedeckt und behauptete steif und fest, nicht der jüngste Jäger zu sein, weil es andere gab, die jünger waren als er. Bis auf Ferenc lebte keiner davon in der Nähe. Ich wusste immerhin, dass Amélie nach dem Jäger Ausschau hielt, aber sie hätte sich bestimmt bei mir gemeldet, wenn sie fündig geworden wäre.

Außerdem war in den E-Mails häufig vom Erscheinen eines Weltenwächters und einer Erbin die Rede, die es, wie den gesuchten Jäger, auszumerzen oder auf Linie zu bringen galt. Jettas Prophezeiung hatte in Paris die Runde gemacht und die Jäger nahmen sie ernst. Milán glaubte, dass der Schlüssel in irgendeiner Form mit dieser Prophezeiung in Verbindung stand. Leider fanden wir nirgends ihren genauen Wortlaut, um seine These zu überprüfen. Und die Seherin blieb wie vom Erdboden verschluckt.

28

Am Morgen vor der ersten Stunde hatte Milán erstmals einen geistigen Angriff seines Vaters abwehren können und kam in Hochstimmung zur Mathestunde. Ich freute mich, ihn endlich komplett einweihen zu können, ohne dass die GHA von mir erfuhr. Milán und ich hatten bereits gegen viele der zweifelhaften Gesetze verstoßen, die diese korrumpierte Organisation herausgegeben hatte, sodass ich stets befürchtete, sie würden mich erwischen und einsperren. Ich verbrüderte mich als Medium mit dem Feind, den Geistern, enthielt der GHA wertvolle Informationen zur Familie Farkas und den begehrten Schlüssel vor, außerdem mischte ich mich als Nichtjäger unverschämt in ihre Belange ein. Zu allem Überfluss unterstützte mich Milán dabei.

Von offizieller Seite machte uns das zu den Bösen, so abwegig mir das auch vorkam. Ich hatte schließlich nicht vor, die Menschheit zu versklaven und einen Haufen Leute umzubringen. Ich ließ keine bösen Geister auf unschuldige Menschen los. Leider fiel uns weiter nichts Brauchbares dazu ein, wie man den wahren Verbrechern das Handwerk legen konnte. Miláns Vater mit dem Inhalt seiner E-Mails zu konfrontieren, erschien uns jedenfalls nicht ratsam. Unterdessen wuchs der Einfluss der Unruhestifter stetig weiter. Meinen Vater sah ich deshalb genauso selten wie meinen Freund. Wie Irmgard davon nichts bemerkte, blieb mir schleierhaft. Entweder hatte sie einen tiefen Schlaf oder sie wusste mehr, als sie zugab. Wenigstens Ferenc schien Miláns Mahnung ernst zu nehmen. Er war seit unserem letzten unfreiwilligen Treffen von der Bildfläche verschwunden. In Sicherheit wiegen durfte ich mich trotzdem nicht. László Farkas würde nicht einfach aufgeben.

Am Mittwoch bearbeiteten wir in Deutsch ein deprimierendes Gedicht von Mascha Kaléko, als Milán neben mir mitten im Schreiben den Stift hinwarf und plötzlich starr auf seinem Platz saß, die Augen in die Ferne gerichtet.

»Átkozott«, entfuhr es ihm so laut, dass ich zusammenzuckte und unser Lehrer Herr Vitte ihn über die komische Nickelbrille hinweg verstimmt anblickte, ehe er sich erneut seinem Tafelanschrieb widmete.

»Was ist?«, raunte ich.

Milán schlug einen drängenden Ton an: »Mein Vater und Gábor sind auf dem Weg hierher. Alle müssen sofort raus! Spürst du es nicht?«

Jetzt bemerkte auch ich ihre Anwesenheit. Ein Prickeln schoss über meine Wirbelsäule und an meinen Schulterblättern entlang, dazu kitzelte mich eine innere Gewissheit. Jenseitige. Gleich darauf hörte ich ihr unirdisches Heulen. Beklemmung erfasste mich und raubte mir den Atem. »O mein Gott! Sie kommen hierher!«, flüsterte ich.

»Los, renn raus und lös den Feueralarm aus, vielleicht schaffen wir es, die Schule zu evakuieren, bevor es zu spät ist!«, wies Milán mich an, während er hektisch unsere Sachen zusammenpackte.

»Herr Vitte?«, quiekte ich, weil mir vor lauter Unruhe meine Stimme nicht gehorchte. »Kann ich bitte auf die Toilette gehen?«

»Natürlich. Scheint ja ziemlich dringend zu sein.«

Wenn der wüsste.

Gleich darauf flitzte ich aus dem Klassenraum, schlug die Scheibe des nächsten Feuermelders ein und drückte den roten Alarmknopf. Sofort schrillte der Alarm ohrenbetäubend durch das Schulhaus. Türen wurden aufgerissen und Menschenmassen strömten in die Gänge. Doch wir hatten zu spät reagiert: Schwarze Krieselwolken kamen durch Fenster, Türen und Wände herein, umschlossen Schüler wie Lehrer. Panik brach aus.

Menschen rannten durcheinander, schrien, beschimpften sich oder fingen an, sich zu prügeln. Binnen Sekunden heizte sich die Atmosphäre dermaßen auf, dass an eine geordnete Evakuierung nicht mehr zu denken war.

Noch hatte nichts von mir Besitz ergriffen.

Im allgemeinen Chaos kämpfte ich mich zurück zu unserem Klassenzimmer, wo ich hoffte, Milán zu finden. Aber bevor ich die Tür erreichen konnte, rempelte mich jemand heftig an. Der Länge nach schlug ich hin und knallte mit der Stirn gegen die Wand. Einen Moment sah ich Sternchen. Mein Kopf schmerzte höllisch. Blinzelnd rieb ich mir die Stelle, als mir jemand auf das Bein trat. Autsch! Um nicht von der wilden Horde zertrampelt zu werden, rutschte ich nahe an die Wand, zog mich an einem Heizungsrohr auf die Füße und schob mich weiter gegen den Strom vorwärts.

Als ich endlich die Tür erreichte, stellte ich fest, dass das Zimmer leer war. Geistesgegenwärtig schloss ich die Tür hinter mir und verbarrikadierte sie mit zwei Tischen und einem unter die Klinke geklemmten Stuhl. Weniger wegen der Geister und mehr wegen der besessenen Menschen auf dem Gang. Ich wunderte mich kurz, wie viel Kraft ich hatte, wenn ich wollte. Dann rannte ich zum Fenster, um mich über die Feuertreppe in Sicherheit zu bringen. Ich kletterte hinaus und blieb auf der Plattform stehen.

Unten auf dem Schulhof war ebenso die Hölle los wie im Gebäudeinneren. Ein paar Lehrer mühten sich erfolglos mit Megafonen ab, doch drangen nicht zu den sich mittlerweile gegenseitig verdreschenden Schülern durch. In ihrer Zerstörungswut machten sie selbst vor den Gebäuden und der Vegetation nicht Halt. Stühle flogen aus den Fenstern, Rucksäcke, Bücher und sogar Tische fanden ihren Weg nach draußen. Irgendjemand hatte das kahle Gestrüpp vor dem Hintereingang des Schulhauses angesteckt und es stiegen bereits Flammen auf, als wäre es mit Benzin übergossen worden. Entsetzt beobachtete ich, wie ein paar Besessene die Papiertonnen auf dem Schulhof anzündeten und anfingen, brennende Papierbündel in die tobende Menge zu werfen. Jemand musste etwas unternehmen, sonst würden sie sich gegenseitig umbringen!

In der Massenschlägerei konnte ich drei schwarze Gestalten ausmachen, die niemand außer mir wahrzunehmen schien. Das mussten Gábor und sein Vater sein, der größte Papa. Was sollten sie zu dritt gegen diese entfesselte Übermacht ausrichten? Es musste doch irgendetwas geben, das ich tun konnte! Ich konnte mich nicht hier verkriechen!

Da fiel mir etwas ein: Ablenkung. Im zweiten Stock gab es einen Feuerwehrschlauch, der in einem versiegelten Kasten an der Wand hing.

Ich trat hinaus auf den leeren Gang. Es war, als würden die Schülermassen von der maßlosen Gewalt auf dem Hof angelockt werden. Ich hatte freie Bahn. Mit aller Kraft trat ich die Glasscheibe des Metallkastens ein und entrollte den Schlauch, den ich aus dem Fenster des gegenüberliegenden Klassenraums hängte. Ich schaffte es sogar, das Wasser aufzudrehen, nachdem ich die Verplombung des Hahns mit einem schweren Hammer aus dem Büro des Hausmeisters, das zum Glück sperrangelweit offen stand, zerschlagen hatte. Das Wasser kam mit hohem Druck aus der Leitung, sodass ich den Schlauch kaum festhalten konnte. Erst als ich mich rittlings auf den bockenden Schlauch setzte, ließ er sich kontrollieren. Wahllos zielte ich in die lärmende Menge auf dem Pausenhof. Manche hielten tatsächlich inne. Kurz darauf hörte ich Sirenen und sah das Blaulicht. Zuerst kam logischerweise die Feuerwehr, dann folgten die Polizei und Rettungskräfte, die sich abmühten, die Kontrahenten zu trennen und diejenigen zu versorgen, die in der Massenpanik und den vielen Prügeleien verletzt worden waren.

Obwohl ich es kaum glauben konnte, entspannte sich die Lage nach kurzer Zeit. Die drei Jäger hatten die meisten Geister vertrieben.

Ich ließ den Schlauch los, um das Wasser abzudrehen, denn besonders viel hatte meine Aktion nicht gebracht, außer dass ich das brennende Gebüsch unter dem Fenster gelöscht hatte. Lange hatte das Wüten nicht angehalten, jetzt gab es dafür etliche, die mit blutenden Nasen und anderen Verletzungen wieder zur Vernunft kamen und dringend Hilfe benötigten.

Deshalb führte mich mein nächster Weg hinunter auf den Hof, wo ich die Präsenz der Geister schwächer werden fühlte. Sie zogen sich zurück, aber was sie in wenigen Minuten angerichtet hatten, war schier unbeschreiblich. Im Erdgeschoss hatte irgendjemand weiße Farbe im Foyer verspritzt, die überall an den Wänden, den hohen Säulen und dem Fußboden klebte. Von Ekel erfüllt erkannte ich blutige Fußspuren und Blutstropfen auf den Treppenstufen, die in den Pausenhof führten. Draußen empfingen mich tosender Lärm und strömender Regen, gepaart mit der unnatürlichen Kälte, die die bösen Geister hinterlassen hatten. Die letzten flogen gerade in Richtung Neckar davon. Für heute hatten die Geisterjäger sie besiegt, doch es war nur eine Frage der Zeit, bis sie wiederauftauchen würden.

Direkt neben dem Eingang kauerten zwei Mädchen aus der Unterstufe, die im Getümmel zahlreiche Blessuren erlitten hatten. Ich brachte sie zu einem Sanitäter, um mich gleich darauf um weitere Leichtverletzte zu kümmern. Die meisten hatten oberflächliche Wunden oder Verstauchungen davongetragen. Der Schrecken setzte ihnen sicher mehr zu. Die schweren Fälle hatte man mit dem Rettungswagen abtransportiert. Mir war kalt und der Regen durchnässte meine Kleider und meine Haare. Um mich herum wimmelte es vor Einsatzkräften, die Verletzte versorgten, kleinere Brände löschten und die Wege von herumliegenden Fahrrädern, Schultaschen, Büchern und losen Blättern befreiten. Das Schulgelände sah aus, als wäre ein Orkan hindurchgefegt.

Ich machte mir große Sorgen um Milán. Seit er mich hinausgeschickt hatte, um den Feueralarm auszulösen, hatte ich ihn nicht mehr gesehen. Hoffentlich war ihm nichts passiert. Mit den Blicken scannte ich das unübersichtliche Getümmel nach seinem wuscheligen Haarschopf ab, doch nichts. Die Jäger waren ebenfalls wie vom Erdboden verschluckt. Allerdings sorgte ich mich um meinen Vater weitaus weniger, als ich es vor zwei Monaten getan hätte. Was nicht für meine Brüder galt: Von ihnen hatte ich kein Lebenszeichen mehr erhalten, obwohl sie irgendwo stecken mussten!

Irgendwann hielt ich die Ungewissheit nicht mehr aus und ging zurück ins Schulhaus. Möglicherweise hielten sich Milán, Matthias oder Joshua drinnen auf. Ich wollte mir nicht ausmalen, dass einer von ihnen mehr tot als lebendig im Krankenhaus lag. Oder dass einer von ihnen tatsächlich tot war. Ich brauchte unglaublich lange für den Weg in den zweiten Stock, weil ich jede Klassenzimmertür öffnete und sogar in den Toiletten nachschaute. Nirgends eine Menschenseele. Mein Kopf schmerzte. Links und rechts wuchsen zwei kleine Beulen aus meiner Kopfhaut wie Hörner. Na toll. Dazu spürte ich ein seltsames Jucken an den Schulterblättern. Ich kratzte mich, doch das Jucken blieb.

Schließlich betrat ich das Zimmer, in dem der Wasserschlauch lag. Ich hatte ihn gerade zum Fenster hereingeholt, als ich hinter mir ein Geräusch hörte, ein dumpfes Grollen, gefolgt von einem durchdringenden Jaulen wie ein Sturm.

Vor Angst beinahe gelähmt drehte ich mich um und sah mich einem riesigen, monsterhaften Dämon gegenüber. Seine unmenschliche Fratze mit weißen Augen ohne Pupillen wirkte verzerrt. Sein Maul glich einem weit aufgerissenen, endlosen Schlund, der wie von unsichtbaren Flammen erfüllt leuchtete. Mit seinem grauschwarzen, sackartigen Körper füllte er beinahe die Hälfte des Zimmers aus und ragte bis zur Decke auf. Ein horrormäßiger Jabba the Hutt. Noch nie in meinem Leben hatte ich solche Angst gehabt wie in diesem Moment. Es gab sie wirklich: Wesen, die direkt aus der Hölle kamen.

Dann sprach der grässliche Höllendämon in einer abgrundtiefen Stimme, die von den Wänden widerhallte und mir in den Ohren dröhnte: »Hier hast du dich versteckt. Nicht gut genug für mich, Jägerin, die keine ist.« Durch das Feuer in seinem Rachen strahlte er unnatürliche Hitze aus.

Ich brachte keinen Ton heraus. Ich konnte nur an eine einzige Sache denken: *Das ist das Ende meines irdischen Lebens und ich habe Milán nie gesagt, dass ich in ihn verliebt bin. Jetzt sterbe ich und er wird es nie aus meinem Mund gehört haben! Milán, wo bist du?* Tränen sammelten sich in meinen Augen.

»Deine Tränen erweichen mich nicht. Du wirst den Plan meines Meisters nicht vereiteln. Er wird uns die Freiheit bringen. Komm mit mir oder stirb.«

Ich fiel auf die Knie und wartete auf das Ende. Hoffentlich ging es schnell. Ich fühlte mich schwach und hilflos; ich unternahm nicht mal mehr den Versuch, zu fliehen. Meine Brust wurde eng.

»Milán«, flüsterte ich, obwohl mir klar war, dass er mich weder hören noch mir helfen würde, als der Dämon grauenhaft langsam auf mich zu kroch und seine ekligen Hände zu Klauen formte, die mich packen und in seinen Höllenschlund stopfen wollten.

Doch bevor er mich erwischen konnte, stieß er plötzlich einen vielstimmigen Schrei aus und seine Bewegungen gefroren. Mein Kopf fuhr hoch. Die Augen des Wesens ruckten kurz hin und her. Es sah ekelerregend aus und dennoch konnte ich nicht wegsehen.

Hinter ihm stand ein in dunkle Hosen und einen schwarzen Ledermantel gekleideter, maskierter Jäger und stieß dem Dämon sein Schwert in den Rücken, woraufhin sich das Monster unter markerschütternden Schreien in Nichts auflöste. Als ich verwirrt, wohin das Wesen entschwunden war, aus dem Fenster sah, flogen die drei übrigen Jäger, die ich auf dem Schulhof in der Menge gesucht hatte, vom Dach herab und schlugen mit einem lauten Krachen auf dem Metallgitter der Feuertreppe auf. Zu meiner Beruhigung hörte ich, wie sie anschließend in atemberaubendem Tempo weiterrannten. Jetzt, da ich sie zum ersten Mal bei Tage aus nächster Nähe sah, wirkten sie mehr denn je wie einem Manga entsprungen.

Ich richtete meinen Blick wieder auf meinen Retter. Unfähig aufzustehen, weil mein ganzer Körper aus Gummi bestand, kniete ich auf dem harten Holzboden und spannte probeweise meine Muskeln an, damit die Schwäche nachließ. Das Atmen fiel mir wieder leichter.

Der hochgewachsene Jäger steckte das Schwert in die Halterung an seinem Gürtel und nahm die Sturmhaube ab. Darunter kam Miláns Gesicht zum Vorschein.

Er hatte mich erneut gerettet. Ein erleichtertes Seufzen kam aus meinem Mund. Milán fesselte meine gesamte Aufmerksamkeit, wie er ruhig und fast reglos ein paar Meter entfernt vor mir stand und mich beobachtete. Sein schönes Gesicht hatte einen ernsten Ausdruck. Abgesehen von der Kampfmontur und den Schwertern, die an seiner Seite und auf dem Rücken hingen, sah er aus wie immer. Zum ersten Mal zeigte er sich mir offiziell als Geisterjäger, das musste etwas bedeuten. Aber was am allerwichtigsten war: Ich lebte! Vor lauter Freude darüber fing ich wieder an zu weinen und kam mir gleich darauf albern vor. Mit zitternden Händen wischte ich mir über die Augen. Ich bebte, als würde ich auf einer Rüttelplatte sitzen. Mittlerweile zusätzlich durch die Kälte meiner feuchten Kleider.

Erfolglos versuchte ich aufzustehen, ich fühlte mich, als hätte man mir sämtliche Kraft entzogen. Außerdem waren meine Beine mittlerweile fast eingeschlafen.

Milán kam zu mir, um mich hochzuziehen und auf seine Arme zu laden. Natürlich wog ich nicht gerade viel, aber er trug mich, als wäre ich nicht schwerer als ein großes Kissen. Er schwieg beharrlich, also blieb ich ebenfalls still und schaute lieber, wohin er mich brachte.

Das Schulhaus war wie ausgestorben. Draußen hatten normale Gespräche und Rufe von Einsatzkräften den infernalischen Lärm der besessenen Menschenmenge abgelöst. Bestimmt war die Presse vor Ort.

Erschöpft lehnte ich meinen Kopf an Miláns Brust, spürte die Muskeln, die sich unter seiner Kleidung zusammenzogen und ließ meinen Gedanken freien Lauf, bevor ich etwas Blödes tat, ihn endlich zu küssen beispielsweise. Bei aller Erleichterung nagte erneut die Sorge um meine Brüder und meine Mitschüler, um alle, die das Pech hatten, heute Morgen in der Schule gewesen zu sein, an mir. Ich musste mich vergewissern, dass sich niemand ernstlich verletzt hatte, sobald ich mich von meinem eigenen Horror erholt hatte. Irgendwie fühlte ich mich verantwortlich für das Geschehen. Diese Heimsuchung hatte eine neue Stufe der Geisterangriffe offenbart. Überfälle auf offener Straße, auf Bahnsteigen und in Straßenbahnen bildeten erst den Anfang. Die Schulen stellten den nächsten Schritt dar. Die Geisterwesen würden von nun an überall hinkommen, in Sportstadien, in Einkaufszentren und Kinos. Überall, wo sie einen Pulk an Opfern fanden und wo sich ein heilloses Durcheinander anrichten ließ. Chaos und Zerstörung. Das wollten ihre Gebieter.

Meine Urgroßeltern und Amélie lagen richtig: Es gab zu wenige Geisterjäger, um diese plötzliche Flut an materialisierter Bosheit einzudämmen. Es musste einen anderen Weg geben!

Die Worte des Höllenwesens kamen mir wieder in den Sinn. Die Erinnerung an seine seltsame Stimme ließ mich schaudern. Er hatte mich »Jägerin, die keine ist« genannt. Vielleicht sollte ich doch eine Geisterjägerin werden.

Miláns Arme umfingen mich fester, als wir die enge knarrende Holztreppe zu den Kunsträumen unterm Dach hinaufstiegen. Ich schloss die Augen.

Im letzten Zimmer am Ende des niedrigen, mit Bildern und Kunstobjekten von Schülern gesäumten Flurs, stellte Milán mich auf die Füße. Hier oben vernahm ich das Prasseln des Regens auf dem Dach überdeutlich. Ein Geräusch, das mich zuverlässig entspannte.

»Kannst du stehen?«, fragte er mich. Ich nickte.

Er bedeutete mir, ihm zu folgen. Milán öffnete eines der beinahe deckenhohen Fenster und ließ sich auf der obersten Stufe der hölzernen Treppe nieder, die nach draußen auf die Plattform der Feuerleiter führte. Die frische, feuchte Luft tat gut und vertrieb den Rest meiner Benommenheit.

Dicht nebeneinandersitzend atmeten wir beide auf. Neben Milán fror ich kaum noch. In der Ferne sah man das Heidelberger Schloss, das auf einem der vielen im Sommer grünen Hügel thronte, um uns herum lagen die Gebäude der Fahrtgasse und die Kirchturmspitzen der Altstadt. Zuletzt wagte ich es, mich vorzubeugen und durch das Gitter der Feuertreppe nach unten zu sehen.

An einigen Stellen lagen noch Verletzte. Sanitäter und unversehrte Jugendliche und Erwachsene betreuten sie. Dazwischen saßen Schülerinnen und Schüler in Grüppchen, die sich gegenseitig festhielten, und Einzelpersonen, die starr auf die Verwüstung blickten. Erst aus der Vogelperspektive erkannte ich, in welchem Umfang es nicht allein Menschen getroffen hatte, sondern auch das Schulgelände und die Gebäude. In ihrer maßlosen Wut hatten die Besessenen Büsche entwurzelt, Fensterscheiben eingeworfen und Türen aus ihren Angeln gerissen. Drinnen musste sich ebenfalls ein verheerendes Bild abzeichnen. Kleine, erst vor Kurzem gelöschte Brände in den Pflanzungen und am Eingang zur Turnhalle schickten schmale Rauchsäulen in die Luft.

Sprachlos vor Entsetzen blickte ich zu meinem Freund auf.

»Das war noch harmlos«, meinte Milán. »Hätten sie mehr Zeit gehabt, würde es hier weitaus schlimmer aussehen. Und es gab keine Toten, falls du dich das fragst. Was reine Glückssache war.« Sein nüchterner Tonfall tröstete mich nicht gerade. Mein Hals fühlte sich trocken an, doch ich wollte Milán an meinen Überlegungen teilhaben lassen.

»Diese Angriffe werden immer schlimmer. Ich glaube, die GHA will die neutral gebliebenen Geisterjäger vernichten oder dazu zwingen, sich ihrer Sache anzuschließen.«

Als er zu einer Antwort ansetzte, vibrierte mein Handy in der Tasche meines Jeansrocks.

29

Eine Nachricht von Joshua, die mir einen zentnerschweren Felsbrocken vom Herzen nahm: *Bin okay. Papa auch. Sind bei Oma. Wo bist du*?

Ich schrieb ihm zurück: *Alles gut. Bin in der Schule. Treffen uns bei Oma.*

»Sorry. Was wolltest du sagen?«

Milán lächelte matt. »Kein Problem. Ich würde genauso wissen wollen, ob mit meiner Familie alles in Ordnung ist. Ich glaube, dass du mit dieser Vermutung nicht weit danebenliegst. Diese Geistergestalten, die aus den Menschen Besessene machen, treten in der Regel spontan auf, aber man kann sie auch herbeirufen. Nicht dass das irgendein normaler Mensch tun würde, dafür sind Geister zu unberechenbar. Um Geisterjäger in die Enge zu treiben, sind sie auf jeden Fall das Mittel der Wahl.« Dass Ferenc und Onkel László vergessen haben, welchen Job sie hier haben, macht sie verdächtig. Ich denke, sie wissen was. Vielleicht sind sie sogar schuld an dem hier. Wir werden sehen. Er schloss kurz die Augen, wie um sich zu konzentrieren. »Als ich dich vorhin endlich gefunden hab, da war ich unglaublich froh. Um mich herum hat das größte Inferno getobt, aber ich konnte nur an dich denken. Ich hab dich gehört. Du hast mich gerufen. Das ist vorher nie passiert.«

Mit großen Augen starrte ich ihn an. »Du hast mich gehört? Dir gehörte mein letzter Gedanke, bevor es zu Ende ging. Ich war der festen Überzeugung, dass ich sterben würde.« Ich wisperte die letzten Worte. Unfassbar erschien mir die Realität.

Milán nickte und legte einen Arm um meine Schultern, damit er mich näher an sich ziehen konnte.

»Danke«, sagte ich leise.

»Das ganze Schulhaus hab ich nach dir abgesucht, als die anderen die Lage einigermaßen unter Kontrolle hatten. Deine Gedankenstimme hat mich zu dir geführt. Und diese Höllenkreatur. Dämonen kann ich zum Glück besser spüren als Geister.« Er hatte mich ebenfalls gesucht. Bei allem, was er tat, wollte er mich beschützen. Eine Welle des Glücks erfasste mich und überspülte mich mit Wärme.

»Du bist tatsächlich der jüngste Jäger«, stellte ich fest und wechselte abrupt das Thema. Die Begegnung mit dem Dämon würde mich genug in meinen Albträumen verfolgen. Wahrscheinlich kroch er heute Nacht mit mir zusammen durch den Traumwald.

Milán stritt ab, dass er der Gesuchte war: »Nein, bin ich nicht. Das denkt mein Vater auch, weil in der Prophezeiung Wölfe genannt werden, aber nicht nur wir heißen Wolf. Es gibt auf der ganzen Welt Jägerfamilien mit diesem Namen. Es muss unter ihnen einen anderen Jüngsten geben als mich. Wie alt ist dein kleiner Bruder, vierzehn?«

Zweifelnd zog ich meine Augenbrauen zusammen.

»Matthias? Ja, fast fünfzehn. Der hat nie eine großartige, übersinnliche Begabung gezeigt. Ich denke nicht, dass er ein Jäger ist oder wird. Selbst wenn er das Böse in Fliegengestalt sehen kann.«

»Dann bist du es möglicherweise«, erklärte Milán, als wäre es die einzig logische Schlussfolgerung.

»Was?« Ich rückte ein wenig von ihm ab, um ihn skeptisch anzusehen. »Sicher nicht. Du hast gesehen, wie wehrlos ich vor dieser Ausgeburt der Hölle gesessen bin. Ich kann mit Geistern kommunizieren, aber ich kann rein gar nichts gegen sie ausrichten, wenn sie mir etwas tun wollen. Von Dämonen ganz zu schweigen.«

»Ich hab dir schon mal gesagt, dass du dich mit dem richtigen Training sehr wohl zur Wehr setzten könntest. Es liegt dir im Blut, dein Vater hat oft an der Seite meiner Familie gekämpft.« Über Papas heimliches Doppelleben wollte ich eigentlich nicht mit ihm sprechen.

»Oh, bitte. Verschwenden wir nicht unsere Zeit damit. Mein Auftrag lautete, den jüngsten Geisterjäger zu finden. Alle Schritte sollten mich zu ihm führen und hier bist du. Wie sollten mich alle Schritte zu mir führen? Das wäre paradox.«

Milán lächelte halb. »Ich würde es trotzdem nicht ausschließen. Wer hat dich damit beauftragt, mich zu finden? Deine Urgroßeltern?«

»Ja. Und meine Cousine, sie ist sich allerdings nicht ganz sicher, ob ich es wirklich tun soll. Unser Hausgespenst weiß ebenfalls davon und will mir bei der Suche unter die Arme greifen. So weit hergeholt ist das nicht.«

»Aber vielleicht haben sie die Weisung falsch verstanden und so an dich weitergegeben. Prophezeiungen sind nie eindeutig. Ich bin nicht der Schlüssel, um all das hier zu beenden. Ich helfe dir aber, ihn zu finden.«

Nicht gänzlich überzeugt beschloss ich, das Thema auf sich beruhen zu lassen, denn mir fiel etwas ganz anderes ein.

»Apropos Schlüssel: Wenn du später Zeit hast, würde ich dir gerne etwas zeigen. Jetzt kann dein Vater ja nicht mehr in deinen Kopf gucken und alles kaputt machen.«

»Wie ungemein großzügig von dir«, entgegnete er sarkastisch. »Aber klar. Treffen wir uns irgendwo draußen oder meinst du, deine Eltern lassen mich noch mal zur Tür herein?«

»Wenn du dir was anderes anziehst, was dich weniger nach Entlaufen-vom-Matrix-Filmset aussehen lässt, bestimmt. Papa hat, glaube ich, eingesehen, dass ich mit dir befreundet sein will.« Ich versuchte, meine Gedanken zu sortieren, während Milán mit den Fingern meiner rechten Hand spielte und mir wieder diese angenehmen Schauer den Rücken hinabjagten. Leider fiel es mir schwer, dabei nicht den Faden zu verlieren.

»Bist du jetzt ein fertiger Geisterjäger?«, fragte ich.

»Meine Ausbildung ist abgeschlossen. Seit heute, um genau zu sein.«

»Das heißt, die Geister können dich jetzt sehen?«

»Genau. Mit ihnen reden kann ich trotzdem nicht.«

Diese wunderliche Tatsache hatte ich bereits von Amélie erfahren. Wenn auch sonst nicht viel mehr.

»Hm. Ich hab ein paar Fragen, wenn das okay für dich ist. Es ist selten jemand da, der Ahnung von der Materie hat, wenn du verstehst. Verbietet dir das Gesetz immer noch, mit mir über Jägersachen zu reden?«

»Das ist ’ne rechtliche Grauzone. Während der Ausbildung ist es total verboten und riskant, weil jeder geübtere Jäger deine Gedanken lesen kann. Jetzt ist es nur dann gestattet, wenn dein Gegenüber in

Ausbildung ist oder zumindest vorhat, ein Jäger zu werden.« Mit einem Nicken nahm ich seine Antwort zur Kenntnis. Das wäre wahrscheinlich das Klügste. Obwohl ich mir nur schwer vorstellen konnte, eine Waffe in der Hand zu halten, geschweige denn sie einzusetzen.

»Warum können die Leute euch Jäger nicht sehen, wenn ihr kämpft? Aber ansonsten schon?«

»Das ist echt abgefahren. Führen die Jäger einen Auftrag aus, kommen sie in direkten Kontakt mit Geistern und damit mit dem Jenseits. Sie bewegen sich auf der Grenze zwischen Diesseits und Jenseits. Sensible Menschen können uns immer noch wahrnehmen, aber höchstens als Schatten oder verschwommenes Bild. Die meisten wenden sich ab und halten uns für eine optische Täuschung. Und das ist gut so. Normale Menschen sollten nichts von der Existenz der Jäger oder überhaupt der unsichtbaren Welt um uns herum wissen. Es würde sie ängstigen, weil sie nichts in der Hand haben, um gegen übelwollende Geister vorzugehen. Jedenfalls gibt es immer dort Berührungspunkte zwischen den Welten, wo Geister erscheinen.« Er hatte Freude daran, mir alles genau zu erklären, nun, da es ihm endlich möglich war.

»Klingt logisch. Und wieso kann ich das Schwert an deinem Rücken nicht richtig erkennen? Als wäre es hier und gleichzeitig nicht.«

»Das ist eine sehr spezielle Waffe. Keine Ahnung, wo sie herkommt. Es ist ein Weltenschwert. Es existiert in beiden Welten, damit es gegen die Bewohner des Jenseits etwas ausrichten kann. Und natürlich gegen Geister, deren Ursprung in anderen Dimensionen liegt. Das Kurzschwert hingegen ist für körperhafte Dämonen, wie dein Bekannter von vorhin, oder für Menschen, wenn es sich nicht vermeiden lässt. Mein Vater erklärte mir, dass die Klinge eines Weltenschwerts zuvor getötet werden musste. Als wäre sie etwas Lebendiges, wirklich seltsam, aber na ja. Der Schwertgriff gehört allerdings zum Diesseits, damit ich als diesseitiger Jäger die Klinge führen kann.«

»Wow. Das ist echt verrückt. Und was passiert mit Geistern, die von diesem Schwert getroffen werden?«

»Sie verschwinden ins Nichts, was ihrer Vernichtung gleichkommt. Das Nichts ist ein Ort, der außerhalb aller Dimensionen liegt. Dort herrscht angeblich vollkommene Leere. Allerdings befindet sich das

Nichts in der Reichweite des Himmels, weil beim Jüngsten Gericht über alle Toten und alle Lebenden geurteilt wird, so auch über Geister und Dämonen. Trotzdem sind die Seelen, die dorthin kommen, faktisch tot, ohne Zugriff auf die anderen Welten.«

Ich wunderte mich, dass er an das Jüngste Gericht glaubte. Eigentlich hatte ich ihn nicht als besonders gläubig eingeschätzt. Jäger waren immer für eine Überraschung gut.

»Sie müssen für eine Ewigkeit einsam in der Leere herumschweben?« Diese Strafe erschien mir sehr hart. Hoffentlich fiel keiner meiner Verwandten einem übereifrigen Geisterjäger in die Hände!

»Dort sind andere getötete Geister, aber es ist einsam und leer, vor allem gibt es keine Möglichkeit mehr, Verbindung zu den Lebenden aufzunehmen.« Das machte es nicht besser.

»Wie viele Jahre hat deine Ausbildung gedauert?«, erkundigte ich mich lieber.

»Ich glaube, mein Vater hat angefangen, meine Brüder und mich zu trainieren, sobald wir aufrecht stehen konnten. Ich kann mich jedenfalls nicht an ein Leben ohne Training erinnern. Seit ich laufe, kämpfe ich.« Er grinste schief.

»Und seit heute ist sie beendet, weil …?«, forderte ich ihn auf, den Satz zu beenden.

»Weil ich meinen ersten Geist oder Dämon getötet beziehungsweise dorthin zurückgeschickt habe, wo er herkommt. Unten auf dem Hof habe ich die Pseudogeister nur verjagt.«

»Dann warst du es nicht, der mich nachts auf dem Friedhof von diesen Krieselwolken befreit hat?«

»Nein, leider nicht. Lustig, dass du sie Krieselwolken nennst. Unter Jägern heißen diese Geisterwesen Turper. Vom lateinischen *turpe* abgeleitet, was so viel bedeutet wie das moralisch Schlechte oder Böse.«

»Aha«, machte ich. Eigentlich interessierte es mich wenig, wie man sie richtig bezeichnete. »Aber du bist da gewesen«, ging mir plötzlich auf. Gyula war zuerst gekommen und verschwunden, um seinem Bruder das Feld zu überlassen. Ich hatte Miláns Gedanken gehört, als er geschwächt meine Hand ergriffen hatte.

Er nickte. Sein Blick wurde so intensiv, dass ich wegschauen musste. Dachte er gerade daran, wie er meine Hand gehalten hatte, wie wir uns gegenseitig festgehalten hatten? Meine Gedanken rissen schlagartig ab, als Milán mich mit einer einzigen Bewegung auf seinen Schoß zog. Das brachte mich ganz schön in Verlegenheit. Mein Herz galoppierte los, als wollte es aus meiner Brust springen. Ich hatte vergessen, was ich sagen wollte. Er tat so, als bemerkte er es nicht.

»Weißt du, eigentlich wollte ich dich auch noch etwas fragen. Ich hab vorhin gehört, was du gedacht hast … Gilt das immer noch oder war es eine Kurzschlussreaktion angesichts deines nahenden Todes?«

Einen Moment lang hatte ich keinen Schimmer, worauf er hinauswollte, aber sobald ich es erriet, lief ich rot an.

Natürlich galt das noch. Und wie es galt. Konnte er das nicht sehen? Seine blaugrünen Augen blickten mich wohlwollend an. Meine Hände zitterten wieder. Mein Gott, machte mich dieser Kerl nervös. Ich stellte mich mal dumm, um Zeit zu gewinnen, mich zu beruhigen.

»Was hast du genau gehört?«

Jetzt grinste er, doch seine Stimme klang sanft. »Du hast gedacht, dass du stirbst, ohne mir zu sagen, dass du dich in mich verliebt hast.«

»Ich wollte nicht, dass du es auf diesem Wege erfährst«, grummelte ich und blickte auf meine Hände. Obwohl es die reine Wahrheit war und er de facto längst Bescheid wusste, schämte ich mich, sie ihm ins Gesicht zu sagen, selbst in meinen Gedanken. Egal, was Gyula behauptet hatte, ein Teil von mir konnte sich nicht vorstellen, dass der Jäger, auf dessen Schoß ich saß, meine irrationalen, erschreckend großen Gefühle auf dieselbe Weise erwiderte, egal, wie freundlich er sich mir gegenüber benahm. Ich brauchte mehr Beweise, damit mein Verstand die Meinung meines Herzens teilte.

Milán beugte sich herunter, um mir von unten forschend in die Augen zu schauen. Dabei streichelte er meine Wange. Flatternd schlossen sich meine Lider. Vertrauensvoll legte ich meinen Kopf in seine große, warme Hand. Seine Finger fühlten sich wie von Schwielen überzogen an. Jedes Detail nahm ich wahr, als wären meine Sinne plötzlich geschärft. Mein Herz raste, als ich seine zweite Hand in meinen Haaren fühlte. Ich vergaß zu atmen. Und dann lagen seine weichen, drängenden Lippen auf meinen. Ich meinte, gleich in Ohnmacht fallen zu müssen. Zaghaft erwiderte ich den Kuss, verschränkte meine Arme in seinem Nacken, um ihm noch näher zu sein. Bald war es mir, als hätten wir nie etwas anderes getan, als uns zu küssen. Sämtliches Denken erlahmte und ganz neue Empfindungen gewannen die Oberhand. Kribbelnde Wärme verdrängte endgültig die gefühllos machende Kälte, die der milde Schock nach der Begegnung mit dem Dämon mit sich gebracht hatte. Niemals hatte ich mich so lebendig gefühlt.

Meine Schulterblätter prickelten wie meine Kopfhaut, als ich meine Hände in sein dichtes Haar wühlte und mich enger an ihn schmiegte. Es gab keine Mauern mehr. Nichts stand mehr zwischen uns in diesem ewig währenden Augenblick.

Irgendwann mussten wir uns voneinander lösen, weil ich kaum mehr Luft bekam. Der summende Bienenschwarm, der sich in den letzten Wochen häuslich eingerichtet hatte, nahm mein Innerstes erneut in Besitz, als ich in Miláns verdunkelte Augen sah und mich darin verlor. Ihr Ausdruck war bezwingend und rückhaltlos offen, ohne den unsichtbaren Schutzwall, den er stets sorgfältig um sein wahres Wesen zog.

Noch einmal küsste er mich leicht auf den Mund, dann brachte er ein wenig Abstand zwischen uns. Mit einer gewissen Genugtuung stellte ich fest, dass sein Puls locker mit meinem mithalten konnte. Vorsichtig lächelte ich ihn an, während ich versuchte, wieder zu Atem zu kommen.

Dabei lehnte ich mich an ihn und legte mein Ohr an seine Brust, um seinem Herzschlag zu lauschen.

30

Mühsam beherrschte ich meine wilden Gedanken, die ihm am liebsten »Ich liebe dich« entgegengeschrien hätten, indem ich darüber nachdachte, wie er wohl für mich empfand. Vielleicht ließ er sich zu einer Antwort herab. Er strich mir mit ruhigen Bewegungen über meine unordentlichen Haare. Der Zopf, den ich mir heute früh geflochten hatte, war längst aufgelöst und das Haargummi hatte ich irgendwo im Getümmel verloren.

»Was denkst du wohl?«, antwortete er mit einer Gegenfrage auf meine Gedanken.

»Zumindest magst du mich«, konstatierte ich.

»Natürlich mag ich dich. Sehr sogar. Du bist die erste, bei der ich wirklich Schiss hatte, es zu versauen. Nicht allein deshalb, weil eine Freundschaft mit mir dich jederzeit das Leben kosten könnte.«

Ich lächelte schief. »Tut mir leid, ich hab keinerlei Erfahrung in solchen Dingen.«

»Ich auch nicht, falls dich das tröstet.«

»Du willst mir doch nicht weismachen, dass ich deine erste Freundin bin. Also bitte.« Dafür konnte er viel zu gut küssen. Wobei ich keine Vergleichsmöglichkeiten hatte.

»Wofür hältst du mich? Ich hatte noch nie eine Freundin, aber die eine oder andere … Trainingspartnerin«, gab er unumwunden zu.

»Na toll«, sagte ich verstimmt. »Ich bin eine von vielen?«

Trotz meines unüberhörbaren Vorwurfs wirkte er nicht verärgert. »Nein, bist du nicht. Eine wie du ist mir nämlich noch nie begegnet und mit dir ist einfach alles anders. Wie gesagt, bei dir wollte ich es nicht vermasseln. Und das hat früher nie eine Rolle gespielt.«

»Sorry. Ich glaub dir ja, dass du mich gernhast«, lenkte ich ein. Hauptsache, er meinte es ernst. Lächelnd verdrehte er die Augen.

»Meine Brüder hatten recht. Mädchen machen alles komplizierter. Aber hiervon haben sie mir nichts gesagt.«

Ehe ich mich wehren konnte, hatten seine Hände meine Wangen umschlossen und er küsste mich mit entwaffnender Zärtlichkeit. Alles, was ich sagen wollte, verpuffte und ließ glückselige Leere in meinem Kopf zurück.

Schwer atmend ließen wir nach einer Weile voneinander ab und schauten uns an. In seinem Blick lag eine Art glückliche Verwunderung, als könnte er es nicht fassen, dass er hier mit mir saß und mich küsste. Ich fühlte mich in diesem Moment so sehr zu ihm hingezogen, dass es fast schmerzte.

Er nahm mich fest in den Arm und flüsterte mir ins Ohr: »Glaubst du mir jetzt? Glaubst du mir, dass es mir genauso geht wie dir?«

Anstelle einer Antwort küsste ich ihn auf die Wange und vergrub mein Gesicht an seinem Hals. Minutenlang sagte keiner ein Wort.

»Was ist das mit uns?« Mit wild pochendem Herzen erwartete ich seine Antwort. Mit der er sich Zeit ließ und währenddessen meinen Rücken streichelte.

»Zwei Gefühlsneurotiker, die sich seltsamerweise gefunden haben?«

Ich kicherte. Mir wurde ganz warm. »Klingt ganz nach uns beiden.«

Er grinste. »Du bist meine Freundin. Und zwar nicht erst seit jetzt. Trotzdem müssen wir uns bedeckt halten. So lange, wie es geht. Am besten machen wir weiter wie bisher, zumindest in der Öffentlichkeit. Wir dürfen jetzt mehr miteinander reden, aber Jägern sind Beziehungen zu Nichtjägern verboten, ganz besonders zu einem Medium, das niemals seine Geisterkontakte aufgeben würde. Nicht dass ich mich daran halte. Macht dein Vater ja auch nicht. Deshalb darfst du es ihm ruhig sagen und deinen Brüdern, sofern sie ihre Gedanken im Griff haben.«

»Mir bleibt wohl nichts anderes übrig als mitzuspielen, oder?«, stimmte ich widerwillig zu. Lieber küsste ich ihn noch einmal, weil ich es kaum fassen konnte, dass er mir das gestattete. Wie lange hatte ich davon geträumt …

Er sprach als Erstes wieder: »Ich denke nicht, dass es noch lange dauert, bis du in alles eingeweiht wirst. Ab da kann niemand mehr etwas gegen uns vorbringen. Ich kann dir ein bisschen was zeigen, wenn du willst. Zumindest in der Theorie.«

Natürlich wollte ich das.

»Auch mit einem Schwert zu kämpfen?« Irgendwie reizte es mich, so etwas zu lernen. Obwohl ich niemanden töten könnte, eigentlich nicht mal willentlich verletzen. Andererseits, ein bisschen Selbstverteidigung wäre nicht schlecht. Wo war mein Pazifismus geblieben?

»Klar. Da muss dein Vater aber einverstanden sein. Im Grunde ist es seine Aufgabe, dich auszubilden. Es wundert mich, dass er sich dagegen wehrt.«

»Keine Ahnung, was er davon hat. Ich machs trotzdem, ob er das will oder nicht.«

Daraufhin sagte er nichts mehr. Ich stand auf.

»Ich würde zwar lieber hierbleiben, aber das geht leider nicht. Ich muss nach Hause und mit meinem Vater sprechen. Jetzt kann er mir nicht mehr ausweichen!«, sagte ich entschieden.

Milán erhob sich ebenfalls und zog mich an sich. Ich genoss das Gefühl, von ihm gehalten zu werden. Wenn er aufrecht dastand, reichte ich ihm gerade mal bis zur Brust. Ich war wirklich winzig.

Es schien ihm ebenso schwerzufallen wie mir, unseren Rückzugsort zu verlassen. Seine Hände strichen ein paar lose Haarsträhnen aus meiner Stirn. Er zog mich an den Schultern näher, um mich wieder zu küssen. Wenn er mich küsste, stand die Zeit still. Seine Lippen waren wie Honig aus dunklen Tannen, und nun, da ich einmal davon gekostet hatte, wollte ich nicht mehr darauf verzichten.

Auf dem Weg durchs Treppenhaus vibrierte mein Handy erneut. Mein Vater rief an. »Katharina? Ist alles in Ordnung bei dir?«

»Alles okay. Bin gerade auf dem Heimweg.«

»Geh nicht nach Hause! Wir sind alle bei Oma Waltraud. Außer Matthias, der ist noch nicht gekommen. Sag ihm Bescheid, wenn er dir über den Weg läuft. Sein Handy ist aus. Keiner darf unsere Wohnung betreten! Bei uns daheim wurde eingebrochen.«

»Was ist mit Mama?«

»Sie war zum Glück einkaufen. Die Einbrecher hatten sich schon davongemacht, als sie heimgekommen ist. Wenigstens etwas.«

Ich entspannte mich ein wenig, während Papa weitersprach. »… und die Spurensicherung ist vor Ort. Es ist für uns alle nicht mehr sicher. Hoffentlich kommt Matthias bald. Bist du allein?« Sofort kehrte die Angst von heute Morgen zurück. Hörte das gar nicht mehr auf? Ich beschloss, mich nicht mehr aufzuregen als unbedingt notwendig, auch wenn wieder das Adrenalin durch meinen Körper schoss.

»Nein, Milán ist bei mir« sagte ich.

»Oh, gut. Sag ihm, er soll dich zu deiner Großmutter begleiten. Wenn er will, kann er mitessen, es gibt Borschtsch.«

Ich legte die Hand auf die Sprechmuschel und wandte mich an meinen Freund: »Papa meint, du sollst mich zu meiner Oma bringen, ich darf nicht nach Hause, weil jemand in unsere Wohnung eingebrochen ist. Du kannst bei uns Mittagessen, wenn du magst.«

Er zuckte die Achseln. »Warum nicht. Weißt du, was gestohlen wurde?«

»Er kommt mit«, sagte ich zu meinem Vater. »Bis gleich!« Damit legte ich auf. »Nein, er hat nicht gesagt, dass was wegkam. Bleib mal kurz stehen.« Ich sah mich nach allen Seiten um, dann steckte ich die Hand in meinen Halsausschnitt.

»Äh, was hast du vor?«, erkundigte sich Milán mit irritiertem Blick.

»Der Schlüssel! Der Schlüssel, den ich dir zeigen wollte! Endlich kannst du ihn sehen.« Besser, ich holte ihn hier drinnen heraus als draußen, wo es immer unerwünschte Zuschauer geben konnte. »Danke, dass du nie nachgefragt und für mich gelogen hast.«

»Wer ist alles eingeweiht?«

»Gyula, er hat ihn mir gegeben. Und Joshua, dem hab ich alles erzählt, bevor ich wusste, dass lauter Verrückte hinter dem Teil her sind. Ferenc und sein Vater ahnen es zumindest. Ich wette mit dir, dass sie hinter dem Einbruch stecken. Der Schlüssel ist natürlich nicht in der Wohnung, sondern hier bei mir.« Unter Miláns staunendem Blick zog ich an dem schwarzen Seidenband den Messingschlüssel unter meinem Kleid hervor. Die Augen meines Freundes wurden groß.

»Wo genau hast du ihn von meinem Bruder bekommen?«, fragte er mit einem Mal todernst.

»Auf dem Friedhof. Und wenn ich deinen Gesichtsausdruck richtig deute, siehst du das Teil nicht zum ersten Mal.« Hatte ich nicht anders erwartet.

Milán wirkte erschüttert. Er war ganz blass geworden. »Die ganze Zeit dachte ich, du hättest von Gyula gesagt bekommen, wo der Schlüssel versteckt ist. Ich habe nicht gelogen, als ich Ferenc gesagt habe, du hättest ihn nicht. Wenn Vater wüsste, dass er zum Greifen nahe ist … Der Schlüssel gehörte meinem Bruder. Ich hab ihn höchstpersönlich neben seiner Urne vergraben. Wie ist er zu dir gekommen?« Er schaute mich an, als traute er mir zu, das Grab seines Bruders geschändet und den Schlüssel wieder ausgebuddelt zu haben.

»Ich dachte eine Zeit lang, du hättest ihn auf dem Friedhof verloren. Gyula wollte, dass ich ihn finde. Jetzt verstehe ich, warum er ihn mir gegeben hat und nicht dir.« Meine Stimme klang merkwürdig hohl. Wir standen so dicht beieinander auf der Treppe, dass unsere Körper sich berührten. Miláns Puls ging schnell und hart, ich sah es an seiner Halsschlagader. Dazu erspürte ich seine Verwirrung und seinen Kummer, als wären es meine eigenen Empfindungen. Milán schluckte. Das alles ging ihm ganz schön an die Nieren.

»Er muss gewusst haben, dass der Schlüssel bei ihm nicht mehr bleiben konnte. Aber dich kannte er überhaupt nicht. Ich verstehe das nicht.«

»Er hat mich beobachtet. Wir haben uns in den Sommerferien fast täglich im Wald getroffen, ohne ein Wort miteinander zu wechseln. Ich wusste damals nicht, dass er ein Geist ist, aber er wusste, dass ich ihn sehen kann.«

»Das mit dir war eine seiner neuen Aufgaben, ich meine, du bist die Tochter eines Geisterjägers, viele haben Interesse an dir. Gyula hat auf dich aufgepasst. Es scheint, er hat seine Sache ziemlich gut gemacht. Als fertig ausgebildeter Jäger kann ich ihn endlich richtig ablösen.« Über die beiden jungen Männer, die mich auf Schritt und Tritt bewacht hatten, wollte ich jetzt lieber nicht reden. Ein bisschen seltsam fand ich das schon. Auch wenn es für die Brüder völlig normal zu sein schien und mir mehr als einmal den Hintern gerettet hatte, nachdem Ferenc mir nach eigener Aussage beinahe genauso lange nachstellte.

»Hast du eine Ahnung, was den Schlüssel besonders macht?«, fragte er weiter.

»Du weißt nichts darüber? Das Teil ist ja noch geheimer als ich dachte. Gyula meint, er passt in jedes Schloss in jeder Dimension und er kann von jedem benutzt werden, von Menschen, Geistern, Dämonen und Engeln. Luzifer hat ihn angeblich aus dem Himmel geklaut.«

»Aha. Kein Wunder, dass Onkel László und die von der GHA scharf darauf sind. Ausgerechnet um diesen Schlüssel hat Gyula immer ein Riesengeheimnis gemacht. Ich wusste bis heute nicht, woher er kam und was er damit wollte. Nur dass er ihm unheimlich wichtig war. Er hat dieses Ding gehütet wie seinen Augapfel. Darum wollte ich, dass er ihn nach seinem Tod bei sich hat, obwohl mir klar ist, dass Geister nichts ins Jenseits mitnehmen können. Dieses Teil ist wohl eine Ausnahme.« Er wog den Schlüssel in seiner Hand, während er darauf starrte, als könnte er ihm dadurch Antworten entlocken.

Plötzlich drehte er sich weg, um blinzelnd aus dem Fenster zu schauen. Ich ließ ihn in Ruhe. Er brauchte ein paar Minuten, um sich wieder einzukriegen, nachdem ich ihm einen so persönlichen Gegenstand seines Bruders in die Hand gelegt hatte. Immerhin schien er mir zu glauben, dass Gyula mir den Schlüssel vor die Füße geworfen und ich ihn nicht unrechtmäßig an mich genommen hatte.

»Komm«, sagte Milán beinahe schroff und ergriff meine Hand. Nachdem ich meine Tasche aus unserem Klassenraum geholt hatte, setzten wir unseren Weg nach unten fort. Auf dem Schulhof sah es immer noch chaotisch aus, allerdings waren nicht mehr viele Leute da. Niemand behelligte uns, als wir einen Slalom durch die wenigen verbliebenen Grüppchen aus Schülern, besorgten Eltern und aufräumenden Lehrern zurücklegten. Die Kälte hatte sich größtenteils verzogen, ganz im Gegensatz zu einem strengen Brandgeruch, der in der Luft lag. Der schwächer werdende Regen milderte ihn ein wenig. Wir holten unsere Fahrräder, die dankenswerterweise nicht dem Trubel zum Opfer gefallen waren, und traten hinaus auf die Sofienstraße, als uns Papa entgegenkam. Seine Stirn hatte sich in tiefe Sorgenfalten gelegt.

»Ich dachte, du wärst bei Oma«, begrüßte ich ihn.

»Sonderkonferenz. Ist doch klar, nach allem, was heute hier abgegangen ist. Ich muss Schadensbegrenzung betreiben. Habt ihr zufällig eine plausible Erklärung für etwa vierhundert durchgeknallte Schüler und ein paar abgedrehte Lehrer?«

»Wie willst du das bitte plausibel erklären?«, wollte ich wissen. Mir fiel nämlich aus dem Stegreif nichts Sinnvolles ein. Milán zeigte sich da einfallsreicher. »Herr Wolf? Wieso behaupten Sie nicht einfach, es gäbe ein politisches Motiv? Eine Gruppe hat was Nazimäßiges gesagt und deshalb ist einigen der Kragen geplatzt und eins führte zum andern. So was in der Art.«

»Gar nicht mal so abwegig. Wenn ich es nicht besser wüsste … Danke, Milán«, sagte Papa darauf anerkennend.

Ich sah eine günstige Gelegenheit, meinen Vater auf die etwas innigere Freundschaft hinzuweisen, die Milán und mich seit neuestem verband.

»Du, Papa«, fing ich an und trippelte nervös von einem Fuß auf den anderen. »Also, Milán ist mein Freund. Also, dass du dich nicht wunderst, wenn du ihn bald öfter siehst.«

Papa zog die Augenbrauen hoch. »Oha. Und was erwartest du jetzt von mir? ‚Hurra, hurra' oder eher ‚Lass bloß die Finger von den Jungs, das gibt nur Ärger'?«

Milán grinste sich eins. Er schien den kleinen Schock, dass ich diesen Schlüssel hatte, überwunden und seine gute Laune wiedergefunden zu haben. Anscheinend fürchtete er keineswegs, von meinem Vater als untauglich abgestempelt zu werden.

Ich kniff meine Lippen zusammen, ehe ich erwiderte: »Ich erwarte von dir, dass du keine große Sache draus machst und im Hinterkopf behältst, dass ich kein kleines Mädchen mehr bin. Und dass du Herrn Farkas nichts erzählst.«

Er nickte lächelnd. »Nun ja, klein wirst du immer bleiben, was? Ich weiß schon, warum du es zuerst mir und nicht Irmgard gebeichtet hast.«

Ich guckte ihn böse an. Milán war keine große Hilfe, er schien sich innerlich halbtot zu lachen. Damit hörte er allerdings rasch auf, als Papa sich zu ihm drehte und eine strenge Miene aufsetzte, die wiederum mich zum Kichern brachte.

»Du unterscheidest dich anscheinend vom Rest deiner Familie. Falls nicht, wirst du den Tag verwünschen, an dem du meine Tochter kennengelernt hast. Und setz ihr ja keine Flausen in den Kopf.« Er meinte es ernst und Milán stellte das Grinsen ein. Papa sah ihn einen Moment lang durchdringend an, bevor er sich seiner Aktentasche zuwandte und seinen Fahrradhelm hineinstopfte. Und ich wäre bei so viel väterlicher Autorität am liebsten vor Scham im Boden versunken.

Toller Rat von meinem Bruder, möglichst bald reinen Tisch zu machen. Das hatte ich nun davon.

»Musst du nicht zu deiner Konferenz?«, erkundigte ich mich hoffnungsvoll.

»Schon verstanden«, entgegnete mein Vater augenzwinkernd. »Bis später dann! Versuch bitte noch mal, Matthias zu erreichen.«

Ein leises »Puh« entfuhr mir, als er um die Ecke bog. Milán nahm meine freie Hand, während ich mit der anderen mein Handy herausholte, um Matthias eine Nachricht zu schicken. Bis zur Gaisbergstraße schoben wir unsere Fahrräder. Nach Papas Auftritt hatte ich es nicht eilig, von meiner Familie ins Kreuzverhör genommen zu werden. Meine Mutter würde ganz sicher völlig aus dem Häuschen sein, wenn sie erfuhr, dass ich endlich einen echten Freund aus Fleisch und Blut nach Hause brachte. Natürlich wäre es ihr trotzdem lieber, wenn Milán weder mit mir zusammen noch männlich wäre. Aber man konnte eben nicht alles haben.

»Ich warne dich schon mal vor: Du musst gleich stark sein. Mein Vater ist noch der Harmloseste von allen. Meine Oma wird ihren berühmt-berüchtigten Röntgenblick und Mama ihren unerschöpflichen Vorrat an peinlichen Fragen auspacken, Matthias wird dich zum Armdrücken oder sonst einem bescheuerten Wettstreit herausfordern und von Joshua fang ich gar nicht erst an.«

»Dein großer Bruder wird mir mit ziemlicher Sicherheit androhen, mir mindestens beide Beine zu brechen, wenn ich dich unglücklich machen sollte. Dabei finde ich ihn ziemlich nett.«

Ich musste lachen. Das war Joshua durchaus zuzutrauen.

»Er wird es etwas weniger drastisch formulieren. Sei einfach so normal, wie du kannst, er macht sich immerzu Sorgen um mich.« Milán salutierte scherzhaft. Dann wurde seine Miene wieder ernst.

»Darf ich dich was fragen?«

»Nur zu«, ermunterte ich ihn.

»Wann hast du gemerkt, dass du mehr von mir willst als Informationen?«

Da half wohl am besten Offenheit. »Gute Frage. Um ehrlich zu sein, wirklich sicher bin ich mir seit ein paar Wochen, wollte es mir aber nicht richtig eingestehen. Es war schwierig, die Möglichkeit zuzulassen, dass du dich auch in mich verliebt haben könntest. Es erschien mir einfach zu abwegig, dass jemand wie du sich für jemanden wie mich interessieren könnte. Also hab ich versucht, es herunterzuspielen. Ich hatte zu viel Angst, du würdest mich nicht wollen. Das Schuljahr wäre unerträglich geworden!« *Außerdem ist da noch dein verstorbener Zwillingsbruder, der mich ins Schwanken gebracht hat.* Ich konnte den Gedanken nicht verhindern. Sollte Milán damit machen, was er wollte.

Als ich zu ihm herübersah, lächelte er mich an. Wenn er lächelte, war es für mich undenkbar, dass andere sich vor ihm fürchteten. Und fast undenkbar, dass er vor mir keine Freundin gehabt hatte. Ebenfalls lächelnd sagte ich: »Wenigstens lachst du nicht über mich.«

»Ich hab dasselbe getan.« Das Grinsen in meinem Gesicht ließ sich nicht mehr vertreiben. Jedenfalls solange, bis wir bei Oma ankamen. Da war es auf einen Schlag vorbei mit meiner guten Laune.

31

Oma begrüßte Milán zuerst und rang sich sogar ein Lächeln für ihn ab. Mama stand in ihren karierten Wintermantel gehüllt in der Diele. Sie drückte mich fest an sich und reichte erst danach meinem Freund die Hand. Offenbar hatte sie geweint. Die Landung war hart. Mein Innerstes zog sich angstvoll zusammen, als sie mich losließ und ich in ihre versteinerte Miene blickte. Matthias. Sie dachte an ihn. Ich ahnte, was meine Stiefmutter aufwühlte.

»Habt ihr was von Matthias gehört?«, fragte ich leise und fürchtete zugleich die Antwort. In meinem Magen rumorte es.

»Er liegt in der Chirurgie auf der Intensivstation. Ich habe gerade einen Anruf erhalten. Esst etwas, dann kannst du mit Joshua nachkommen.« Ehe ich etwas sagen konnte, wandte sie sich ab, stürmte die wenigen Stufen vor der Haustür hinunter und rannte förmlich zum Auto.

Ich taumelte wie unter einem Hieb. Schwarze Punkte tanzten vor meinen Augen und meine Beine wurden schwer. Ausgehend von meinem Kopf erhitzte sich mein Körper. Ich hielt mich krampfhaft an der Kommode in der Diele fest. Nachdem ich heute ohne Blessuren dem Tod von der Schippe springen durfte, hatte Matthias weniger Glück gehabt.

»Du bist ja weiß wie ein Laken, Kind! Setz dich hin!«, befahl Oma Waltraud und dirigierte mich am Arm die wenigen Meter zur Treppe, wo ich mich dankbar auf die unterste Stufe fallen ließ. Meine Hände zitterten wie meine Knie. Ich stellte die Füße fest auf den Parkettboden, um das Zittern zu unterbinden. Joshua erschien hinter mir auf der Treppe und meinte: »Wenn ihr keinen Hunger habt, können wir sofort los.«

»Milán kommt mit«, erklärte ich kategorisch. Seine Hand in meiner war gerade das Einzige, was mich aufrecht hielt.

Da Joshua nicht protestierte, stemmte ich mich hoch, ignorierte meine zittrigen Beine und ging vor allen anderen aus dem Haus zu Omas Corsa.

In Krankenhäusern fühlte ich mich nie wohl, schon der typische Desinfektionsmittelgeruch stieß mich ab. Aber dieser Besuch war der schlimmste seit Langem. Meinen reglosen kleinen Bruder zu sehen, angeschlossen an unzählige Überwachungsgeräte und blinkende Monitore, auf einer Station, wo die meisten um ihr Leben kämpften, brach mir fast das Herz. Irmgard saß mit stumpfen Augen neben dem Bett. Kurz nahm sie den Blick von ihrem Sohn, als Joshua, Milán und ich mit einer Krankenschwester hinzukamen, die den fast leeren Transfusionsbeutel am Tropf wechselte und wieder ging.

Noch jemand wachte über Matthias. Neben Opa Friedrich stand Amélie am Kopfende des Krankenbettes und blickte mich ernst an. Ich versuchte zu lächeln und scheiterte kläglich. Milán nickte meiner Cousine zu. An ihrer kühlen Reaktion erkannte ich, dass sie ihn mittlerweile sehen konnte. Aber das war jetzt unwichtig.

»Wie geht es ihm?«, flüsterte ich, mit einem Mal heiser.

Joshua sagte nichts. Entsetzt blickte er auf seinen Bruder hinab und befühlte immer wieder vorsichtig seine verschrammte Hand, als könnte er nicht glauben, was er da sah.

»Er ist wieder stabil«, antwortete Mama. »Die Ärzte haben ihn in ein künstliches Koma versetzt, es besteht die Gefahr einer Hirnschwellung. Außerdem hat er viele Verletzungen, sodass sein Körper Ruhe braucht. Er ist schwer gestürzt. Wahrscheinlich muss er in ein paar Tagen erneut operiert werden.« Sie klang erstaunlich gefasst, doch mir stiegen die Tränen in die Augen. Es stand schlimm um Matthias. Dafür gab ich zum größten Teil mir Schuld. Ich tat zu wenig und war zu langsam. Und jetzt hatten sie beinahe meinen Bruder getötet, nachdem Milán es zuvor hatte vereiteln können. Wir durften ihn nicht mehr alleine lassen. Mein Kopf fuhr hoch, als Amélie mir über die Wange strich.

»Bin gleich wieder da«, murmelte ich und folgte meiner Cousine um die nächste Ecke. »Könnt ihr auf ihn aufpassen?«, fragte ich sie flüsternd.

»Nicht hundertprozentig. Ich werde erst einmal hierbleiben, aber du musst Onkel Julius dazu bewegen, das Krankenhaus möglichst nicht mehr zu verlassen. Außerhalb der Besuchszeiten werden Opa und ich übernehmen, eventuell Urgroßvater, wenn er nicht mehr bei euch am Haus benötigt wird.«

»Gut. Womöglich wollten sie ihn einfach außer Gefecht setzen, um uns eins auszuwischen, und lassen ihn jetzt in Ruhe«, mutmaßte ich.

Amélie schüttelte den Kopf. »Sie hätten ihn umgebracht, wenn sie die Möglichkeit dazu gehabt hätten. Du wärst auch fast getötet worden! Jeder aus der Familie ist ein potenzielles Mordopfer, jeder von euch könnte den Turpern, den Dämonen und ihren Herren gefährlich werden. Selbst Matthias oder Oma Waltraud. Die anderen mussten sich von dir fernhalten, um keine Aufmerksamkeit auf dich zu lenken. Das war nicht böse gemeint. Du musst auf jeden Fall weitermachen! Arbeite mit Milán zusammen, ich glaube, du kannst ihm vertrauen.« Doch bei der Erwähnung seines Namens biss sie die Zähne zusammen.

»Und du? Warum bleibst du weg? Bist du böse auf mich?«, wollte ich wissen.

»Es wird weniger. Glaub nicht alles, was du hörst«, erwiderte sie kurz angebunden und verschwand durch eine geschlossene Tür.

Seufzend ging ich zurück zu den anderen, um ein bisschen bei Matthias zu sitzen und nachzudenken. Amélie und ich hatten uns immer gut verstanden, es verletzte mich, dass sie mir anscheinend grundlos grollte.

Gegen Abend, als mein Vater zerzaust und erschöpft bei Oma ankam, rief die Polizei an und teilte uns mit, dass wir zurück in unsere Wohnung gehen konnten. Wohl oder übel musste ich mich nun für die nächsten Stunden von Milán verabschieden.

In unserem Treppenhaus wappnete ich mich für alle möglichen Szenarien, die hinter der Wohnungstür auf mich warten könnten. Am Ende herrschte in ausnahmslos jedem Raum ein heilloses Durcheinander. Glücklicherweise fehlte nichts und der einzige beklagenswerte Schaden war eine zerbrochene Vase meiner Mutter.

Mir fiel rasch auf, dass die Einbrecher in meinem Zimmer am gründlichsten gesucht hatten. Das Unterste hatten sie zuoberst gekehrt. Jede Schublade und mein gesamter Kleiderschrank waren ausgeräumt und ihr Inhalt großflächig auf dem Fußboden verteilt worden. Wer richtete ein solches Chaos an, um nicht mal ein paar Wertsachen mitgehen zu lassen? Jedenfalls keine normalen Einbrecher.

Nach einem Rundumblick begann ich mit dem Aufräumen. Um mir die ätzende Arbeit und die quälende Sorge um Matthias erträglicher zu machen, legte ich eine CD mit Achtziger-Jahre-Hits in meine Stereoanlage und sang lauthals mit. Ich hatte mal irgendwo gelesen, dass man nicht gleichzeitig singen und Angst empfinden konnte. Da musste wirklich was dran sein. Als ich alle Kleider in den Schrank einsortiert hatte und gerade die letzten Jeanshosen auf Kleiderbügel hängte, ertönte »The Sun Always Shines On TV« von A-ha aus den Lautsprechern, eines meiner absoluten Lieblingslieder. Während ich beim Refrain mitsang, dachte ich daran, dass dieser Tag der verrückteste seit Langem gewesen war, furchtbar verrückt und wunderbar verrückt.

Als Nächstes begann ich damit, meine Schreibtischschubladen wieder einzuräumen. Ein eisiger Luftzug ließ mich, einen Armvoll Schulhefte in den Händen, erstarren. Ich hatte niemals meine Ruhe.

»Guten Abend, Fräulein Wolf«, hörte ich die sanfte Bassstimme unseres Hausgeistes. Sofort entspannte ich mich wieder.

»Guten Abend«, erwiderte ich freundlich. Gegen den netten, älteren Herrn hatte ich nichts einzuwenden.

»Sie fragen sich sicher, wer das hier zu verantworten hat.«

»Allerdings. Wissen Sie etwas darüber, Gottfried? Ich bin mir nämlich ziemlich sicher, dass es sich nicht um normale Einbrecher gehandelt hat.«

»Keine Einbrecher, meine Liebe, sondern eine Heimsuchung. Poltergeister haben hier ihr Unwesen getrieben und sie werden wiederkommen. Aller Wahrscheinlichkeit nach heute Nacht. Und sie werden nicht alleine zurückkommen. Unholde sind dabei, die Stadt unter ihren Einfluss zu bringen. Das heute Morgen in Ihrer Schule war bloß eine Warnung. Sie besitzen etwas, das Ihnen nicht gehört, Fräulein Wolf. Hüten Sie es gut.« Ich hatte ganz vergessen, dass Gottfried von dem Schlüssel wusste. Wenn es hart auf hart käme, könnte ich das

Ding von ihm bewachen lassen. Aber Unholde, was für ein herrlich altmodisches Wort.

»Wer steckt hinter all diesen Angriffen?«

Gottfrieds rundes Gesicht wirkte aufgeregt. »Wenn ich es wüsste, würde ich es Ihnen sagen. Ich weiß auf jeden Fall, dass die Poltergeister geschickt worden sind. Entweder von abtrünnigen Geisterjägern oder, was schlimmer wäre, von Luzifer höchstselbst. Ich gehe der Sache nach. Jetzt kann ich Ihnen nur einen Rat geben: Bringen Sie sich und Ihre Familie in Sicherheit. Das nächste Mal wird es nicht Ihre Einrichtung treffen.«

»Was haben Sie noch gesehen?«

»Ich sah den Jungen, mit dem wir auf dem Balkon die Ehre hatten, in Ihrem Zimmer, kurz nachdem die Geister abgezogen waren. Wenn wir den Zufall ausschließen, hat womöglich seine Familie die Poltergeister geschickt oder wurde damit beauftragt, sie zu schicken. Wenn sie Kontakte in die Hölle haben, müssen sie dazu nicht einmal ein Medium sein wie Sie. Passen Sie auf sich auf! Bis bald, Fräulein Wolf.« Und husch, verschwand er mit einem weiteren kleinen Windstoß.

O Shit. Ferenc war wieder auf den Plan getreten. Das alles klang gar nicht gut. Ich musste mit Papa sprechen. Jetzt sofort. Ich schmiss die Hefte auf meinen Schreibtisch und ging mit schnellen Schritten hinüber ins Wohnzimmer, wo meine Eltern die Vitrinen der Massivholzwohnwand wieder mit all dem Nippes vollstopften, der sich über die Jahre angesammelt hatte.

»Papa? Ich muss dringend mit dir reden. Jetzt!«

Verwundert sah mein Vater zu mir auf und legte seine gefüllte Dreckschippe und den Handfeger beiseite, um mir in die Küche zu folgen. Sorgfältig schloss ich die Tür, ehe ich Papa von meinem Gespräch mit unserem Hausgeist berichtete. »So was hab ich mir schon gedacht. Wir hätten gar nicht erst zurückkommen dürfen! Ich versuche gerade, Irmgard davon zu überzeugen, bei meiner Mutter einzuziehen, bis ich eine andere Lösung gefunden habe.«

»Wie sich das Ganze entwickelt, wird niemand alleine eine Lösung finden. Ich rede mit Mama. Du kümmerst dich darum, dass alle ihre Sachen packen und wir spätestens um neun hier raus sind.« Papa widersprach nicht, sondern nickte. Er behandelte mich heute zum ersten Mal wie eine Mitverschworene.

»Weißt du, dass die GHA dich beobachtet?«, fragte ich ihn.

»Das weiß ich. Genau genommen beobachten sie mich, seit ich diesen Job mache. Mach dir keine Sorgen darüber.«

Widerwillig nickte ich. Eigentlich hatte ich mit einer anderen Reaktion gerechnet. Papa schien keine Angst zu kennen. Stalkende Geister waren das eine. Dass uns Menschen, andere Jäger, die ich, von Ferenc und László Farkas mal abgesehen, ganz zu Anfang für die Guten gehalten hatte, nachstellten und Papa ausspionierten, war für mich Grund genug, mir Sorgen zu machen.

Meine Stiefmutter stellte die umgekippten Topfpflanzen im Erker des Wohnzimmers wieder auf, als ich hereinkam. Ich wusste nicht recht, wie ich anfangen sollte, aber Mama nahm mir den schwierigen Gesprächsbeginn ab.

»Spar dir die Mühe, Katharina. Mir ist klar, dass wir nicht hierbleiben können. Ich werde ohnehin die meiste Zeit im Krankenhaus sein. Wo ich schlafe, ist mir egal.«

»Gut«, sagte ich. Je eher sie ihre Tasche packte, umso besser.

»Denkst du etwa, ich wüsste nicht, was hier vor sich geht?«

»Das dachte ich eigentlich.«

»Jetzt ist es wohl so weit, dass ich es dir erzählen muss«, erwiderte sie, während sie ein Häufchen Blumenerde zusammenfegte. Ich fing an, Papas winzige Modellautos einzusammeln und in ihr Fach in die Vitrine zu stellen.

»Was willst du mir erzählen?«, entgegnete ich vorsichtig. Schließlich wusste ich nicht, inwieweit Irmgard über die aktuellen Geschehnisse und Papas zweites Geisterjäger-Ich im Bilde war.

»Erinnerst du dich an den Tag, als wir von Doktor Pfaff nach Hause gekommen sind?«

Ich nickte.

»Nachdem Julius dein Rezept verrissen und sich eingesperrt hatte, stellte ich ihn zur Rede. Schon länger war mir aufgefallen, dass er deine Verrücktheiten viel lockerer genommen hat als ich. Ich habe mir Gedanken über dich gemacht, nicht über ihn. Schwertkampf, Kung-Fu und Bogenschießen sind eben seine Hobbys. Andere Dinge haben ihn verdächtig gemacht. Zum Beispiel den Umgang mit dir und Matthias; wie er euch immer beäugt hat, als würde er auf etwas warten, um immer alles herunterzuspielen, selbst als du eindeutig reif für die Klapse warst, entschuldige, Schatz, aber damals habe ich so empfunden. Und dann sein jährlicher Altphilologen-Kongress in Paris. Den gibt es gar nicht! In Wirklichkeit musste er zu dieser Geisterjägervereinigung, die uns mit ihren bescheuerten Gesetzen das Leben schwer macht.«

Mit einer Handvoll Autos stand ich vor der Vitrine und sah staunend auf meine Stiefmutter herab, die auf dem Fußboden kniete.

»Jedenfalls hat er wohl eingesehen, dass er mich nicht mehr belügen konnte, wenn er nicht wollte, dass ich ihn verließ. Darum hat er mich erst mal auf absolute Verschwiegenheit eingeschworen, bevor er ein verstaubtes Buch aus dem Schrank holte und mir allen Ernstes erklärte, dass ich mich einer Sippe von Geisterjägern angeschlossen hatte, dass er Geister sehen konnte und so weiter. Das war ziemlich harte Kost.«

Ich hatte mit vielem gerechnet, aber nicht damit. Ziemlich baff ließ ich mich im Schneidersitz neben Mama auf dem Dielenboden nieder, um weiter zuzuhören. Deshalb hatte sie nichts mehr unternommen, um mir den vermeintlichen Wahnsinn auszutreiben.

Sie fuhr fort: »Natürlich hielt ich sie erst einmal alle für einen Haufen Spinner, deinen Vater eingeschlossen, doch ich habe viel gelesen und die jetzige Situation beweist einmal mehr, dass die unsichtbare Welt mächtiger ist als wir erahnen. Im Schwarzwald hatten wir alle ein ruhiges Leben, dein Vater war selten nachts unterwegs. Aber seit wir hier sind, ist er kaum noch zu Hause und ich mache mir große Sorgen um ihn. Das Ganze ist auf einmal unüberschaubar geworden, ich kann dir nicht sagen, ob die Jäger dem gewachsen sind.«

Sprachlos musterte ich die Frau, die mich aufgezogen hatte. Sie war, genau wie Papa, immer wieder für eine Überraschung gut.

»Wenn du alles über diese Geistersache weißt, weißt du sicher, welche Rolle ich darin spiele, oder?« Mein Wissen darüber konnte ich nämlich lediglich als bruchstückhaft bezeichnen.

Irmgard ließ den Handfeger los, den sie während ihrer Erzählung umklammert gehalten hatte, um mir über die Wange zu streichen.

»Nein, leider nicht.«

Wir redeten lange, während wir saubermachten. Irmgard erzählte mir von ihrer und Papas Angst, dass eines ihrer Kinder früh sterben müsste, und ihrem Bemühen, mir und meinen Brüdern eine normale

Kindheit zu ermöglichen. Ich hörte die meiste Zeit einfach zu und stellte keine Fragen. Es tat meiner Stiefmutter leid, dass sie mir das Gefühl gegeben hatte, nicht richtig zu sein, wie ich war, und dass sie später so getan hatte, als wäre alles in Ordnung.

Hier hakte ich ein: »Aber ihr hättet mir wenigstens sagen können, dass ich nicht gestört bin! Manchmal hab ich geglaubt, du hättest mich aufgegeben.«

Irmgard schüttelte den Kopf.

»Du solltest die Last nicht ständig spüren, die deine Gaben dir bereiten. Für mich ist es auch nicht gerade einfach, ein Kind zu haben, das meine Gedanken lesen und mich stets durchschauen kann.«

Ich seufzte schwer. Zumindest das Gedankenlesen hatte ich für ein Geheimnis von Joshua und mir gehalten. Ich lebte in einer Familie, in der jeder Geheimnisse haben musste, um sich und andere nicht in Gefahr zu bringen. Wie Milán und seine Familie. Ich kannte die GHA nicht, aber ich hasste diese Organisation, seit ich zum ersten Mal von ihr gehört hatte. Am allermeisten dafür, dass wir nicht leben durften, wie wir wollten, und gezwungen waren, uns gegenseitig zu belügen. Eltern ihre Kinder, Brüder ihre Schwestern und Freunde ihre Freunde. Natürlich konnten Nichtjäger und besonders Kinder, die selten darauf achteten, was sie wem erzählten, zu einem Sicherheitsrisiko werden, trotzdem erschienen mir die Regeln zu streng.

Irmgard streichelte meine Hand. »Es gibt keinen Ort, an dem du dich verstecken kannst. So ungern ich es sage, aber du musst dich dem stellen, was das Schicksal für dich vorgesehen hat. Du hast besondere Fähigkeiten, sie wurden dir nicht umsonst geschenkt. Deine Mutter hätte dir sicher dasselbe gesagt.«

Vielleicht hätte sie das. Leider konnte ich mich nicht an sie erinnern. Und ehrlich gesagt wollte ich das gar nicht. Ich vermied dieses Thema. Früher, als Irmgard davon beseelt gewesen war, mich zu heilen, hatte ich mir gewünscht, meine Mutter würde kommen und mich holen, weil sie mich wahrscheinlich einfach so geliebt hätte. Doch dann hatte ich ein schlechtes Gewissen bekommen, weil Irmgard sich gut um mich kümmerte, während mich meine leibliche Mutter als Baby zurückgelassen hatte und nach ihrem Tod nicht mal als Geist Kontakt zu mir aufnahm, was ich nicht verstand, mich jedoch damit arrangiert hatte. Meine Mutter hatte nie Interesse an mir gehabt oder mich gar geliebt. Und deshalb dachte ich nicht mehr an sie, sondern umarmte meine Stiefmutter.

»Hast du nichts dagegen? Willst du, dass ich mich in einen überirdischen Krieg einmische?« Das erstaunte mich mehr als die Tatsache, dass sie jahrelang alles gewusst und nichts gesagt hatte. Wie sehr sie uns lieben musste, um diesen ganzen Mist mitzumachen!

»Natürlich habe ich was dagegen. Meine Meinung interessiert leider weder Himmel noch Hölle. Julius kann uns nicht mehr lange alleine beschützen, selbst wenn ihm die Familie Farkas hilft. Sie stehen einer Übermacht gegenüber. Ich weiß, dass ich dich nicht davon abhalten kann, mitzumischen. Dein Vater hätte gerne, dass du außen vor bleibst, dass du nicht kämpfst, aber das hat keinen Sinn. Du bist wichtig. Irgendwann wird auch er das verstehen.«

»Danke«, sagte ich schlicht. »Danke, dass du so ehrlich zu mir warst. Es wäre zwar schöner gewesen, wenn ihr gleich alles erzählt hättet, aber ich bin nicht böse auf dich oder Papa, ihr hattet gute Gründe, mich aus alldem rauszuhalten. Allerdings komme ich mir mehr als unvorbereitet vor.«

»Wenn Julius endlich mal seine sture Haltung aufgeben würde, könntest du ihm bestimmt eine große Hilfe sein. Sprich mit deiner Oma. Sie ist beinahe eine Expertin auf dem Gebiet der Geisterjagd. Ja, da guckst du, was?« Mama lächelte plötzlich. »Kopf hoch! Ich glaube fest an dich. Und jetzt lass uns schneller sein als diese schrecklichen Gespenster. Gut, dass ich noch nicht alles aus den Kartons geholt habe.«

Gleich danach forderte sie mich auf, meine Sachen zu packen und meinen großen Bruder anzutreiben.

Zurück in meinem Zimmer lauerte der nächste Schreck auf mich. Als ich alle Dinge aus meinem Schreibtisch wieder an ihrem angestammten Platz verstaut hatte, merkte ich, dass etwas fehlte.

32

Meine Gespensterkladde war weg. Gestern hatte sie noch unter einem Stapel leerer Schnellhefter in der mittleren Schublade gelegen. Mit wachsender Panik räumte ich in kürzester Zeit das restliche Zimmer auf. Die Kladde blieb verschwunden. Nachdem ich in jedem Schrank, unter dem Sofa, sogar in meinem Bett gesucht hatte, gab es nichts mehr daran zu rütteln. Ferenc war es gelungen, meinen wertvollsten Besitz an sich zu bringen. In seinen Händen konnte es zum Beweisstück werden, um Milán und mich bei der GHA anzuschwärzen. Angestrengt versuchte ich, eine Möglichkeit für einen Gegenschlag zu finden. Der Schlüssel könnte uns dabei nützlich sein. Für alles, was mir einfiel, müsste Milán mitspielen.

Wieder einmal kam es uns zugute, dass meine Großmutter ein großes Haus besaß und sich darüber freute, dass wir uns auf unbestimmte Zeit bei ihr einquartierten. Gleich nach dem späten Abendbrot rief ich Milán auf dem Handy an, kam jedoch nicht dazu, ihm irgendetwas zu erzählen, weil er mich auf später vertröstete und auflegte. Bestimmt hatte er daheim nicht offen reden können. Verstimmt ging ich zu Bett und wartete darauf, dass Milán mich zurückrief. Irgendwann schlief ich ein.

Als mich um drei Uhr früh das ausdauernde Klingeln meines Handys aus dem monotonen Waldtraum riss, war ich nicht böse. Schneller als sonst verblasste das Grün des Waldes vor meinem inneren Auge und verstummte das Geräusch meiner Schritte im Laub.

»Katharina? Kannst du dich rausschleichen?«, flüsterte Milán am anderen Ende der Leitung.

»Wo bist du?«

»Bei deiner Oma im Garten. Beeil dich.«

In Windeseile schlüpfte ich in meine Jeans, zog Sweatshirt und Mantel über das kurze Nachthemd, wickelte mich in mein langes Halstuch und setzte die hellgrüne Häkelmütze auf. Auf diese Weise sah wenigstens keiner, dass ich meine zotteligen Haare nicht gebürstet hatte. Allerdings nahm ich mir die Zeit, auf die Toilette zu gehen und meine Zähne zu putzen.

Mit meinen Turnschuhen in der Hand schlich ich durch das schlafende Haus und betete, dass ich niemanden weckte. Aufgeregt hüpfte ich nach draußen, wo Milán mich in Empfang nahm. Als er mich direkt küsste, kribbelte es wundervoll in meinem Bauch. Beinahe vergaß ich, was ich mit ihm besprechen wollte. Sein Gesicht und seine Lippen fühlten sich kalt an, als wäre er die halbe Nacht im Freien gewesen. Womit ich richtig lag.

»Ich komm gerade von meiner Patrouille zurück. Du wolltest mir was Wichtiges sagen?«

»In unserer Wohnung waren Poltergeister. Und Ferenc. Er hat das Buch geklaut, in das ich alles eingetragen habe, was ich über Geister weiß, über Jettas Prophezeiung und über den Schlüssel. Wenn er damit zur GHA geht, sind wir geliefert.«

»Oh, scheiße. Du willst dir das Ding zurückholen?«, riet er.

»Natürlich. Aber ich weiß nicht, wo Ferenc wohnt. Deshalb musst du mitkommen.«

»Und wie stellst du dir das vor? Meinst du, wir klingeln mal eben und verlangen dein Buch zurück?«

Ich grinste überlegen.

»Wozu haben wir den Schlüssel?«

»Das ändert natürlich die Lage.« Er grinste zurück. »Dann nichts wie los. Ferenc und mein Onkel wohnen in einer Wohnung am Friesenberg. Das ist in der Altstadt.«

»Nie gehört. Sollen wir die Räder nehmen? Zu Fuß sind wir ewig unterwegs.« Er schien zu überlegen. Wie wollte er sonst dort hinkommen, bevor der Morgen graute?

Ich zog ihn am Arm. »Komm mit, die Fahrräder stehen neben dem Gartenhäuschen. Du kannst das von Joshua benutzen. Und wenn wir hinterher noch Zeit haben, würde ich gerne Jetta besuchen gehen. Wieder mal. Manchmal denke ich, sie ist gar nicht mehr am Wolfsbrunnen. Aber was Besseres weiß ich nicht.«

»Okay«, erwiderte Milán leichthin und schwang sich auf Joshuas Mountainbike.

Eine Viertelstunde später hielten wir vor einem unscheinbaren, mehrstöckigen Wohnhaus. Ohne Milán hätte ich nur mit einem Routenplaner hergefunden, so oft hatten wir abbiegen müssen.

»Und jetzt?«, fragte er mich.

»Wir schließen die Räder nicht an, falls wir schnell abhauen müssen. Wir schleichen uns halt rein. Weiter hab ich nicht geplant.« Lieber Himmel! So etwas hatte ich noch nie gemacht.

»Wir können nicht die ganze Wohnung durchsuchen«, merkte er an.

Da hatte ich eine Idee. »Wir nicht, aber ich weiß ein paar Freunde, die mir sicher helfen werden.«

Mit einem Nicken lehnte er die Fahrräder gegen die helle Hauswand. Flüsternd rief ich meine Urgroßeltern, Gottfried, Oma Margarethe und Gyula herbei. Letzterer wechselte in Zeichensprache ein paar Worte mit seinem Bruder. Als er fertig war, erklärte ich den Geistern, nach was sie Ausschau halten sollten. Es war unheimlich spannend, sich wie ein Geheimagent Zutritt zu einem fremden Haus zu verschaffen. Einen kurzen Moment hatte ich Angst, dass die Eigenschaften des Schlüssels ein Märchen waren, doch er glitt ins Schloss der hohen Eingangstür, als wäre er dafür gemacht worden.

Die Wohnungstür im zweiten Obergeschoss bereitete uns ebenfalls keine Schwierigkeiten. Dennoch klopfte mein Herz wie verrückt, als ich die Geister über die Schwelle ließ. Nur weil ich sie hereinbat, stellten die Geistersperren, auf die Milán mich hinwies, kein Problem dar. Milán stand schweigend neben mir im Treppenhaus und verschränkte seine Finger mit meinen. *Was tue ich hier eigentlich? Wie bringst du mich nur dazu, solche dämlichen Sachen mitzumachen?* Doch er lächelte. Und dann trat er dicht vor mich und berührte zart meine Lippen mit seinen. *Für dich würde ich fast alles tun*, fuhr er stumm fort, während er mich fester küsste. Ich zog ihn an seinem schwarzen Kapuzenshirt näher und seufzte ganz leise, weil er seine freie Hand in meinen Nacken schob und den Kuss vertiefte. Ein ganzer Schmetterlingsschwarm fuhr mir vom Kopf bis in die Zehen, als seine Zunge vorsichtig in meinen Mund glitt. Er schmeckte wunderbar. Meine Hände zerzausten seine wilden Haare, seine Arme umschlangen mich. Dieser Kuss war neu, er berührte mich tief im Innern und weckte Gefühle, die ich nicht kannte. Mein Herz hämmerte wie nach einem Sprint. Ich konnte gar nicht genug davon bekommen, mitten in der Nacht in einem dunklen Hausflur zu stehen und hemmungslos zu knutschen.

Schwindlig lehnte ich mich gegen die Wand und zog Milán mit. Bis zum Rand angefüllt mit Glücksgefühlen lächelte ich meinen Freund irgendwann an. Das Treppenhaus kam mir gar nicht finster vor, ich sah genug, um alle Empfindungen in Miláns Gesicht lesen zu können. Er rieb seine Nase sanft an meiner und nahm mich so in den Arm, dass ich meinen Kopf an seine Brust legen konnte. Er war nun nicht mehr kalt, Hitze drang durch seine Kleider nach außen. Ich vergaß alles um mich herum, fühlte allein seine Gegenwart. Bedächtig strich er über meinen Rücken.

Er ließ mich los, als Gyula breit grinsend aus der offenen Wohnungstür kam. »Jackpot. Deine Kladde liegt auf dem Fensterbrett in Ferencs Zimmer. Durch den Flur und die dritte Tür rechts. Am besten gehst du selber rein und holst das Buch. Er schläft ziemlich fest.«

»Danke. Wo sind die anderen?«, flüsterte ich.

»Weg. Wenn ihr zwei nicht so beschäftigt gewesen wärt, hätten sie sich verabschiedet.« Gut, dass man im Dunkeln meine glühenden Wangen nicht erkennen konnte.

Ohne ein weiteres Wort zog ich meine Schuhe aus, um geräuschlos laufen zu können.

Das Zimmer fand ich mühelos. Ferenc schnarchte in einem schmalen, niedrigen Bett vor sich hin. Den Boden bedeckten Klamotten und leere Colaflaschen, sodass ich mich vorsehen musste, nicht hinzufallen oder anderweitig Lärm zu verursachen. Neben einer vertrockneten Grünlilie lag sie, meine dicke Gespensterkladde. Rasch griff ich sie mir und steuerte die Tür an, als ich erstarrte.

»Hallo, Katharina. Wie romantisch, dass du mich beim Schlafen beobachten willst. Oder bist du jetzt unter die Einbrecher gegangen?«

Verdammt! Ferenc war aufgewacht.

Ich rang meinen Schrecken nieder und antwortete leise: »Wie du mir, so ich dir. Und jetzt schlaf weiter.«

Natürlich dachte Ferenc nicht daran, sondern schlug die Decke zurück und stand auf. Er trug nichts als dunkle Boxershorts und in einer anderen Situation hätte ich ein bisschen genauer hingeschaut, wenn ein wirklich gut gebauter, junger Mann auf mich zugekommen wäre. Und mich gleich darauf abgrundtief geschämt und die Flucht ergriffen. Letzteres tat ich jetzt. Mit der Kladde unter dem Arm flitzte ich durch den Flur, schoss ins Treppenhaus, an Milán vorbei, der mir mit meinen Schuhen in der Hand hinterherrannte. Draußen sprangen wir auf die Räder und fuhren in Richtung Hauptstraße. Ich trat, nur in Wollsocken, so fest in die Pedale, wie ich konnte.

»Ich krieg euch!«, brüllte uns Ferenc nach und weckte damit wahrscheinlich die halbe Nachbarschaft auf. Ich hörte, wie er die Haustür zuknallte, ehe das Pfeifen des Windes und mein eigener schneller Atem alle anderen Geräusche schluckten. Plötzlich leuchteten hinter uns Scheinwerfer auf. Mit aufheulendem Motor nahm ein Auto unsere Verfolgung auf.

»Das ist Onkel László! Er muss gerade unterwegs gewesen sein.« Wir bogen scharf in die Hauptstraße ab, gleich darauf in die Jakobsgasse, während sich der Wagen unaufhaltsam näherte. Milán überholte mich und mir blieb nichts anderes übrig, als meine Anstrengung zu erhöhen. Wir rasten über den ausgestorbenen Neckarmünzplatz, die Leyergasse hinauf und zurück auf die Hauptstraße. Noch hatten wir einen Vorsprung.

Milán bremste vor dem schmiedeeisernen Tor des Völkerkundemuseums, stieg ab und schleuderte Joshuas Fahrrad mitsamt meinen Turnschuhen über den Zaun auf ein Rasenstück. Ich gab ihm mein Fahrrad, das mit einem hässlichen Scheppern auf dem meines Bruders landete.

Behände kletterten wir unseren Rädern hinterher, als ich Ferenc rufen hörte: »Wehe, ihr haut ab, ihr Feiglinge. Sei ein Mann, Milán!«

»Wehe, du hörst auf diesen Trottel!«, sagte ich und sprang ins feuchte Gras. Igitt, war das kalt.

»Komm schon!« Wir rannten zu einem Nebeneingang, vor dem ich den Schlüssel unter meinem Mantel hervorholte, um aufzuschließen. Das Auto blieb mit stotterndem Motor vor dem Tor stehen. Gleich hatten sie uns. Ich blickte zurück und sah Ferenc über den Zaun steigen. Mist, meine Schuhe und die Räder lagen noch auf dem Rasen. Meine Hände begannen zu zittern, als Ferenc mit schnellen Schritten und gezogenem Schwert den Hof überquerte, der festen Überzeugung, dass wir in der Falle saßen. Doch das taten wir nicht. Hektisch pfriemelte ich den Schlüssel ins Schloss. Während László Farkas sich am Zaun aufhielt, ging Milán neben mir in Angriffshaltung. Ein seltsames Knurren kam aus seiner Kehle.

»Komm, Cousin. Kämpfen wir mal fair«, rief Ferenc und hob sein Schwert. Irgendwie bezweifelte ich, dass Ferenc trotz der Bewaffnung überlegen war. Da stieß ich die Tür auf und stürzte hinein.

»Los!«, rief ich.

Bevor Ferenc den ersten Schlag austeilen konnte, schlüpfte Milán hinter mir her und schmiss die Tür vor Ferencs Nase zu. Sicherheitshalber schloss ich mit dem Schlüssel einmal herum.

Schwer atmend lehnten wir uns an die Wand neben der Tür. Kurz darauf lachten wir erleichtert.

»Wie wärs jetzt mit einer kleinen Museumstour?«, fragte Milán.

Das ließ ich mir nicht zweimal sagen. Ich zog die nassen Socken aus und stopfte sie in meine Manteltaschen, um barfuß zu laufen. Der glatte Steinboden in der Eingangshalle kam mir am kältesten vor.

»Hocken die beiden jetzt für den Rest der Nacht vor der Tür und warten, dass wir wieder rauskommen?«

»Glaub ich nicht. Vermutlich haben sie bald die Schnauze voll und fordern Verstärkung aus Paris an. Es könnte hier bald sehr ungemütlich werden.« Das befürchtete ich ebenfalls.

Langsam stiegen wir die Treppe hoch. Im ersten Stock lag Parkett, was eindeutig angenehmer für meine Füße war.

»Willst du trockene Socken?«, erkundigte sich Milán fürsorglich. »Ich könnte dir meine leihen.«

Ich schüttelte den Kopf. »Die sind mir fünf Nummern zu groß. Trotzdem danke.«

In letzter Zeit tat ich die verrücktesten Sachen. Heute brach ich in ein Museum ein. Ein breites Grinsen stahl sich auf mein Gesicht. Ich liebte es neuerdings, verrückte Dinge zu tun. Besonders mit einem echten Freund an meiner Seite. Ich fühlte mich wahnsinnig lebendig. Hibbelig sprang ich Milán von hinten an.

»Du könntest mich ein Stück tragen«, schlug ich übermütig vor. Das kannte ich von mir gar nicht.

»Na gut. Aber nur gegen Bezahlung.« Leise kichernd küsste ich seinen Nacken und seinen Hals und bemerkte, dass er erschauerte. »Nein, so geht das nicht«, meinte er grinsend, schüttelte mich ab und zog mich an seine Brust. »Sonst kann ich mich gar nicht revanchieren.«

Ich musste an mich halten, keine unanständigen Laute von mir zu geben, als seine weichen Lippen an meinem Hals entlangfuhren und er mir sanft in meinen Nacken biss. Wie vorhin im Treppenhaus spürte ich, dass es einen Teil von mir gab, der mehr wollte als küssen. Doch für diesen Teil fühlte ich mich noch nicht bereit. Vorsichtig schob ich Milán ein Stück weg und lächelte ihn entschuldigend an. Ich legte seine Hand oberhalb meiner Brüste auf mein wild pochendes Herz. Er wiederum nahm meine Hand, um sie auf seine Brust zu legen.

»Ist das normal?«, fragte ich halb im Scherz.

»Weiß ich nicht. Für mich ist das genauso neu.«

»Du warst nie in deinem Leben verliebt?«

Er schüttelte breit lächelnd den Kopf. »Nie. Aber das weiß ich erst jetzt. Und das sag ich dir nicht, weil ich dir an die Wäsche will.«

Ich musste lachen.

Er hielt meine Hand weiter auf seiner Brust. Ich verstummte, weil er mich auf einmal intensiv anblickte.

»Weißt du, was ich an dir mag? Du sagst selten etwas Unbedachtes. Du bist eher ein innerlicher Mensch, du denkst viel nach, du horchst oft in dich hinein. Manchmal sitzt du irgendwo und bist überhaupt nicht da. Du bist dir selbst genug, du magst andere Menschen, aber du brauchst sie nicht.« Er hatte mich sehr genau beobachtet. So wie ich ihn.

»Ich brauche *dich*«, sagte ich heiser.

Sein Blick wurde weich. »Ich brauch dich mehr.« Plötzlich schnürte sich mir die Kehle zu. Mit der freien Hand streichelte ich seine sommersprossigen Wangen und blinzelte die aufsteigenden Tränen weg. All mein Übermut war verflogen.

»Komm, wir sehen uns mal um«, forderte ich Milán auf und versuchte dabei locker zu klingen.

Im Obergeschoss gab es eine Ausstellung von Stoffen, Teppichen und Kleidungsstücken. Ich betrachtete alles. Obwohl kein Licht brannte, konnte ich genug sehen. Ich nahm Miláns Hand und zog ihn mit mir von einem Exponat zum nächsten. Währenddessen erlaubte ich meinen Gedanken zu kreiseln. Vielleicht lag es an meiner völligen Unerfahrenheit in Liebesdingen, ich meinte jedoch zwischen reiner körperlicher Anziehung und Liebe unterscheiden zu können. Und ich liebte Milán. Wenn er jetzt ginge, würde er mir das Herz brechen. Ich zwang mich, seine Hand nicht zu fest zu halten.

Wieder am Treppenaufgang angekommen blieb er stehen.

33

»Vorhin wollte ich dir noch etwas sagen.« Er streichelte meine Wange.

Ich stellte mich auf die Zehenspitzen, um ihn zu küssen.

Viel zu schnell löste er seine Lippen von meinen und sah mich fest an. »Du tust es schon wieder«, sagte er.

»Was tue ich?«

Milán ließ sich auf die Treppe fallen, ich setzte mich auf seinen Schoß. Als er mich anlächelte, zeigten sich seine niedlichen Kringel. Mit dem Zeigefinger fuhr ich sie nach. Sein Lächeln vertiefte sich. »Du bringst mich aus dem Konzept.« Nun war er es, der mich küsste.

Ich liebe dich, dachte er. Mir wurde ganz warm. Er liebte mich! Ich schlang meine Arme um seinen Hals.

»Ich liebe dich auch«, flüsterte ich. Es war zu groß, zu intensiv, zu schnell. Ich kam nicht dahinter, warum sich das alles so überwältigend anfühlte. Und doch wollte ich es nicht anders. Ich wollte Milán mehr als alles andere auf der Welt.

Erneut sah er mich an und strich mir über die Arme.

»Wenn ich mit dir zusammen bin, will ich leben. Und das hast du ganz allein fertiggebracht.« Zart küsste er mich auf die Stirn. Er sollte mir nicht dafür dankbar sein, eigentlich verhielt es sich genau umgekehrt.

»Milán, weißt du was? Ich hab die ganze Zeit gedacht, ich würde deine Schale knacken, aber in Wirklichkeit hast du meine geknackt. Du hast mich gezwungen, aus meinem Schneckenhaus rauszukommen. Nie hatte ich einen Freund, jemanden, der mich mag, wie ich bin und nicht tot ist. Joshua war mein einziger Freund, bis du gekommen bist. Du hast mir gezeigt, dass ich mutig sein kann und dass es sich lohnt, meine Ängste zu überwinden. Ich hab nach wie vor Muffe, ein Referat zu halten oder mit wildfremden Menschen zu reden, aber ich weiß jetzt, dass ich es kann, wenn es sein muss. Ohne dich hätte ich das mit Ferenc nie durchgezogen, ich wäre einfach weiter weggerannt. Verstehst du, was ich meine?«

Er nickte ernst. »Das wäre auch ohne mich passiert. Möglicherweise hättest du dich schwerer getan. Du bist eine Geisterjägerin, Katharina. Wenn du überleben willst, darfst du dich gar nicht mehr verstecken. Außer wenn es nötig ist, wie jetzt.« Er schaute auf seine Armbanduhr. »In einer Stunde kommt mein Vater nach Hause und das hier will ich ihm nicht erklären müssen. Wenn wir Glück haben, ist meine schaurige Verwandtschaft weg und wir können uns nach Hause mogeln, bevor unsere Eltern was merken.« Er stahl sich einen letzten Kuss.

Milán wagte sich zuerst nach draußen und sammelte meine Schuhe ein. Wie nett von Ferenc, sie liegen zu lassen, ebenso wie unsere Fahrräder. Unbehelligt gelangten wir bis nach Hause. Keine Geisterjäger und keine Jenseitigen kamen uns in die Quere.

Die letzte Hürde bestand für mich darin, in das Gästezimmer zu gelangen, ohne jemanden aufzuwecken. Ich unterdrückte einen Triumphschrei, als ich lautlos die Zimmertür hinter mir schloss. Nie hätte ich gedacht, dass ich mal einen solchen Erfolg haben würde. Ferenc hatte uns weder die Polizei noch Miláns Vater auf den Hals gehetzt. Sicher war es seinem Vater peinlich, dass ihn zwei Teenager an der Nase herumgeführt hatten. Und überhaupt regelten Geisterjäger ihre Angelegenheiten lieber unter sich. Gut für uns.

Es war kurz nach sechs Uhr morgens, da lohnte es sich nicht mehr, ins Bett zu gehen. Heute würde ich wohl Kaffee zum Frühstück trinken müssen oder besser einen doppelten Espresso. Wahrscheinlich blieb das nicht die letzte kurze Nacht.

Alles in allem hätte es eine schöne Zeit sein können, weil Milán und ich es endlich miteinander auf die Reihe gekriegt hatten, ebenso wegen der Tatsache, dass unsere Schule so lange geschlossen blieb, bis die größten Schäden beseitigt waren, die der Turperangriff mit sich gebracht hatte. Doch das Unglück meines Bruders und die bösen Geister, die mittlerweile beinahe jeden Raum in meinem Leben vereinnahmten, überschatteten alles. Zusätzlich zermürbte es mich, einer Retourkutsche von László Farkas entgegenzusehen.

Matthias' Zustand verbesserte sich langsam, aber stetig, was allen Grund zur Hoffnung gab. Täglich besuchten Joshua und ich unseren Bruder im Krankenhaus und warteten ungeduldig darauf, dass er endlich aufwachte und uns erzählen konnte, was er gesehen und gehört hatte. Neben dem Universitätsklinikum befanden sich mittlerweile alle Krankenhäuser in der Umgebung an der Belastungsgrenze. Matthias war eines von vielen Opfern, die die Klinikbetten belegten und die Stadtverwaltung zu immer drastischeren Maßnahmen, wie vermehrten Personenkontrollen und zeitweiligen Ausgangssperren, veranlasste.

Dass es Matthias getroffen hatte, war eine grausame Art der Motivation für mich, mehr über die Angriffe und meinen Schlüssel herauszufinden.

Matthias fehlte uns. Sein fröhliches, unbedarftes Wesen hatte mich oft aufgemuntert. Jetzt umgab uns eine Leere, die nicht allein an einem verwaisten Bett oder einem unbesetzten Stuhl am Abendbrottisch auszumachen war, sondern eher an einer drückende Stille, an der Vorsicht, wenn wir als Familie zusammenkamen. Wir wünschten uns nichts sehnlicher, als ihn zurückzubekommen. Sogar Omas eigensinnige Katze Klara, die Joshua und mich jedes Mal anfauchte, wenn wir ihr über den Weg liefen, würde sich sicher freuen, Matthias wiederzuhaben. Erst jetzt, wo er nicht mehr da war, merkten wir alle, dass Matthias das Zentrum unseres Familienlebens ausgefüllt hatte, dass er uns alle miteinander verband: Alle unsichtbaren Fäden liefen über ihn, unseren Halbbruder, zusammen.

Matthias' fünfzehnten Geburtstag feierten wir nicht, sondern saßen im Krankenhaus an seinem Bett und grämten uns.

Der Angriff auf die Schule und der Einbruch in unsere Wohnung stellten für uns alle einen Markstein dar.

Joshua war seitdem nicht mehr derselbe, sondern die meiste Zeit still und ernst. Als er selbst zusammengeschlagen worden war, hatte ihn das lange nicht so mitgenommen wie das mit Matthias. Er schien erst jetzt die Situation richtig erfasst zu haben. Für mich gab es jedoch keine Veranlassung, ihn stärker einzubinden. Es war schon schwer genug für ihn, sich vor etwas in Acht zu nehmen, das er nicht einmal wahrnehmen konnte. Geister waren für Joshua wie radioaktive Strahlung. Unsichtbar, aber unter Umständen tödlich.

Dem ganzen Chaos und der Ratlosigkeit begegnete ich mit einem gewissen Aktionismus, indem ich unsere Nachforschungen vorantrieb und jeden Abend in meinem Gästezimmer seilhüpfte und lächerliche Gymnastikübungen machte, in der Hoffnung, nicht allzu sehr im Rückstand zu sein, wenn endlich mein Jägertraining begann. Falls es überhaupt irgendwann beginnen würde. *Jägerin, die keine ist*, die Worte des Dämons verfolgten mich regelrecht.

Mein größter Halt war Milán. Er blieb der Einzige, der sich nicht vor meinen Augen veränderte. Ihn kannte ich nicht anders als grüblerisch, menschenscheu und oft genug schwermütig. Im Angesicht des Grauens, von dem wir täglich hörten und lasen, schien das in jedem Fall die vernünftigste Haltung zu sein. Kaum ein Tag, an dem nicht wenigstens einer meiner Verwandten oder Gottfried in Omas Garten erschien, um mir unschöne Neuigkeiten zu überbringen. Von Dämonen, die sich in der Stadt herumtrieben, von Poltergeistaktivität in öffentlichen Gebäuden. Dazu drang jede Nacht lautes Jaulen und Heulen vom Friedhof herüber, das mich jeden normalen Menschen beneiden ließ, der für solche Geräusche nicht empfänglich war.

Seit wir bei meiner Großmutter Zuflucht gefunden hatten, schwirrten sogar tagsüber Geister um ihr Haus, kundschafteten uns aus und erstatteten garantiert jemandem Bericht. Ich fragte mich, wann der Erste von ihnen ins Haus eindringen und uns belästigen würde.

Milán und ich hatten unsere Forschungsrichtung ein wenig abgeändert. Statt in der Gegenwart suchten wir nun in der Vergangenheit nach Spuren von Turpern, bösen Geistern und Dämonen. Wir hofften, irgendwelche Hinweise für unsere jetzige Situation zu erhalten, mit mäßigem Erfolg.

An einem Freitagnachmittag im November hatte mein Freund alte Schinken aus der Bibliothek seines Vaters mitgebracht, die wir geduldig durcharbeiteten. Für die Schule hatte ich mir nie so viel Mühe gegeben.

»Sieh mal hier«, sprach ich in die Stille hinein und hielt Milán das zerfledderte Buch unter die Nase, in dem ich seit gut einer Stunde las.

»Fünf Kapitel über machtgierige Tyrannen, die im Mittelalter Geister eingesetzt und mit Dämonen paktiert haben sollen.« Wir saßen in meinem Gästezimmer nebeneinander auf dem Bett. Ich mochte den hellen, freundlichen Raum mit Blick auf Garten und Straße. Onkel Jonathan, Papas Bruder, hatte früher hier gewohnt. Die cremeweiß gestrichenen Wände hatte Oma bis auf einen gerahmten Druck von einem von Monets Seerosenteichen leer gelassen. In einer Ecke neben dem sechstürigen Kleiderschrank stand ein verzierter Holzstuhl an einem kleinen Sekretär, der mir als Schreibtisch diente. Die Kirschbaummöbel waren vermutlich so alt und teuer, wie sie aussahen. Am Fenster hingen zur Bettwäsche passende, cremefarbene Vorhänge, auf dem Holzboden vor dem Bett lag ein weißer Flokati, der für mich ein wenig die gediegene Atmosphäre des Raumes störte.

Milán nickte, ohne von seinem etwas dünneren Buch aufzusehen. »Das gab es immer, die Aufzeichnungen beginnen allerdings erst in der Spätantike. Vermutlich sind ältere Schriften nicht mehr existent.« Ich grinste. Wenn Milán sich in Bücher vertiefte, redete er manchmal wie ein Professor.

Jetzt sah er mich an. »Was ist so lustig?«

»Gar nichts, Herr Professor. Hast du was Bahnbrechendes entdeckt?«

»Na ja, wir wissen, dass das, was jetzt passiert, früher weniger global, aber im Grunde genauso passiert ist. Und dass verblendete Terroristen und korrupte Politiker bereitwillig auf die Dienste der Hölle zurückgreifen. Dämonen und ihre Mischlinge haben die Fähigkeit, Turper, Poltergeister oder dämonische Geister zu kontrollieren. Manche Geisterjäger können das auch, aber das ist sehr selten.«

Ich schauderte. »Kann dein Onkel das?«

Milán brummte zustimmend. »Unter anderen Umständen hätte ich dir davon abgeraten, dich mit Onkel László anzulegen. Für einen Menschen ist er sehr mächtig.«

»Bestimmt nicht nur er. Der Name Farkas kommt ein bisschen zu oft in den Chroniken vor. Und das in den meisten Fällen eher negativ.«

Von einer Sekunde auf die nächste war es mit Miláns Ruhe vorbei. Mit einem Knall schlug er sein Buch zu und funkelte mich an. »Müssen wir unbedingt über meine beschissene Sippe reden?« Sein

Atem beschleunigte sich, so sehr regte er sich auf. Seine Hände fingen leicht an zu zittern.

Starr blieb ich sitzen. Milán erschien mir gerade wie ein scheues Pferd, das bei der kleinsten unbedachten Bewegung durchging. Ich verstand sein Unbehagen, doch der Name Farkas war die einzige Spur, die sich von der Vergangenheit bis in unsere Zeit zog.

»Du lässt mich nicht in dein Haus, du misstraust deinem eigenen Vater, sogar deinem Bruder«, erwiderte ich. »Dein Onkel und dein Cousin machen Jagd auf mich. Und Gyula hat mir dazu einiges erzählt, was sich in erschreckender Weise mit dem deckt, was ich in diesen Büchern hier und im Internet gelesen habe.«

Milán schwieg und stand auf. Ich befürchtete, dass er ging, aber er fing an, auf dem Teppich herumzuwandern.

»Denkst du etwa nicht, dass ich es mittlerweile verfluche, zu einer solchen Familie zu gehören? Bei uns kann man von mafiösen Strukturen sprechen! Vater ist noch einer der Ehrlichsten, stell dir das mal vor! Seit ich weiß, was wirklich abläuft, woher unser Geld kommt und alles, schäme ich mich, dass ich den Namen Farkas trage!« Er verschränkte die Arme und drehte sich von mir weg, als wollte er aus dem Fenster schauen.

Trotz seiner Abwehr erhob ich mich ebenfalls, um meine Hand auf seinen Unterarm zu legen. »Ich wollte dich nicht beleidigen. Du bist nicht wie der Rest deiner Familie! Und ich glaube, Gábor auch nicht.«

Milán schüttelte unwirsch den Kopf. Um seinen Mund erschien ein harter Zug, seine dichten Augenbrauen beschatteten seine Augen. Gerade wirkte er wieder unnahbar wie ganz zu Anfang.

»Ich bin kein Stück anders als der Rest. Nur weil du mich in einem besseren Licht siehst, entspricht das noch lange nicht der Wahrheit.« Scham und Schuldgefühle gingen auf mich über, mehr noch: Selbsthass. Milán mied meinen Blick.

Ich wollte ihn aus seinem Tief herausholen, wollte ihm versichern, dass es für mich keine Rolle spielte, woher er kam und was er womöglich getan hatte, aber mir versagte die Stimme.

»Gyula könnte noch leben, wenn er in eine andere Familie geboren worden wäre.«

»Milán …« Ihn so zu sehen, brach mir beinahe das Herz. Ich schmiegte mein Gesicht an seine verschränkten Arme und umfasste seinen Rücken.

Ich habe deinen Trost nicht verdient, dachte er.

»Doch, hast du«, flüsterte ich.

Mit einem schweren Atemzug löste er seine starre Körperhaltung, umfing mich mit den Armen und vergrub seine Nase an meinem Hals. Seine tiefe Trauer durchströmte mich, während ich ihn festhielt. Wie gerne würde ich ihm den Schmerz nehmen, der mir die Tränen in die Augen steigen ließ. Ich hielt ihn, bis seine Schultern zu beben aufhörten und meine Haare feucht von seinen Tränen waren.

Stumm machten wir uns wieder an die Arbeit. Ich fürchtete, Milán könnte einen Teil seiner Mauern wieder hochziehen, weil er mich beharrlich anschwieg. Aber als er mitten im Lesen neben sich griff, um meine Hand zu drücken und mich zu küssen, erkannte ich, dass er dankbar war für meine Anwesenheit. Und das beruhigte mich wieder.

Besonders heute kam es mir sinnlos vor, dazusitzen und staubige Bücher zu wälzen, doch wir konnten schlecht nach Paris gehen und Miláns Onkel Tibór ausfragen. Ganz abgesehen davon, dass uns das niemand erlauben würde, es war zu gefährlich für uns und für den Schlüssel. Trotzdem sagte mir etwas, dass uns über kurz oder lang nichts anderes übrig bleiben würde, als abzuhauen. Spätestens wenn publik wurde, dass sich der Schlüssel in meiner Obhut befand. Vielleicht wusste die GHA es längst und wartete nur auf den richtigen Zeitpunkt, um zuzuschlagen. Eine unangenehme Vorstellung.

Am nächsten Tag hatte Milán zwei Wälzer über magische Artefakte dabei, die sich leider vor allem mit Tarnkappen, Zauberringen und anderem für uns irrelevanten Kram befassten.

Über den Schlüssel fanden wir nichts. Rein gar nichts. Nicht in Büchern und nicht im Internet.

Ich stöhnte frustriert auf, als ich zum x-ten Mal meine Suchanfrage änderte und trotzdem ausschließlich Fantasy-Literatur, Zitate oder Adressen von Schlüsseldiensten angeboten bekam.

»Vergiss das Internet, Katharina«, sagte Milán. »Außer du suchst spaßeshalber mal nach berühmten Persönlichkeiten, die mit Schlüsseln in Verbindung gebracht werden. Wie Petrus oder Janus, beide sollen in den verschiedenen Mythen den Schlüssel zur Himmelspforte besitzen.«

Ich befolgte seinen Rat. »Ein bisschen was an diesen Schlüsseln passt auf unseren. Warte mal. Hekate hat Schlüssel.«

»Die Titanin? Interessant. Schreib das auf, das mit Janus und Petrus und Hekate. Ist noch Platz in deinem Gespensterbuch?«

Die Beschreibungen der Schlüssel von Janus und Hekate ließen sich am ehesten mit denen unseres Schlüssels vergleichen. Es war wirklich interessant, brachte uns aber trotzdem nicht weiter.

»Mach ich. Hier, nimm meinen Laptop und such nach der Seherin Jetta. Vielleicht habe ich was übersehen.«

Einträchtig arbeiteten wir wieder einmal so lange, bis Milán zur Patrouille aufbrechen musste.

Als ich am Abend auf Omas Terrasse erneut versuchte, nacheinander sämtliche Geister herzuzitieren, die ich kannte, erhörte einzig Herr Böttcher meinen Ruf.

Ich setzte ihn auf meine Cousine an, nachdem er bei Jetta keinen Erfolg gehabt hatte.

Am frühen Abend eines regnerischen Novembertags schlenderten Milán und ich von der Straßenbahnhaltestelle nach Hause. Wie jeden zweiten Nachmittag hatten wir bei Matthias vorbeigeschaut. Papa und Irmgard saßen täglich bei ihm, bis die Besuchszeit endete. Danach übernahmen die unsichtbaren Wächter ihre Rolle, was das Krankenhauspersonal glücklicherweise nicht mitbekam. Vor rund zwei Wochen hatte man begonnen, die Betäubung zurückzufahren, um meinen Bruder langsam aufzuwecken. Zuvor hatte er elf Tage geschlafen, bis er den Ärzten stabil genug erschien, um das Bewusstsein zurückzuerlangen. Ein echter Lichtblick.

Es war schön, Matthias wach zu erleben, mit ihm sprechen zu können, auch wenn er sehr schwach und bettlägerig blieb. Niemand wusste mit Sicherheit, wie sehr die Verletzungen ihn beeinträchtigen würden, aber die meisten Wunden heilten gut, ebenso wie die beiden Knochenbrüche an Arm und Unterschenkel, die er erlitten hatte. Es war das Schädel-Hirn-Trauma, das die intensive Behandlung nötig gemacht hatte. Zumindest davon würde er keine dauerhaften Schäden davontragen. Als der Arzt das bei unserem heutigen Besuch gesagt hatte, war richtig zu spüren gewesen, wie die dunkle Stimmung im Krankenzimmer in Erleichterung umschlug.

Jetzt liefen wir gemächlich die Straße entlang Richtung Bahnlinie.

34

Milán hatte es sich zur Gewohnheit gemacht, mich beinahe überallhin zu begleiten. Er machte keinen Hehl daraus, dass er das nicht allein deshalb tat, weil er gerne mit mir Zeit verbrachte, sondern vor allem, um mich zu beschützen. Ich verstand seine Beweggründe, mich kaum aus den Augen zu lassen; manchmal kam ich mir jedoch wie ein hilfloses Kleinkind vor, das niemals unbewacht vor die Tür gehen durfte. Meistens besiegte die Stimme der Vernunft das Aufbegehren meines angeknacksten Egos. Es blieb mir nichts anderes übrig, als mich in mein Schicksal zu fügen. Wie oft ich Milán auch bekniet hatte, er weigerte sich strikt, mich zu einer Jägerin auszubilden, um meinen Vater nicht gegen sich aufzubringen, der unsere Beziehung mit Argwohn betrachtete, obwohl er sich Milán gegenüber freundlich verhielt. Stattdessen betonte Milán immer wieder, wie wichtig es für meinen Schutz wäre, dass mein Vater ihm vertraute. Mit diesem absoluten Totschlagargument, dessen Wahrheitsgehalt ich keine Sekunde lang anzweifelte, brachte er mich immer zum Schweigen. Was Papa auch zu ihm gesagt hatte, entweder in der Schule oder telepathisch, es verfehlte seine Wirkung nicht.

Leider zeigte sich mein Vater noch immer nicht gerade gesprächig und vertrat eisern den Standpunkt, dass ich ohnehin zu viel wusste. Dabei hatte ich gehofft, er hätte seine Meinung nach dem Wohnungseinbruch geändert. Warum kapierte er nicht, dass ich kein unnützes Anhängsel war, sondern sehr wohl meinen Teil zum Gelingen der Sache beitragen wollte? Es konnte nicht sein Ernst sein, dass er diese Situation weiter erdulden wollte. Ich sollte ihm wohl noch mal erklären, dass, so viel wir wussten, *ich* den jüngsten Jäger finden und mit ihm gemeinsame Sache machen musste, dass *ich* diesen Schlüssel hatte, der jeden in Aufruhr versetzte, der ihn zu Gesicht bekam. Und dass da draußen eine Prophezeiung herumschwirrte, die sich womöglich auf *mich* bezog. Zum ersten Mal in meinem Leben war ich richtig böse auf meinen Vater.

Milán blieb stehen und küsste mich auf die Schläfe. Das ließ meine kleine Verstimmung zuverlässig umschlagen. Ich lehnte mich an ihn, während wir nebeneinander auf der Bahnbrücke standen und in die Ferne schauten. Es sah nach Regen aus. Von Vorweihnachtsstimmung konnte daher auch wettertechnisch nicht die Rede sein. Es war zu mild für diese Jahreszeit und ich hoffte vergeblich darauf, dass aus den tiefhängenden, grauen Wolken über uns der lang ersehnte Schnee kam. Oben im Schwarzwald hatte es oft vor dem ersten Advent geschneit. In der nordbadischen Stadt hingegen war es sogar Ende November dafür zu warm. Obwohl ich schnell fror, liebte ich Schnee und tiefe Temperaturen, die klare Luft und den Anblick einer unberührten, verschneiten Winterlandschaft. All das würde ich hier nicht finden. Mehr als jemals zuvor sehnte ich mich zurück in die dörfliche Abgeschiedenheit meiner Kindheit. Wo ich geglaubt hatte, ich wäre einfach wunderlich. Wo ich von alldem, was jetzt mein Leben ausmachte, nichts geahnt hatte. Als ich daran dachte, seufzte ich leise.

Milán lächelte mich an. »Drücken dir die Regenwolken aufs Gemüt? Oder dass es so früh dunkel wird?« Eine Ausnahme gab es: Im Schwarzwald hatte es keinen Milán gegeben. Und ohne ihn wollte ich mir mein Leben nicht mehr vorstellen. Ich lächelte zurück.

»Ich hab an den Schwarzwald gedacht. Wie sich die Welt um unser Haus Jahr für Jahr um diese Zeit in ein kleines Winterwunderland verwandelt hat. Bisschen kitschig, ich weiß, aber in dieser Stadt kann ich auf Schnee und diese unfassbare Stille, die zwischen den Bäumen geherrscht hat, wohl lange warten. Bist du gar nicht in Weihnachtsstimmung?« Dank Matthias' fortschreitender Genesung konnte ich heute tatsächlich an etwas Unwichtiges wie Weihnachten denken. Selbst wenn es ein wenig verfrüht war.

»Bin ich eigentlich nie. Weihnachten wird bei uns nicht groß gefeiert. Es gibt keinen Tannenbaum, kein festliches Essen oder ein großes Familientreffen. Wir Brüder gehen zusammen in die Kirche. Vater geht nie mit, er sagt jedes Jahr ‚Gott wohnt nicht in der Kirche' und bleibt zu Hause. Danach essen wir ganz normal zu Abend. Gábor und ich schenken uns meistens was und … Gyula ist ja nicht mehr da.« Für einen kurzen Moment legte sich ein bitterer Zug um seinen Mund, der sofort wieder verschwand. Er hatte Übung darin, seine Trauer in der Öffentlichkeit nicht an die Oberfläche kommen zu lassen. Doch ich spürte sie wie ein schweres Tuch, das ihn bedeckte und aus dem Gleichgewicht brachte.

Ich war empört. »Ihr feiert kein Weihnachten? Niemals? Das ist ja furchtbar!« Weil Irmgard ein totaler Weihnachtsfreak war, kam man bei uns spätestens nach Sankt Martin um Christbaumkugeln, Tannenreisig und Plätzchen nicht mehr herum. Für die berühmt-berüchtigte Weihnachtsbäckerei ließ sie sogar ihre Arbeit liegen. Zu den Feiertagen waren wir immer zur Verwandtschaft nach Heidelberg gefahren, was meine Eltern jedoch nicht daran gehindert hatte, jedes Jahr einen Baum aufzustellen und ihn mit uns üppig zu schmücken. Wenn ich es mir richtig überlegte, hatte Weihnachten immer ein bisschen die Bilderbuchfamilie aus uns herausgekitzelt. Jeder, der meinen Vater in seinem Rentierpullover gesehen hatte, würde nie im Leben darauf kommen, dass er eine zweite Identität als gemeingefährlicher Geisterjäger besaß. In diesem Jahr gab es, außer einem Adventskranz auf dem Esstisch in Omas Küche, keinen Schmuck und bislang keine Vorfreude auf das Fest. Möglich, dass sich das bald änderte.

»Es ist nicht so furchtbar, wie du denkst«, wehrte Milán ab. »Verwandtenbesuche gab es trotzdem. Ostern in der Puszta oder in Budapest, Weihnachten in Burgund oder Paris bei Onkel und Tanten. Ohne Gyula ist es ätzend. Dieses Jahr wird mein Vater nicht mal zu Hause sein. Da können Gábor und ich machen, was wir wollen.«

Es klang in meinen Ohren immer noch furchtbar. Womöglich war ich ein wenig engstirnig.

»Wollt ihr nicht zu uns kommen und bei Oma Weihnachten feiern? Ihr müsst nicht in die Kirche. Meine Eltern haben bestimmt nichts dagegen. Mama wird durchdrehen, wenn sie erfährt, dass zwei arme Kinder an Heiligabend mutterseelenallein in einer finsteren Villa hocken und Fertigpizza essen müssen.«

Sein Gesichtsausdruck wechselte zwischen Belustigung und Verblüffung hin und her. Anstelle einer Zu- oder Absage blieb er stehen, zog mich an sich und küsste mich.

In meinem Kopf drehte sich alles, als er mich freigab und locker im Arm hielt.

»Kommst du nun oder nicht?«, erkundigte ich mich atemlos.

Er nickte. »Dir kann ich fast nichts abschlagen. Wenn mein Bruder nichts dagegen hat, feiere ich gerne bei dir.«

Ich stellte mich auf die Zehenspitzen, um seine Wange mit meinen Lippen zu erreichen. Doch so weit kam ich nicht, da hatte er bereits wieder meinen Mund in Beschlag genommen. Mit weichen Knien klammerte ich mich an seinem schwarzen Mantel fest. Meinetwegen konnte er mich bis in alle Ewigkeit küssen, es würde mir nie über sein.

Zum späten Abendessen gegen acht versammelten sich alle wieder um Omas Tisch: Mama, Papa, Joshua, Oma und ich. Wir unterhielten uns über Belangloses. Mein Bruder lächelte mir über die Schüsseln hinweg zu, als ich mir, entgegen meiner sonstigen Gewohnheit, einen Nachschlag nahm. Es gab Bratwurst mit Kartoffelbrei und Erbsen, eines meiner Lieblingsgerichte. Als eine kurze Redepause entstand, sah ich die Gelegenheit, das diesjährige Weihnachtsfest anzusprechen. »Wir werden hier Weihnachten feiern, oder?«

Papa nickte. »Ich halte es nicht für sicher, in unsere Wohnung zurückzukehren. Möchtest du jemanden einladen?« Ein verschmitztes Grinsen verjüngte sein Gesicht. Er durchschaute mich mindestens so gut wie ich ihn. Nein, eigentlich besser.

»Ähm, ja, eigentlich sogar zwei Leute.«

Joshua kicherte. »Jetzt sind es schon zwei?«

Ich trat ihm unter dem Tisch gegen das Schienbein. Blödmann.

»Du kannst die Farkas-Jungen gerne zu mir einladen, aber was sagt der Vater dazu? Will er seine Söhne an einem solchen Tag nicht bei sich haben?«, antwortete Oma an Papas Stelle.

»Er ist verreist. Milán und Gábor sind an Heiligabend ganz allein zu Hause. Das tut mir irgendwie leid«, erklärte ich.

»Bring sie ruhig hierher«, erwiderte Irmgard freudig. »Wir haben genug zu essen. Matthias wird bis Weihnachten aus dem Krankenhaus entlassen. Da können wir in einem etwas größeren Rahmen feiern.« So war meine Stiefmutter: Sie empfing jeden mit offenen Armen.

Ich lächelte sie dankbar an und wandte ich mich an meine Großmutter: »Danke, Oma. Hoffentlich möchte Gábor überhaupt mitkommen.«

»Das ist allein seine Entscheidung«, erwiderte Papa. »Beide sind hier willkommen.« Für mich fügte er in Gedanken hinzu: *Es ist immer nützlich, die Farkas-Familie auf seiner Seite zu wissen.*

»Gut, dann sage ich Milán Bescheid«, entgegnete ich.

Nach dem Essen lag ich auf dem Bett und las ein wenig in ›Der Herr der Ringe‹, bis ich meinte, dass es Zeit wäre, sich bettfertig zu machen. Doch ich fand keinen Schlaf. Unablässig grübelte ich und wälzte mich hin und her. Irgendwann musste ich eingenickt sein, denn in einem besonders gruseligen Albtraum knallten hässliche, gehörnte Dämonen gegen Omas Fenster, das ich abergläubisch geschlossen hatte, als ob es auf der Welt einen Geist gäbe, der sich von einer Fensterscheibe aufhalten ließe. Dabei machten sie prasselnde Geräusche, die überhaupt nicht mehr aufhören wollten. Ein immer stärker werdendes, rhythmisches Klopfen riss mich schließlich aus dem Schlaf.

Draußen regnete es in Strömen. Ich wagte nicht, das tulpenförmige, gläserne Wandlicht neben dem Gästebett anzuknipsen. Stattdessen setzte ich mich im Bett auf und lauschte in die dämmrige Dunkelheit. Das Klopfen war immer noch da. Draußen vor meinem Fenster erkannte ich die Umrisse eines großen Mannes. Er reichte beinahe bis zum oberen Teil des Fensterrahmens. So viel dazu, dass wir bei Oma sicherer wären. Besonders lange hatte es nicht gedauert, bis sich etwas vermutlich weitaus Mächtigeres als Turper und Poltergeister Zugang zu Omas Haus verschaffen wollte.

Die Reaktion meines Körpers strafte meine abgeklärten und ruhigen Gedankengänge Lügen – ich fürchtete mich so sehr, dass ich am liebsten zu Joshua hinübergerannt wäre, der das größere Zimmer nebenan bezogen hatte. Da befühlte ich den Schlüssel um meinen Hals. Mich wollten sie, wie der Dämon in der Schule, wie die Stimme auf dem Friedhof, die mich zu sich gerufen hatte. Die Zeit, in der ich mich bei meinem großen Bruder versteckt hatte, war vorbei. Ich konnte nicht zu Joshua, sondern musste versuchen, meine Familie zu beschützen.

Wenigstens dieses eine Mal. Wenn der Feind mich in seiner Gewalt hatte, waren sie möglicherweise endlich in Sicherheit. Der Schlüssel! Verdammt! Ich hätte ihn verstecken und von Gottfried bewachen lassen sollen. Dazu war es jetzt zu spät.

Adrenalin flutete meinen Körper und brachte meinen Puls zum Rasen. Angsterfüllt stand ich auf, riss mir hektisch den Schlüssel vom Hals und stopfte ihn in die Sockenschublade der Kommode. Nicht gerade das kreativste Versteck. Ich hielt den Atem an und schlich auf Zehenspitzen zum Fenster, um durch die cremefarbenen Baumwollvorhänge zu spähen.

Die Gestalt klopfte an die Fensterscheibe, ungeachtet dessen, dass es sich hier um das erste Obergeschoss in geschätzt vier Metern Höhe handelte. Was nicht gerade für einen netten, menschlichen Besucher sprach. Andererseits: Seit wann klopften böse Geister oder Dämonen höflich an, bevor sie einen umbrachten?

Außerdem war ich entdeckt worden. Meine bebenden Hände umklammerten einen der Vorhänge.

»Verdammt, Katharina«, fluchte der vermeintliche Dämon leise. »Jetzt lass mich endlich rein!«

Kein Höllenwesen, sondern Milán balancierte auf dem schmalen steinernen Sims. Ganz zittrig vor Schreck und Erleichterung schob ich die langen Vorhänge beiseite, um das Fenster zu öffnen. Mein Freund hockte triefend nass auf dem Fensterbrett. Sein dunkler Kapuzenpulli klebte ihm am Körper und von seinen Haaren rann das Wasser, sodass sich kleine Pfützen um seine Füße bildeten. Bevor er mich begrüßte, schloss er das Fenster und sperrte die Nacht aus. Der rauschende Regen verklang zum Hintergrundgeräusch. Er umarmte mich nicht, sondern küsste mich auf die Wange. Mit wild pochendem Herzen vergewisserte ich mich, dass ich nicht völlig unpassend gekleidet war. Hellblaue Baumwollshorts und weißes Tanktop. Daumen hoch! *Ein Bademantel wäre aber nicht schlecht gewesen*, überlegte ich in einem Anflug von Scham.

Ohne Umstände begann Milán, sich auszuziehen. Ich guckte ihm mit großen Augen zu, bevor mein Schamgefühl wiederkam und ich an ihm vorbei aus dem Fenster sah. Im fahlen Licht der Straßenlaterne, das nun durch das Fenster hereindrang, erkannte ich auch, dass sich die

Turper ausnahmsweise verzogen hatten und so den uneingeschränkten Blick auf die ausgestorbene, schmale Straße freigaben. Allerdings war Milán viel interessanter als die Aussicht.

»Ähm … Was genau wird das?« Nicht dass es mich stören würde. Um ihn nicht auffällig anzustarren, ging ich zum Bett hinüber, um die Lampe anzuschalten.

»Ich hatte nicht vor, die nassen Sachen anzubehalten. Außerdem gibt es einen Grund, warum ich hergekommen bin.«

Ein wenig Sarkasmus ließ sich nicht unterdrücken, als ich entgegnete: »Du konntest nicht bis morgen früh abwarten, um dich in meinem Zimmer bis auf die Unterhose auszuziehen und deine nass geregneten Klamotten auf Omas Parkettboden auszubreiten?« Dabei freute ich mich insgeheim wahnsinnig, ihn zu sehen. Und das in so spärlicher Bekleidung. Nicht dass ich das aussprechen würde. Da flüchtete ich mich lieber in die Ironie. Schnell sammelte ich zwei Kleidungsstücke auf, um sie über den kalten Heizkörper und den Holzstuhl zu hängen, bevor ich wieder verlegen vor Milán zum Stehen kam.

Er grinste mich frech an, warf sein nasses T-Shirt auf die Fensterbank und strich sich die tropfnassen, kringeligen Haare zurück. Mir stockte der Atem, als ich ihn richtig betrachtete und nicht mehr verlegen den Blick abwandte. Vielleicht träumte ich und er war gar nicht hier. Ich blinzelte probeweise mehrmals hintereinander. Mit verschränkten Armen versuchte ich mir das Gefühl zu geben, nicht fast nackt vor ihm zu stehen und mehr denn je wie ein kleines Mädchen zu wirken.

»Bist du Schlafwandlerin, kincsem?«, wollte Milán scheinbar völlig zusammenhanglos wissen.

»Hm … Wie bitte?« Ich blinzelte wieder ein paarmal, um seine These zu überprüfen. Anscheinend sah ich dabei unglaublich bescheuert aus, weil er leise zu lachen begann.

»Das bedeutet *mein Schatz*. Jetzt komm schon her! Ich fresse dich nicht. Bin mir ziemlich sicher, dass du wach bist.« Als ich mich nicht rührte, überwand er die kurze Distanz, die uns trennte. Zärtlich nahm er mich in die Arme und drückte mich an seine regenkalte Brust. Mit flatterndem Herzen spürte ich seinem schnellen Herzschlag nach und sog seinen berauschenden Geruch ein. Er erinnerte mich an einen vor Leben überquellenden Wald, so sehr roch er nach Kiefernharz und Grün. Der Geruch schien sich durch den Regen verstärkt zu haben und machte mich ganz benommen. Miláns feste Muskeln zogen sich unter meiner Wange zusammen, wenn er sich bewegte. Er wirkte so vollkommen, als wäre er einem Gemälde entsprungen. Es blieb mir ein Rätsel, wieso er ausgerechnet mich auserwählt hatte. Ein unerfahrenes Schulmädchen, das ihm heillos verfallen war. Ganz weit hinten in meinem Kopf gab es eine winzige Stimme, die mich warnte, dass jemand wie Milán mich eher früher als später eiskalt abservieren würde. Dieselbe fiese Stimme, die mir manchmal sagte, dass ich nicht gut genug für ihn war und dass ich nicht zu ihm gehören konnte. Heute verstummte sie rasch.

35

Bald war es mir völlig egal, wie ich aussah, denn Milán küsste mich. Erst zart und vorsichtig, als wollte er mich nicht erschrecken, dann bestimmter, bis ich förmlich unter Strom stand. Schließlich lud er mich mühelos auf seine Arme, um mich zum Bett herüberzutragen. Ich war geschmolzene Butter in seinen Händen. Wenn es irgendwelchen Widerstand gegeben hätte, wäre er spätestens in diesem Moment verpufft.

Meine anfängliche Unsicherheit wurde von einem ungeahnten Hunger abgelöst, der jegliche Befangenheit ins Nirwana schickte. Als wäre etwas, ein anderes Ich, das verborgen in mir gelauert hatte, nun dazu bereit, herauszukommen.

Miláns Hände wühlten in meinem Haar, fuhren über meinen Bauch und hinterließen kribbelnde Spuren auf meinem fiebrig heißen Körper. Mein rechtes Bein schlang sich ohne mein Zutun um Miláns Hüfte. Ebenso wie meine Arme, die sich um seinen Nacken legten. Schauer durchliefen mich, als er unzählige federleichte Küsse auf meinem Hals und an der empfindlichen Stelle unter meinem Ohr platzierte. So weit waren wir nie gegangen, doch ich wollte ihm noch näher sein.

Ein kehliger Laut kam über seine Lippen und jagte einen Stromstoß durch meinen Körper, als ich ihn zart in den Hals biss und mich unter ihm hervorwand, um ihn, selbstbewusster als ich mich fühlte, in die Kissen zu drücken. Meine Hände sahen auf seinem Oberkörper kleiner aus als sonst. Die Glut in seinen Augen ließ mich schwindeln, als ich mich zu ihm herunterbeugte, um ihn zu küssen. Er zog mich rittlings auf sich und verwandelte meine letzte Scheu in etwas, das ich bisher nur aus Erzählungen kannte: Lust und das Verlangen danach, ihn mit jeder Faser meines Körpers zu spüren. Nie hatte ich besser als in diesem Moment gewusst, was in Milán vorging: Zum ersten Mal lag seine gesamte Gedanken- und Gefühlswelt vor mir ausgebreitet wie ein offenes Buch, in dem ich jede Seite zugleich lesen konnte. In Wellen übertrugen sich seine Empfindungen auf mich und ich nahm sie wahr, als wären sie meine eigenen. Seine Gefühlspalette schien größer zu sein als meine, ich spürte ein Hingezogensein, Liebe und gleichzeitige Erregung, gepaart mit leiser Angst, deren Ursprung mir seine losen Gedankenfetzen nicht wirklich erklären konnten. Daher versuchte ich, mich nicht davon ablenken zu lassen, obwohl es mich reizte, Miláns Gedankenwelt endlich zu erkunden.

Mit jedem Kuss wurde ich unerschrockener und schickte meine Hände ebenfalls auf Wanderschaft, während ich mich über ihn beugte. Erst streichelte ich sein Gesicht. Sein Kinn war rau, seine Stirn jedoch glatt, genau wie seine Nase. Er sah mich an. Seine Augen wirkten zugleich dunkel und anziehend, aber auch verletzlich. In Milán bildeten Zartheit und Stärke keinen Kontrast, sondern ein Ganzes. Er strich mir ermunternd über die Wange und schloss schließlich die Augen, um sich ganz seinen offensichtlich sehr angenehmen Empfindungen hinzugeben. Ermutigt durch seine Reaktion tat ich endlich das, was ich mir insgeheim lange ausgemalt hatte. Seine Haut pulsierte unter meinen zittrigen Fingern, die staunend über Brust, Bauch und Arme glitten, um die Weichheit der Haut und die darunter liegende Härte der Muskeln und Sehnen zu ertasten. Meine Lippen folgten meinen Händen wie auf einem unsichtbaren Pfad. Das musste ein Traum sein. Ich war nicht aufgewacht, ich träumte einen wundervollen Traum. Plötzlich fing Milán mein Gesicht ein, zog mich sanft zu sich heran und teilte meine Lippen in einem sengenden Kuss. Als ich über ihm kniend näher rückte, rieb mein Schoß über seinen. Ich spürte ihn zum ersten Mal hart und ein klein wenig beängstigend unter mir. Die Jungfrau in mir wollte sich in eine etwas weniger eindeutige Position bringen, doch der mutigere Teil meiner Selbst verharrte an Ort und Stelle und genoss die Hitze, die sich zwischen unseren Körpern ausbreitete. Ich ließ zu, dass er meine Hüften packte und sich ruckartig aufrichtete.

»Tu das nicht«, flüsterte er. Aber er hielt mich weiter an sich gepresst und küsste mich erneut. O Gott, er stellte Dinge mit seiner Zunge an, die mich dazu brachten, alle Hemmungen über Bord zu werfen. Ich brannte.

Plötzlich löste er sich schwer atmend von mir und zog sich zurück.

»Hab ich was falsch gemacht?«, entfuhr es mir.

Er schüttelte den Kopf. »Es geht mir nur zu schnell. Gib mir einen Moment.«

Ihm ging es zu schnell? Ich fühlte mich eigenartig, weil er die Bremse reinhaute und nicht ich. Ich kaute auf der Innenseite meiner Wange und zwang mich, nicht auf die deutliche Wölbung in seiner Boxershorts zu starren. Was war auf einmal los mit mir? Bevor ich vor lauter Peinlichkeit aus dem Bett flüchten konnte, umfingen mich seine Arme und hielten mich nahe bei sich.

»Jetzt schäm dich nicht. Du vertraust mir und das will ich nicht kaputt machen.« Er meinte es ernst.

Ich lächelte an seinem Hals.

»Da musst du schon mehr für tun«, erwiderte ich.

Er streichelte meinen Rücken, während wir langsam herunterkühlten. Ich wünschte, er würde mich nie mehr loslassen. Seine feste Umarmung ein wenig lockernd, begann er zarte Küsse auf meinem Gesicht zu verteilen.

Das heißt nicht, dass wir ganz aufhören müssen, dachte er. Es war erlösend, seine Lippen endlich auf meinen zu spüren und erneut den Schwindel willkommen zu heißen. Hingerissen seufzte ich in seinen Kuss hinein. Vor ihm sitzend umschlang ich ihn mit meinen Beinen und wir küssten uns bis an den Rand der Besinnungslosigkeit. Ich hatte jegliches Zeitgefühl verloren, ebenso wie das Tanktop, dessen Fehlen mir beiläufig auffiel.

Miláns Lippen und Hände schienen überall zu sein. Das flüsternde *»Warum erst jetzt«* tauchte in meinen Gedanken auf und verschwand ebenso schnell wieder im Nirgendwo. Doch ich hörte seine stumme Antwort: *Weil wir viel zu lange damit gewartet haben.* Oh ja, das hatten wir. Es gab noch andere Dinge außer Sex, mit denen wir uns zu lange Zeit gelassen hatten. Vermutlich hätte ich auch den letzten Rest meiner Kleidung hergegeben, wäre nicht just in diesem Moment die Zimmertür aufgegangen.

»Katharina?«, hörte ich Joshua rufen. Milán und ich sprengten auseinander. Peinlich berührt und mit hochrotem Kopf lugte ich hinter meinem riesigen Kissen hervor, mit dem ich mehr mein Gesicht als meine Blöße zu bedecken versuchte.

»Hau ab, Joshua!«, quietschte ich mit vor Aufregung hoher Stimme.

»Ich denk ja gar nicht dran«, erwiderte er, trat über die Schwelle und machte die Tür hinter sich zu.

Ich schaute zu Milán herüber. Der schien sich weit weniger zu genieren als ich. Wie schön für ihn. Suchend blickte ich mich nach einem Oberteil um, das Joshua mit bösem Gesicht vom Boden aufhob und mir in die Hand drückte.

Dann wanderte sein Blick zu meinem Freund. Jeder andere wäre unter seinem Todesstarren zusammengezuckt, aber Milán ließ sich von dem ganzen Großer-Bruder-Gehabe nicht einschüchtern.

»Hey, keiner hat dich gebeten, hier reinzuplatzen. Schon mal was von Anklopfen gehört?«, verteidigte er sich.

Zu meiner Verwunderung wich Joshuas finsterer Blick einem Grinsen. »Wisst ihr eigentlich, wie oft ich angeklopft habe? Leider hat niemand reagiert. Irgendwann hatte ich eben keinen Bock mehr zu warten. Und seid froh, dass ich euch erwischt habe und nicht Oma oder Papa.«

»Bitte sag ihnen nichts davon!«, flehte ich. Konnte es eigentlich noch schlimmer werden? Ach ja, wenn die ganze Familie im Zimmer stehen würde.

Joshua grinste. »Ihr hättet mal eure Gesichter sehen sollen, als ich reingekommen bin. Vor allem du, Katha. Und bitte: Als ob ich es dir nicht gönnen würde, nachts endlich mal was Altersangemessenes zu machen.«

Daraufhin streckte ich ihm die Zunge raus. Eigentlich wollte ich mein Gesicht lieber nicht sehen. Es fühlte sich erhitzt an. Meine Lippen mussten rot und ein wenig angeschwollen sein und meine Haare sahen wahrscheinlich aus, als wäre ich in einen Sturm geraten. Jeder, der eins und eins zusammenzählen konnte, wusste sofort, was Milán und ich gemacht hatten. Neben dem Bett angelte ich nach einer Sprudelflache, trank ein paar Züge und reichte sie wortlos an meinen Freund weiter.

»Was willst du überhaupt hier?«, fragte ich meinen Bruder etwas aufgeräumter.

»Sicher nicht meine kleine Schwester beim Knutschen überraschen. Bist du noch Jungfrau oder bin ich dafür zu spät?«

Ich schmiss ihm mein Kissen an den Kopf, während Milán lachte. Leider hatte ich für ihn kein Kissen mehr übrig, darum haute ich ihm sanft auf den Oberschenkel. Gott sei Dank sprach Joshua gleich weiter: »Wie ist er überhaupt hier reingekommen?«

»Fenster«, erwiderte ich knapp.

»Oh, klassisch! Und wirklich sportlich. Hast du mal geguckt, ob er ein Werwolf oder ein Gestaltwandler ist? Für einen Zombie oder Vampir sieht er zu frisch aus.«

Entrüstet blickte ich meinen Bruder an.

»Du bist so ein …«

»Hallo? Ich hab mich nicht in Luft aufgelöst!«, meldete mein Freund sich jetzt aufgebracht zu Wort.

»Jaja, *Jacob*, ich hab dich nicht vergessen. Meine Schwester hat eben sehr spezielle Freunde, darum ist es sicherer, nachzuhaken. Also, was ist er? Ist er so einer wie Papa oder schlimmer?«

»Oh Joshua, hör auf damit! Er ist ganz normal, wie du und ich«, versuchte ich die Diskussion abzuwürgen. Vor allem sollte er seine fiesen Twilight-Witze lassen. Was konnte ich dafür, dass sich mein Leben mehr und mehr in einen Fantasy-Roman verwandelte? Miláns Grinsen nach zu urteilen, hatte er meine letzten Gedanken gehört.

»Falsche Antwort, Katha«, sagte Joshua gnadenlos.

»Ach gibs auf, Katharina«, leistete Milán ihm unerwartet Schützenhilfe. »Er weiß es.«

»Und was soll ich deiner Meinung nach über dich erzählen?«, fauchte ich ihn an.

Joshua schüttelte den Kopf.

»Du brauchst mir gar nichts über ihn zu erzählen, wenn er das nicht will. Ich trage genug Geheimnisse anderer Leute mit mir herum, da kann ich gut auf weitere verzichten. Sei einfach vorsichtig, Katha. Überleg dir gut, mit wem du dich einlässt. Nichts gegen dich, Alter, aber sie ist nicht in der Situation, sich Fehler zu leisten.« Zu dieser leider ziemlich treffenden Zusammenfassung meiner gegenwärtigen Lage schwieg ich lieber.

Milán überging die letzte Aussage und fragte meinen Bruder rundheraus: »Und warum bist du reingekommen?«

Joshua setzte sich auf den Rand des Bettes, sodass ich wieder ein wenig näher an meinen Freund heranrutschte, der meine Hand nahm, um beiläufig mit meinen Fingern zu spielen, wie er es oft tat.

»Ich hatte wieder diesen Traum …«, antwortete Joshua unbestimmt.

Miláns Finger klammerten sich um meine, ehe er Joshua unterbrach: »Du hast wiederkehrende Träume? Wie lange geht das schon so? Du weißt hoffentlich, dass das gefährlich ist?!«

Joshua guckte irritiert auf meinen Freund, ehe er fortfuhr: »Du weißt doch gar nicht, was ich geträumt habe. Besonders gefährlich wirken diese Träume nicht auf mich. Nur dass ich fast jede Nacht, seit wir hergezogen sind, denselben komischen Traum habe, macht mich langsam stutzig.«

Dass Joshua damit zu mir kam, musste etwas heißen.

»Du träumst also, seit wir in Heidelberg sind, jede Nacht dasselbe«, vergewisserte ich mich. Als Joshua nickte, fuhr ich fort. »Was passiert in diesem Traum?«

Er redete jetzt vornehmlich an mich gewandt.

»Ich sehe dich. Und ihn.« Anklagend zeigte er auf Milán, der deutlich vernehmbar die Luft einsog.

»Und was tun wir?«, bohrte ich weiter. Hoffentlich nichts Unanständiges.

»Bevor du ihn angeschleppt hast, war ich mir nicht sicher, um wen es sich handelt, ich sehe die Person allerhöchstens von hinten oder verborgen in den Schatten. Aber jetzt ist es klar. Du irrst in einem Wald umher, Katha, als würdest du verzweifelt nach etwas suchen. Und Milán folgt dir auf Schritt und Tritt. Jetzt sagt ihr mir, was das zu bedeuten hat. Ich kann keinen Sinn darin erkennen, außer dass mein Unterbewusstsein vorausgeahnt hat, wer der erste Freund meiner kleinen Schwester sein wird. Und das ist nun wirklich strange.«

Milán hatte aufgehört, sich zu bewegen. Sein Gesicht war aschfahl und hatte den gleichen furchtsam ernsten Ausdruck angenommen wie zuletzt, als ich ihm den Schlüssel gezeigt hatte. Behutsam streichelte ich seine Wange. Wenn er so reagierte, musste mehr dahinterstecken als Joshua sich, relativ unbedarft wie er war, vorstellen konnte.

»Milán?«, versuchte ich ihn aus seiner plötzlichen Starre zu holen. »Was ist mit deinen Träumen? Träumst du dasselbe wie Joshua? Milán!«

Seine Stimme klang brüchig, als er endlich antwortete.

»Ich habe dasselbe geträumt, aber aus einer anderen Perspektive. Ich hab dich gesehen, Katha, jede beschissene Nacht. Du irrst in diesem Wald herum, es ist dämmrig und grün. Ich gehe dir hinterher, in der Hoffnung, dich einzuholen und dir zu helfen, doch ich erreiche dich nie. Es hat in den Sommerferien angefangen. Und dann hab ich dich in der Schule getroffen. Das war wie ein Schlag ins Gesicht. Ich hätte nie gedacht, dass du tatsächlich existierst.«

Meine Hand drückte seine nun ebenso fest, wie er es zuvor mit meiner getan hatte, sodass meine Knöchel weiß hervortraten. Heftiges Zittern hatte mich erfasst. Es gab eine Verbindung zwischen Milán, Joshua und mir. Ich träumte denselben Traum, ich sah darin allerdings weder Joshua noch Milán. Ich spürte jedes Mal eine Gegenwart, während ich zugleich auf der Suche nach etwas und auf der Flucht war. Und nie änderte sich der Traum. Er hatte mir bisher keine Antworten geliefert und vordergründig betrachtet nichts mit meinen Problemen zu tun. Bis jetzt. Dieser Traum unterschied sich allein durch seine dauernde Wiederholung und die fehlende Männerstimme aus dem Off, die sonst in einlullender Manier meine Flüge über fremde Landschaften kommentierte und mir die Angst nahm, die solche Träume normalerweise verursachten. Dieser Traum unterschied sich auch von meinen anderen darin, dass drei Leute ihn träumten. Immer wieder.

Joshuas sorgenvolle Stimme drang an mein Ohr: »Katha, sag doch was. Kippst du gleich um?«

Tonlos erzählte ich den beiden von meinem Traum. Das stumme Entsetzen, das sich in den Mienen der beiden zeigte, ließ sie einander auf erschreckende Weise ähneln. Joshua fand als Erstes seine Stimme wieder.

»Also, ich hab ja mit einigem gerechnet, aber nicht damit. Was hat das zu bedeuten?« Das war ja wohl eindeutig. Jedenfalls für mich.

»Wir werden mit dir zusammenarbeiten, was sonst? Du hast mehr mit der Sache zu tun, als ich wahrhaben wollte. Papa sowieso. Leider ist er kaum zu Hause und geht jedem Gespräch mit mir aus dem Weg.« Nun kam wieder Leben in uns. Eine wilde Diskussion entspann sich.

Milán protestierte: »Das kannst du nicht machen, Katharina! Er ist ein Normalsterblicher! Du kannst ihn nicht mit dir vergleichen!«

»Wenn er diesen Traum hat, bedeutet es, dass er auf irgendeine Weise dazugehört, verstehst du das nicht? Er spielt eine Rolle in dem Ganzen!«, konterte ich.

Miláns Blick verhärtete sich. »Es verstößt gegen die Regeln!«

Damit forderte er meinen Widerstand heraus. »Niemand kann erwarten, dass ich mich an Regeln halte, von denen ich offiziell nichts weiß!« An die er sich außerdem selbst nicht immer hielt. Ich konnte meinem Freund ansehen, dass er sich bezähmen musste, um mich nicht anzubrüllen und damit das ganze Haus aufzuwecken.

»Dann frisch ich mal dein Gedächtnis auf«, erwiderte er mühsam beherrscht. Mit bösem Gesicht entzog ich ihm meine Hand. Alle Zärtlichkeit, die ich vorhin für ihn empfunden hatte, rauschte davon. Er machte mich wütend. Milán nahm meinen Zorn nicht ernst, doch Joshua sah ihn und legte mir sanft die Hand auf den Unterarm, um mich daran zu erinnern, dass hier Diplomatie gefragt war.

»Ich höre«, sagte ich daher kurzangebunden und schaute Milán möglichst würdevoll an. Egal, wie klein ich ihm vorkommen musste, in dieser Angelegenheit kam es nicht auf die Körpergröße an.

»Du bist ein Medium, du könntest sogar eine Jägerin sein! Er ist nichts von beidem. Dass er überhaupt deine wahre Identität kennt oder die eures Vaters, ist gegen das Gesetz. Niemand Außenstehendes, also jeder ohne übersinnliche Fähigkeiten, darf etwas über die Jäger wissen. Niemand. Wir bringen sein Leben in Gefahr, wenn wir ihn weiter da hineinziehen! Wenn mein Vater oder jemand anderes aus meiner Familie oder sonst wer mitkriegt, dass er Bescheid weiß, wird dein Bruder aus dem Verkehr gezogen. Und jetzt ist es besonders gefährlich, als Normalsterblicher aufzufallen.« Jede passende Antwort, die mir der Zunge lag, klang schwach im Vergleich zu Miláns Aussage, dass Joshuas Leben ernstlich in Gefahr war. Entgegen seiner sonstigen Gewohnheit schwieg Joshua.

»Woher sollte ich das wissen? Die ganze Familie weiß über mich Bescheid. Und Amélie hat Joshua kurz vor ihrem Tod ins Vertrauen gezogen, damit er auf mich aufpassen kann. Jetzt dieser Traum, was soll ich denn machen?« Hilflosigkeit machte sich in mir breit. Mein Zorn verflog so schnell, wie er gekommen war. Milán ergriff sanft meine Hand und ich ließ es zu. Er seufzte.

»Wir müssen ihn schützen«, sagte er unbestimmt.

»Und das tun wir am besten, wenn wir ihn so wenig wie möglich alleine lassen.«

»Ich bekomme einen Babysitter«, stellte Joshua fest. Milán hatte kein Verständnis für seinen ärgerlichen Tonfall. »Find dich damit ab.«

»Wir betätigen uns als Bodyguards? Du weißt, dass ich das nicht draufhab.« Zweifelnd sah ich ihn an.

Milán klang zuversichtlicher, als ich mich fühlte: »Das lässt sich ändern. Eigentlich bin ich deshalb hergekommen. Hab bloß irgendwie den Faden verloren.« Er grinste. »Wir müssen anfangen zu trainieren. Die dämliche Leserei macht mich langsam verrückt. Du kannst eigentlich gleich mitmachen, Joshua. Schaden würde es nicht. Julius wird mich umbringen, wenn er davon erfährt, aber die Lage hier ist außer Kontrolle geraten. Gestern Abend hat eine Abordnung aus Paris vor unserer Tür gestanden. Wir benötigen mehr Jäger. Ich kann keine Rücksicht mehr darauf nehmen, dass euer Vater mir verboten hat, dir auch nur Theorieunterricht zu geben, Katharina.«

Dankbar küsste ich ihn auf die Wange. Endlich wurde wenigstens einer vernünftig. Danach erzählte Milán, dass sein Vater mit Gábor am nächsten Abend zu einem seiner supergeheimen Geheimtreffen nach Paris fahren würde und damit der Weg frei wäre, um gemeinsam einen Blick in die Bibliothek und die anderen Privaträume von Herrn Farkas zu werfen und auf diesem Wege etwas darüber herauszufinden, was er und die GHA trieben. Joshua und ich fanden das sehr gut. Außerdem brannte ich darauf, die Villa endlich von innen zu sehen.

»Ich hab das Gefühl, dass uns nicht mehr viel Zeit bleibt, Nachforschungen anzustellen, weil Vater vorhat, seine ausgesetzten Umzugspläne demnächst in die Tat umzusetzen, nun, da die GHA den Druck erhöht«, fügte Milán abschließend hinzu. Als er meinen erschrockenen Gesichtsausdruck sah, legte er einen Arm um meine Schultern. »Wenn es soweit ist, werde ich nicht mitgehen. Mach dir darüber jetzt erst mal keine Sorgen, okay? Es gibt nämlich noch was anderes.«

»Gyulas Schlüssel?«

»Genau. Vater hat mich nach dem Schlüssel gefragt, gleich nachdem die anderen Jäger weg waren. Angeblich will er ihn nicht für sich selber, er gehört wohl einer Tante von mir. Sie lebt in Burgund, in der Nähe von Dijon. Sie will ihn zurückhaben und hat meinen Vater beauftragt, ihn ihr wiederzubeschaffen, weil er sich zuletzt in unserer Verantwortung befand und sie fürchtet, dass die GHA schneller sein könnte.«

Einigermaßen bestürzt nahm ich seine Mitteilung auf.

»Den kann sie nicht haben! Wir müssen erst herausfinden, was es damit auf sich hat. Aber diese E-Mails … Glaubst du, dein Vater würde gegen die GHA arbeiten?«

»Das ist die große Frage. Und natürlich, wenn mein Vater dich als neuen Besitzer ausgemacht hat, ob er den Schlüssel nun für sich, meine Tante oder für die GHA holen will. Letzteres hat Onkel László ja behauptet.«

»Vielleicht ist es ein Vorwand. Du würdest den Schlüssel eher deiner Tante aushändigen als einer gesichtslosen Organisation. Und falls er wirklich vorhat, der GHA den Rücken zu kehren, ist es klar, dass er mit euch untertauchen will.« Ich griff fester nach Miláns Hand.

Joshua machte ein verwirrtes Gesicht.

»Wenn Milán es mir erlaubt, erkläre ich dir alles«, wandte ich mich an ihn. »Ich finde auch, wir müssten mal an Tempo zulegen.«

Mein Freund winkte mit einer Hand, damit ich weitererzählte, und fuhr sich mit der anderen durch die wild abstehenden Haare.

»Ich hab dir nach Amélies Besuch erzählt, dass der Schlüssel gesucht wird. Ich fürchte, dass jetzt ein paar Leute wissen, dass ich ihn besitze. Mein Geisterbuch wurde nämlich bei dem Einbruch geklaut.«

»Oh, Shit«, sagte mein Bruder.

»Keine Angst, wir haben es uns zurückgeholt. Es lag bei Ferenc.« Ich war meinem Bruder dankbar, dass er keine Fragen stellte, sondern sich geduldig auf den neusten Stand bringen ließ. Als ich geendet hatte, blieb er kurz still, bevor er lächelte.

36

»Mir kommt da gerade eine ziemlich verrückte Idee. Hört sie euch erst an, bevor ihr Nein schreit!«

»Okay, schieß los«, brummte Milán.

»Passt auf, wenn es hier zu gefährlich wird, hauen wir eben ab. Ihr wollt gucken, was diese GHA treibt und was der Schlüssel alles kann. Und du wolltest eine kleine Auszeit von deiner Family nehmen, Milán, wenn ich das richtig verstanden hab.«

»Klingt gar nicht mal übel. Was schwebt dir vor? Erst nach Burgund und im Anschluss nach Paris zum GHA-Hauptquartier?«, hakte ich nach.

»Natürlich Burgund, wenn da die komische Tante wohnt. Da wissen wir sicher, ob dein Vater gelogen hat und in Wirklichkeit den Schlüssel für sich selber will, wenn er sich die Mühe macht, etwas von einer Tante zu erfinden und nicht gleich sagt, dass der Schlüssel für die GHA sein soll. Und dann gehts nach Paris. Das müssten wir eigentlich in einem Wochenendtrip schaffen.«

Milán war sofort Feuer und Flamme. »Wir passen auf dich auf und du fährst uns hin. Du hast einen Führerschein, oder?«

»Schon, aber ich bin noch nie auf französischen Straßen unterwegs gewesen. Im Übrigen werden unsere Eltern ausrasten, wenn sie davon erfahren.«

Ich tat seinen Einwand mit einem ungeduldigen Winken ab. »Ach was, die werden höchstens vor Sorge halb umkommen. Wir müssen es tun. Hier rumzusitzen und auf den nächsten Angriff zu warten, ist einfach dämlich! Außerdem muss der Schlüssel hier weg. Er bringt alle in Gefahr, die in seiner Nähe sind. Papa kommt in der Zwischenzeit alleine zurecht, wenn wir das Objekt der Begierde wegschaffen. Auf diese Weise werden weder Ferenc und sein Vater noch die GHA weiterhin Interesse an unserer Familie haben. So muss Papa nur noch auf Oma, Matthias und Mama achten.«

»Auf wen muss ich achten?«, ertönte Papas Stimme von der Zimmertür her, die er geräuschlos geöffnet hatte. Wir fuhren kollektiv in die Höhe. Verdammter Mist! »Was ist hier los?«, fragte er weiter, als niemand ihm antwortete.

»Öhm, nichts. Wir unterhalten uns bloß«, versuchte es Joshua.

»Um halb fünf in der Frühe?«, wollte Papa misstrauisch wissen. Dazu ließ er seine zusammengekniffenen Augen auf meinem Freund und mir ruhen. Jetzt machte sich ein bisschen Nervosität in mir breit. Milán war eine Nummer für sich. Wenn ich halbnackt im Bett meiner Freundin sitzen würde, hätte ich sofort den Abflug gemacht, wenn ihr Vater in der Tür stand. Aber Papa gehörte wohl nicht zu den Leuten, vor denen Milán Angst hatte. Obwohl er gerade einen recht ungemütlichen Eindruck machte. Stattdessen erdreistete sich mein Freund, ganz normal mit ihm zu sprechen, als würden sie sich auf dem Schulhof über den Weg laufen.

»Guten Morgen, Julius. Schon zurück?«

Papa atmete tief durch. »Heute Nacht ist es ruhig geblieben. Pass gut auf, dass wir nicht demnächst wieder beim Sie sind!« Offensichtlich war er gewillt, über Miláns Unverfrorenheit hinwegzusehen und die wirklich wichtigen Tatsachen anzusprechen: »Da dein Bruder anwesend ist und es hier nicht nach Gras oder Schnaps riecht, gehe ich mal davon aus, dass in diesem Zimmer keine wilden Orgien gefeiert werden, in jeglicher Hinsicht. Trotzdem möchte ich gerne über Gäste informiert werden, egal, zu welcher Tageszeit. Ihr plant etwas, versucht gar nicht erst, es abzustreiten.« Nun wandte er sich an Milán. »Ich sagte zu dir, Junge, dass du meinem Mädchen keine Flausen in den Kopf setzen sollst. Du hast dich nicht an meine Anweisung gehalten. Jetzt sieh zu, wie du das wieder hinbekommst.«

Milán nickte ernst, als wüsste er genau, worum es ging. Ich wollte protestieren, denn Milán hatte sich sehr wohl daran gehalten, keine Jägerin aus mir zu machen, wollte aber keinen Streit vom Zaun brechen. Zumal er sich vorhin endlich dazu bereit erklärt hatte, mich zu trainieren.

»Kannst du nicht einfach mal Klartext reden, Papa? Milán ist wesentlich auskunftsfreudiger als du!«, sagte ich stattdessen in bemüht ruhigem Tonfall.

»Ich wünschte, er wäre es nicht.« Er sah meinen Freund ärgerlich an, ehe er an mich gewandt fortfuhr. »Egal, was du glaubst, tun zu müssen, du musst es nicht! Andere sind für diesen Kampf ausgebildet worden. Du nicht. Und du wirst es niemals sein. Also vergiss das Gefasel meiner Großmutter oder von Amélie oder von wem du gehört hast, dass du dich einmischen sollst. Vergiss es einfach!«

Ich zuckte angesichts der Härte seiner Worte zusammen. Augenblicklich regte sich in mir der Widerspruchsgeist.

»Und was soll ich deiner Meinung nach tun? Die Hände in den Schoß legen und zusehen, wie ihr gegen eine Übermacht kämpft, bis sie uns überrannt hat? Ist es das, was du willst?«

Papa richtete die Augen zur Decke und stöhnte auf.

»Dass du so verdammt stur sein musst! Wir werden Wege finden, diesem Treiben ein Ende zu setzen und das können und werden wir ohne deine Hilfe schaffen. Du hörst und siehst viel, mehr als die meisten, aber das reicht nicht aus. Du wirst schneller zur Zielscheibe werden, als dir lieb ist. Womöglich bist du es bereits, sofern sie nicht hinter mir her sind.« Wenn ich ihm nur von dem Schlüssel erzählen könnte! Aber das würde alles schlimmer machen. Ich musste meinen Vater beschützen und je weniger er wusste, desto weniger konnte man ihm vorwerfen. Oh, ich verstand langsam sehr gut, warum sie alle die Klappe hielten. Eine Information zu viel konnte andere in Gefahr bringen.

Ich wischte seine letzten Worte bei Seite und fragte: »Wieso hast du mich nicht früher zu einer Jägerin ausgebildet? Wieso tust du es nicht mal jetzt?«

Milán drückte sachte meine Hand, als wollte er mich davon abhalten, meinen Vater weiter zu erzürnen, als ich es bereits tat. Papa sah wirklich aus, als wollte er mich anschreien oder am liebsten schütteln, doch er seufzte tief, zog sich den Stuhl mit Miláns feuchten Kleidern heran und setzte sich auf die Kante.

»Ich wollte nicht, dass du ein solches Leben führen musst wie ich. Du solltest frei sein und nicht vierundzwanzig Stunden am Tag parat stehen müssen, dich ständig in Lebensgefahr begeben und deine Familie dazu! Du solltest die Freiheit haben, dein Leben selbst zu bestimmen!«

Hörte er sich eigentlich reden? Welche Freiheit gab es für jemanden, der von Kindesbeinen an mit dem Jenseits in Kontakt stand und so viele Geheimnisse herumtrug wie manch ein Greis? Was bedeutete Freiheit, wenn ich am Ende gar nicht selbst wählen durfte, was ich mit meinem Leben anfing? Wenn Prophezeiungen und magische Schlüssel an mich herangetragen wurden und seltsame Träume mich heimsuchten? Wenn die Geisterjäger, von deren Welt Papa mich fernhalten wollte, von ganz alleine zu mir kamen, als Freunde, aber vor allem als Feinde? Heiße Wut sammelte sich wie ein fester Ball in meinem Bauch. Ich machte den Mund auf, um zu widersprechen, da spürte ich Miláns Hand, die sich beruhigend auf meinen Rücken legte. Meine Miene musste alarmierend wirken, weil Joshua mich nicht zu Wort kommen ließ und an meiner Stelle sprach.

»Ist es nicht so, dass Freiheit bedeutet, alles tun zu können, was man will, solange es nicht die Grundrechte anderer tangiert?«

»Was wird das hier? Eine philosophische Grundsatzdebatte?«, entgegnete Papa erbost.

Milán schwieg. Er hielt einfach meine Hand, streichelte meinen Rücken und gab mir die Sicherheit, die ich brauchte, um meinen Vater richtig wütend zu machen.

»Joshua hat recht. Ich muss eine Jägerin werden! Ich will nicht von euch abhängig sein. Ich will mich selber und andere verteidigen können! Ich bin keine Zuschauerin mehr! Falls es dir nicht aufgefallen ist, ich stecke mittendrin in dem ganzen Schlamassel! Zu wem kommen die Geister? Wer wäre in der Schule beinahe von einem Dämon getötet worden? Auf wen hat es Miláns Onkel wohl abgesehen?« Zufrieden erkannte ich, wie mein Vater erbleichte.

Er schluckte hart. »Nein. Das spielt alles keine Rolle, Katharina. Sechzehn Jahre habe ich dich beschützt, da kann ich es noch ein bisschen länger tun. Zumal du dir praktischerweise selbst einen Beschützer geangelt hast. Wenigstens diese Sache macht er wirklich gut.« Er warf

Milán erneut einen bedeutungsvollen Blick zu, bevor er wieder mich ansah. »Du bist hier sicher. Und dabei bleibt es.«

»Nein? Das ist dein letztes Wort?«, erwiderte ich fassungslos. Mein ganzer Körper spannte sich an. Einzig Miláns Hand in meiner hinderte mich daran, aufzuspringen und wutentbrannt den Raum zu verlassen.

»Das ist mein letztes Wort. Ich werde dich nicht zur Jägerin ausbilden und wehe, irgendjemand setzt sich darüber hinweg!«

»Das kann nicht dein Ernst sein, Papa! Ich bin kein Kind mehr!«, schrie ich fast.

Seine Stimme klang gefährlich ruhig. »Das ist mein voller Ernst. Du wirst keine Jägerin. Am besten hältst du dich von nun an ganz heraus. Wir haben das im Griff.«

Ja, klar. Ich hätte platzen können! Lange hatte ich mich nicht mehr so ungerecht behandelt und herabgesetzt gefühlt wie in diesem Augenblick. Zornestränen sammelten sich in meinen Augen, während ich meine freie Hand zur Faust ballte und am liebsten auf etwas eingeschlagen hätte. Ich erschrak vor meiner eigenen Heftigkeit. Meine Reaktion zeigte, wie wichtig mir diese Sache war, eigentlich neigte ich nicht zu Zorn. Fahrig rieb ich mir mit der Hand über die Stirn. Ich stockte in der Bewegung, als ich die zwei winzigen Beulen erfühlte. Wenn sie nicht wieder verschwanden, würde ich zum Arzt gehen müssen. Aber das war jetzt unwichtig.

Mein Vater hatte mich gedemütigt, indem er mir gezeigt hatte, dass er mich für schwach hielt, für das kleine Mädchen, das ich einfach nicht mehr war.

Als ich beharrlich schwieg und mit störrischem Gesicht auf die zerknüllte Bettdecke unter mir starrte, bemerkte ich aufatmend, dass Papa aufstand und zur Tür ging. An meinen Schulterblättern juckte es plötzlich, abwesend kratzte ich mich. Milán nahm so plötzlich seine Hand von meinem Rücken, als hätte er sich verbrannt. Stirnrunzelnd schaute ich ihn an, aber Papa sagte etwas.

»Ich würde dich ja gerne gleich rausschmeißen, Milán, wenn das Haus nicht von Gespenstern umzingelt wäre. Du kannst dich unten aufs Sofa legen, falls du noch schlafen möchtest. Und lass dir von Joshua etwas Trockenes zum Anziehen geben. In dem Aufzug will ich dich beim Frühstück nicht sehen.« Da waren ich und sicher auch Irmgard und meine Großmutter anderer Ansicht, doch in mir brodelte es zu sehr, um mich über diese Überlegung zu amüsieren.

»Wir reden ein andermal weiter«, flüsterte Milán mir ins Ohr, bevor er mich fest umarmte, auf die Wange küsste und unter Papas wachsamen Augen meinem Bruder aus dem Zimmer folgte.

Als ob ich jetzt weiterschlafen könnte! Ruhelos fing ich an, vor dem Bett auf- und abzulaufen und dabei Omas scheußlichen Flokati platt zu treten. Mein Vater hatte echt nicht mehr alle Tassen im Schrank! Glaubte er ernsthaft, ich würde tatenlos zuschauen, wenn es hier weiter so hoch herging? Sicher nicht! Milán musste es tun. Er musste mich ausbilden. Er hatte es selbst gesagt. Und wenn er es nicht tat? Nun, da Papa ihn bestimmt genauer beobachtete? So ging es in Endlosschleife.

Schließlich hatte ich genug und schlich mich hinunter in die Küche. Als ich durch das Wohnzimmer kam, entdeckte ich im Dunkeln Milán schlafend auf dem mit braunem Cordsamt bezogenen, viel zu kurzen Zweisitzer. Er hatte sich mit Omas kratziger Fernsehdecke zugedeckt und schnorchelte leise vor sich hin. Ich blieb dicht vor ihm stehen, um ihn eingehend zu betrachten. Im Schlaf hatten sich alle Sorgenfalten geglättet. Ich widerstand dem Drang, über sein Gesicht zu streicheln, und riss mich von seinem Anblick los.

In der dunklen Küche holte ich mir eine Packung Butterkekse aus dem Vorratsschrank und setzte mich an den Esstisch. Jetzt hockte ich schon frustriert in aller Herrgottsfrühe mit Süßkram in der Küche. Ein neuer Tiefpunkt.

Aber wenn ich nachts zu lange wach blieb, bekam ich irgendwann Hunger. Und es war beinahe Zeit zum Frühstücken. Achselzuckend öffnete ich die Kekspackung und hätte sie beinahe fallen gelassen, weil ich mich furchtbar erschreckte. Das Licht ging an. Während ich geblendet die Augen zusammenkniff, erkannte ich vage eine zierliche Gestalt in einem seidenen, rosafarbenen Morgenrock. Oma.

»Willst du nicht etwas Richtiges essen?«, fragte sie leise, damit sie Milán nicht weckte.

»Ich kann nicht um sechs Uhr morgens Rühreier braten«, gab ich zurück, nahm einen Keks aus der Verpackung und steckte ihn in den Mund.

Meine Großmutter schüttelte missbilligend den Kopf und fing an, sich am Wasserkocher zu schaffen zu machen. »Was bist du überhaupt schon auf? Es ist nicht mal sechs. Normalerweise habe ich um diese Uhrzeit das Haus für mich alleine.«

»Soll ich wieder hochgehen?«, fragte ich irritiert. Seit wann legte Oma keinen Wert mehr auf meine Gesellschaft?

Oma schüttelte den Kopf und erwiderte: »Guck doch nicht gleich beleidigt! Ich bin es einfach nicht gewohnt. Du kannst gerne hierbleiben. Ich bin mir sogar sicher, dass ich dir weiterhelfen kann.« Oma wusste einfach immer, was mich beschäftigte. Sie stellte den gefüllten Wasserkocher wieder ab. »Warte kurz.«

Ohne weitere Worte verließ sie die Küche und kehrte nach wenigen Minuten mit einem abgegriffenen, schwarzen Buch zurück.

»Was ist das? Ein Roman?«, erkundigte ich mich ratlos.

»Wieso sollte ein Roman dir weiterhelfen? Das ist natürlich das Buch der Geisterjäger. Jede Jägerfamilie hat eins. Es ist ein traditionelles Hochzeitsgeschenk. Dein Vater wollte nicht, dass du es in die Finger bekommst, deshalb steht es bei mir im Schlafzimmer. Keine Ahnung, wo er sein eigenes Exemplar versteckt hält. Seit einiger Zeit teile ich aber nicht mehr die Meinung meines Sohnes, dass du unter allen Umständen unbeteiligt bleiben sollst. Eigentlich warst du es nie. Lies das. Es wird dir viele Fragen beantworten. Und wenn doch noch welche aufkommen, wende dich ruhig an mich. Es ist sicherer für dich, zu lernen, als unwissend zu bleiben.« Mit dieser plötzlichen Kehrtwende meiner Großmutter hatte ich nicht gerechnet.

Verblüfft nahm ich das für seine geringe Größe schwere Buch entgegen. Es war so dick wie mein »Kosmos Naturführer«.

»Danke! Das ist echt nett von dir. Mama hat gesagt, du wärst sehr genau informiert. Warum hast du mir nicht mehr erzählt über das Ganze?« Ich machte eine ausladende Bewegung mit meiner Hand.

»Ganz einfach: Weil ich selbst eine Jägerin bin und unter dem Schweigegelübde stehe. Mittlerweile bin ich allerdings zu alt, um jede Nacht unterwegs zu sein, also habe ich vor über zehn Jahren meinem Sohn und den anderen Jägern die Verantwortung überlassen. Was aber nicht heißt, dass ich nichts mehr mitbekomme oder alle meine Fähigkeiten eingebüßt habe. Und jetzt muss ich dich unterstützen. Dazu gehört als Allererstes, nicht länger zu schweigen.«

Da wusste ich, was ich zu tun hatte. »Oma, kannst du mich nicht zu einer Jägerin ausbilden?« Dann würde Milán es sich nicht mit Papa verscherzen.

»Nichts würde ich lieber tun, mein Kind. Wenn ich dich zu meiner Schülerin machen könnte, würden wir das Gesetz nicht mehr verletzen. Aber nicht einmal ich kann über den Kopf deines Vaters hinweg entscheiden. Versuche zuerst selbst, dir einiges beizubringen. Zuerst lerne die Gesetze! Sie sind das A und O des Jägerdaseins. Und wenn du weiterhin schön Gymnastik machst, schadet das auch nicht.« Sie lachte leise. Peinlich berührt sah ich hinüber zur tadellos aufgeräumten Anrichte mit den farbenfrohen Blumentellern an der Wand. Eigentlich wäre es mir lieber gewesen, wenn meine bescheuerten Trainingsversuche geheim geblieben wären. Ein bisschen enttäuscht nickte ich. Immerhin hatte sie nicht richtig Nein gesagt.

Mit dem Buch unter dem Arm erhob ich mich, um zurück in mein Zimmer zu gehen. Als ich das Wohnzimmer durchquerte, sah ich das leere Sofa. In mir zog sich etwas zusammen und ich presste die Lippen aufeinander. Jetzt hatte mein Vater ihn vertrieben. Seufzend stieg ich die knarrenden Holzstufen zum Gästezimmer hinauf. Oben angekommen legte ich das Buch unter mein Kopfkissen und schaute mich im Zimmer um. Miláns Kleider waren nicht mehr da. Missmutig beäugte ich den Wecker. Fast Zeit, aufzustehen. Gerade jetzt, wo mir die Müdigkeit in alle Glieder kroch. Lustlos schlurfte ich hinüber ins Badezimmer, um zu duschen.

37

Während das warme Wasser auf mich niederprasselte, ließ ich meine eher trägen Gedanken fließen. Joshua, Milán und ich mussten in Sachen Schlüssel und GHA so bald wie möglich weiterplanen, am besten nachher in der großen Pause. Wenigstens in dieser Hinsicht gab es in Frankreich sicher Fortschritte, denn was den gesuchten jüngsten Jäger anging, tappte ich nach wie vor im Dunkeln. Mein Freund bestritt, dass er es war, Ferenc verhielt sich äußerst unkooperativ und mich selbst zu suchen fand ich schwachsinnig. Es musste sich um jemand anderen handeln, jemanden, den ich bis jetzt nicht getroffen oder der sich nicht als Jäger gezeigt hatte. Oder zeigen konnte. Mir wollte nicht aus dem Kopf gehen, was Milán über Matthias dachte und was ich selbst am Bahnsteig beobachtet hatte – wie lange er gegen die Turper hatte standhalten können, länger als ich. Ich musste ihn weiter im Auge behalten, ich konnte es mir nicht leisten, einen Hinweis zu verschwenden oder irgendeine Möglichkeit sofort als unwahrscheinlich abzutun. Schließlich stammte Matthias aus einer Geisterjägerfamilie.

Während wir in Omas Küche frühstückten, grübelte ich über die Träume nach. Ich wollte nicht ausschließen, dass sie mir jemand schickte. Meine Landschaftsträume mit der männlichen Stimme kamen mir immer wie der Versuch eines Unbekannten vor, mit mir in Kontakt zu treten. Sie waren angenehm und kurzweilig, wohingegen mich der Waldtraum unglaublich nervte, weil ich ihn einfach nicht verstand. Dass Joshua und Milán ebenfalls von diesem Wald träumten, machte das Ganze noch rätselhafter.

Trotzdem war ich besser dran als mein Freund. Wenn er nicht das Gleiche träumte wie ich, litt er unter Albträumen. Das hatte er mir erst vor ein paar Tagen erzählt und es hatte mich erschreckt. Meistens handelten diese Träume von seinem Zwillingsbruder, wie er starb und Milán ihn nicht retten konnte, manchmal von seiner Mutter, an die er sich kaum erinnerte. Bei ihrem Tod war Milán zweieinhalb Jahre alt gewesen. In seinen Träumen sah er sie stets als eine Frau, die sich klagend an ihn wandte, ihr zu helfen, doch er konnte es jedes Mal nicht. Genauso ging es ihm mit bekannten und fremden Menschen, die seinetwegen starben. Seine Träume zwangen ihn in die Rolle des hilflosen Beobachters oder des scheiternden Helfers. Ich verstand nun, weshalb er so selten schlief. Leider hatte ich kein Rezept gegen Albträume, außer darüber zu sprechen, womit er immerhin begonnen hatte.

Unausgeschlafen und böse auf meinen Vater fuhr ich mit Joshua und Papa zur Schule.

In den Fluren und auf dem Schulhof tätigten Handwerker noch vereinzelte Arbeiten, beispielsweise wurden im Musiksaal neue Fensterscheiben eingebaut, die das Provisorium aus Pappe und Klebeband ersetzten. Im Erdgeschoss strichen Maler ein paar letzte Wände neu. Insgesamt sah man dem Schulgebäude nicht mehr an, wie die Besessenen und in Aufruhr geratenen Schüler und Lehrer es zugerichtet hatten.

Interessanterweise verlor von den Lehrern niemand ein Wort über den Vorfall, nur die Schüler versuchten zu erklären, was sich da abgespielt hatte. Leider durfte ich niemanden darüber aufklären, dass weder die Illuminaten das Trinkwasser mit Drogen versetzt noch Terroristen halluzinogenes Gas versprüht hatten. Zu ihrem eigenen Schutz mussten meine Mitschüler weiter an diese absurden Gerüchte glauben. Wenn sie wüssten, dass Geister dahintersteckten, dass ein Teil der Gruselgeschichten real war, würde erst recht Panik ausbrechen. Für ihren Seelenfrieden war es besser, dass sie nichts davon ahnten.

In der Schule hob sich meine Laune nicht gerade. Milán hatte beschlossen, sich den Schultag zu schenken. Das hätte ich auch lieber mal getan, weil ich wirklich Mühe hatte, mich wach zu halten. Meine Aufmerksamkeit ließ stark zu wünschen übrig.

In der ersten Pause durften wir im Klassenzimmer bleiben, weil es draußen graupelte.

Vanessa hatte ihre Anti-Katharina-Haltung für die Zeit von Miláns Abwesenheit abgelegt und hing mit Annalena an meinem Platz herum, zu dem beide sonst eher Abstand hielten. Meine bisherigen, zugegebenermaßen etwas halbherzigen Versuche, ihnen klarzumachen, dass mein Freund ein verdammt netter Kerl war und ihnen nicht die Köpfe abbiss, wenn sie sich ihm näherten, scheiterten bislang. So sehr ich mich bemühte, ihre Empfindungen nachzuvollziehen, es gelang mir nicht. Vor Milán hatte ich einfach keine Angst. Und ich konnte noch immer nicht sagen, ob das mein Untergang sein würde. Wenigstens Annalena hatte mir gegenüber zugegeben, dass mein Freund nicht so schlimm sein konnte, wenn eine kleine, zarte Person wie ich sich freiwillig mit ihm abgab. Und obwohl sie nicht gelogen hatte, spürte ich trotzdem ihre Furcht. Selbst vor mir hatte sie ein bisschen Angst. Ich sollte honorieren, dass die beiden Mädchen diese Angst selten, aber immer wieder überwanden und zumindest mit mir redeten, wenn Milán nicht da war.

Jetzt saß Annalena auf meinem Tisch und Vanessa auf Miláns Stuhl. Trotz meiner Müdigkeit freute ich mich über ihre Anwesenheit. Natürlich quetschten sie mich über meine Beziehung aus, da sie endlich mal Gelegenheit dazu hatten. Ich musste lächeln. Ganz unten durch schien ich nicht zu sein. Im Gegenteil, Annalena tat offen ihre Bewunderung für mich kund, dass ich mit Milán umgehen konnte wie mit einem ganz normalen Menschen. Was sie immer ausließen: Hätte Milán wirklich nichts mit mir zu tun haben wollen, hätte ich keine Chance gehabt.

Vanessa dachte an die bevorstehenden Weihnachtsferien. »Fährst du weg in den Ferien oder bleibst du lieber hier bei ihm?« Ohne dass ich es forcierte, wanderten Vanessas Gedanken in meinen Kopf. *Sie ist wirklich nett, warum finde ich sie nur so komisch? Wahrscheinlich, weil sie mit diesem Verrückten zusammen ist. Da kann sie nicht ganz normal sein. Gleich und gleich gesellt sich schließlich gern. Trotzdem mag ich sie irgendwie. Wir könnten Freundinnen sein, wenn es ihn nicht gäbe …*

Um ihren Gedankenstrom zu übertönen, antwortete ich: »Ich war kein einziges Mal bei ihm zu Hause, wenn du das meinst. Sein Vater ist ziemlich streng.« Und außerdem ein Geisterjäger, der mich aus Prinzip nicht leiden konnte. »Aber ja, ich fahre nicht weg. Macht ihr Urlaub?«, versuchte ich das Gespräch auf weniger persönliche Themen zu lenken. Umsonst.

Annalena grinste, als sie nachbohrte: »Jetzt tu nicht so. Wir wissen, dass da einiges zwischen euch läuft. Ihr seid zusammen, das sieht jawohl jeder.« In Vanessas Gesellschaft zeigte sie sich eher von ihrer Kichermädchenseite. Es machte mir nichts aus. Ein bisschen Ehrlichkeit konnte wohl nicht schaden.

»Und was soll ich euch dazu erzählen? Er ist mein erster Freund, ich hab keine Ahnung von gar nichts!« Und im Übrigen hatte ich ganz andere Sorgen. Was natürlich keine meiner Klassenkameradinnen interessierte. Interessieren durfte. Vanessa kicherte. Ich fand es spannend, wie sie sich die ganze Zeit überwinden musste, bei mir stehen zu bleiben. Ihre latente Angst vor mir tarnte sie so gut, dass ich sie allein aufgrund meiner Gabe fühlen konnte. Annalena wiederum zog Sicherheit aus der Nähe ihrer Freundin. Da lief ganz viel unterschwellig ab. Ich wünschte, sie müssten sich nicht vor mir fürchten.

»Wir verbringen Weihnachten in unserem Chalet in Zermatt und fahren Ski wie jedes Jahr. So. Und jetzt bist du dran. Küsst ihr euch?« Mit ihren zarten Fingern spielte sie an dem geflochtenen Zopf herum, der ihr seitlich über die Schulter hing.

Ich schaute beschämt an die helle Zimmerdecke.

»Was ist denn das für eine Frage? Könnt ihr euch das nicht denken?« Ich rutschte auf meinem Stuhl herum. So wie mir gerade die Hitze in die Wangen kroch, war ich sicher rot wie ein Feuermelder. Mit solchem Mädchengequatsche hatte ich leider ziemlich wenig Erfahrung. Trotz ihres ständigen Misstrauens, in Vanessas Fall sogar ausgewachsenem Unbehagen, rückten sie näher, was mir unangenehmer war als ihnen. Fremde Menschen hielt ich auf Abstand, selbst nachdem sie ein wenig besser kannte. Ich spiegelte automatisch ihre abwehrenden Gefühle, sodass sich die Mädchen jetzt beinahe bedrohlich anfühlten. Seit Gyula mich darauf hingewiesen hatte, achtete ich stärker darauf und beruhigte mich mit dem innerlichen Zählen meiner Herzschläge. Ich versuchte mich weiter zu entspannen, indem ich mich daran erinnerte, dass mir hier keiner etwas Böses wollte.

»Na ja«, fing jetzt Annalena wieder an, »wir sehen euch miteinander reden und ab und zu Händchenhalten, aber mehr nicht. Du musst verstehen, dass wir neugierig sind. Dein Freund ist Milán Farkas, hallo?«

Meine Güte, die taten ja so, als wäre er Mitglied einer Boyband. Und gleichzeitig ein Schwerverbrecher.

Widerwillig antwortete ich: »Er ist ein ganz normaler Typ, okay? Und ja, natürlich küssen wir uns. Ich mag es eben nicht, wenn uns jeder dabei zusieht.« Vanessa kicherte erneut, während Annalena leise seufzte. O Mann.

Vanessa nickte verständnisvoll.

»Selbst wenn er einfach mit dir gesprochen hätte, es halten dich trotzdem alle für eine Hexe. Du kommst daher, unscheinbar, darauf bedacht, bloß nicht aufzufallen, und angelst du dir den heißesten Typen der ganzen Schule. Du hattest nicht mal Schiss vor ihm. Wie hast du das hingekriegt?« Sie klang ehrlich beeindruckt. Normalerweise machte man sich über mich lustig oder ignorierte mich, aber dass jemand etwas an mir beeindruckend fand … Es kam mir seltsam vor. Und so, wie sie es erzählte, klang Miláns und meine Liebesgeschichte wie ein einziges großes Klischee.

»Eigentlich hab ich nichts Besonderes gemacht. Vielleicht konnte ich so hartnäckig an ihm dranbleiben, weil ich fest daran geglaubt habe, dass hinter seinem ganzen Getue ein echt netter Mensch steckt. Wäre das nicht der Fall gewesen, hätte ich irgendwann aufgegeben«, erklärte ich so wahrheitsgetreu wie möglich. Auch wenn das natürlich nicht der Hauptgrund für meine Sturheit gewesen war.

Annalena feixte. »Du hast hinter diesem Kotzbrocken einen netten Kerl vermutet? Wer bist du? Mutter Teresa?« Sie lachte.

»Haha. Na gut, ich hab ihn in den Sommerferien ein paarmal im Wald getroffen. Und da war er echt freundlich. Er hat zwar nicht mit mir geredet, aber er hat mich gegrüßt und mir keinen Anlass gegeben, ihn für einen Idioten zu halten.« Dass ich in Wirklichkeit Miláns Zwillingsbruder im Wald getroffen hatte, behielt ich selbstverständlich für mich. Da ich Milán und Gyula anfangs für ein und dieselbe Person gehalten hatte, log ich nicht einmal richtig.

Vanessa ließ sich so einfach nicht überzeugen. »Du hattest nie Angst vor ihm? Nicht eine Sekunde?«

»Nein, warum sollte ich? Ich war eher wütend auf ihn, weil er mich in der Schule plötzlich ignoriert hat. Was habt ihr alle mit ihm?«

Sie senkte die Stimme. »Es gibt Gerüchte.«

Ich drehte mich genervt weg. Nicht schon wieder. Davon hatten sie und Joshua mir bereits genug serviert.

»Nein, hör mir zu«, sagte sie bestimmt, als ich mich ihr wieder zuwandte und dabei die Augen verdrehte. »Milán hat ein paarmal die Schule gewechselt, angeblich hat er mit seiner Familie im Ausland gelebt. Du weißt, dass er aus der letzten rausgeschmissen wurde. Das hier ist seine einzige Chance auf einen richtigen Schulabschluss. Wenn er noch mal fliegt, wars das für ihn.« Diese Tatsache schien für Vanessa ungeheuerlich zu sein. Seitdem ich einen Teil der Hintergründe kannte, tat ich mich schwerer damit, zu schweigen, anstatt Milán zu verteidigen.

Überrascht von der plötzlichen Wendung, die unsere Unterhaltung genommen hatte, rührte ich mich nicht. Eigentlich wollte ich nicht mehr hören, was alle für einen Mist über meinen Freund herumerzählten, doch ich schaffte es nicht, meine Mitschülerin zu unterbrechen. Die redete mit gesenkter Stimme weiter: »Mädchen, die mit ihm befreundet waren, wurden Tage oder Wochen später tot aufgefunden. Angeblich hat er nichts damit zu tun, aber das glaube ich nicht. Außerdem hat er seinen eigenen Cousin auf dem Schulhof verprügelt. So nett er zu dir ist, Milán Farkas hat eine dunkle Seite, Katharina.« Sie hatte meinen Unterarm gepackt und sah mir eindringlich in die Augen. Ich spürte ihre Angst überdeutlich. Nun sah ich ihren und Annalenas Überfall auf mich in einem ganz anderen Licht. Vermutlich hatten sie lange gewartet, um mir das endlich alles sagen zu können. Ich konnte nicht verhindern, dass sich eine Gänsehaut über meinen Körper zog. Langsam, aber bestimmt entzog ich Vanessa meinen Arm. Meine Hände zitterten.

»Woher willst du das wissen?«, wisperte ich. »Woher hast du das alles?«

»Aus zuverlässigen Quellen. Eine gute Freundin von mir hat das mit seinem Cousin mitangesehen, sie ist in derselben Klasse. Vielleicht kennst du ihn, er heißt Ferenc. Und die Mädchen – ich kannte jedes einzelne von ihnen. Zwei haben in meiner Basketballmannschaft trainiert. Wenn du willst, zeige ich dir ihre Gräber.« Um ihren Mund erschien ein harter Zug, der gar nicht zu ihrem sonst so fröhlichen Gesicht passte. O Gott, sie sah aus, als würde sie gleich anfangen zu weinen. Fragend schaute ich Annalena an. Diese schüttelte den Kopf. Daher stellte ich keine Frage dazu.

»Ist das wahr? Warum habt ihr ewig gewartet, mir davon zu erzählen?«

Annalena zögerte, ehe sie antwortete. »Wir dachten, das mit euch erledigt sich schnell wieder. Außerdem hast du zwei Brüder, die sich um dich kümmern. Aber jetzt geht es schon eine Weile mit dir und ihm. Wir machen uns Sorgen um dich. Es wissen nicht viele Leute, falls du dich das fragst. Wir sollen nicht öffentlich darüber reden. Die Fälle sind nämlich immer noch nicht aufgeklärt und leider ist dein Freund aus Mangel an Beweisen nicht in den Knast oder nach Wiesloch in die Irrenanstalt gewandert.« Sie tätschelte meine Hand. Empört zog ich sie fort. Erst taten sie so, als wären sie tödlich beleidigt, weil ich mit dem Klassenschreck Schrägstrich Traum ihrer schlaflosen Nächte abhing, und jetzt kamen sie mir auf die Tour. Ich spürte genau, dass sie alles für wahr hielten und dass sie sich um mich sorgten, doch gleichzeitig ärgerte ich mich darüber. Allerdings hinterließ die Erinnerung an Ferencs Hass auf Milán und sein entstelltes Gesicht einen schalen Geschmack in meinem Mund. Wenn Milán ihm das angetan hatte, konnte ich das nicht gutheißen, ganz egal, wie mies sich Ferenc verhalten hatte.

»Die meisten finden, dass ihr gut zusammenpasst, sie meinen, du hättest auch ne Schraube locker. Aber ich mag dich trotzdem«, fügte Annalena hinzu. Natürlich konnte sie nur für sich selbst und nicht für Vanessa oder jemand anderen sprechen.

Ich ging nicht darauf ein. Es hätte mich sehr gewundert, wenn man mich hier plötzlich anders wahrgenommen hätte.

»Ist das nicht ein bisschen übertrieben? Wie kommt ihr darauf, dass Milán jemanden umbringen würde?«

Vanessa klang mit einem Mal richtig giftig, als sie erwiderte: »Oh, ich weiß nicht! Weil er ein totaler Psychopath ist und seit Jahren trainiert, wie man jemanden am besten vermöbelt? Der besteht doch nur aus Muskeln! Die Jungs sagen, in Sport geht er total ab, das ist nicht normal! Sein Cousin hatte bloß eine Chance gegen ihn, weil sie im selben Kampfsportverein waren. Sogar vor seinem eigenen Zwillingsbruder hat er nicht Halt gemacht, da wette ich drauf. Zumindest hat sein Cousin das behauptet.«

Mir stand vor Schreck der Mund offen. Unglaublich!

»Was? Du glaubst, Milán hätte seinen eigenen Bruder ermordet? Hast du überhaupt eine Ahnung, wie beschissen es ihm geht, seit Gyula gestorben ist?« Angesichts dieser haltlosen Beschuldigung sprang ich auf und verließ wütend das Klassenzimmer. Das kam davon, wenn man andere Leute in sein Leben ließ. Gnadenlose Einmischung. Wie konnte Vanessa es wagen, Milán für einen Mörder zu halten! Trotzdem gingen mir ihre eindringlichen Worte nicht mehr aus dem Kopf.

38

In den letzten Minuten der Pause lief ich hinunter auf den leeren Schulhof, holte in einer trockenen Ecke mein Handy aus der Hosentasche und wählte Miláns Nummer. Es war mir gerade egal, ob ich ihn aufweckte. Leider erwischte ich nur die Mailbox.

»Milán? Ich bins, Katharina. Ruf mich zurück, wir müssen reden!«

Wenigstens war ich jetzt wach. In der Englischstunde schrieb Vanessa mir einen Brief, in dem sie keine ihrer kompromittierenden Aussagen zurücknahm, mir jedoch gut zuredete, mir das mit Milán mal durch den Kopf gehen zu lassen und dass sie mich eigentlich gernhatte und es ihr leidtat, dass sie es wegen Milán nicht offen zeigen konnte. Ich hatte sie ja auch gern. Trotz ihres wechselhaften Verhaltens. Sie musste wirklich Angst vor meinem Freund haben. Viel mehr als vor mir. Genauso wie Annalena und Sophie und all die anderen, doch das hier ging niemanden außer Milán und mich etwas an. Natürlich würde ich ihn unter vier Augen mit diesen Informationen konfrontieren. Und ganz sicher würde ich mich nicht von ihm trennen, weil schlecht über ihn geredet wurde. Jemandem Mord unterzuschieben, ging gar nicht!

Sicher, die meisten ließen sich von seinen knapp einen Meter neunzig, seiner Kampfsporterfahrung und seiner abweisenden Art einschüchtern. Er mochte vieles sein, aber kein Mörder …

Die Sorge um meinen Freund wuchs mit jeder Stunde, die ohne Lebenszeichen von ihm verging. Ich schickte ihm mehrere *WhatsApp*-Nachrichten, eine SMS und schließlich sogar eine E-Mail. Stündlich rief ich ihn an. Doch Milán meldete sich nicht.

Obwohl er mir davon abgeraten hatte, suchte ich ihn am Nachmittag bei sich zu Hause auf. Wie befürchtet öffnete niemand auf mein Klingeln hin. Selbst als ich gegen die schwere Holztür hämmerte, reagierte niemand. Mich überlief es eiskalt, als mir der Gedanke kam, dass Miláns Vater von einem Tag auf den anderen fortgezogen sein könnte und es seinem jüngsten Sohn nicht erlaubt hatte, hierzubleiben. Wenn ich richtig lag, hatte er mir meinen Freund ohne Vorwarnung weggenommen. Tränen stiegen mir in die Augen, die ich hektisch wegwischte. Möglicherweise gab es noch Hoffnung, ihn hier zu finden.

Mein letztes bisschen Anstand löste sich in Luft auf, als ich durch die Einfahrt des Nachbarhauses um das Grundstück herumging und über den spitzen, schmiedeeisernen Zaun in den Garten kletterte. Meine Beine verfingen sich in der Eibenhecke und den dichten Efeuranken, die den Zaun umwucherten. Schnell gaben die Pflanzen nach und ich fiel auf den ungepflegten, mit Herbstlaub übersäten Rasen.

Die düstere Villa wirkte auch von hinten verlassen, doch das konnte täuschen. Ich spähte durch die Fenster im Erdgeschoss. Im Wohnzimmer lagen Kleider auf dem breiten dunkelbraunen Ledersofa, ein Stapel schmutziger Teller stand auf der Küchentheke und eine benutzte Tasse auf dem gläsernen Couchtisch.

Sorgfältig analysierte ich das Gesehene: Entweder waren sie überstürzt aufgebrochen, sodass sie sich zum Aufräumen keine Zeit genommen hatten, oder sie waren gar nicht weg, jedenfalls nicht auf Dauer. Mit neuem Mut arbeitete ich mich weiter vor zur Terrassentür. Dabei schob ich mich an der Hauswand entlang vorwärts, um wenigstens von oben nicht sofort entdeckt zu werden. Aber meine Sorge erwies sich als unbegründet, niemand behelligte mich. Vor der Terrassentür hing ein dicker, dunkelroter Vorhang, was mir den Blick ins Innere versperrte. Ich huschte über die gelben Sandsteinplatten der Terrasse in Richtung Kellereingang. Leise wie eine Katze hüpfte ich die bemoosten Betonstufen hinunter, um unschlüssig vor der weiß gestrichenen metallenen Kellertür stehen zu bleiben. Zaghaft klopfte ich. Im selben Moment kam ich mir blöd vor. Doch dann klopfte jemand zurück.

Vor Überraschung sprang ich rückwärts auf die Treppe, ging jedoch gleich wieder vor.

»Milán! Bist du da drin?«, raunte ich.

»Hau ab, Katharina!«, antwortete Miláns Stimme.

»Was machst du im Keller?«

»Mein Vater hat mich eingekerkert. Mach, dass du verschwindest, er kann jeden Moment zurückkommen!« Was für ein Vater sperrte seinen Sohn bitte schön im Keller ein? Der hatte sie wirklich nicht mehr alle!

»Warum tut er das?«, fragte ich wütend.

»Weil ich mich nicht so benehme, wie er sich das wünscht, okay? Geh jetzt und bring dich in Sicherheit! Für dich hat er sonst auch ein Plätzchen hier unten.«

»Wir holen dich hier raus«, versprach ich ihm. Danach leistete ich seinem Befehl Folge und kletterte direkt über den Zaun auf das Nachbargrundstück, von wo aus ich den restlichen Weg bis zu Oma Waltraud rannte.

Sicherlich sollte ich Angst vor Herrn Farkas haben, aber im Augenblick erfüllte mich mehr Zorn. Er paarte sich mit meiner Hilflosigkeit und verlieh mir Schnelligkeit. Die hatte ich bitter nötig. Als ich Omas Haustür erreichte, materialisierte sich hinter mir schrill heulend ein Schwarm Turper, die mit einem hässlichen Jaulen gegen die Haustür anbrandeten, die Joshua vor ihnen zuknallte, nachdem er mich gepackt und in die Diele gezogen hatte.

»Danke, Joshua«, sagte ich. »Ich hätte nicht alleine rausgehen dürfen, ein Wunder, dass sie mich erst jetzt angreifen wollten. Ich muss mit dir reden!« Meine laute Stimme hörte man bestimmt im ganzen Haus.

Oma trat in den Flur. Ohne einmal Luft zu holen, fing ich an zu berichten, was mit Milán geschehen war.

»Er hat was?«, hakte Joshua nach.

»Seinen Sohn eingesperrt. Vielleicht, weil er herausgefunden hat, dass wir befreundet sind.«

»Das weiß er längst, der Mann ist nicht blind«, mischte sich meine Oma ein.

»Er will an dich herankommen!«, behauptete mein Bruder. »Er weiß, dass du versuchen wirst, Milán zu befreien und bei der Gelegenheit schnappt er dich.«

»Miláns Vater hat genug Gelegenheiten gehabt, mich zu entführen, warum sollte er es ausgerechnet jetzt versuchen? Und dann auf eine solche Weise? Nee, dem passt einfach nicht, dass Milán mein Freund ist. Er weiß bestimmt mittlerweile, dass ich ein Medium bin und somit ein Feind.« Ich wollte vor Oma nicht zugeben, dass Joshuas Theorie die glaubhaftere war. Herr Farkas versuchte, an den Schlüssel heranzukommen. Er musste herausgefunden haben, dass ich ihn besaß oder zumindest Zugriff darauf hatte.

»Womöglich brauchen sie dich«, stimmte meine Großmutter Joshuas Behauptung zu. »Du musst vorsichtig sein. Bisher hat Miláns Familie auf unserer Seite gestanden, aber niemand kann wissen, welche Ziele der Vater verfolgt, immerhin gehört er zu den hohen Tieren der GHA. Er ist ein undurchsichtiger Mann und Milán hat dich zu Recht vor ihm gewarnt. Oder, was ebenfalls beunruhigend wäre, er hat sich wieder mit László Farkas versöhnt und arbeitet mit ihm zusammen. Andererseits können wir den armen Jungen nicht im Keller versauern lassen. Lasst mich nachdenken.«

Vor sich hin murmelnd verschwand sie in der Küche und ließ uns ratlos bei der Garderobe zurück. Ich zog die flachen Stiefeletten von den Füßen und hängte meinen Mantel auf einen Kleiderbügel. Dann ging ich in die Gästetoilette neben der Eingangstür, um mir die nach meinem Sturz im Garten erdigen Hände zu waschen. Joshua war, trotz der gebotenen Vorsicht, ebenso wenig begeistert von der Idee, meinen Freund einfach in seinem Verlies sitzen zu lassen.

Sollen wir Papa einweihen oder machen wir das alleine?«, fragte er mich, während er sich an den Türrahmen lehnte.

»Weiß nicht. Oma erzählt ihm vermutlich alles. Und vielleicht kann er uns helfen.«

»Und damit Herrn Farkas gegen sich aufbringen? Wenn die sich streiten, geht es hier endgültig den Bach runter.« Ein gutes Argument. Andererseits ging es seit geraumer Zeit den Bach runter. Nachts rauszugehen war nicht allein für uns ein Ding der Unmöglichkeit geworden, es gab seit ein paar Tagen sogar eine polizeilich verhängte Ausgangssperre für die ganze Nacht. Nicht, dass ich mich daran halten würde, wenn es um Milán ging. Ich musste ihn befreien, ich musste irgendetwas tun. Alles andere konnte warten. Die Fragen an meinen kleinen Bruder, die Fragen an Amélie, die nicht mit mir sprechen wollte, und schließlich auch die Fragen an meine Großmutter Waltraud. Milán hatte absolute Priorität. Punkt.

»Was ist los, kleine Elfe?«, erkundigte sich Joshua mit gesenkter Stimme.

»Wir müssen nach Frankreich, wir müssen endlich etwas Richtiges tun. Und vorher holen wir Milán aus diesem Keller«, bestimmte ich.

»Seh ich genauso. Hast du einen Plan?«

»Nicht hier. Komm hoch in mein Zimmer.«

Auf meinem Bett sitzend erarbeiteten wir uns einen Plan A und einen Plan B, wobei Milán wohl oder übel mitziehen musste. Grob hielten wir uns daran, was wir bereits mit Milán besprochen hatten, nämlich dass wir zunächst nach Burgund und später nach Paris fahren würden, um herauszufinden, wem der Schlüssel in Wirklichkeit gehörte oder wer ihn bereits benutzt hatte und besser über seine Eigenschaften Bescheid wusste sowie über die Rolle von Miláns weitläufiger Familie in dem Ganzen, besonders über die seines Vaters. Herr Farkas hatte Miláns Onkel als Feind Nummer Eins abgelöst, seit er Milán weggesperrt hatte. Das musste man sich mal vorstellen! Das war im 21. Jahrhundert keine alltägliche Strafe mehr für ungehorsame Kinder, sondern drastisch und unmenschlich. Papa und Irmgard verhängten in schweren Fällen Hausarrest und Fernsehverbot, kassierten zuweilen PC und Spielkonsole ein, in meinem Fall den Laptop, aber niemals würden sie uns einsperren oder gar schlagen. Ich rang mit mir, ob ich Herrn Farkas bei der Polizei anzeigen sollte, allerdings konnte ich nicht sagen, ob ich Milán damit überhaupt einen Gefallen tun würde. Deshalb tat ich nichts dergleichen, bis ich wusste, was der Kellerhaft vorausgegangen war. Und das würde ich erst erfahren, wenn wir es schafften, Milán unbemerkt zu befreien.

Mangels Informationen waren unsere Planungen lückenhaft, aber besser als nichts. Zum Beispiel hatten wir keine Ahnung, wann Herr Farkas sich zu Hause aufhielt und wann nicht, weshalb wir den Zeitpunkt der Befreiungsaktion auf die Nacht legten, da standen die Chancen am besten, dass er entweder auf Patrouille oder schlafend im Bett sein würde.

Da wir hier keine ruhige Minute mehr hatten, beschlossen wir, Miláns Befreiung und die Fahrt nach Frankreich miteinander zu verbinden. Dieser Einfall war uns eher spontan gekommen, eigentlich hatten wir vorgehabt, erst nach Weihnachten loszuziehen. Doch jetzt erschien es mir töricht, Zeit zu verschwenden, auch wenn es sich lediglich um eine gute Woche handelte. Ich würde die Schule schwänzen, was eine echte Premiere darstellte.

Natürlich durften wir keinen Erwachsenen davon in Kenntnis setzen, jedenfalls nicht, bevor wir genügend Kilometer zwischen unsere Eltern und uns gebracht hatten. Deshalb schrieb ich einen Brief, den ich heute Nacht auf den Küchentisch legen würde. Unter dem Vorwand, mit Oma ein paar Dinge für alle einzukaufen, fuhr Joshua kurz vor Beginn der nächtlichen Ausgangssperre mit dem VW-Bus zur Tankstelle, tankte ihn voll, überprüfte Ölstand, Kühl- und Scheibenwischwasser und den Reifendruck und besorgte neben Kartoffeln und Wirsing Proviant für unsere Fahrt, den er im Auto bunkerte. Ich rechnete es meiner Großmutter hoch an, dass sie ihm keine Frage dazu stellte und darauf bestanden hatte, an Papas Stelle mitzukommen, der sofort den Braten gerochen hätte. In der Zwischenzeit packte ich für jeden einen Rucksack mit ein wenig Kleidung, Geld und Zahnputzsachen. Das Packen und das Gefühl, endlich etwas Sinnvolles tun zu können, um meine Familie zu beschützen, beruhigten mich ungemein. Es dürfte nicht so schwer werden, sich heute Nacht davonzuschleichen. Vorausgesetzt, die Poltergeister an Omas Haus ließen uns in Ruhe. Was reine Glückssache sein würde. Papa würde uns nicht in die Quere kommen, er war entweder bei Matthias im Krankenhaus oder unterwegs. Oma könnte uns als Einzige einen Strich durch die Rechnung machen. Ich hoffte, dass sie entweder beide Augen zudrückte oder nichts von unserem Vorhaben ahnte.

Am Abend versuchte ich gar nicht erst einzuschlafen. Nervös guckte ich alle paar Minuten auf mein Handy, um nach der Uhrzeit zu sehen. Dazwischen hielt ich nach Geistern oder Turpern Ausschau. Doch egal wie oft ich aus dem Fenster schaute, niemand zeigte sich. Nach einer Weile beschloss ich, die Wartezeit besser zu nutzen, indem ich Omas altes Buch aus dem Kleiderschrank holte und darin las. Am meisten interessierte mich, wie man Turper und andere Geister verjagte, weshalb ich alles zusammensuchte, was ich in dem zerlesenen Buch darüber finden konnte. Über den Sekretär vor dem Fenster gebeugt schrieb ich alles sorgfältig in meinen Collegeblock. Anschließend bemühte ich mich, mir die Bewegungen und Spruchformeln sowie die innere

Haltung, die man dazu benötigte, einzuprägen. Allerdings kamen mir diese Trockenübungen ein bisschen lächerlich vor, außerdem war ich mir nicht sicher, ob so etwas überhaupt funktionierte. Schon einige Male hatte ich beobachtet, wie ein Jäger Geisterwesen verscheucht hatte, aber das, was dazu in dem Buch stand, hörte sich mehr nach Zaubersprüchen an. Und die passende Einstellung fehlte mir garantiert ebenfalls. Achselzuckend faltete ich das Blatt schließlich zusammen und stopfte es in meine Hosentasche. Konnte sein, dass es noch nützlich wurde. Das Buch packte ich in meinen Rucksack, falls ich unterwegs zum Lesen kam.

Joshua holte mich kurz vor Mitternacht.

39

Auf Zehenspitzen schlichen wir uns hinunter in die Küche. Dort drapierte ich in der Obstschale auf dem Küchentisch den Brief an Oma und unsere Eltern. Joshua vollbrachte das Kunststück, die Haustür mit Hilfe seines Schlüssels lautlos zu schließen. Im Garten erschrak ich beinahe zu Tode, als Klara mit einem lauten Fauchen vor meine Füße auf den Gartenweg sprang und mich mit ihren Augen anfunkelte, die das spärliche Licht des Mondes wahrscheinlich besser einfingen als meine eigenen.

»Blödes Vieh«, zischte ich und verscheuchte die Katze mit einem Handwedeln, während ich mich bemühte, meinen außer Kontrolle geratenen Herzschlag zu beruhigen. Das fehlte uns noch, dass sie uns verriet. Mit einem beleidigten Maunzen verzog Klara sich in die dunklen Tiefen des Gartens.

Den kurzen Weg zur Farkas-Villa joggten wir.

Die Nacht war eisig. Die kalte Luft brannte in meinem Hals und der Wind pfiff mir um die Ohren. Ich war so aufgeregt, dass mein ganzer Körper vibrierte. Die Farkas-Villa lag still da, als wäre keiner zu Hause. Doch wahrscheinlich lagen Gábor und Herr Farkas gemütlich in ihren warmen Betten, während Milán im Keller frieren musste. Irgendwie wusste ich, dass sie ihre Jägerpflichten vernachlässigten, um Miláns Flucht zu vereiteln. Eine Welle des Zorns überkam mich. Energisch holte ich das samtene Band mit dem magischen Schlüssel unter meiner Jacke hervor und steckte ihn ins Schloss der Kellertür. Er ließ sich geräuschlos drehen. Die Tür sprang auf, sobald ich den Schlüssel aus dem Schloss zog. Triumph wallte in mir auf. Ha! Das hatte Herr Farkas nicht vorausgesehen!

Aufatmend fiel ich Milán in die Arme, der mich kurz an sich zog, ehe er uns per Handzeichen anwies, die Treppe hoch und aus dem Garten zu flüchten. Jetzt mussten wir rasch zurück zu Omas Haus und in den VW-Bus steigen, der abfahrbereit am Straßenrand parkte. Dafür blieb uns verdammt wenig Zeit. Als wir durch den Garten liefen, sahen wir im zweiten Obergeschoss das Licht angehen. Verdammt! Geistesgegenwärtig drückte ich im Laufen meinem Bruder den Schlüssel in die Hand. Bei mir würden sie ihn eher vermuten.

»Pass auf dieses Teil auf, niemand darf es sehen oder in die Finger bekommen, verstanden?«

»Okay«, erwiderte mein Bruder, hängte sich den Schlüssel um den Hals und beschleunigte seinen Schritt, um Milán einzuholen, der ungeduldig vor dem Bus stand und von einem Bein aufs andere trat.

»Jetzt schließ endlich diese Kiste auf«, raunzte er Joshua an, der umständlich den Autoschlüssel aus der Jacke fummelte.

»Mach schon!«, stimmte ich mit ein, denn ich hörte schwere und schnelle Schritte die dunkle Straße heraufkommen, die mindestens zu zwei Paar Füßen gehörten. Panisch riss ich die Schiebetür des uralten T3 auf und sprang auf eine der hinteren Sitzbänke, während Joshua den Motor aufheulen ließ und in raschem Tempo losfuhr. Wir brausten an zwei schwarzen Gestalten auf dem Gehweg vorbei. Ich hätte ihnen gerne eine lange Nase gedreht und »Ätsch« gerufen. Aber ich wusste, dass Miláns Vater uns nicht so locker davonkommen lassen würde. Joshua lenkte den Wagen in Richtung Bahnhof. Sämtliche Tempolimits missachtend rasten wir durch die Lessingstraße. Der arme Oldtimer musste ganz schön ran. Zu meinem Schrecken bemerkte ich kurz vor dem Hauptbahnhof, dass uns ein Wagen folgte. Er musste die andere Route über die Kurfürsten-Anlage genommen haben. Milán fluchte neben mir.

»Átkozott! Vater kommt uns holen. Mit der alten Kiste können wir ihn nicht abhängen, er fährt einen nagelneuen Audi.« Trotzdem war er ein gutes Stück entfernt.

»Und was sollen wir jetzt machen?«, rief Joshua nach hinten, um das ohrenbetäubende Knattern und Rasseln des gequälten Boxermotors zu übertönen.

»Fahr zum Betriebshof Richtung Bergheimer! Licht aus und verstecken, mit etwas Dusel fährt er an uns vorbei und wir gewinnen einen Vorsprung!«, schlug ich vor. Meine Finger verknoteten sich vor lauter Nervosität ineinander und meine Stimme war höher als sonst.

Joshua schoss über die Kreuzung am Bahnhof und ignorierte dabei die zwei roten Ampeln, die uns hätten aufhalten sollen. Wir konnten von Glück reden, dass auf den Straßen nichts los war. Gleich darauf bog er so rasant rechts ab, dass der ganze Bus wackelte. Bis zur Karl-Metz-Straße gab er richtig Stoff, dann schaltete er die Scheinwerfer aus und tuckerte gemächlich in einen vermüllten Hinterhof, wo er den Motor abstellte.

Bange Minuten verstrichen, in denen wir atemlos auf die Ankunft von Herrn Farkas warteten. Im Bus roch es nach Benzin und dem penetranten Vanilleduftbaum meiner Stiefmutter. Sonst hatte dieser vertraute Geruch das Zeug dazu, mich zu beruhigen. Heute Nacht nicht. Als niemand kam, setzten wir unsere Fahrt fort und erreichten über Umwege schließlich die Autobahn Richtung Süden. Bei Karlsruhe wollten wir auf die französische Seite des Rheins wechseln. Wenn nichts mehr dazwischenkam. Doch darauf wollte sich keiner von uns verlassen.

Der Bus ächzte mit fast hundert Sachen über die Autobahn, mehr ging kaum. Dabei rumpelte und klapperte er fürchterlich über jede Bodenwelle. Joshua verlangte ihm alles ab. Dennoch war er viel zu langsam. Milán saß neben mir auf der Rückbank gleich hinter dem Fahrersitz und hielt meine Hand.

Vor lauter Anspannung stellte ich unsere ganze Planung infrage. Was für eine bekloppte Unternehmung! Wir hätten lieber den Zug nehmen sollen. Wenn man uns nicht auf dem Weg abpasste, erwischte uns spätestens jemand, wenn wir den Versuch wagten, bei Miláns Tante einzubrechen. Oder dort einfach mal klingelten, so ganz konnten wir uns da nicht einig werden. Unser Plan war total unausgereift! Während ich in Selbstzweifeln badete, registrierte ich ängstlich jede Bewegung, die ich hinter oder neben uns ausmachen konnte.

Jedes Paar Scheinwerfer, das hinter uns auftauchte, versetzte mich in eine Art Schockstarre, die anhielt, bis sie uns überholten und ich die Luft wieder ausstoßen konnte. Kurz vor Bruchsal klemmte sich ein Wagen hinter unseren, der nach einer gefühlten Ewigkeit überholte, nur um direkt vor uns herzufahren.

»Ist das dein Vater?«, fragte ich Milán nach einer geraumen Weile des Schweigens.

Als er den Kopf schüttelte, wusste ich nicht, ob ich erleichtert sein sollte oder nicht. Milán sagte nichts, sondern hatte die Lippen zu einem schmalen Strich zusammengepresst, wie um sich selbst den Mund zu verbieten.

Plötzlich klappte das Fahrzeug, ein recht moderner Mercedes Benz Kombi, vor uns eine Tafel mit durchlaufender, leuchtender Schrift aus: POLIZEI – BITTE FOLGEN. Wenigstens keine Geisterjäger.

Die Polizei lotste uns auf den nächsten Autobahnparkplatz, um uns zu kontrollieren. Anscheinend waren drei Jugendliche nachts alleine auf der Autobahn eine gründliche Kontrolle wert. Womöglich hielten sie uns für Drogenkuriere oder Ausreißer. Letzteres stimmte streng genommen. Ich betete, dass sie uns bald weiterfahren ließen und vor allem nicht unsere Eltern anriefen. In diesem Fall könnten wir nämlich wieder umdrehen. Und so schnell würde die Gelegenheit, einen verrückten Plan wie diesen in die Tat umzusetzen, nicht wiederkommen.

»Guten Abend. Führerschein und Fahrzeugpapiere, bitte«, sagte der eine Polizist mit einer recht angenehmen tiefen Stimme neben dem heruntergekurbelten Fahrerfenster. Er hatte eine Taschenlampe dabei, mit der er über die Vordersitze und meinen Bruder leuchtete. Dazu hielt er seine Dienstmarke hoch. Er war wie sein Kollege, der gerade um unseren Bus herumschlich, in Zivil gekleidet. Auch das Auto hatte keine Polizeiaufkleber und kein Blaulicht auf dem Dach, sondern eine unauffällige, schwarze Lackierung. Joshua wühlte im Handschuhfach und holte seinen Geldbeutel aus der Hosentasche, um dem Polizisten die gewünschten Dokumente zu reichen.

Ich hüpfte auf dem Sitz hoch, als die Schiebetür aufgezogen wurde und ein heller Lichtkegel mich traf. Geblendet kniff ich die Augen zusammen.

»Guten Abend. Steigt bitte mal aus, damit wir uns den Innenraum ansehen können«, forderte der andere Polizist uns freundlich auf. Beide waren ordentlich rasiert und trugen schwarze Baumwollpullover über dunklen Jeanshosen, wie eine Art Uniformierung.

Während der eine, höchstens vierzigjährige Mann im Bus herumleuchtete, kontrollierte der Jüngere unsere Personalausweise. Seine kurz geschnittenen, blonden Haare waren ordentlich gescheitelt. Ihm gegenüber sahen Joshua und Milán mehr als schlecht frisiert aus. Innerlich amüsierte ich mich über meine wirren Gedanken, die immer auftauchten, wenn ich aufgeregt war. Dabei sollte ich bei aller Nervosität froh sein, dass kein Polizist unsere wilde Fahrt durch die Stadt gesehen hatte. Joshua hätte auf jeden Fall seinen Führerschein verloren.

Leider stellte der Beamte sofort die naheliegende Frage, was wir um diese Uhrzeit ohne erwachsene Begleitung hier draußen verloren hätten.

Unkreativ, wie ich so oft war, fiel mir auch in diesem Moment keine passende Antwort ein. Zumal ich mir gerade vorkam wie ein Schwerverbrecher. Hibbelig legte ich eine Hand an meinen rumorenden Bauch. Milán hatte ebenfalls keine Lust zu reden, jedenfalls hielt er den Kopf gesenkt und stand halb hinter mir, als könnte ich ihn verdecken. Ich sah ihm deutlich an, dass ihm die Begegnung mit der Zivilstreife sehr unangenehm war. Wann ließen sie uns endlich gehen? Unser geringer Vorsprung schwand dahin.

Joshua blieb überraschend cool. Nachdem sie den Innenraum des Busses als unauffällig deklarierten und Joshua in den Augen der Beamten einen gültigen Führerschein besaß, übernahm er das Reden. Ich sah zu ihm auf, während er mit den zwei Männern sprach.

»Wir wollen über das Wochenende seine Tante in Frankreich besuchen«, erklärte er so ehrlich wie nüchtern und zeigte dabei auf meinen Freund. Die Wahrheit hatte viele Gesichter.

»Ganz allein? Und das erlauben euch eure Eltern?«, entgegnete der Polizist mit der tiefen Stimme skeptisch.

Doch Joshua ließ sich nicht aus der Ruhe bringen.

»Das geht schon in Ordnung. Sie wollten eigentlich mitfahren, aber mein Bruder hatte einen Unfall und wird wohl erst kurz vor Weihnachten aus dem Krankenhaus entlassen.« Mein Bruder war ein unverfrorener Lügenbaron. Ich klatschte ihm innerlich Beifall. Etwas weniger gestresst bemerkte ich, wie die beiden Polizisten ihre misstrauische Haltung teilweise aufgaben.

Ich konnte es nicht lassen, ihre Gedanken zu lesen. *Kommt mir trotz allem seltsam vor, die haben irgendwas zu verbergen. Ich werde eine Meldung an die Kollegen an den Grenzposten machen*, dachte der eine.

Die werden nicht das letzte Mal kontrolliert worden sein, irgendwas stimmt nicht mit ihnen, dachte der andere. Ich zog mich zurück. Hauptsache, sie ließen uns gehen.

»Na gut, dann wollen wir euch mal weiterziehen lassen. Aber seid vorsichtig. Und du, Junge, mach Pause, wenn du müde wirst«, riet der ältere Beamte uns väterlich. Das kam richtig nett rüber. Ganz anders, als ihre Gedanken vermuten ließen. Wenn sie uns nur nicht so lange aufgehalten hätten!

Als wir wieder im Bus saßen und den Parkplatz verließen, wandte ich mich an meinen Freund: »Kannst du deinen Vater in der Nähe spüren oder seine Gedanken hören?«

»Nein. Er verbirgt seine Gedanken immer vor mir, er hat eine ausgezeichnete Selbstbeherrschung. Wenn ich nichts höre, kann ich nicht sagen, wie weit er entfernt ist. Gábor würde ich eventuell bemerken, aber es kann sein, dass er mich gerade abschirmt. Dieser Arsch hat gelacht, als Vater mich eingesperrt hat. So viel zur Brüderlichkeit.« Er klang bitter, weshalb ich ihn in Frieden ließ. Gyula hätte vermutlich nicht gelacht, sondern versucht, Milán zu helfen. Dass Milán genau das durch den Kopf ging, war so offensichtlich, als hätte er es laut ausgesprochen. Eine Zeit lang schwiegen wir.

Bald erreichten wir die Grenze. Joshua verließ die Autobahn, um vorerst auf der Landstraße weiterzufahren. Dunkle Bäume standen rechts und links der Fahrbahn. Ich schaute hinauf zu den wenigen Sternen, die sich am grauschwarzen Himmel zeigten. Der Mond war bereits untergegangen.

Im nächsten Moment prallte etwas Großes an die Seite des Busses. Die Tür zu unserer Rechten dellte sich ein, als wäre ein Felsbrocken hineingeflogen. Der Bus geriet ins Schlingern, doch Joshua konnte ihn abfangen und in rasanten Schlangenlinien wieder auf Kurs bringen. Sprachlos erblickte ich hinter uns die aufgerissene Fahrbahn und die großen Asphaltbrocken, die dort wild verstreut lagen, während ich ein Stampfen vernahm, das von einem Tier gigantischen Ausmaßes kommen musste. Gleichzeitig wagten Milán und ich einen genaueren Blick durch die Heckscheibe.

»Behemoth«, sagte mein Freund voller Furcht. »Die Hölle weiß, dass wir den Schlüssel besitzen. Sie werden ihn sich holen. Szar.« Das klang gar nicht gut. Von dem riesigen Wesen erkannte ich nicht allzu viel. Wie eine massive Wolke trampelte es über die Landstraße und zerstörte mit seinem Gewicht die Asphaltdecke, deren Bruchstücke wild herumflogen und gelegentlich das Auto trafen wie ziemlich große Hagelkörner. Das Donnern kam näher, größere Asphaltbrocken schlugen auf dem Autodach ein, was mich mehrmals zusammenfahren ließ und den Wagen ins Schlingern brachte. Behemoth schnaufte lauter als der Motor des Busses.

»Schnell, Joshua, runter von der Straße!«, kommandierte Milán. Mein Bruder lenkte den Bus in ein einsames Industriegebiet, das gerade zur rechten Zeit in Sicht kam. Allerdings machte ich mir keine Hoffnungen, dass wir Behemoth auf diese Weise abschütteln konnten.

Im Licht der orangefarbenen Straßenlaternen, die in regelmäßigen Abständen die Straßenzüge zwischen den hohen Lagerhallen, LKW-Parkplätzen und Fabrikgebäuden säumten, erkannte ich mehr von dem Tier, das uns jagte. Es ähnelte einer grotesken Mischung aus einem Flusspferd und einem Stier und besaß die Höhe eines Mehrfamilienhauses. Er würde uns niedertrampeln, wenn er uns nicht einfach mitsamt unserem Fahrzeug verschluckte.

Wir rasten durch die Nacht, im Zickzack zwischen den verlassen wirkenden Industriebauten hindurch. Immer wieder schaute ich aus dem Heckfenster. Hinter dem Ungeheuer wurden jetzt andere Gestalten sichtbar: fliegende Gargoyles, wie lebendig gewordene Wasserspeier, angeführt von einem geflügelten Dämon. Wäre er allein erschienen, hätte ich ihn zuerst für einen Engel gehalten, denn die Flügel, die hinter seiner breiten Brust hervorkamen, waren gefiedert und strahlend weiß, sodass sie selbst im Dunkel der Nacht weithin leuchteten. Je näher er kam, desto mehr Details konnte ich erkennen. Der Anführer hatte Ziegenhörner auf der Stirn und in jeder Hand ein Schwert. Seine nachtschwarze Kleidung ähnelte der Kampfmontur der Geisterjäger. Sie sog das Licht auf, doch die tarnende Wirkung verpuffte angesichts der hellen Engelsschwingen. Das konnte nur bedeuten, dass er es gar nicht darauf anlegte, unbemerkt zu bleiben. O Gott. Plötzlich wünschte ich mir, es wäre bei Behemoth geblieben, der jetzt ein markerschütterndes Brüllen ausstieß. Ein Beben durchlief mich.

Da erschienen wie aus dem Nichts die Scheinwerfer neben uns, die wir in Heidelberg abgehängt hatten. Auf unserer Höhe fuhr Miláns Vater.

»Nein!«, rief ich. »Wir müssen ihn loswerden! Wir müssen alle loswerden! Schneller, Joshua!«

»Schneller gehts nicht, sonst bau ich nen Unfall! Oder die Kiste explodiert«, protestierte er. »Kommen wir von hier aus überhaupt wieder zurück auf die Landstraße?«

»Bieg mal da rechts ab zu dem Kieswerk«, schlug ich vor. Wir waren einfach zu lahm, um den Kreaturen der Hölle und Herrn Farkas zu entkommen.

40

Der Bus war nicht für Verfolgungsjagden gemacht und Joshuas Fahrkünste reichten dafür ebenso wenig aus. Mein Herz pochte unangenehm hart gegen meinen Brustkorb, während ich immer wieder aus dem hinteren Fenster und den Seitenfenstern hinausspähte und jedes Mal feststellen musste, dass unsere Verfolger ein weiteres Stück aufgeholt hatten und Herr Farkas unverdrossen neben uns herfuhr.

»Milán! Was machen wir jetzt? Wir können nicht abhauen, die haben uns gleich eingeholt! Du bist hier der Einzige, der sich verteidigen kann, Joshua und ich sind total nutzlos!« Beruhigend drückte er meine Finger, aber es half nicht viel. Mein Atem ging flacher, ich hatte das Gefühl, schneller rennen zu können als mein Bruder fuhr.

Da rief Milán Joshua zu: »Halt da hinten bei dem Logistikzentrum an und lass mich raus. Ich rede mit Vater, er kann unsere Verfolger aufhalten, falls sie von der GHA sind. Ihr fahrt weiter und seht zu, dass ihr wieder auf die Landstraße kommt. Ich finde euch.« Ehe ich Gegenargumente vorbringen konnte, um ihn an diesem schwachsinnigen Plan zu hindern, hatte Joshua eine Vollbremsung hingelegt, die mich schmerzhaft in die Gurte fallen ließ. Milán sprang hinaus, um mit beinahe unmenschlicher Geschwindigkeit unseren Verfolgern entgegenzurennen. Der Audi wendete und folgte ihm.

»Wir fahren nicht weiter, Joshua!«, bestimmte ich. »Wir verstecken den Bus und suchen uns einen Beobachtungsposten in sicherer Entfernung.«

»Okay. Ich will Milán auch nicht allein lassen. Das wäre feige.« Er steuerte rückwärts aus der Lücke zwischen den LKWs heraus, in deren

Schatten wir Zuflucht gesucht hatten. Wenige Meter weiter befand sich eine offene Lagerhalle, in die Joshua kurzerhand hineinfuhr. Als er neben einer Armada von Gabelstaplern parkte, hielt mich nichts mehr auf dem Sitz. Bevor das Motorengeräusch erstarb, stand ich draußen in der frostigen Nacht.

Vor der Halle hatte sich das Dämonenheer eingefunden.

Vermutlich war es Selbstmord, aber ich konnte nur an Milán denken, der auf dem Parkplatz sein Leben für mich aufs Spiel setzte. Ich musste ihm beistehen. Joshua sprintete mir nach, auf das Geschehen zu. Herr Farkas, Gábor und Milán standen mit gezogenen Schwertern kampfbereit vor einer Übermacht. Behemoth weidete hinter dem feindlichen Heer wie eine Giraffe die hohen Pappeln ab, an denen kärgliche, vertrocknete Laubreste hingen. Immerhin wirkte er jetzt geradezu friedlich.

Wie praktisch, dass Herr Farkas immer ein paar Waffen im Kofferraum hatte und, anders als wir, nicht von der Autobahnpolizei angehalten worden war. Hätte Milán sein Schwert dabeigehabt, wären wir nicht mehr aus der Kontrolle herausgekommen. Meine Atemzüge gingen schwer und die winterliche Nachtluft ließ meinen Hals und meine Lunge schmerzen, während meine Füße über den trockenen, rissigen Asphalt flogen, mein Bruder dicht hinter mir. Fast hatten wir sie erreicht.

In der nächsten Sekunde gruben Joshua und ich die Hacken in den Boden und taumelten zurück, als zwischen uns und der Farkas-Familie aus dem Nichts ein neues Dämonenheer landete, das dem anderen zahlenmäßig etwas überlegen war.

Das sah auch der beeindruckende Anführer mit den Engelsflügeln und gab seiner Truppe das Zeichen zum Anhalten. Leider konnte ich seine Mimik von Weitem nicht deuten. Die stehenden geflügelten Gargoyles und die aberhundert Höllenwesen mit Flügeln oder ohne, mit Hörnern und Klauen, manche bucklig oder mit Fell ausgestattet, versperrten mir die Sicht. Sie schienen sich nicht für meinen Bruder und mich zu interessieren, als wären wir nichts als zwei Menschen, die eindeutig zur falschen Zeit am falschen Ort waren. Vielleicht hätten wir auf Milán hören und wegfahren sollen. Ich hatte nicht wissen können, dass sich hier ein Haufen Soldaten aus der Hölle gegenüberstehen würde. Kurz fragte ich mich, was passieren würde, wenn ein unbeteiligter Mensch hier vorbeikam und diese Versammlung körperhafter Dämonen sah. Im Gegensatz zu Geistern waren sie nämlich für jedermann sichtbar. Vermutlich würde sich ein unwissender Beobachter schnell nach Hause ins Bett begeben und an seinem Verstand zweifeln. Oder er würde hier sterben. Ich schauderte bei dem Gedanken. Mit einem Mal fühlte ich mich müde und ausgebrannt. Und ich schämte mich, weil ich versagt hatte. Mir blieb höchstens, unser Leben zu retten, wenn man uns die Chance dazu ließ. Ich schluckte die Tränen herunter, die in meinen Augen brannten und auf einmal meine Brust zuschnürten. Besser, ich konzentrierte mich wie mein Bruder auf das Geschehen in der Ferne.

Jetzt sprachen sie miteinander. Ich vernahm lediglich ein Gemurmel dunkler Stimmen, ohne etwas zu verstehen. Das Gespräch verlief allerdings nicht besonders harmonisch. Ihre Gestik wurde immer ausladender und der Abstand zwischen ihnen größer, als würden sie sich für einen Angriff sammeln. Plötzlich kam ein anderer Dämon angeflogen, um sich an die Seite des Heerführers mit den zwei Schwertern zu stellen. Er trug eine Art hellen, knapp knielangen Rock und sein, zumindest aus der Distanz, wohlgeformt aussehender Oberkörper war nackt. Dämonen froren wohl nicht. Er lächelte den Kontrahenten zu, während er seine gigantischen Fledermausschwingen nach hinten legte, aber selbst von meinem Posten aus erkannte ich, dass niemand sein einnehmendes Lächeln erwiderte. Ich verspürte einen seltsamen Stich, als ich ihn betrachtete. Als würde ich ihn kennen müssen, doch ich konnte mich nicht an ihn erinnern. Wahrscheinlich hatte ich über ihn gelesen.

Jetzt war es mit dem Reden vorbei. Die beiden Armeen krachten mit Gebrüll ineinander, Milán mittendrin. Wir konnten nichts mehr für ihn tun. Joshua und ich sollten schleunigst von hier verschwinden. Behemoths Brüllen ging mir durch Mark und Bein. Das weckte mich endgültig aus meiner Lethargie. Auf dem Weg zu unserem VW-Bus bebte die Erde unter unseren Füßen. Das Urzeitmonster interessierte sich nicht mehr für die Bäume, sondern hatte unsere Fährte aufgenommen.

»Lauf, Joshua!«, schrie ich.

Wir rannten um unser Leben. Die Lastwagen auf dem Parkplatz bildeten eine verschwommene Mauer, an der wir vorbeieilten, während Behemoth wie eine überdimensionierte Dampfwalze schnaufend hinter uns her donnerte. Er übertönte dabei sogar das Schwerterklirren und Schreien der Krieger hinter uns. Wir erreichten die Lagerhalle und fanden uns vor verschlossenen Türen wieder. Wir wollten zu dem offenen Tor laufen, durch das wir hineingefahren waren, doch Behemoth hatte uns fast eingeholt. Hektisch riss Joshua den Schlüssel von seinem Hals, um die Metalltür aufzuschließen, sodass wir gerade rechtzeitig hindurchkamen, bevor das Höllentier sie dem Erdboden gleichmachte. Mit seinem gewaltigen Kopf riss Behemoth einen Teil des Dachs ein. Der Krach war unvorstellbar. Joshua und ich rannten weiter ins Innere der Halle, um einen anderen Seitenausgang zu finden, hinter uns Trümmer und Staubwolken. Behemoth war noch nicht bis zu der Stelle mit den Gabelstaplern und dem Bus vorgedrungen, allerdings war das eine Frage von Sekunden. Wenn er unseren Wagen platt trampelte, saßen wir hier in der Einöde fest. Falls wir überlebten.

Wie von selbst blieben meine Füße stehen. Meine Kopfhaut juckte unangenehm, pures Adrenalin pumpte durch meinen angespannten Körper. Langsam, aber sicher verzog sich die Angst. Die Aufregung blieb. Wie ferngesteuert kehrte ich um und lief zurück, direkt auf das Höllenwesen zu. Durch die fehlende Hälfte des Dachs kam etwas Licht in die finstere Halle. Behemoths Geruch schlug mir ins Gesicht, während der Abstand zu dem Tier immer kleiner wurde. Ich fühlte mich ins Elefantenhaus des Heidelberger Zoos versetzt. Nur dass dieses Tier so viel größer war als ein Elefant.

»Was machst du da?«, brüllte Joshua mir nach. »Komm sofort zurück!«

Aber ich dachte gar nicht daran.

Mit einem Mal glaubte ich nicht mehr, dass Behemoth mein Tod sein würde. In meinem Rücken kribbelte es. Neue Kraft durchströmte mich. Vielleicht war ich im Wahn. Schritt für Schritt näherte ich mich dem Fleischberg.

»Behemoth!«, rief ich, als würde ich einen ungezogenen Hund ermahnen. Eigentlich hatte ich es nicht so mit Tieren oder eher sie nicht mit mir. In stillem Einvernehmen gingen wir uns einfach aus dem Weg. Für Behemoth schien das nicht zu gelten. Er hielt in seiner offenbar sehr befriedigenden Abrisstätigkeit inne, um mit den für seine Verhältnisse winzigen Augen auf mich herunter zu schauen. Ein lautes Schnaufen entfuhr ihm, als er näher kam. Er schnupperte an mir, was sich anfühlte wie ein kleiner Sturm. Sein warmer Atem roch wie der eines Pferdes nach Heu, frischem Gras und Brot. Das war kein Fleischfresser. Andernfalls hätte er auch die Pappeln links liegen gelassen und lieber ein paar Soldaten gefressen. Oder uns. Tapfer harrte ich aus und ließ ihn so nahe an mich heran, dass er mich mit seiner Nilpferdschnauze berühren konnte, die so breit war wie ein Kajak lang. Joshua hielt sich im Hintergrund, ohne mich allein zu lassen. Ich trat zurück, als sich das gewaltige Wesen vor mir in den abgeknickten Stahlstreben und zerbrochenen Holzlatten auf dem Boden niederließ und mich erwartungsvoll ansah.

»Vielleicht will er ein Leckerli«, ließ Joshua aus seinem Versteck hinter einem Stapel LKW-Reifen vernehmen.

»Ich habe nichts für ihn«, rief ich zurück. Dann wagte ich es, ihn anzufassen. Sein falbes Fell war borstig wie bei einem Wildschwein. Ein Brummen ertönte in seiner Kehle und brachte den Hallenboden zum Erzittern. Es klang zufrieden und kein bisschen angriffslustig.

»Weißt du was?«, sagte Joshua, der langsam hinter den Reifen hervorkam. »Ich glaube, er will, dass du mit ihm kommst.«

»Ich will aber nicht mit ihm gehen.«

»Erinnerst du dich an den Dämon in der Schule? Er wollte dich zuerst mit sich in die Hölle nehmen.«

»Stimmt. Und dann wollte er mich töten. Meinst du, Behemoth macht das auch, wenn ich mich weigere? Ich vermute eher, er hält mich hier fest, bis sie bereit sind, mich mitzunehmen.« Dass das Heer einzig auf den Schlüssel aus war, glaubte ich nicht. Nicht nach der Sache auf dem Friedhof und in der Schule.

»Er ist ein Tier«, erwiderte Joshua. »Er wird nicht besonders viel nachdenken.«

Ich mochte es, Behemoth zu streicheln und hinter den Ohren zu kraulen. Endlich ein Tier, das mich weder mit Missachtung strafte noch angreifen wollte. Er hatte uns verfolgt, aber uns nichts tun wollen. Wenn ich Glück hatte, ließ er mich gehen.

»Hier hinten gehts raus«, unterbrach Joshua meine Kuschelrunde mit dem Urzeitmonster. Ich tätschelte Behemoth ein letztes Mal den baumdicken Hals und folgte meinem Bruder zu einer unscheinbaren Tür zwischen hohen Regalen voller LKW-Ersatzteilen, gewaltigen Stahlfelgen und Reifen. Weit kam ich nicht. Joshua war zur Tür hinaus, als mich ein hässlicher, bis auf einen Kampfrock nackter Gargoyle mit Stierhörnern packte und mir sein Schwert an die Kehle hielt. Seine glatte Haut fühlte sich trotz der uns umgebenden Kälte unnatürlich erhitzt an. Erfolglos versuchte ich meine Hände unter den Arm zu schieben, mit dem er meine Schultern umklammerte.

»Keinen Mucks«, zischte er. »Mein Meister wird mich reich belohnen, dass ich dich gefangen habe!« Seine Stimme klang eigenartig heulend und knarrend, überhaupt nicht menschlich. So ein verdammter Mist!

Als ich probeweise den Mund aufmachte, um, bei aller drohenden Gefahr zu sterben, nach meinem Bruder zu rufen, kam ein klägliches Quieken heraus. Der Dämon drückte mir das Schwert so fest an den Hals, dass es in die Haut schnitt. Es brannte, als heißes Blut in den Kragen meines Shirts lief. Ich war geliefert. Dabei war ich doch nur ein winziges Mädchen! Gerade wünschte ich mir, ein mächtiger Dämon zu sein mit Hörnern, die ich diesem Mistsack in den Wanst bohren konnte. Wunschträume halfen nichts. Ich blieb ein schwacher Mensch, der diesem Monster nichts entgegenzusetzen hatte.

Der Gargoyle schob mich mit Leichtigkeit zum Regal hinter der Tür und fesselte mich an den Handgelenken daran. Der Strick saß eng. Bald würde ich meine Hände nicht mehr spüren.

Milán, brüllten meine Gedanken, doch ich bezweifelte, dass ich ihn erreichte. Durch die angelehnte Tür vernahm ich die gespenstische Stille, die jetzt vor der Halle herrschte. Sie waren alle fort und hatten mich zurückgelassen.

Im Licht einer altersschwachen, laut summenden Neonröhre, die den Notausgang gleich neben mir kennzeichnete, erkannte ich mehr von dem Dämon, der mich hier festhielt. Seine Hautfarbe lag zwischen dunklem Blau und Grau, das konnte jedoch den schlechten Lichtverhältnissen geschuldet sein. Sein Gesicht war eingedellt wie das einer Hufeisenfledermaus, dazu wuchsen ihm schraubig gedrehte Hörner aus dem haarlosen Schädel. Seine Hände endeten in harten Klauen, die das Kurzschwert auf mich gerichtet hielten, als ob ich mich wehren oder weglaufen könnte. Als er glaubte, dass ich an Ort und Stelle bleiben würde, begann er mich zu verhören.

Ich fand mich in einer dieser Situationen wieder, auf die einen nichts auf der Welt vorbereiten konnte. Ich schwor mir, nichts und niemanden zu verraten, am besten überhaupt nichts zu sagen, was natürlich nicht im Sinne meines Entführers war.

»Wo ist der Junge hingegangen? Er ist mit dir in die Halle gerannt. Wohin ist er geflohen?«, fragte er mich als Erstes.

»Weiß ich nicht.« Aber selbst wenn, würde ich es ihm nicht verraten. Ich versuchte, meine piepsige Stimme tiefer und fester klingen zu lassen, damit meine Angst und meine Verzweiflung nicht nach außen drangen. Allerdings war ich, auch ohne irgendeinen Ton von mir zu geben, ein zittriges Häuflein Elend, das mit den Tränen kämpfte und dem der Schweiß aus allen Poren drang. Wo blieben Milán und Joshua bloß? Sogar über Herrn Farkas' Anblick hätte ich mich gefreut.

»Schlechte Antwort. Also noch mal: Wo ist der Junge hingegangen?«, wiederholte der Dämon mit zunehmender Ungeduld. Er spielte mit seinem Schwert, als überlegte er sich, es erneut gegen mich einzusetzen.

Ich schluckte gegen den Kloß in meinem Hals an und würgte hervor: »Wenn Sie mich nicht festgehalten hätten, hätte ich es Ihnen sagen können. Wie Sie sehen, ist er ohne mich fortgegangen.«

»Dummes Mädchen! Ihr habt etwas bei euch, das mein Meister begehrt! Der Junge hat es mitgenommen! Oder du lügst mich an.«

»Ich weiß nicht, wovon Sie reden!« Ich bewunderte mich selbst dafür, dass ich tatsächlich Ärger empfinden konnte.

»Vielleicht trägst du es auch bei dir.«

Ich schüttelte wild den Kopf, doch es nützte nichts. Wie der Blitz schoss er auf mich zu, sodass ich zusammenfuhr und erschrocken aufkeuchte. Seine Klauen tasteten meinen zitternden Körper ab, fuhren in die Taschen meiner Jacke und meiner Hose. »Wo ist es?«, knurrte er dabei vor sich hin. Es half mir nur bedingt, dass der Gargoyle anscheinend keinerlei sexuelle Absichten verfolgte.

»Sie suchen die Clavicula, den Weltenschlüssel, nicht wahr? Ich habe ihn nicht.«

»Das werden wir gleich erfahren.« Meine Kehle schnürte sich zu, als er sich über mich beugte. Wie Trommelschläge pochte mir mein Herz in den Ohren.

Ich quietschte angstvoll, als er mit dem Schwert meine Jacke sauber auftrennte, sodass sie von meinen Schultern fiel. Dasselbe machte er mit dem Pullover und dem T-Shirt. Sofort fror ich erbärmlich, weil ich in meinem BH auf dem ölverschmierten eisigen Boden saß, während er mir grob die Schuhe von den Füßen riss und meine Jeans von den Beinen zerrte, sie umdrehte und schüttelte, nach geheimen Taschen absuchte und auf diese Weise mit meiner zerstörten Jacke fortfuhr. Wenn er mir die Unterwäsche auszog, würde ich so laut schreien, dass es irgendjemand hören musste. Am besten machte ich das prophylaktisch.

»Aufhören!«, brüllte ich.

Der Gargoyle hielt tatsächlich inne und richtete das Schwert auf meine Brust. »Sei still oder ich schlitze dich von oben bis unten auf, verstanden?« Er hakte die Schwertspitze unter meinen BH und riss sie ruckartig nach oben, sodass ich auch dieses Kleidungsstück verlor. Selbst darin fand der Dämon nicht den Schlüssel. Er wollte ja nicht auf mich hören. Tränen stiegen mir in die Augen, die ich nicht zulassen wollte.

»Wo ist die Clavicula?«

Ich schluckte hart, mein Mund war völlig ausgetrocknet. »Ich habe sie nicht!«

Da hieb er mir das Schwert gegen den Oberarm, ein scharfer Schmerz durchfuhr mich. Ich jammerte unterdrückt, als das Blut gemächlich an meinem Ellbogen hinabfloss. Der Dämon knurrte zornig und schnitt mir erst in den anderen Arm, dann in meine nackten, halb erfrorenen Oberschenkel. Es tat so weh und ich konnte mich nicht wehren! Die Zähne zusammen zu beißen war keine Lösung. Vergeblich nestelte ich an dem Seil, das mich fesselte, rutschte auf dem Boden herum, in der Hoffnung, seinen Angriffen auszuweichen. Mit dem Fuß angelte ich nach einem Jackenrest und kickte ihn dem Gargoyle ins Gesicht. Das brachte mir einen weiteren Schwerthieb ein. Ich fing an zu weinen. Er wollte mich also langsam umbringen. So hatte ich nicht sterben wollen.

»Wo ist die Clavicula?«, wiederholte er nach dem nächsten Schlag seine Frage.

Meine Zähne knirschten. Ich konnte mich vor Schmerzen kaum bewegen, während mein Blut tröpfchenweise links und rechts von mir den Betonboden besudelte. Das würde ich nicht durchstehen.

»Jetzt bring es schon zu Ende!«, brüllte ich mit letzter Kraft meinen Peiniger an, kurz davor ohnmächtig zu werden. »Töte mich! Ich bin nur ein unwichtiger Mensch.« Die Worte gingen in einem Schluchzen unter. Meine Tränen liefen mir nun in Strömen das Gesicht herunter. Ich fühlte mich schwach wie nie zuvor in meinem Leben. Das war es also, das Ende. Es war scheiße.

Der Gargoyle hob erneut das Schwert, als zwei Dinge gleichzeitig passierten. Ein ohrenbetäubendes Brüllen erfüllte die Halle. Bebende Erde begleitete den Laut und kündigte Behemoths Kommen an. Im selben Moment wurde die Tür neben mir aufgerissen und jemand stürzte herein.

41

Augenblicklich war ich wieder hellwach. Dieser Jemand wirkte riesig und muskelbepackt, obgleich ich das vom Boden aus nicht richtig einschätzen konnte. Er trug einen schwarzen, an der Taille geschnürten Kittel über einer Hose in derselben Farbe, dazu eine Sturmhaube. Es musste sich um den Heerführer handeln und sofort sank mir der Mut. Er würde mich nicht befreien.

Doch er trat schnell vor mich und schleuderte den Gargoyle mit einer einzigen Armbewegung einige Meter rückwärts, wo er genau vor Behemoth auf dem Boden aufschlug. Das brüllende Monster riss sein Maul auf, in dem sich unheilvoll spitze Zähne zeigten. Mit einem ekelerregenden Schmatzen und Knirschen verschlang es den Gargoyle. Ich konnte nicht anders, als zu wimmern. Vorhin war Behemoth lieb gewesen, vermutlich satt von den Pappeln, aber jetzt würde ich als sein Mitternachtssnack enden. Es wäre sicher angenehmer gewesen, sich die Kehle durchschneiden zu lassen. Von wegen Pflanzenfresser!

Der hochgewachsene Mann zerschnitt meine Fesseln, half mir auf die wackligen Beine und bugsierte mich zur geöffneten Tür, ohne auf das Wesen zu achten. Einen Arm hatte er um meinen Rücken gelegt. In der Dunkelheit wirkten seine schmalen Augen beinahe mitternachtsblau. Sie dürften grau oder von hellem Blau sein. Der Heerführer musterte mich von oben bis unten, dann wies er mich schweigend an, ihm zu einem dreckigen Waschbecken in einer Ecke zu folgen, wo er eine Packung Papiertaschentücher aus seinem Kittel zog, mehrere herausnahm, mit Wasser tränkte und mir in die Hand drückte. Er wartete, bis ich meine Wunden gereinigt hatte. Zum Glück bluteten sie nicht mehr. Immer noch sagte er kein Wort, aber ich war viel zu fertig, um jetzt mit einem fremden Mann zu sprechen.

Mitleid stand in seinen Augen, ich fühlte es sogar, als er mir mit einer seiner prankenähnlichen, warmen Hände die zerzausten Haarsträhnen aus dem Gesicht strich. Nach allem, was passiert war, begrüßte ich seine ruhige Freundlichkeit. Sein Blick vermittelte mir die Gewissheit, dass er jedes Übel von mir fernhalten wollte. Vielleicht interpretierte ich auch zu viel hinein, weil er mich gerettet hatte.

Ich merkte selbst, dass ich ihn anstarrte, während ich erfolglos versuchte, seine Identität zu ergründen. Wahrscheinlich hielt er mich für blöde, aber ich brachte die Lippen nicht auseinander. Jetzt sah ich, dass er unter seiner Sturmhaube lächelte. Seine Augen gewannen einen offeneren Ausdruck und kleine Lachfältchen erschienen neben ihnen. Plötzlich ebbte der Schock ab, mein Denken erlahmte und mir traten wieder Tränen in die Augen. Reflexartig wischte ich sie ab und drehte meinen Kopf zur Seite. Ich war völlig von der Rolle. Da schlossen sich seine Arme um mich, hielten mich locker und tröstend fest, bis ich mich wieder fasste. Dankbar ließ ich mich von der Wärme durchdringen, die er abstrahlte, und legte meinerseits die Arme um seine Taille. Schließlich klammerte ich mich an ihn und wollte ihm auf diese Weise klarmachen, dass ich in seiner Schuld stand. In diesem Moment dachte ich nicht mal daran, dass ich nichts außer einer dunkelgrünen Unterhose mit rosa Tupfen anhatte. Der Heerführer anscheinend auch nicht. Seine Gedankenstimme hatte einen sehr tiefen und unheimlich beruhigenden Klang: *Das hätte nicht passieren dürfen. Es tut mir leid. Ich war zu langsam. Hab keine Angst, der Soldat kann dir nichts mehr tun. Ich passe auf dich auf.*

Als es über uns rumpelte, weil vermutlich ein Dämon auf dem intakten Teil des Wellblechdaches gelandet war, lösten wir uns rasch voneinander. Ich schmiss die blutigen Tücher auf den Haufen meiner zerstörten Kleidung. Sollte die französische Polizei damit anfangen, was sie wollte. Behemoth war wohl noch nicht satt, denn jetzt näherte er sich uns mit einem Furcht erregenden Knurren. Als Behemoth nach dem Heerführer schnappte, zog dieser sein Schwert. Ohne nachzudenken, stellte ich mich vor das Tier und breitete meine schmerzenden Arme aus.

»Tu ihm nichts!«, bat ich krächzend. »Er ist nicht böse.« Die Laute, die Behemoth hinter mir von sich gab, suggerierten anderes, doch ich war mittlerweile davon überzeugt, dass er zumindest mich nicht fressen würde. Der Heerführer steckte sein Schwert weg und winkte mich zu sich, dabei ging er rückwärts, um Abstand zwischen sich und das Höllenwesen zu bringen, ohne es aus den Augen zu lassen.

An der Tür fuhr mich ein eisiger Wind an und ließ meine Zähne aufeinanderklappern. Ich konnte nicht fast nackt da raus gehen! Der Unbekannte zog seinen Kittel aus und legte ihn mir um die Schultern.

»Danke«, murmelte ich und hüllte mich in den harten, anscheinend frisch gewaschenen Stoff. Er reichte mir bis zu den Knien wie ein Mantel. Ein unaufdringlicher Duft von Zitrone und Salzwasser ging von dem Kittel aus. Ich schloss verwirrt die Augen, als der Fremde meine rechte Hand in seine nahm. Auf einmal spürte ich einen federleichten Kuss auf dem Handrücken, der mich wie ein Stromschlag traf und kribbelnd den Arm hinaufwanderte. *Was zum …* Bevor ich endgültig meine Sprache wiederfand, machte der Fremde sich aus dem Staub. Er trug keine Sturmhaube mehr, aber binnen Sekundenbruchteilen war er zu weit weg. Verdutzt schaute ich ihm nach, als Joshua in mein Blickfeld kam, hinter sich ein größeres Heer von Dämonen als zuvor. Auf dem Parkplatz entbrannte wieder der Kampf, als hätten vorhin alle nur mal kurz Pause gemacht, um jetzt mit dreifacher Stärke weiterzukämpfen. Joshua hatte mich nicht vergessen, sondern sich wieder zu mir gearbeitet.

»Katha!«, rief er und nahm mich in die Arme. Er hatte ein Schwert in der Hand und sah ziemlich verschrammt aus. An seiner Stirn prangte eine Beule und seine schmutzige Jacke war an den Armen völlig zerschlissen. Sie hatten ihn mitkämpfen lassen, diese Wahnsinnigen! »Wir wurden weggetrieben. Herr Farkas musste Verstärkung gegen den Oberdämon anfordern.« Nun nahm er mich in Augenschein. »Was ist passiert?« Joshuas Stimme glich einem entsetzten Flüstern.

Ich wickelte den Kittel enger um mich. In diesem Kleidungsstück ertrank ich fast.

»Ein Dämon hat mich hier festgehalten. Er wollte wissen, wo der Schlüssel ist … und wo du bist. Ich hab nichts verraten. Außerdem wusste ich eh nicht, wo ihr hingegangen seid.« Ich war wieder erstaunlich ruhig.

Joshuas Blick fiel auf den Kleiderhaufen.

»Er hat deine Klamotten zerschnitten! Was hat er mit dir gemacht?« Er sah plötzlich wütend aus.

Wortlos streifte ich den Kittel teilweise von meinen Schultern und gewährte Joshua einen Blick auf die sich bereits schließenden Wunden an Armen und Beinen.

»Es ist nicht so schlimm, wie es aussieht, okay? Jemand hat mir geholfen und Behemoth hat den Übeltäter verspeist. Lass uns einfach abhauen.« Wahrscheinlich würde ich später zusammenbrechen, wenn ich Ruhe hatte. Jetzt musste ich stark sein.

»Ich hätte auf dich warten sollen. Es tut mir so leid!«

»Schon gut. Der Typ hätte dir den Schlüssel abgenommen und dich umgebracht. Jetzt vergiss es, bitte!«

Ich zog meine Schuhe an und ging zu Behemoth hinüber, der Wache zu halten schien.

»Ich danke dir«, sagte ich zu ihm. Da er jetzt nicht mehr aufgebracht wirkte, traute ich mich, ihn wieder zu streicheln.

Draußen wurde das Schlachtengetümmel leiser. Dennoch behagte es mir nicht, unsere Deckung zu verlassen. Wir mussten Behemoth fortschicken und zu unserem Fahrzeug kommen.

Wir könnten Milán einsammeln. Wenn er noch lebte. Augenblicklich verbat ich mir diesen schmerzhaften Gedanken.

»Geh!«, forderte ich Behemoth auf und machte eine Wurfbewegung mit der Hand. Ich traute meinen Augen kaum, als er sich langsam erhob und aus der halb eingestürzten Lagerhalle trottete. Er schaute einmal zurück, ließ sein abgrundtiefes, stierähnliches Brüllen hören und verschwand. Ich atmete auf.

»Das war der Hammer!«, flüsterte Joshua. »Der hat auf dich gehört! O Mann, Omas blöde Katze hasst dich, aber ein höllisches Monster kuscht vor dir. Ich bin ehrlich beeindruckt, Schwesterchen.«

»Geht mir ähnlich. Als ich geschrien habe, ist er zu mir gekommen. Fast wie ein Hund.«

Wir flitzten zum Bus, schlüpften hinein und bahnten uns einen Weg durch die herabgestürzten Balken und Wellblechteile, die Behemoth hinterlassen hatte. Draußen auf dem Parkplatz traten die Truppen des hünenhaften Heerführers den Rückzug an. Die Seite von Herrn Farkas schien die Schlacht für sich entschieden zu haben. Zu meiner Erleichterung lagen keine Leichen herum; beklemmend fand ich es trotzdem, über ein Schlachtfeld zu fahren und zu wissen, dass die Flecken auf dem Boden aus Blut bestanden und hier Lebewesen gestorben waren, ganz egal, welcher Gattung sie angehörten. Mit einem Schaudern dachte ich daran, dass ich ohne den Heerführer auch nicht mehr leben würde.

Behemoth sah ich nicht mehr, dafür die restlichen tierischen Dämonen, die sich mit Schwertern, Streitäxten und ihren Klauen erbittert bekämpften, dazwischen Milán und Gábor im Duell mit dem Heerführer, der mich aus dem Lagerhaus befreit hatte, sowie Herr Farkas, der sich einen filmreifen Schwertkampf mit dem bekannten Unbekannten lieferte. Mir stand der Mund offen. Ich hatte einige Male gesehen, wie Geisterjäger gegen Besessene oder böse Geister gekämpft hatten, einen solchen Zweikampf jedoch nicht. Keiner schien müde zu werden, vor allem Herr Farkas attackierte seinen Gegner mit einer harten Entschlossenheit, die die meisten in die Knie zwingen würde. Ein atemberaubendes Schauspiel. Beide drehten sich immer wieder blitzschnell um die eigene Achse, trafen ihren Gegner aus einem Salto heraus oder in der Luft. Die Abfolge der Schläge kam so rasch, dass ich ihnen kaum folgen konnte, ein klirrendes Stakkato. Vermutlich der besseren Beweglichkeit wegen hatte Herr Farkas' Duellgegner seine Flügel eingezogen oder anderweitig verschwinden lassen. Kurz sah ich zu Milán und Gábor, als würde ich mit der Bild-im-Bild-Technik zwei Fußballspiele gleichzeitig verfolgen. Zu meiner Überraschung waren sie wesentlich weniger verbissen bei der Sache als ihr Vater. Der Heerführer kam nicht wirklich in Bedrängnis, obwohl er allein gegen zwei kämpfen musste. Es wirkte mehr wie ein Trainingskampf. Das kam mir irgendwie seltsam vor. Mit nachdenklich zusammengezogenen Augenbrauen wandte ich mich wieder dem hitzigen Duell der beiden älteren Männer zu. Herr Farkas grollte immer wieder wie ein bösartiger Bär, den man in seiner Höhle gestört hatte. Ich verstand, weshalb meine Mitschüler sich vor ihm, ebenso wie vor Milán, fürchteten.

Mit einem Mal schien der andere genug zu haben und löste sich einfach in Luft auf. Nicht gerade ritterlich. Herr Farkas stieß einen hässlichen, ungarischen Fluch aus, den ich schon einmal bei Milán gehört hatte. Der Heerführer, von dem ich jetzt ein paar Details mehr wahrnehmen konnte, aber leider noch immer keine Gesichtszüge, lächelte mir über Miláns Kopf hinweg zu, als würden wir uns auf der Straße treffen. Ich errötete und wandte den Blick ab. Ich war ihm dankbar, dass er seine Befehle missachtet und meine Fesseln gelöst hatte. Und dann hatte er mir zum Abschied diesen galanten Handkuss gegeben. Milán wusste wohl nichts davon, dass der Heerführer mir das Leben gerettet hatte, weil er ihn boxte und etwas zu ihm sagte, das ich nicht hören konnte. Anscheinend kannten sie sich. Warum hatten sie gegeneinander gekämpft, wenn sie jetzt beinahe freundschaftlich miteinander umgingen? Gábor verabschiedete den dunkelblonden Heerführer mit einem legeren Handschlag und ging zu seinem Vater hinüber, als plötzlich die Beifahrertür des Busses aufging und mich jemand packte. Ich kreischte voller Panik und versuchte freizukommen. Das war doch alles nicht wahr!

Das »Etwas« entpuppte sich als der in Luft aufgelöste Gegner von Miláns Vater. Sofort stürmten alle auf den Bus zu, Milán, sein Vater und sein Bruder, eine Handvoll der übrig gebliebenen Soldaten und der Heerführer. Joshua zerrte an meinem linken Arm, damit mich der Fremde nicht aus dem Auto ziehen konnte. Sie rissen mich beinahe auseinander. Ich wehrte mich, so gut ich konnte, und rammte dem Dämon sogar meinen Kopf gegen den nackten Brustkorb, sodass er ein Stück zurückwich. Die Farkas-Männer griffen ihn vehement an, bis er mich loslassen musste. Der Heerführer in seinem Unterhemd warf sich überraschend zwischen mich und den schwarzgelockten Dämon, dessen Gesicht, genau wie das des Heerführers, im Dunkeln lag, doch ich nahm einen dezenten Duft nach Stein und Honig wahr. Vorhin hatten beide Seite an Seite gekämpft. Das ergab alles überhaupt keinen Sinn!

Benommen schüttelte ich den Kopf, als sich der Dämon freikämpfte, durch die Schiebetür von hinten in den Bus eindrang und meine Schultern nach unten riss, sodass ich hart auf den schmutzigen Gummimatten zwischen Rückbank und Fahrersitz aufschlug. Ich trat um mich und traf dabei Joshua, der sich über den Fahrersitz gehängt hatte, um mich abzuschirmen. Der Heerführer sprang nach hinten und fiel auf den verhinderten Entführer. Er tat so, als sollte es keine Absicht sein, doch ich wurde das Gefühl nicht los, dass es genau das war. Er hatte mir bereits einmal geholfen.

Ich passe auf dich auf. Zwischen seinen langen Beinen kroch ich nach draußen, ehe Milán und Gábor erneut den Bus stürmten. Gemeinsam zogen sie die beiden Eindringlinge heraus, wo Herr Farkas sie in Empfang nahm.

Joshua startete den Motor, während Milán auf die Rückbank hechtete und im Anfahren die Tür zuzog. Mit Vollgas und durchdrehenden Reifen verließen wir die Stätte. Ich atmete hektisch und zitterte am ganzen Leib. Ich hatte einen Horrortrip hinter mir und konnte nicht glauben, dass es vorbei war. Mühsam schob ich mich hoch auf die Rückbank. Milán zog mich neben sich, um mich fest zu umarmen. Beinahe hätte ich wieder geheult, verkniff es mir jedoch.

Aus dem Heckfenster sah ich Gábor und Herrn Farkas mit ihren Gargoyles gegen den gelockten Dämon kämpfen. Der Heerführer stand wieder an seiner Seite. Hoffentlich passierte ihm nichts. *Hab keine Angst.* Seine Gedankenstimme hatte sich wie ein Ohrwurm in meinem Kopf festgesetzt. Ich schüttelte mich, um sie zu vertreiben. Schade, dass ich sein Gesicht nicht gesehen hatte.

Milán drückte mich fester. Da fiel alle verbliebene Stärke von mir ab und ich brach in Tränen aus. Ruhig sprach er auf mich ein. »Es ist alles gut, wir haben überlebt und können unsere Fahrt fortsetzen. Vater und Gábor kümmern sich darum. Und sind obendrein schön beschäftigt, sodass wir ihnen entkommen können. Habt ihr den Schlüssel noch?«

Ich trocknete meine Tränen und atmete tief durch. »Ja.«

»Gut. Wo ist der Verbandskasten? Mein dämlicher Bruder hat mir sein Schwert in den Arm gestochen.«

Ich kicherte leise.

»Irgendwo unter dem Beifahrersitz«, meinte ich, schnallte mich ab und krabbelte im Fußraum herum, bis sich meine tastenden Finger um den rechteckigen Plastikkasten schlossen. Ich hätte auch ein bisschen Desinfektionsspray und Verbände nötig gehabt, doch irgendetwas hielt mich davon ab, Milán meine Wunden zu zeigen. Sie schmerzten, bluteten aber nicht nach. Für heute Nacht reichte mir das.

Während Milán sich selbst verarztete, indem er seine Schnittwunde desinfizierte und verband, grübelte ich laut über den bekannten Unbekannten nach, wie ich ihn insgeheim nannte.

»Der Dämon eben im Bus, der mit den Locken, ich habe sein Gesicht nicht gesehen, aber ich glaube, ich kenne ihn. Klingt das bescheuert?«

»Nein. Geister sind dir einfach häufiger begegnet als Dämonen, vielleicht erinnerst du dich deshalb kaum daran. Oder du warst zu jung.«

»Kann sein.« Miláns Antwort stellte mich nicht zufrieden. Ich erlaubte meinen Gedanken, lose umherzustreifen. Hoffentlich hatten wir jetzt ein bisschen Ruhe. Der nächste Angriff würde nicht lange auf sich warten lassen. Dass sich die Hölle einmischte und ihre Vertreter sich offen im Diesseits zeigten, gefiel mir ganz und gar nicht. Da waren mir Ferenc und sein Vater lieber gewesen.

Milán nickte auf meine Gedanken hin. »Denk nicht so viel darüber nach. Vater hat die Lage im Griff. Und ich bin da, um auf dich aufzupassen.« Kurz verdüsterte sich sein Gesicht. »Morgen erforschen wir weiter unseren Schlüssel. Dass er jede Tür aufkriegt, ist meiner Meinung nach bewiesen, aber was kann er noch? Und wir schauen mal, was meine Familie eigentlich treibt. Onkel Tibór wohnt in Paris, ihn können wir sicher treffen. Die Tante in Burgund, Tante Zsófi, war eigentlich immer nett zu uns. Hoffentlich hat sich das nicht geändert.«

»Solange sie netter als dein Vater ist …«

Milán grinste leicht. »Vater wird sich ärgern, dass wir ihm durch die Lappen gegangen sind. Eigentlich muss ich dem höllischen Aufgebot dankbar sein. Es hat uns zur Flucht verholfen. Vater hätte uns wahrscheinlich direkt bei der GHA abgeliefert, wo sie uns ins Kittchen gesteckt hätten. Diesen Sieg hätte er Onkel László nämlich nie gegönnt. Es war gut so, wie es gelaufen ist. Na ja, fast. Wie gehts dir, Katharina? Es tut mir leid, dass ich dich nicht holen konnte.« Er sah bekümmert aus und gleichzeitig wütend auf sich selbst. Das sollte er nicht sein.

»Du musstest gegen ein Dämonenheer kämpfen, es ist alles okay. Mach dir keine Sorgen um mich.« Er strich mir über die wirren Haare, bevor er mich in den Arm nahm. *Trotzdem hätte ich mich besser um dich kümmern müssen. Du musst mir nicht davon erzählen, ich weiß schon Bescheid*, dachte er.

Seltsam zweideutig sagte er: »Willst du dir nicht was anderes anziehen?«

Eigentlich eine gute Idee, obwohl sich ein Teil von mir sträubte, das Trost spendende Kleidungsstück auszuziehen. Irgendwie schien es Milán zu stören, dass ich etwas Fremdes trug. Als ich ihn fragend ansah, schüttelte er den Kopf. Mein rationaler Teil setzte sich durch. Dann würde ich eben etwas Eigenes anziehen.

Die letzten Stunden, nicht zuletzt meine Erlebnisse mit Behemoth, dem gruseligen Gargoyle und dem rätselhaften Heerführer, hatten mir genügend Stoff zum Nachdenken geliefert. Und deshalb wollte ich gerade jetzt mehr über Milán wissen und das alles für eine Weile verdrängen. Mein Bruder ebenso. Ich hörte, wie er in Gedanken verschiedene Fragen formulierte, die er meinem Freund stellen wollte. Das eben Geschehene schien er auszublenden. Bewundernswert. Endlich meldete er sich zu Wort.

»Was hattest du vorhin mit den Polizisten, Milán? Du hast ausgesehen, als würdest du am liebsten abhauen. Hast du was ausgefressen?« Er sagte es halb im Scherz, doch keinem entging der ernste Unterton. Die Gerüchte über meinen Freund waren ihm bereits am Anfang des Schuljahres zu Ohren gekommen. Ich hatte sie für unwichtig gehalten. Was ich nun nicht mehr konnte. Nach allem, was wir durchlebt hatten, mussten wir einander rückhaltlos vertrauen können. Abwartend schaute ich Milán an, während ich nach meinem Rucksack tastete, um mir frische Kleider herauszuholen.

42

Milán schien mit sich zu ringen. Nach endlosen Minuten sprach er: »Mir werden Dinge zur Last gelegt, für die ich nichts kann und die mir sehr leidtun. Abgesehen von der Sache mit Ferenc, der hatte jeden Schlag verdient. Wäre Gábor von Anfang an dabei gewesen, hätte er mitgemacht, bevor er den Kampf beendet hat.«

Ich schrak vor seinen Worten zurück. »Niemand hat das verdient!«, erklärte ich kategorisch. Diese Seite an Milán kannte ich nicht. Dass er jemanden ohne Not verprügelte. Mir erschloss sich sofort, warum er versucht hatte, das vor mir zu verbergen.

Joshua lenkte den Bus durch ein schlafendes Dorf, das aus gerade mal sieben Häusern bestand. Ich zählte sie, um meine Unruhe zu dämpfen. Über das laute Motorengeräusch hinweg redete Joshua weiter mit uns. Er gab sich mit Miláns Antwort nicht zufrieden.

»Katha hat recht. Niemand verdient das. Und was war mit den Mädchen? Hatten sie es verdient zu sterben?« Joshua konnte schonungslos sein. Milán wand sich neben mir auf der Sitzbank.

»Ja, was war mit den Mädchen?«, hieb ich nun auf meinen Freund ein. Wenn wir diese Dinge nicht klärten, würden wir einander nicht vertrauen können. Wie sollten wir zusammenarbeiten, wenn wir kein Vertrauen mehr zueinander hatten?

»Was wollt ihr hören? Dass ich in Wirklichkeit ein Mörder bin und euch demnächst umbringe? Was denkt ihr von mir? Ich hab euch gerade verteidigt, falls euch das entgangen ist«, wehrte er sich.

»Sag du es uns«, forderte mein Bruder ihn auf.

»Meine Familie stand öfter bei unerklärlichen Todesfällen im Fadenkreuz der Ermittler. Das habt ihr sicher schon mitbekommen. Ihr könnt mir glauben, dass ich niemals wollte, dass diesen Mädchen etwas geschieht. Es waren Mitschülerinnen, Freundinnen, okay? Seid ihr etwa wie die anderen? Haltet ihr mich für einen Psychopathen? Sprecht es ruhig aus, Katharina sieht mich gerade an, als würde sie es bereuen, mich jemals angesprochen zu haben.« Sein Tonfall klang hart und unerbittlich, doch ich hörte den Selbsthass heraus. Wir hatten in eine tiefe Wunde gefasst.

»Das ist nicht wahr!«, versuchte ich seine Aussage zu entkräften. »Ich bereue es überhaupt nicht! Aber du musst ehrlich zu mir sein.«

»Bist du denn immer ehrlich zu mir?«, schoss er zurück.

O nein, auf die Tour brauchte er mir gar nicht zu kommen. »Du weißt am besten, dass ich immer triftige Gründe habe, dir etwas zu verschweigen.« Zum Beispiel, wie sich der Heerführer von mir verabschiedet hatte.

»Siehst du, mir geht es genauso. Aber bevor dein lieber Bruder versucht, mich rauszuschmeißen, und ich ihm vielleicht wehtun muss, erzähle ich euch selber, was passiert ist.« Er seufzte, wie um sich zu wappnen. »Ich hätte gar nicht mehr in die Schule kommen dürfen. Nachdem Gyula gestorben war, hätte ich gleich wie Gábor auf das Pariser GHA-Internat gehen sollen. Weit weg von dem ganzen Scheiß hier.«

Er sah aus dem Fenster in die undurchdringliche Dunkelheit. Obwohl ich zum ersten Mal so etwas wie Misstrauen ihm gegenüber empfand, tat er mir leid. Zart strich ich über seinen Handrücken und schickte meine Gedanken zu ihm:

Ich glaube dir, dass du deine Mitschülerinnen nicht umgebracht hast. Aber ich muss alles wissen. Ich will dir vertrauen. Bittend sah ich ihn an.

Sein ernster Gesichtsausdruck wich einem zögernden Lächeln, als er nickte und sich herüberbeugte, um meine Wange zu streicheln. Ich legte meinen Kopf in seine Hand. Er sollte wissen, dass ich ihn liebte. Da küsste er mich sanft. Für einen kurzen Moment verlor ich mich in der Berührung seiner Lippen, genoss das Flattern in meinem Magen, doch rasch entzog ich mich ihm und bat ihn stumm, weiterzusprechen.

Er redete zu leise, als dass Joshua seine Worte ebenfalls hören konnte. »Ich wollte Ferenc nicht verprügeln, es ist irgendwie mit mir durchgegangen. Außerdem hat er mich zuerst angegriffen. Wenn du mitangehört hättest, was er über Gyula und meine Mutter gesagt hat, hättest du ihm auch eine runtergehauen. Ich will das jetzt nicht wiederholen, aber er hat sie als Verräter hingestellt, die der Sache der Jäger immer geschadet hätten, und dass es gut wäre, dass sie beide tot seien und noch mehr Mist. Er hat behauptet, ich hätte Gyula ermordet. Wegen Ferenc bin ich von der Schule geflogen. Und trotzdem würde ich es wieder genauso machen. Tut mir leid, Katharina, das musst du akzeptieren.«

Ich nickte. Ein bisschen verstand ich ihn. Ferenc war kein netter Mensch. Doch es hätte bestimmt einen anderen Weg gegeben, es ihm heimzuzahlen. Ich wunderte mich, dass Milán dermaßen plump und vor allem ohne nachzudenken gehandelt hatte.

»Und die Mädchen? Am Freitag hat Vanessa mir davon erzählt und mich eindringlich vor dir gewarnt. Eigentlich wollte ich ihr kein Wort glauben. Trotzdem muss ich immerzu daran denken. Ich will von dir wissen, was passiert ist.«

»Falls es dich interessiert, keine von ihnen war eine Freundin für mich so wie du.« Klar interessierte es mich, aber das würde ich nicht zugeben. »Zwei gingen mit Gyula und mir in eine Klasse, Helene und Marie. Sie haben bei uns in der Nähe gewohnt. Gyula war ein paar Wochen mit Marie zusammen und hat dauernd versucht, ihre Freundin mit mir zu verkuppeln. Aber Helene hatte daran genauso wenig Interesse wie ich. Wir mochten uns einfach als Freunde. Wir sind oft zu viert unterwegs gewesen. Kannst du dir vorstellen, wie nervig es war, meinem Bruder und seiner Freundin dauernd beim Knutschen zusehen zu müssen? Da hab ich mich gefreut, wenn Helene mitgekommen ist. Tja, kurz vor den Osterferien sind die beiden Mädchen plötzlich verschwunden. Und mit wem hatte man sie zuletzt gesehen? Dreimal darfst du raten. Die Polizei kam zu uns nach Hause, musste uns jedoch wegen der dürftigen Beweislage laufen lassen. Ein paar Tage später hat man Marie und Helene an unterschiedlichen Stellen gefunden. Alles deutete auf Selbstmord hin, aber ich bin mir sicher, dass es Turper waren. Die kann natürlich keiner nachweisen. Ich glaube, dass sie jemand gezielt geschickt hat, um meiner Familie zu schaden.«

Ich nickte, um zu zeigen, dass ich verstanden hatte und mehr erfahren wollte.

»Einige Wochen später sind wir zu einer Party bei Gyulas Kumpel Ben gewesen. Mein Bruder war immer noch fertig wegen Marie und wollte gar nicht hingehen, aber ich hab ihn überredet. Zwei Mädels aus Bens Klasse, unserer Parallelklasse, wohnten in Rohrbach. Gyula und ich wollten sie nach Hause bringen. In der Nähe vom Friedhof sind die beiden plötzlich weggerannt. Turper. Wir sind ihnen hinterher, haben versucht, sie festzuhalten, aber es hatte keinen Zweck. Die eine, Martha hieß sie, hat sich von der Brücke hinunter auf die Bahngleise gestürzt. Ich hab sie von den Gleisen gezogen und versucht, sie wiederzubeleben, aber nicht mal der Notarzt konnte ihr helfen. Und wieder stand die Polizei bei uns vor der Tür. Gyula und die andere sind die ganze Nacht nicht mehr aufgetaucht. Ich hab meinen Vater informiert, der ist die beiden suchen gegangen, nachdem die Bullen weg waren. Am nächsten Morgen ist Gyula voller blutender Wunden und total am Ende ins Zimmer gefallen und hat geheult, bis er eingeschlafen ist. Das andere Mädchen hatte ein Dämon vor seinen Augen in die Hölle gebracht. Ihre Leiche hat man nie gefunden, wie auch, sie befand sich nicht mehr in dieser Welt. Kurz darauf war Gyula tot.«

Er schaute wieder aus dem Fenster, damit ich seine Tränen nicht sah. Doch ich fühlte sie. Keine Sekunde dachte ich daran, irgendetwas an seiner Erzählung anzuzweifeln. Vielmehr verspürte ich schier grenzenloses Mitleid. Milán hatte in seinem Leben so viel sehen und ertragen müssen, dass mir ganz anders wurde. Wenn mir das mit Annalena oder Vanessa passiert wäre, wenn Joshua oder Matthias sterben würden … Lieber würde ich mich nochmal von einem Dämon foltern lassen.

In meinen Augen standen Tränen, als ich ihn an mich zog und umarmte. Alles, was ich gehört hatte, war einfach schrecklich. Vier Familien hatten eine Tochter verloren, weil irgendjemand glaubte, irgendeinen Herrschaftsanspruch in dieser Welt zu haben. Das alles machte mich traurig und unsagbar wütend zugleich. Mit tiefen Atemzügen versuchte ich, die Fassung zurückzuerlangen. Verzweifelt suchte ich nach einem tröstlichen Gedanken in diesem Horror. Ob Gyula seine Marie im Jenseits wiedergetroffen hatte? Vielleicht hatte ich irgendwann die Gelegenheit, ihn danach zu fragen.

»Glaubst du mir?«, fragte Milán, das Gesicht in meinen Haaren vergraben. Es schien ihm wichtig zu sein, dass ich weiterhin eine hohe Meinung von ihm hatte. Ich konnte es ihm nicht verdenken.

Sein warmer Atem an meinem Hals verursachte mir eine Gänsehaut. Mein Magen zog sich zusammen, als er mich auf die Wange küsste und ansah. Seine Augen glänzten im Dunkeln. In diesem Moment war ich so schrecklich in ihn verliebt, dass ich mir nichts Schlimmeres vorstellen konnte, als ihn zu verlieren. Gleichzeitig wollte ich ihm etwas von seiner Last nehmen, ihm Trost spenden und ihm zeigen, dass ich für ihn da war, wie er vorhin für mich. Ich drückte mich an ihn, überwältigt von meinen Gefühlen.

Joshua durchbrach das Schweigen zwischen uns.

»Leute, ich bin müde. Wir sind gleich wieder auf der Autobahn, da können wir den nächsten Parkplatz ansteuern und im Bus pennen. Ich denke nicht, dass uns jemand auf der Fährte ist.«

»Gute Idee, ich bin könnte auch etwas Schlaf vertragen«, pflichtete ich ihm bei.

Milán fragte in wieder völlig neutralem Tonfall: »Habt ihr zufällig ne Decke dabei?«

»Wir haben dir sogar einen Schlafsack mitgebracht. Katharina hat an alles gedacht«, entgegnete mein Bruder. Ich lächelte über sein Lob. Für heute Nacht würde ich alles wegschieben und schlafen. Morgen konnte ich mir immer noch die grausigen Einzelheiten von Miláns Geschichte ausmalen und mich gruseln, weil ich ein potenzielles Entführungsopfer für Dämonen war.

»Für den Augenblick sind wir entkommen«, fing Milán noch einmal an. »Wir wissen jetzt sicher, dass die Hölle sowohl Interesse an dir, Katharina, als auch an dem Schlüssel hat. Gábor weiß da mehr und einiges hat er mir erzählt. Und unser Freund ebenfalls. Es passt gut zu Vaters E-Mails. Ein ranghoher Dämon führt einen Aufstand gegen Luzifer an. Die GHA steht zum jetzigen Zeitpunkt entweder bereits geschlossen hinter dem Aufrührer, was übel wäre. Oder sie ist dabei, sich zu spalten. Euer Vater könnte ins Kreuzfeuer geraten, weil ich weiß, dass er versucht, neutral zu bleiben, um euch zu beschützen.«

»Ich hab gesehen, dass ihr nicht richtig gegen den Heerführer kämpfen wolltet. Ihr habt ein Kaffeekränzchen mit Schwertshow gemacht!«, unterbrach ich ihn. Was zum Teil erklärte, wieso der Heerführer sich für mich eingesetzt hatte.

»Der andere darf nicht wissen, dass sein Heerführer Informationen an uns weitergibt. Er sollte dich und den Schlüssel holen, hat aber nicht damit gerechnet, dass ich mit dir unterwegs bin. Behemoth war als Ablenkung für meinen Vater gedacht. Keiner konnte ahnen, dass er dich so nett finden würde. Also Behemoth, nicht unser Freund.« Gegen meinen Willen musste ich lächeln.

»Ist der Typ ein Geheimagent oder so?«, erkundigte sich Joshua. Wie gut, dass er Fragen über den Heerführer stellte.

»Eigentlich nicht. Wir kennen uns recht gut und kämpfen aus Prinzip nicht gegeneinander, solange es sich vermeiden lässt. Das sollte nur keiner wissen. Die in der Hölle schon gar nicht.«

Sein Blick sagte mir, dass er das Thema auf sich beruhen lassen wollte. Ich hätte hingegen gerne mehr über den Unbekannten erfahren, dessen Kittel ich zusammengerollt auf meinem Schoß festhielt.

Auf einem schmalen Parkplatz mit einer überquellenden Mülltonne, einem Aire des Irgendwas, wie die Franzosen ihre Autobahnparkplätze benannten, stellte Joshua den VW-Bus hinter einem LKW ab. Dann bauten wir die Sitzbänke zu Betten um und legten uns hin. Ich fror anfangs so sehr, dass ich zusätzlich die Autodecke über meinen Schlafsack breitete. Miláns Hand hielt meine umschlossen, bis wir beide einschliefen. Es ging ziemlich schnell, so fertig war ich.

Ich träumte wieder von dem unbelebten Wald, doch mein Traum war um Längen besser als Miláns. Er weckte mich unbeabsichtigt, als er im Schlaf unverständliches Zeug vor sich hin murmelte. Ich fühlte Angst, lähmende Ohnmacht und tiefe Trauer. Als ich es nicht mehr aushielt, rüttelte ich an seinen Schultern, damit er aufwachte. Es dauerte einen Moment, bis er realisierte, wo er lag und wer ihn geweckt hatte.

»Du bist hier!«, flüsterte er. Sein Arm schlang sich um meine Schultern. Milán wirkte ganz schön aufgelöst. Sein Atem ging rasch, als wäre er gerannt, und seine Hände zitterten ein wenig.

»Wo soll ich sonst sein? Was hast du geträumt?«, flüsterte ich zurück, während ich seine Wange streichelte.

Joshua schnarchte leise neben mir in seinem Schlafsack. Der Glückliche. Die Scheiben des Busses waren so beschlagen, dass man kaum nach draußen in die Finsternis sehen konnte. Ich vertraute einfach darauf, dass uns niemand angriff, kein Geist, kein Dämon und kein Mensch.

Stockend begann Milán zu erzählen: »Ich bin wieder durch diesen Wald gelaufen. Und dann … dann warst du da, du hast gegen einen Dämon gekämpft. Ich wollte eingreifen, aber ich kam nicht an euch heran. Er hat dich mit zwei Schwertern getötet. Du bist einfach gestorben.« Er schluckte. »Der Dämon, das war ich.«

Jetzt begann ich zu zittern. Ich wusste nicht, wie real solche Träume sein konnten, aber hier ging es nicht mit rechten Dingen zu und ich glaubte, dass ein solcher Albtraum mehr sein könnte als ein Ausdruck von Miláns unbewussten Ängsten. Wenn er die Zukunft zeigte, konnte ich nur hoffen, dass sie nie eintrat. Trotzdem durften wir uns davon nicht verrückt machen lassen.

»Das muss nicht wirklich passieren!«, sagte ich leise. »Es war nur ein Traum, egal, wie echt er gewirkt hat!« Ich versuchte auch mich selbst davon zu überzeugen.

»Aus dieser Sache werden einige nicht lebend rauskommen, Katharina. Haben dir das die Turperangriffe nicht gezeigt? Oder das Dämonen-Stelldichein heute Nacht?«

»Dann müssen wir eben endlich die Hintermänner finden und verhindern, dass sich alle wegen dem Schlüssel an die Gurgel gehen. Zum Glück befindet er sich in unserem Besitz, also sind wir in der Lage, etwas zu unternehmen. Er muss nicht allein für die gegnerische Seite Macht bedeuten.«

Ich hatte das Gefühl, ihn ein bisschen aufbauen zu müssen. Milán schien wegen seines Albtraums richtig verängstigt zu sein. Er tat mir so leid. Für ihn musste ich jetzt stark sein, egal wie mutlos ich mich fühlte.

»Du hast recht«, gab er zu. »Es fällt mir schwer, daran zu glauben, dass es wieder besser werden kann, nach allem, was passiert ist.«

Ich küsste ihn auf die Wange und die Stirn. Sonst war eher ich es, die sich bei ihm anlehnte, besonders jetzt, aber heute Nacht brauchte er eine Schulter. Er hatte weit Schlimmeres hinter sich gebracht als ich. Eine Welle der Dankbarkeit überrollte mich, Dankbarkeit dafür, dass wir lebten. Er rieb liebevoll seine Nase an meiner.

»Weißt du was? Ich glaube, du bist wie ich. Du bist eine von uns. Du wirst eine Geisterjägerin sein.«

Ich nickte. Allein deshalb, weil ich niemals mehr dieses Gefühl der Hilflosigkeit erleben wollte, gab es keinen anderen Weg für mich. Eine von uns. Ich küsste ihn.

»Kannst du wieder einschlafen?«, fragte ich schließlich.

»Vielleicht. Darf ich dich im Arm halten?« Das durfte er. Ich öffnete unsere Schlafsäcke und verband sie an den Reißverschlüssen miteinander zu einem großen, in dem wir uns eng aneinanderschmiegten. Seine Arme umfassten mich von hinten, sein Gesicht lag an meinen Haaren. Ich genoss es, dass er nahe bei mir sein wollte, genoss das Gefühl, gebraucht zu werden. Während ich seine Finger streichelte und meine Glieder schwerer wurden, dachte ich über unser Vorhaben nach und über alles, was ich erfahren hatte. Ich hätte so viel in meine Geisterkladde einzutragen, die sich hoffentlich sicher bei Oma im Gästezimmer befand.

Schlimmer war die Erkenntnis, dass die Hölle wusste, dass wir den Weltenschlüssel hatten. Welche Mythen sich auch um diesen Gegenstand rankten, er war mächtig und ohne Zweifel in allen Dimensionen begehrt. Wir mussten herausfinden, was für Fähigkeiten er hatte, denn das Öffnen von Schlössern allein konnte es nicht sein. Gleichzeitig mussten wir ihn in Sicherheit bringen, bevor jemand Falsches, wie ein Dämon, die GHA oder László Farkas ihn in die Hände bekam und noch mehr Chaos anrichtete, als jetzt herrschte. So vieles, worüber ich mir Sorgen machen musste. So viel Verantwortung, die auf meinen Schultern lag, ohne dass ich darum gebeten hatte. Doch mein Körper hatte ein Einsehen. Immer langsamer flossen meine Gedanken, immer träger wurde mein Körper in dem wärmenden Schlafsack. Ich hielt Miláns Hand in meiner und lauschte seinen ruhiger werdenden Atemzügen, doch ich fand trotzdem noch keine Ruhe. Vorsichtig streckte ich mich, zog den zusammengerollten Kittel meines Retters zu mir und vergrub meine freie Hand darin. Dieses Kleidungsstück war ein Zeichen, dass es überall jemanden gab, auf den ich zählen konnte, wenn alles verloren schien.

Ich passe auf dich auf.

Ein solches Zeichen hatte ich gerade bitter nötig. Ich drehte den Stoffgürtel in meinen Fingern, bis mir endlich die Augen zufielen.

Epilog

Einige Meter weiter öffnete mein Begleiter eine graue Metalltür, die in einen kühlen und modrig riechenden Gang führte. Allerdings war es wärmer als an der Erdoberfläche. Nur einen Teil unserer Verfolger hatten wir abgeschüttelt. Sie konnten uns überall auflauern. Früher oder später würden sie uns finden.

Wir betraten die Pariser Katakomben. Früher hatte es hier Steinbrüche gegeben, später beerdigte man die Toten an diesem Ort. Der größte Teil war nicht offiziell zugänglich und zu großen Teilen unerforscht. Wie der Teil, in dem wir herumtappten, unsere Schritte auf Lehm und Stein unerhört laut in der Dunkelheit.

Wenn uns hier jemand überraschte, würden wir einem Kampf nicht ausweichen können. Angespannt hörte ich auf jedes Geräusch.

In diesem weitverzweigten Labyrinth, das wir nun durchschritten, würde ich mich garantiert verlaufen. Es war beklemmend, in der absoluten Schwärze hintereinander herzulaufen. Von Zeit zu Zeit gab es elektrisches Licht. Langsam wurde ich ruhiger. Vielleicht ahnte noch niemand, dass wir uns hier herunter geflüchtet hatten. Ich stellte mir vor, wie die Geisterjäger über uns auf und ab liefen, während wir uns unbemerkt unter ihren Füßen davonschlichen.

Immer wieder kamen wir durch unterirdische Friedhöfe, Beinhäuser, wo abertausende Schädel und Knochen teilweise kunstvoll an den Wänden aufgeschichtet waren. Sie verkörperten eine morbide Schönheit, gemahnten an die eigene Vergänglichkeit und sorgten für eine zeitlose Atmosphäre, die ich nicht durch unnötige Worte stören wollte.

Wir schwiegen, während wir wanderten, wie Stunden fühlte es sich an. Irgendwann blieben wir vor einer Tür stehen, die ich nicht wahrgenommen hätte. Meine Anspannung kam augenblicklich zurück. Wir mussten die trügerische Sicherheit der Katakomben verlassen.

Ende Teil 1

Quellenverzeichnis

S. 2: Evangelisches Gesangbuch. Ausgabe für die Evangelische Landeskirche Baden, Hans Thoma Verlag, Karlsruhe 2006, Nr. 882 (Auszug aus dem Glaubensbekenntnis Nizäa-Konstantinopel

Danksagung

Zunächst einmal möchte ich all jenen danken, die mich darin bestärkt haben, zu schreiben. Ohne sie gäbe es keine meiner Geschichten. Deshalb danke ich als allererstes meiner Grundschullehrerin Sieglinde Haas. Sie hat mir nicht nur das Lesen und Schreiben beigebracht, sondern mich auch stets ermutigt, meiner Fantasie freien Lauf zu lassen und etwas aus meinen Ideen zu machen.

Ich danke meinen Eltern Peter und Eva, die mich immer unterstützt haben, ob ich sie für fiktive Radiosendungen interviewen wollte oder nicht ins Bett gehen konnte, weil ich Angst hatte, dass ein guter Einfall über Nacht verschwinden würde. Ich danke noch einmal besonders meiner Mutter, die alles liest, was ich schreibe, und geduldig mit mir durchspricht und das, obwohl sie Fantasy nicht mag.

Ich danke meinem Bruder Leslie, der an mich und meine Geschichten glaubt und meinen Traum vom Schreiben nie als Hirngespinst abgetan hat. Danke, kleiner Bruder.

Ich danke meinem Mann Thomas und meinem Sohn Carlo dafür, dass sie selten die Geduld verloren haben, wenn die Wohnung im Chaos versank und es nur Tiefkühlpizza zum Abendessen gab. Und dafür, dass sie so oft ins Schwimmbad gegangen sind, damit ich in Ruhe an meinen Geschichten arbeiten konnte. Ich liebe euch und bin so froh, dass ich euch habe!

Und ich danke auch dem Rest meiner großen Familie und meinen Freunden, die Bücherposts auf Facebook teilen, Beiträge liken, Bücher kaufen und weiterempfehlen oder sich als Probeleser zur Verfügung stellen. Eure Hilfe ist unbezahlbar.

Dann danke ich jenen, die direkt geholfen haben, »Hekates Erbe« auf den Weg zu bringen. Das sind meine treuen Leser auf Fanfiktion.de, die die Geschichte unter dem Arbeitstitel »Zwischen den Welten« mitverfolgt, durch ihre konstruktive Kritik vorangebracht und mich durch jedes Schreibtief getragen haben, besonders Romilly, Flusentier, TheOutWriter und makeartnotwar. Danke, Leute, ihr wart super!
Danke auch an alle Testleserinnen!

Zum Schluss danke ich dem Team vom Drachenmond Verlag, ohne die »Hekates Erbe« nie einer breiten Öffentlichkeit zugänglich geworden wäre; allen voran meiner Verlegerin Astrid Behrendt, dass sie mich in die Drachenhöhle aufgenommen und meiner Geschichte ein Zuhause gegeben hat. Vielen Dank, liebe Astrid!

Ich danke meiner Lektorin Julia Mayer und meiner Korrektorin Lillith Korn für die gute Zusammenarbeit. Ich danke auch Marie Graßhoff, die dieses wunderschöne Buchcover erschaffen hat sowie allen anderen, die jeden Tag tolle Arbeit machen.
Es ist schön, ein Drache zu sein!